네버엔딩 맨
—
미야자키 하야오

네버엔딩 맨

—

미야자키 하야오

The Never-Ending Man: Hayao Miyazaki

스티브 앨퍼트 지음 — 최영호·김동환 옮김

북스힐

차례

옮긴이의 말

회고담은 주로 기억에 의존한다. 그러나 기억은 사진이 아니다. 모든 기억이 기록으로서의 의미가 있는지 판단하려면 각별한 기준이 필요하다. 공적인 기록일수록 더 그러하고, 개인적 경우에도 일정 수준의 자기 검증이 따른다. 다만, 그런 기억 중 일부가 삶의 앙금으로 오래 남아 일상적 삶을 추동하는 운동성을 가진 기억으로 계속 부활한다면 조금은 달리 봐야 한다. 사진처럼 정교하진 않더라도 그 기억에는 첨단 기술로는 대체할 수 없는 직접적인 경험이 포함되어 있는 까닭이다. 가상적으로 환원될 수 없는 육체성 기억의 아우라ura, 生氣는 연결 고리가 없는 사람들과도 상호작용하고 호기심의 매개체가 될 수 있다.

　　최근 등장한 첨단 기술은 가상현실 세계에서의 경험이 마치 실재 현실의 경험인 양 착각시킨다. 접촉과 교감의 특성을 지닌 육체성의 경험이 데이터와 패턴으로 만들어진 경험으로 대체되는 현실은 자세히 보면 세련미는 출중하나 생기가 없다. 새로운 미적 논란을 부르는 이런 점들은 예술계의 시대적 화두다. 과연, 창작의 주체로 급부상한 생성형 AI가 인간의 고유한 영역인 창작성과 예술의 개념을 바꿀 수 있을까? 나아가 장차 예술의 종말을 가져오고 예술의 진보까지 결정할 수 있을까? 요즘 들어 긴박하게 제기되는 이런 문제적 상황은 인간의 기억에 깃든 직접적인 경험과 신체적 사유로부터 표출되는 것 모두 예술 혁명을 이끌 수 있다는 플럭서스flux에 대해 새로운 눈을 뜨게 한다.

같은 걸 보면서도 각자 다른 걸 찾아내는 인간의 감수성은 꼭 예술 분야에만 적용되는 것은 아니다. 회고록에도 이런 감수성은 예외 없이 작동한다. 개별 존재의 회고록은 생동하는 기억과 융합된 기록의 가치를 드높인다. 데이터와 패턴에서 나온 생성 이미지가 실체를 찍은 사진으로도 포착되지 않는 사진 너머의 상황을 소멸시키는 문제는 지나칠 일이 아니다. 인간의 신체적 사유를 통해 나온 예술 작품과 생성형 AI 알고리즘이 만든 작품의 예술적 판단 기준을 어떻게 정의해야 할까? 예술의 창의성과 기술의 첨단화로만 측정할 수 있는 것일까?

스티브 앨퍼트의 회고담은 역설적이게도 우리의 간접 경험을 다시 보게 한다. 앞서 말한 플럭서스의 자양분이랄 수도 있는 간접 경험은 인간의 내면 풍경, 역사에 뿌리내린 인간의 감각과 정동affect, 기록으로 의미 부여된 기억 등과 결부된다. 비가시적이지만 너와 나 속에 공감의 형태로 존재하는 '우리'의 삶을 구성하는 요소이기도 하다.

아카이브archive는 보존 가치가 있는 기록이나 문서를 저장하는 곳이다. 여기에는 공인된 기관의 절차와 검증을 거친 자료가 보관된다. 그러나 우리가 간과해선 안 될 것은 아카이브는 단지 그것을 보관만 하지 않고 '재구성reconstruction', '재배열rearrangement' 하는 곳이라는 점이다. 멀쩡한 걸 가짜로 둔갑시키거나 없는 걸 마치 있는 것처럼 조작하는 곳이란 얘기가 아니다. 요는 시대적 상황이 달라지면 아카이브에 보관된 것의 의미와 가치도 변화된 맥락에서 다양하게 재해석되고 재인식될 수 있다는 말이다.

회고록은 개인적 차원에서 경험한 사건을 반추한다. 자기반성과 성찰의 과정이 뒤따를 수밖에 없는 사유 과정은 기억 속의 경험들을 재구성하고 재배열시킨다. 그런 순간마다 기록자의 내면 풍경도 새롭게 출몰한다. 이것은 회고록을 개인의 선택적 기억만 기록하는 책으로 여기는 우리의 편견을 해체/재구성한다. 자기반성과 성찰의 과정은 끊임없이 변주되는 또 다른 기억 과정이다. 이때 경험 속의 시간은 신축적으로 재구성되고, 경험한 장소도 가변적인 형태로 재배열된다. 익히 알고 있는 사건의 성격과 의미, 그와 연관된 구성원들과의 관계도 재형성된다. 그 결과, 회고록에 기록된 시공간적 의미는 박제된 상태로부터 탈주하여 많은 사람들과 공유 가능한 현실을 만드는 정초가 된다. 즉, 실재 세계에 뿌리를 둔 회고록의 경험들이 우리의 일상생활로 유입되어 함께 사는 사회가 이루어야 할 공존의 의미를 강화하는 '생동하는' 간접 경험으로 전이轉移되는 것이다.

철학자 미셸 푸코Michel Foucault는 자신이 추구하는 철학의 핵심 내용을 『지식의 고고학』을 통해 제시한 바 있다. 지식의 역사성과 사회와의 관계를 '담론discours' 개념으로 설명하기도 했다. 한 사회는 수많은 담론들로 이루어진다. 그런데 담론 상황이 바뀌면 일상적으로 사용하는 언어나 용어의 개념도 바뀔 수밖에 없다. 상황 변주에 따라 등장하는 새로운 담론들은 곧 새로운 사회를 재구성하는 근간이 된다.

담론의 뼈대인 '앎savoir'이란 무엇인가? 이는 곳간의 알곡처럼 이미 완성된 형태로 쌓인 지식이 아니다. 앎은 명사 형태가 아닌 동사 형태다. 한 번 습득되면 그대로 고정되는 지적 결과물과는 다르다. 시시각각 변주되고 자각 과정을 거쳐 새롭게 선취되는 지적 활동의 결과다. 푸코의 견해에 따르면, 앎은 늘 새롭게 형성되고 지속적인 반성과 끊임없는 성찰을 통해 자라나는 미완성의 완성이다. 주어질 수밖에 없는 상황을 적극적으로 수용하되 새로운 길을 찾는 개방 의지다. 앨퍼트의 회고록에 담긴 지식 또한 이런 개방성을 지향한다. 미야자키 감독의 애니메이션 제작을 둘러싼 의미 있는 상황적 인식과 실제로 겪은 직접적 경험을 통해 그는 우리가 무언가를 간접 경험할 수 있는 기회를 제시한다. 게다가 직접 거론하진 않았지만, 그의 글과 맥락에는 대체 불가능한 자기만의 경험이 얼마나 소중한지를 간과하지 말라는 조언도 담겨 있다.

일본의 스튜디오 지브리는 1986년에 탄생했다. 미야자키 감독의 〈바람계곡의 나우시카〉 제작 작업의 모태가 된 '톱 크래프트 스튜디오'를 개조해서 만든 회사다. 이때 미야자키 하야오, 다카하타 이사오, 그리고 스즈키 토시오 세 사람이 〈천공의 성 라퓨타〉를 만들기 위해 도쿠마 쇼텐의 투자를 받아 인수한 후 회사 이름을 바꾸고 조직을 재편하여 설립한 것이 지금의 스튜디오 지브리다.

미야자키 감독은 스튜디오 지브리를 직접 설계한 후 자신의 창의성과 열정을 쏟았다. 그런 그가 실제 작업하는 현장을 보기 위해 사람들이 밀려들었다. 과연 방문객들의 눈에 비친 인상은 어떠했을까? 실제 건물을 본 사람들은 믿기지 않다는 듯 의외의 반응을 내놓았다. '아니, 이렇게 좁은 집에서 전 세계가 감동하는 애니메이션을 만들었다고! 정말?' 응당 일본 건축법에 따라 지어졌고, 누가 뭐래도 분명한 용도에 맞춘 공간 아닌가?

창작 공간에 대한 불만은 함께 일하는 사람들부터 쏟아 냈다. 그러나 이런 불평에도 불구하고 미야자키 감독은 가타부타하지 않고 자신의 소신대로 지금의 스튜디오 지브리를 지었다. 창작 공간의 협소함에 대해서는 그가 직접 말한 바가 없어 지금까지도 알 수 없다. 그 후 그는 스튜디오의 이름을 이탈리아어로 '사하라 사막에 부는 열풍熱風'이라는 의미인 '지브리Ghibli'로 정했다. 작품의 더빙과 믹싱 작업 시 대본의 문구 하나 바꾸는 것조차 허락하지 않은 미야자키 감독이었다. 그의 이런 성향을 감안하면, 이 명칭은 그냥 차용한 게 아닐 것이다. 이번 번역 작업을 하는 우리가 보기에 '지브리'라는 명칭은 미야자키 감독의 내면에서 끝없이 치솟는, 어쩌면 자기 자신조차 알 수 없는 무한한 창작에의 열기를 마치 삭막한 사막 어디선가에서 부는 열정적인 바람에 비유한 것이 아닌가 싶다.

개인적 차원의 회고록임에도 앨퍼트의 책은 독서의 즐거움을 준다. 일본 최고의 애니메이션 스튜디오인 스튜디오 지브리에 입사한 저자는 천재 감독 미야자키 하야오와 함께 일하며 겪은 다양한 경험들을 '객관적 거리'를 유지하며 썼다. 미국 출신이지만 일본어를 유창하게 구사했던 그는 지브리와 그 모회사인 도쿠마 쇼텐의 사무실에서 '상주 외국인'으로 일했으며, 미야자키의 영화가 해외 시장에서 성공을 거두기 시작할 때부터 중심적인 역할을 수행했다. 그렇기에 이 책에는 숨겨진 얘기들이 넘쳐난다.

그는 애니메이션 〈원령공주〉의 무거운 영화필름을 러시아와 캘리포니아로 운반하고, 세계 영화계의 큰손으로 주름잡던 하비 와인스타인의 비명을 듣고, 디즈니 마케팅 담당자를 상대하고, 오스카상을 수상한 〈센과 치히로의 행방불명〉을 축하하는 화려한 무대에 참석하는 등 흥미진진한 일화들을 실감나게 묘사했다. 그런 중에도 미야자키와 프로듀서 스즈키 토시오, 교활하고 거칠지만 뛰어난 사업가인 도쿠마 야스요시Tokuma Yasuyoshi의 삶을 지켜보며 지브리 영화를 영화적 우수성의 대명사로 만들기 위해 동분서주하던 노력과 미야자키 감독의 독창적인 예술성이 훼손되지 않도록 열정을 쏟던 상황들도 상세히 전한다. 현대 일본에서 가장 유명하고 문화적으로 영향력 있는 사람들이지만 회사는 엄격한 규율로 운영되었고, 그곳에서 그는 고독한 외국인이었다. 저자는 서로 다른 언어와 문화를 열린 의식으로 수용하며 자기만의 도전 과제를 어떻게 해결했는지를 일일이 들려준다. 이는 객관성과 세밀함을 동시에 갖는 이 회고록의 미덕이 아닐 수 없다.

한편, 미야자키 감독의 애니메이션을 보고 느낀 순도 높은 감동들이 유년의 강을 지나 성년의 바다로 흐른다거나 각종 국제 영화제마다 '최초'라는 수식어까지 덧붙여져 수상했다는 소식을 접할 때마다, 도처의 영화광들은 미야자키 감독의 창작 공간 '지브리' 방문을 꿈꿨을지 모른다. 그런 점에서 스튜디오 지브리의 무대 뒤 생활을 외국인의 시각으로 쓴 앨퍼트의 회고록은 아쉬운 호기심과 그치지 않는 궁금증을 해소시킬 좋은 길잡이다.

스튜디오 지브리가 의뢰한 미국 출신의 국제 연락 담당자였던 앨퍼트가 활약하며 접한 일상은 흥미롭다. 다만, 그 일상은 미국인으로서는 습관처럼 이루어지는 평범한 일상과는 달랐다. 같은 상황도 전혀 다른 시각으로 봐야 했고, 옳다고 처리한 절차들도 최악의 사태로 되돌아오는 일상이었다. 이런 예기치 않은 일상으로 점철된 그의 회고록은 어쩌면 그의 인생의 역사일지 모른다.

책의 내용들은 단편적인 일상사의 외피를 입고 있지만, 두 가지 시선이 교차한다. 하나는 외국인의 낯선 시선이고, 다른 하나는 내부자의 애정 어린 시선이다. 이런 교차점을 알려 주는 이 책의 내용은 자국 일본인들에게도 새로운 관심을 불러일으키고, 다른 지역 사람들에게도 의미 있는 발견의 기회가 되어 준다. 그중에서도 미야자키 감독이 애니메이션을 통해 전달하려는 구체적 보편성의 실체를 탐구하고픈 외국인들에게는 중요한 시사점을 주고 있다.

이 책은 저자가 스튜디오 지브리에 입사하던 때부터 최고경영자 도쿠마 회장의 죽음으로 인해 벌어지는 '기이한' 장례식 풍경까지 낱낱이 연대기적으로 기술한다. 외국인으로서 그가 겪은 일상은 그저 그렇게 흘러가는 나날들일 수 없었다. 그의 기억 속 일상은 늘 같으면서도 전혀 다른 날들이다. 이런 일상을 보내면서도 그는 일본인과 일본 사회에 대한 문화적 통찰력, 드라마 같은 비즈니스 상황에 대한 이해, 일본 예술에 대한 경외심과 매혹적인 광경을 사려 깊게 드러낸다.

세부 내용들은 대부분 세계적인 애니메이션 감독 미야자키 하야오의 영화 세계로 이루어진다. 미야자키 감독의 애니메이션들이 어디서 어떻게 창작되고, 영화 개봉 시 감독과 스태프들은 어떻게 인터뷰에 임하는지를 들려준다. 특히 베를린 영화제, 칸 영화제, 아카데미 영화제에서 수상작으로 뽑혔을 때 미야자키 감독이 어떤 소감을 주로 발표했는지, 특이하게도 왜 미야자키는 모든 영화제 시상식 때마다 수상자로 나서길 꺼렸는지, 그리고 일본 외 다른 지역에서 그의 영화가 배급될 때는 어떤 절차와 과정들을 거쳐야 했는지를 아주 꼼꼼하게 기록하고 있다. 특히 다른 언어로 영화 자막을 번역하거나 더빙해서 믹싱하는

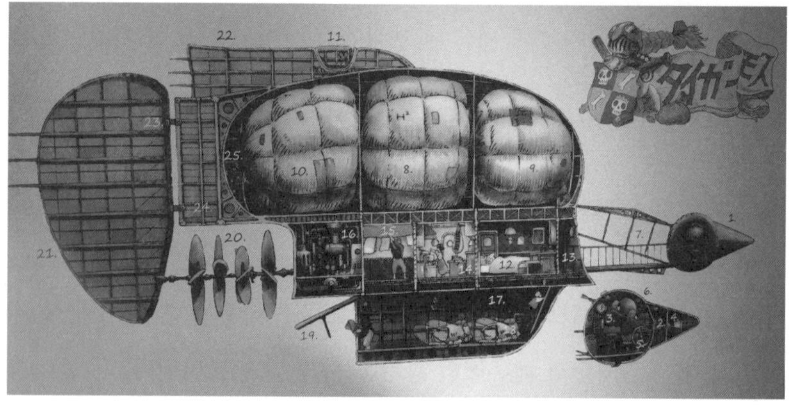

과정에서, 해당 지역의 관객이 지닌 문화적 이해를 고려하여 반드시 원작의 대사들을 바꾸거나 뺄 수밖에 없는 상황이 발생했을 때 어떻게 조율하고 합의해야 했는지, 서로의 치열한 격론 과정들까지 가감 없이 적었다. 이런 숨가쁜 이야기를 따라 읽다 보면 저자가 겪은 과정 하나하나가 또 다른 영화처럼 다가온다.

마침 번역을 맡은 한 사람으로서 나에게도 스튜디오 지브리와의 작은 인연이 있다. 8년 전 일이다. 2017년 12월 서울 광화문 세종문화회관 별관에서 한국 최초로 〈스튜디오 지브리 대박람회〉가 열렸다. 평

소 미야자키 하야오 감독의 애니메이션이 나올 때마다 즐겨 관람한 터라 반가웠다. 누구에겐 애들 보는 애니메이션을 어른이 찾아서 본다는 게 생뚱맞았을 수 있다. 그러나 동화가 아이들의 이야기가 아니라 어른의 이야기를 아이들이 알아들을 수 있도록 만든 이야기라는 것을 알기에 미야자키 감독의 애니메이션에 꽂힌 나의 관심은 오히려 깊어졌다.

그 박람회는 애니메이션의 거장 미야자키 하야오 감독의 필모그래피를 비롯해 각종 영화 포스터들을 전시하고 있었다. 세상에 대한 혐오와 다른 세상으로의 탈주를 꿈꾸는 그의 세계관을 엿보게 하는 〈붉은 돼지〉 관련 자료도 있었고, 〈바람계곡의 나우시카〉에 등장하는 비행기 모형도 볼 수 있었다. 〈원령공주〉를 비롯해 〈천공의 성 라퓨타〉, 〈이웃집 토토로〉를 마치 한 자리에서 보는 듯했다. 그 순간을 기념하기 위해, 나는 몇 컷의 사진을 찍었다. 여기 소개한 사진들은 바로 그때 찍은 것이다.

평소 내가 각별히 주목한 작품은 〈센과 치히로의 행방불명〉과 〈원령공주〉, 〈이웃집 토토로〉 등이었다. 이들 작품은 문학비평이 전공인 내겐 '생태 문명과 인간 문제'에 대한 관심과 연관되어 있었다. 지금은 작고한 노벨문학상 수상자인 오에 겐자부로 소설가와 우리나라 김지하 시인이 함께 나눈 대화 속에서 거론된 작품이 〈원령공주〉였다. 김지하 시인은 생명 사상의 중요성을 영화화한 이 작품을 주목해야 한다고 했다. 그리고 다른 한 작품은 내게 일본 신에노시마 수족관으로의 여행을 다녀오게 했다. 〈벼랑 위의 포뇨〉였다. 해양생물에 영화적 상상력과 창의력을 투사시킨 점이 놀라웠다.

당시 나는 한국해양과학기술원KIOST에서 심해 6,000미터까지 잠항 가능한 심해유인잠수정 연구개발 총괄팀에 있었다. 그런 가운데 접한 미야자키 감독의 애니메이션이라 한층 더 관심이 갔다. 필이 꽂힌 나는 '생명의 영속성'을 모토로 사가미 만의 동쪽에 위치한 일본의 신에노시마 수족관을 직접 방문했다. 신에노시마 수족관에는 일본 해양과학기술센터JAMSTEC이 심해유인잠수정 '신카이6500'에 앞서 개발한 '신카이2000'이 전시되어 있었다.

한국형 6,000미터급 심해유인잠수정 개발은 현재 멈춰 있다. 예비타당성 검증을 통과하지 못했다. 겉보기엔 기술성 분야와 경제성 분야 중 경제성 분야의 기대 효과가 부족하다는 이유였지만, 사실은 도전정신에 대한 '거부'였다. 첨단과학기술 분야의 연구개발은 시작 때부터 '경제성' 운운하면 시도조차 하지 말라는 얘기다. 선도 모델이 없는 데도 말이다. 이는 요즘 말하는 초격이 아닌 추격 논리만 앞세운 수세적인 결정이었다. 우리나라 해양과학기술이 기술종속국의 휘하에서 벗어날 수 있는 길 하나가 그렇게 해서 막혀 버렸다. 특히 삼면이 바다라고 운운하면서도 우리는 우리의 바다 밑 세계가 어떠한지 모른다. 이를 알려면 우리 바다가 어떻게 이루어져 있는지를 과학적으로 심도 있게 연구해 봐야 한다. 이때 필요한 것이 과학자가 직접 타고 내려가 해저면을 샅샅이 관측하고 정확한 데이터를 수집해서 연구할 수 있는 심해유인잠수정이다. 하루빨리 멈춰진 한국형 심해유인잠수정 개발이 다시 부활될 수 있기를 바라는 마음 간절하다.

지금까지 가장 깊은 심해를 다녀온 사람은 〈아바타〉의 영화감독 제임스 카메룬이다. 그는 마리아나 해구 11,030미터 심해까지 다녀왔다. 군에서 운영하는 잠수함과는 달리 심해유인잠수정은 모두 과학탐사용이다. 통상 잠수함의 작전 심도는 300미터 내외지만, 심해유인잠수정은 그보다 훨씬 깊이 잠항한다. 일본의 경우, 12,000미터까지 잠항할 수 있는 잠수정을 개발 중이다. 이것이 가능하려면 첨단과학기술이 필요하다. 6,000미터급 심해유인잠수정은 적어도 600기압을 이겨 내야 하고, 12,000미터급일 경우는 1,200기압을 견뎌야 개발이 가능하다. 만약 우리나라가 6,000미터급 심해유인잠수정을 개발하게 되면 전 세계 여섯 번째 국가가 된다. 미국, 프랑스, 러시아, 일본, 중국 다음으로 말이다. 왜 하필 6,000미터용 심해유인잠수정인가? 이 정도의 깊이까지 잠항할 수 있으면 전 세계 심해 90%를 거의 다 탐사할 수 있기 때문이다.

신에노시마 수족관에서 미야자키 감독의 〈벼랑 위의 포뇨〉에 등장하는 생명의 물과 관련된 작은 생명체의 실체를 만났다. 그것은 아주 작은 젤리피쉬Jellyfish였는데, 이곳에선 젤리피쉬엔터테인먼트Jellyfish Entertainment가 상시로 열렸다. 살아 움직이는 아주 작은 젤리피쉬 수족관 주변에는 영상으로 제작된 거대한 젤리피쉬가 실시간으로 함께 움직이는 걸 보여 주었다. 정시마다 수족관에는 조용한 종소리가 딩딩 울렸다. 어른 아이 할 것 없이 모두들 이 수족관 앞으로 달려왔다. 실물과 영상이 어우러지는 젤리피쉬의 유연한 쇼를 감상하기 위해서.

이런 광경을 보면서 미야자키 감독이 해양생물을 어떻게 애니메이션 영상으로 구현했는지 추측할 수 있었다. 하지만 내가 한층 더 관심을 가졌던 건 미야자키 감독이 발견으로서의 상상력을 구현하는 놀라운 방법이었다. 〈벼랑 위의 포뇨〉에는 이런 기막힌 장면이 나온다. 요양원에서 일하는 쇼스케의 어머니는 쓰나미가 몰려온다는 소식을 듣자 급히 차를 몰아 언덕 위의 집으로 향한다. 그때 생명의 물을 마시고 육지로 올라온 상상 동물 포뇨가 쓰나미 위를 사뿐사뿐 뛰어다닌다. 포뇨에겐 거대한 쓰나미가 놀이터였고, 쇼스케의 어머니에겐 끔찍한 재난의 물결이었다. 그런데 포뇨가 뛰어다니는 그 쓰나미에 살아 있는 눈eye이 달려 있었다. 쓰나미가 번뜩이는 눈으로 인간과 상상 동물 포뇨를 함께 보고 있다? 미야자키 감독은 이 기막힌 장면을 하나의 영상으로 그려 냈다. 인간 어머니에겐 현실적 두려움이고, 상상 동물 포뇨에겐 즐거운 놀이터지만, 바다의 거대한 쓰나미는 생각하는 물질로 해석해 낸 바로 이 장면! 미야자키 감독의 창조적 상상력은 끝을 알 수 없었다. 사람이 아닌 상상 동물과 거대한 쓰나미가 함께 논다? 이것은 어른의 시각이 아닌 아이의 눈으로 보지 않으면 절대로 풀릴 수 없는 광경이다. 그의 애니메이션은 아이들만의 이야기를 영상화한 게 아니라는 얘기다.

내친 김에 애니메이션 이야기를 하나 더 해 보자. 저자 앨퍼트가 해외 배급 시 믹싱 문제로 한창 실랑이를 벌인 〈원령공주〉에 관한 이야기다. 미야자키 감독은 작품 대본 중에 나오는 번역할 수 없는 용어를 끝까지 고집했고, 배급을 맡은 측에서는 외국 관객을 위해 다른 용어로 바꾸자고 맞선다. 〈원령공주〉의 중심 메시지는 인간과 자연의 조화와 상생이었지만, 이를 영상으로 전하기엔 쉽게 이해되지 않는 부분이 많았다. 〈원령공주〉의 믹싱 작업을 하는 사람들조차 모두 난감해하고 있을 때, 함께 일하던 'Z'의 주제 해석이 나왔다. 저자 앨퍼트는 이 놀라운 순간을 놓치지 않았다.

"이 영화의 이데올로기는 거대한 순환과도 같지 않나요?"라고 그는 말했다. "사슴 신의 땅에서 채취한 철이 땅에서 이탈하면 악이 되고, 멧돼지 신 나고에게 쏘면 그를 죽이는 저주로 변합니다. 이 저주는 아시타카에게 이어져 그의 팔에 디다라보치의 형태로 있을 때 사슴 신의 몸에 새겨진 자국과 같은 모양의 흉터를 남기죠. 아시타카의 팔에 생긴 흉터가 사슴 신을 만나면, 사슴 신은 사슴 신의 어두운 면인 몸의 나머지 부분과 다시 결합하고 싶은 것처럼 반응합니다. 사슴 신은 삶과 죽음의 신이고 흉터는 죽음 면의 일부예요. 사슴 신의 어두운 면은 사슴 신의 머리에 의해 견제되는데, 몸에서 잘린 사슴 신의 머리는 영생을 줄 수 있지만 몸에서 잘리면 더 이상 어두운 면을 견제하지 못하죠. 그 어두운 면은 탈출해 혼란과 파괴를 일으키다가 균형이 다시 회복되고 아시타카가 머리를 다시 붙일 때까지 계속 그렇게 합니다. 아시타카는 나고로부터 저주를 받았기 때문에 그곳으로 소환되었죠. 즉, 그는 그 몸에서 제거된 사슴 신의 숲의 모래 속 철로부터 저주를 받았던 것입니다."

회고록의 핵심은 스튜디오 지브리가 전 세계로 확장하는 그 중요한 시기에 저자가 담당한 역할이다. 그는 일본 밖에서 지브리의 명성이 높아지기 시작할 무렵 입사하여 스튜디오의 영화를 전 세계 관객에게 선보이는 데 중요한 역할을 담당했다. 여기에는 〈원령공주〉의 릴을 여러 대륙으로 운반하고 디즈니와 미라맥스 같은 스튜디오와 긴장감 넘치는 협상에서 창의적 무결점을 지키기 위해 싸우는 일도 포함된다. 특히 〈원령공주〉 편집을 둘러싸고 하비 와인스타인과 벌인 유명한 대결은 어디서도 볼 수 없는 값진 에피소드다. 이를 가감 없이 소개한 앨퍼트의 회고담은 앨퍼트의 개인적 결단력을 보여 줌과 동시에 타협하지 않고 나아가는 지브리의 비전을 세상에 보여 주기까지 얼마나 큰 위험을 감수해야 했는지를 알려 준 예라 하겠다.

앨퍼트의 회고록은 또한 지브리의 우뚝 솟은 인물들에 대한 친밀하고 생생한 초상화도 함께 제공한다. 세계 애니메이션계에서 '끝을 알 수 없는 남자'로 통하는 미야자키 하야오 감독은 그가 보기에 선구적이고 타협하지 않으면서도 유머러스하고 인간적이며 복잡하고 모순적인 인물로 다가온다. 그의 창의적인 천재성은 분명하지만 예측할 수 없는 면도 적지 않았다. 앨퍼트는 이러한 인물과 긴밀히 협력하는 광경을 경이로움과 도전적인 관점으로 조망한다. 또한 지브리의 오랜 제작자이자 뛰어난 전략가인 스즈키 토시오가 왜 미디어, 출판, 영화의 치열한 세계를 탐색할 수 있는 멘토이자 영리한 운영자인지를 일별한다. 그리고 회사의 재정적 성공을 이끈 괴짜이자 교활한 사업가 도쿠마 야스요시는 화려하고 강력한 존재감으로 그려 냈다.

앨퍼트의 회고록이 스튜디오 지브리에 관한 다른 책과 차별화되는 점은 비즈니스와 문화 연대기라는 이중적 특성과 연관된다. 뿐만 아니라 이 책에는 지브리 영화가 구체적으로 어떻게 만들어지는지를 들려주면서도 그 영화들이 전 세계적으로 어떻게 판매되고 보호되며 포지셔닝 되는지에 대한 내용도 가감 없이 소개한다. 앨퍼트는 외부인이라는 자신의 신분적 위치 덕분에 일본 기업 내부를 바라보는 독특한 시각을 가질 수밖에 없었다. 그러나 그는 언어 장벽, 문화적 실수, 항상 관찰당해야 하는 조용한 압박감 등에 대해, 자신이 그 그룹의 대표는 아니지만 그룹 구성원의 일원이란 사실에 자부심을 느끼며, 그 복잡한 리듬에 함께 어우러져 주어진 상황을 슬기롭고 객관적으로 파악하려 했다. 회고록의 어조는 유머러스하고 자기 비하적이며 날카로운 관찰력으로 점철된다. 앨퍼트는 자신의 경험을 일부러 미화하지 않고 있는 그대로 현장감이 잘 드러나도록 생생하게 전달하는 스토리텔링에 출중하다. 그는 동료들의 예술성과 헌신을 기리는 동시에 고도로 긴장된 환경에서 일하는 데 따르는 극심한 압박과 특이한 점을 부정하지 않고 생산적으로 인정한다. 특히, 그의 글은 무한한 창의성과 엄격한 위계질서가 공존하고, 이상과 상업적 현실이 끊임없이 시험받는 스튜디오 지브리의 역설을 효과적으로 드러내는 장점을 갖고 있다.

궁극적으로 이 책은 애니메이션이나 영화에 관한 것만큼이나 문화적, 언어적, 직업적 차이를 탐색하는 데도 많은 도움을 준다. 이러한 내용들은 일본과 서양, 예술과 상업, 개인의 비전과 공동 창작 등 서로 다른 세계를 이어 주는 가교 역할을 한다. 스튜디오 지브리, 일본 문화 또는 국제 영화제 상을 수상한 영화에 관심 있는 사람이면 누구든 앨퍼트의 회고록을 통해 큰 깨달음과 재미를 동시에 얻을 것이다. 외국인으로서의 이질적인 시각과 스튜디오 지브리의 일원으로 맹활약한 내부자로서의 시각을 함께 견지하며 쓴 이 책의 가치는 존중받아 마땅하다. 애니메이션의 거장 미야자키 하야오 감독의 작품들과 스튜디오 지브리의 활약상을 이런 이중적 시각으로 저술한 책은 보기 드문 희귀서가 아닐 수 없다.

끝으로 지금도 미국 코네티컷주 헤이븐 근처에 살고 있을 저자 스티브 앨퍼트 씨에게 감사를 표하며, 건강에 특히 유의하시길 빈다. 또한 국내 출판업계에 발을 들여놓은 이후 지금까지 곁눈질하지 않고 동분서주하며 대학지성계에 의미 있는 출판에 힘써 주신 북스힐 조승식 대표님께는 이 자리를 빌어 감사드린다. 그리고 이번 『네버 엔딩 맨-미야자키 하야오』 번역서가 우리나라 문화예술과 영화계에 널리 알려질 수 있도록 공들여 제작해 주신 북스힐 편집부 여러분께도 고마움을 전한다.

2025년 10월 1일
최영호·김동환

스튜디오 지브리

스튜디오 지브리Studio Ghibli는 30년 이상 일본에서 가장 유명하고 가장 큰 성공을 거둔, 직접 손으로 그린 장편 애니메이션 영화 제작사였다. 이 제작사는 예술성과 상업성 모두 큰 성공을 거두었다. 1984년 설립 이래 지브리는 20편 이상의 장편 영화를 제작했으며, 그중에는 아카데미 장편 애니메이션상과 베를린 국제 영화제Berlin International Film Festival 황금곰상을 수상한, 일본 영화사상 가장 상업적으로 성공한 작품인 〈센과 치히로의 행방불명Spirited Away〉도 포함되어 있다. 〈원령공주Princess Mononoke〉, 〈이웃집 토토로My Neighbor Totoro〉, 〈마녀 배달부 키키Kiki's Delivery Service〉, 〈반딧불이의 묘Grave of the Fireflies〉 등 다른 지브리 영화들도 흥행 기록을 경신하면서 수많은 상을 수상했으며, 남녀노소 세대를 막론하고 영화 제작자와 영화 관객에게 큰 영향을 미쳤다.

스튜디오 지브리는 감독 미야자키 하야오Hayao Miyazaki, 1941~와 다카하타 이사오Isao Takahata, 1935~2018, 제작자 스즈키 토시오Suzuki Toshio, 1948~, 지브리의 전 모회사인 도쿠마 쇼텐 출판사Tokuma Shoten Publishing Company 대표 도쿠마 야스요시Yasuyoshi Tokuma, 1921~2000가 함께 설립한 회사다. 스튜디오 지브리의 첫 번째 영화인 〈바람계곡의 나우시카Nausicaä of the Valley of the Wind〉는 전 세계의 생태계가 파괴된 디스토피아적 미래에 대한 이야기다. 이 영화는 일본 장편 애니메이션 영화 최초로 100만 명 이상의 관객을 극장으로 불러냈고, 장편 극장용 애니메이션만 제작하면서도 상업적으로 성공할 수 있는 스튜디오를 만들 수 있음을 증명한 작품이다.

스튜디오 지브리의 영화는 전 세계의 애니메이션 영화와 실사 영화 제작자들에게 많은 영향을 미치고 영감을 주었다. 미야자키 하야오가 처음 만든 이미지들의 변형 및 재해석 버전은 주요 흥행작을 포함하여 유명한 독립영화 감독과 할리우드 영화감독의 영화에서 찾아볼 수 있다. 미야자키 하야오는 일본판 영화의 월트 디즈니Walt Disney이자 스티븐 스필버그Steven Spielberg, 1946~라고 불린다. 그런 그가 다른 영화 제작자들에게 미친 영향력은 실로 막대했다.

스튜디오 지브리는 도쿄 서쪽의 녹음 우거진 주거 지역이자 녹지가 많은 교외 지역인 고가네이Koganei에 위치하는데, 방문객들은 너무 작은 규모에 놀란다. 스튜디오 지브리는 설립 이래 23편의 장편 애니메이션 영화를 제작했다.

1. 〈바람계곡의 나우시카〉 (1984)
2. 〈천공의 성 라퓨타〉 (1986)

3. 〈이웃집 토토로〉(1988)

4. 〈반딧불이의 묘〉(1988)

5. 〈마녀 배달부 키키〉(1989)

6. 〈추억은 방울방울〉(1991)

7. 〈붉은 돼지〉(1992)

8. 〈바다가 들린다〉(1993)

9. 〈폼포코 너구리 대작전〉(1994)

10. 〈귀를 기울이면〉(1995)

11. 〈원령공주〉(1997)

12. 〈이웃집 야마다군〉(1999)

13. 〈센과 치히로의 행방불명〉(2001)

14. 〈고양이의 보은〉(2002)

15. 〈하울의 움직이는 성〉(2004)

16. 〈게드전기: 어스시의 전설〉(2006)

17. 〈벼랑 위의 포뇨〉(2008)

18. 〈마루 밑 아리에티〉(2010)

19. 〈코쿠리코 언덕에서〉(2011)

20. 〈바람이 분다〉(2013)

21. 〈가구야 공주 이야기〉(2013)

22. 〈추억의 마니〉(2014)

23. 〈그대들은 어떻게 살 것인가?〉(2020)

나는 1996년부터 약 15년 동안 스튜디오 지브리의 고위 임원이
자 이사회의 일원으로 지냈다. 또한 나는 이 전통적인 일본 회사에서

유일한 외국인이기도 했다.

내가 1981년 경영대학원을 졸업했을 때만 해도 업무용 컴퓨터는 너무 커서 지하실에 보관해야 했다. 자격을 갖춘 기술자만 그 컴퓨터를 작동시킬 수 있었다. 사용자가 늦은 오후에 기술자에게 골판지 펀치 카드를 건네면 다음 날까지 결과를 기다려야 했다. 그 이후 컴퓨터 기술은 나날이 발전했다. 반면, 일본의 비즈니스 방식은 대체로 그렇지 못했다. 1800년대 또는 그 이전에 유행하던 부분들을 계속해 유지하고 있었다.

미국 경영대학원 교수들 대부분은 일본이 세계에서 가장 이상적인 직장인이 많은 나라라고 가르쳤다(지금도 그렇게 가르치고 있을 것이다). 그들은 고된 노동과 장시간 노동에도 불구하고 세계 최고 수준의 인내력을 지닌 것으로 여겨졌다. 평범한 조립 라인 노동자도 자신의 업무 과정을 분석한 뒤 이를 개선하고 더 효율적으로 만들기 위한 제안을 할 정도로, 그들은 자신의 일과 회사에 대한 헌신이 대단하다.

미국 경영대학원 학생들은 이런 일본 기업의 혁신적인 비즈니스 관행을 본받아야 한다고 배웠으며, 종신 고용제와 적시 생산 공정과 같은 아이디어는 일본 기업에 경쟁적 우위를 갖게 하고 성공하게 만든 비즈니스 관행의 사례로 제시되었다.

최근에는 중국에 추월당하긴 했지만, 일본은 오랫동안 세계 2위의 경제 대국이었다. 일본은 작은 국토와 상대적으로 적은 인구, 천연자원 부족에도 불구하고 그 자리를 지켜 왔다. 그래서 처음 일본 기업에 입사했을 때 나는 그동안 들었던 모든 것을 실제 업무에서 볼 수 있기를 기대했다. 그런데 거의 모든 것이 사실과 다르다는 것을 알게 되자 정말 충격을 받았다.

끝으로 이 책의 제목에 대해 간단히 말하겠다. 〈네버엔딩 맨: 미야자키 하야오The Never-Ending Man: Hayao Miyazaki〉는 아라카와 카쿠Kaku Arakawa 감독의 2016년 일본 텔레비전 다큐멘터리 영화다. '네버엔딩 맨'이라는 이름은 미야자키 하야오를 지칭하는 것으로서, 그의 오랜 제작자인 스즈키 토시오가 그를 묘사하기 위해 지은 별명이다. 일본어 제목인 〈오와라나이 히토Owaranai Hito〉는 조금 더 미묘하고 다층적인 의미를 지닌다. 'The Man Who's Never Finished끝나지 않은 남자'로 번역하는 것이 더 나을 수도 있는데, 이는 자신의 영화가 결코 끝나지 않으며, 개봉일을 맞추고 상업적 의무를 이행해야 한다는 영화 산업의 압박이 없었다면 영화를 완성하지 않았을 수도 있다는 미야자키만의 느낌을 미묘하게 표현한 것이다. 또한 완벽주의를 넘어 미야자키가 은퇴 발표에도 불구하고 영화 제작을 멈출 수 없다는 의미도 담고 있다.

내가 이 다큐멘터리 영화를 봤을 때 이 영화가 스튜디오 지브리에서 일한 나의 경험과 매우 흡사해서 그 제목을 내 책에 사용하고 싶었다. 미야자키 작업실의 부엌에서 이른 아침 커피를 마시며 나누던 대화처럼, 다큐멘터리를 보면서 마치 내가 매 순간마다 하나의 카메라가 되어 내가 본 것을 다시 보는 듯한 느낌을 받았다. 사실 스튜디오 지브리에서 일한 대부분의 기간 동안, 나의 사무실은 미야자키의 작업실에 있었다.

샐러리맨

모르면 용감한 법

도쿄에서 10년 동안 근무한 뒤 월트 디즈니 컴퍼니Walt Disney Company에서 일할 때였다. 당시 스튜디오 지브리의 대표이자 거의 모든 영화를 제작한 스즈키 토시오가 나를 스카웃했고, 나는 스튜디오 지브리와 모회사인 도쿠마 쇼텐Tokuma Shoten의 국제사업부에서 일을 시작했다. 몇 편을 제외하고, 아직 지브리의 영화들은 일본 외 다른 지역에서 개봉되지 않은 상태였다. 스즈키는 이제 지브리의 영화가 마땅히 해외 관객을 확보할 때가 되었다고 판단했다.

스튜디오 지브리의 운영 방식은 색달랐다. 이는 지브리의 영화가 일본 내에서 성공한 이유였지만, 일본 밖에서는 상영이 힘든 이유이기도 했다. 스즈키가 신규로 도입한 국제사업부에는 외국인이 필요했다.

하지만 그에겐 적절한 비즈니스 재능과 경험을 갖춘 외국인 그 이상의 존재, 즉 지브리/도쿠마가 작용하는 방식의 미묘함을 인식할 수 있는 외국인이 필요했다. 말하자면, 복잡하기 그지없고, 어쩌면 기록되지 않은 문화적, 조직적 관행을 간파할 수 있는 외국인이 필요했던 것이다. 나는 MBA 과정으로 전공을 바꾸기 전에 일문학을 전공한 대학원생이었던 까닭에 그가 원하는 조건에 딱 들어맞았다. 물론 이론상으로는 말이다.

스즈키는 비록 외국인이 일본어를 구사한다고 하더라도 지브리/도쿠마라는 순수하고 철저한 일본의 업무 환경에서는 제대로 활동하지 못할 수 있음을 우려했다. 그는 내가 새로운 회사에 순조롭게 적응할 수 있도록 많은 노력을 기울였다. 우선 나의 신규 사업부를 도쿠마 그룹 내 완전한 독립회사로 설립했다. 새로운 회사명은 도쿠마 인터내셔널Tokuma International이었다. 미야자키 하야오가 우리의 명함을 디자인했다. 로고는 도쿠마 그룹 회장인 도쿠마 야스요시가 날개를 펴서 마치 일본 밖으로 날아가는 듯한 이미지로 만들었다.

당시 스즈키는 내가 만난 사람들 중 가장 바쁜 사람이었지만, 동시에 가장 여유로운 시간을 보내는 것처럼 보이기도 했다. 나중에 알고 보니 영화업계에 종사하는 것이 바로 그런 삶이었다.

스즈키는 도쿄 서쪽 외곽 히가시 고가네이에 위치한 스튜디오 지브리를 거점으로 삼았다. 그는 스튜디오의 운영 방식을 관리하는 동시에 영화 제작을 일정에 맞춰 창의적으로 진행시켰다. 그는 영화감독 미야자키 하야오에게 지원과 기댈 언덕을 제공했고, 미야자키가 피드백을 얻기 위해 아이디어를 공유하려 할 때 찾는 사람이기도 했다. 미야자키는 영화의 결말을 구상할 때마다 스즈키를 찾아서 그의 반응을 살폈다. 스즈키가 곧장 동의하면 미야자키는 그 아이디어를 폐기하고 다시 시작하곤 했다.

스즈키는 지브리에서의 업무 외에도 출판, 영화, 음악, 컴퓨터 게임 등의 사업을 하는 도쿠마 쇼텐사의 2인자였다. 스즈키의 상사이자 멘토이며 모회사 회장이자 독자적인 소유주이기도 한 도쿠마 야스요시는 문제를 곧잘 일으키고 복잡하며 괴팍한 성격을 갖춘 70대 초반의 인물이었다. 이 상사가 일으킨 문제 해결 역시 종종 스즈키의 몫으로 돌아왔다. 여기에는 일반적으로 많은 시간이 소요되는 회의와 개인 차원의 대면 방문도 포함되었다.

스즈키는 도쿄 중심부에 살면서 교외의 고가네이에 있는 지브리까지 1시간 이상 운전해 가는 것으로 하루 일과를 시작했다. 그는 그곳에서 몇 시간 동안 일한 뒤 도쿠마 쇼텐이 있는 신바시Shinbashi에서의 회의 참석을 위해 다시 도쿄 중심부까지 운전했다. 도쿄에서의 회의는 대부분 커피숍이나 레스토랑에서 갖는 비공식적인 후속 미팅으로 이어졌다. 그런 다음 스즈키는 다시 지브리로 돌아와 〈모노노케 히메〉(《원령공주》)가 어떻게 진행되고 있는지를 살폈다. 어떤 날은 또 다른 회의를 위해 신바시로 갔다가 다시 지브리로 돌아오기도 했다. 스즈키는 종종 고가네이나 도쿄에서 밤 10시에 회의를 시작해 몇 시간 동안 진행했다. 그는 통상 새벽 1시나 2시에 스튜디오를 떠나 도쿄로 복귀하기 위해 차를 몰았다. 그가 밤잠을 4시간 이상 자는 경우는 거의 없었다.

스즈키는 특별히 큰 체격은 아니지만 에너지와 지성, 재치가 넘치는 사람이다. 자기보다 10년 정도 나이가 많은 미야자키 하야오 감독과 마찬가지로 스즈키도 일본 어디에서나 누구든 쉽게 알아볼 수 있는 인물이기도 했다. 물론 존 레논 스타일의 둥근 안경과 5일 동안 면도를 하지 않아 덥수룩한 수염을 기른 갸름한 얼굴에 제법 캐주얼한 그의 옷차림만 보면, 그를 일본의 샐러리맨이나 대기업 이사라고 쉽사리 믿기 힘들었다.

스즈키는 대부분의 시간을 차 안이나 회의실에서 생활했지만, 당시 상영 중인 주요 일본 영화와 할리우드 영화를 죄다 볼 수 있는 시간은 늘 있었다. 그는 고가네이–미타카Koganei-Mitaka 지역의 도로, 길, 숨겨진 골목길에 대해 유난히 철저하고 상세한 지식을 갖고 있었다. 이 길들은 스즈키가 지브리와 신바시를 오가면서 지나쳤을 법한 길이 아니라, 종종 그 지역에서 가장 흥미로운 숨겨진 공원이나 특별한 레스토랑과 연결되었다. 늘 바빴던 사람치곤 스즈키는 오랜 시간 혼자 생각에 잠기곤 했다. 또한 창문이 없는 방에 갇혀 오랜 시간을 보내며 극도로 시간이 많이 걸리는 영화 제작 과정에 집중했다. 그럼에도 불구하고 스즈키는 어떻게든 자신을 위해 일하는 사람들을 멘토링하는 데 시간을 할애했다.

당시 도쿠마 그룹은 스튜디오 지브리(애니메이션), 다이에이 픽쳐스(실사 영화), 도쿠마 출판(그래픽 노블부터 문학, 논픽션, 잡지, 시까지 다양한 서적을 출판하는 대형 출판사), 도쿠마 재팬 커뮤니케이션(음악), 도쿠마 인터미디어(컴퓨터 게임 및 컴퓨터 게임 잡지), 토코 도쿠마(중국 합작 영화 프로젝트 및 중국 감독을 활용한 독립영화), 도쿠마 인터내셔널(일본 외 지역에서 도쿠마의 엔터테인먼트 제품 판매에 관여하는 회사) 등으로 구성되어 있었다.

내가 도쿠마 인터내셔널에 입사했을 때, 일본의 모든 미디어 회사는 컴퓨터 기반 엔터테인먼트 상품과 책, 잡지, 신문 등 종이 인쇄물의 수요 감소로 인해, 전통적인 비즈니스 모델에 대한 심각한 도전을 받고 있었다. 스튜디오 지브리의 주요 창작가인 미야자키 하야오는 새 영화 〈원령공주〉를 위해 거의 죽을힘을 다해 작업하고 있었고, 동시에 영화의 결말을 고안하는 작가가 엄청난 난관에 처해 있었다. 미야자키는 늘 시나리오의 시작과 중간 부분을 제작하는 중에 엔딩을 쓰는 방식으로 작업했다. 그래서 애니메이션 영화 제작이 아직 완성되지 않은 대본을 따라잡게 되면 전반적인 공황 상태가 발생하곤 했다. 2년에 한 편씩 영화를 제작해 온 지브리가 개봉 일을 놓친다는 것은 스튜디오의 재정적 파탄을 의미할 수 있었다.

도쿠마의 사업 문제, 지브리의 제작 문제, 디즈니가 지브리의 영화를 전 세계에 배급하기로 계약한 새로운 도쿠마/디즈니 관계에 대한 초기 어려움 등으로 인해 스즈키는 신바시와 고가네이 사이를 더 자주 왕래해야 했다. 그래서 그는 하루의 상당 부분을 차 안에서 보냈다.

스즈키 토시오는 당시에도 그랬고 지금도 얼리어답터로 알려져 있다. 어떤 신기술이 나오면 가장 먼저 그 기술을 사용하는 사람이다. 엔터테인먼트 업계에서 그가 차지하는 위치 덕분에 일본의 주요 전자 제품 제조업체들은 종종 새로운 기기의 프로토타입을 그가 시험해 주길 원했다. 차 안에서 많은 시간을 보내는 스즈키는 차를 이동 사무실로 전환하여 이곳저곳을 오가는 동안 업무 시간을 낭비하지 않을 방법을 찾았다.

핸즈프리 휴대폰을 자동차에서 쉽게 사용할 수 있기 몇 년 전, 스즈키의 차엔 휴대폰이 있었다. 자동차에서 GPS 시스템을 쉽게 사용할 수 있기 몇 년 전, 스즈키는 자신의 차에 GPS 시스템을 장착했다. 또한 그는 자동차 트렁크에 미리 선택한 음악 메뉴나 임의로 선택한 음악을 자동으로 돌려서 재생하는 오디오 CD 시스템을 갖추고 있었다. 이 오디오 시스템은 차량과 함께 제공된 스피커를 대체하는 4개의 고급 스피커에 부착되어 있었다. 이 모든 기기 덕분에 스즈키는 이동 중에도 업무를 처리했고, 전화 통화를 하지 않을 때는 좋아하는 음악을 들을 수 있었다.

핸즈프리 전화 시스템 덕분에 스즈키는 출퇴근길에 (합법적으로) 운전하면서도 누군가에게 거칠게 손짓하며 소리를 지를 수 있는 최초의 인간이 되었다. 모바일 GPS와 정교한 음악 플레이어 덕분에 그는 1950년대와 1960년대 팝 음악('빅 걸스 돈 크라이', '쉬 러브 유', '하우스 오브 더 라이징 썬')을 들으며 도쿄의 악명 높은 교통 체증으로부터 탈출 계획을 세울 수 있었다. 많은 기술 장비들이 그를 위해 특별히 제작되었고, 조수석 쪽의 계기판을 포함한 차량 곳곳에 설치되었다.

나는 스즈키와 함께 도쿠마 쇼텐과 스튜디오 지브리 사이를 자주 그의 차로 왕래했다. 한번은 비교적 한산한 도쿄 거리의 교통 체증을 뚫고 달리던 중, 그의 차에 에어백이 장착되어 있을 거라는 생각이 들었다.

"스즈키 씨, 이 차에 조수석 에어백이 있나요?" 내가 물었다.

"네, 물론이죠." 그가 말했다.

"그럼 사고가 나면 에어백이 터지면서 GPS와 휴대폰, CD 플레이어 컨트롤러가 죄다 엄청난 속도와 치명적인 힘을 가지고 내 몸속에 박혀 나를 즉사시킨다는 건가요?"

"음… 네, 듣고 보니 그럴 수도 있네요."

그 후 몇 주 동안 그의 자동차 시스템이 일시적으로 비활성화되거나 제거되었다. 그와 친한 기술자들이 사고 발생 시 조수석 승객을 죽이지 않도록 모든 걸 재배치하는 방법을 고안하기 전까지, 마치 산탄 총 같은 그의 차에 타고 싶은 사람은 아무도 없었을 것이다.

스즈키는 아무리 바빠도 내가 미국의 대형 엔터테인먼트 회사(디즈니)에서 도쿠마 쇼텐으로 전직하는 데 필요한 일을 최대한 순조롭게 진행할 수 있도록 늘 시간을 할애해 줬다. 스즈키의 이런 노력은 내가 회사의 다른 부서와 접촉하지 않도록 나를 격리시키는 것과도 관련되었다.

새 회사의 직무 선언문과 나의 직무 기술서는 도쿠마 회사가 소유하거나 제작한 모든 작품의 판권을 일본 밖으로 판매하고, 일본 외 다른 곳과의 거래와 관련된 도쿠마 회사의 모든 비즈니스를 처리하는 것이었다. 여기에는 디즈니가 배급할 지브리 영화에 대한 디즈니와 지브리 간의 비즈니스 계약 관리도 포함되었으며, 다이에이 영화(〈쉘 위 댄스?〉)와 음악, 비디오 게임, 중국 합작으로 제작하거나 감독한 영화의 아직 판매되지 않은 해외 시장과의 계약 관리도 들어 있었다.

해외 사업을 위해 별도의 회사를 설립한 이유 중 하나는 나머지 도쿠마 그룹의 업무 정책을 피하기 위해서였다. 당시 일본 기업들은 여전히 주 6일 근무제를 시행 중이었다. 시간제 근로자의 경우에도 초과 근무를 했을 때 보상을 받지 못했다. 휴가와 공휴일이 있긴 했지만 거의 사용되지 않았으며, 사무실 청소나 차 또는 커피 서빙과 같은 업무는 (단지) 여성 직원에게만 의무적으로 주어졌다. 스즈키는 외국인이 일본 기업의 일반적인 근무 조건에 순응할 만한 직업 윤리가 부족하고, 새 회사의 일본인 직원들도 이러한 근무 규칙을 적용하면 반발할 것으로 생각했다. 일본 회사에서 조화롭게 일하려면 새 회사는 분리하여 독자적인 업무 규칙을 세워야 했다.

수년 전 일본 유학 시절, 오사카의 도톤보리 유흥가 뒷골목에서 일본인 친구와 한 잔 할 때였다. 새벽 2시쯤의 늦은 시각, 친구가 즐겨 가던 '스낵'이라는 술집과 클럽에서 술을 많이 마신 우리는 택시를 잡으려고 거리를 헤매었다. 그러다가 다리만 쭉 뻗으면 한걸음에 반대편에 다다를 수 있을 정도로 아주 좁은 길에 도착했다. 그 거리에는 보행자 신호등이 있었다. 신호등은 빨간색이었다. 그 길은 우리 둘을 제외하곤 아무도 없이 한산했다. 뉴욕에서 몇 년 살았던 나는 본능적으로 그냥 길을 건너려고 했다. 그러자 내 친구는 팔을 뻗어 나를 막았다.

"빨간불이야." 그가 말했다.

"오, 제발." 내가 말했다. "온통 한산하잖아. 차도 안 오고, 주변에 아무도 없어. 왜 멍청하고 무생물인 기계가 건너도 안전한지 우리에게 알려 줘야 하는 거야?"

"아루파토(앨퍼트), 물론 길을 건너도 안전하다는 건 알아. 하지만 내겐 여기 서서 녹색 신호를 기다릴 수 있는 내면의 힘이 있어. 그게 바로 너희 외국인들의 문제야. 너는 약해. 넌 여기 서서 녹색등을 기다릴 수 있는 절제력이 부족해."

친구의 말은 어쨌거나 일본인의 관점에선 당연한 주장이었다. 나 같은 외국인은 토요일에는 일하지 않는다. 가끔 야근을 하지만 정기적으로 하지도 않고, 하더라도 야근에 대한 추가 수당을 받아야 한다. 우리는 직장에서 한 책상을 공유하지 않고, 책상 하나를 온전히 자기 혼자 사용하길 원한다. 근무하는 사무실도 시市 소방서가 정한 법적 제한보다 더 붐비면 불평한다. 사무실에서의 흡연은 허용되어서는 안 된다고 생각한다. 남성과 같은 업무를 하는 여성이 자동으로 차(커피)를 타게 하거나, 같은 업무를 하는 남성은 유니폼을 입지 않는데 데 반해 여성은 꼭 유니폼을 입어야 한다거나, 하루가 끝나면 모든 책상을 여성이 정리해야 한다고 생각하지 않는다. 우리는 종종 우리 자신을 위해 함께 일하는 사람들이 우리가 틀렸다고 말하는 것을 허용하고, 심지어 우리가 눈치채지 못한 명백한 실수가 심각한 재앙을 가져올 수 있다는 사실을 알려 주지 않으면 화를 내기도 한다. 즉, 나 같은 외국인은 일본 회사 직원들이 이해하고 기대하는 일이나 다른 사람들에게 원하는 기본적인 일조차 하지 않을 뿐만 아니라 그런 일을 대부분 인식조차 하지도 못한다.

도쿠마 인터내셔널 사무실과 같은 건물에 입주한 다른 도쿠마 계열사 사무실을 물리적인 벽으로 분리한 것은 그러한 해결책이었다. 벽은 내부의 외국인이 근처에서 일하는 보통의 일본인과 대면하지 않도록 보호할 뿐 아니라, 일본인 근로자가 옆집의 외국인과 외국인의 사고방식에 우호적인 일본인 직원에게 노출되지 않도록 보호하기 위한 것이기도 했다. 도쿠마 인터내셔널은 회사들 가운데 유일한 금연 구역이었다. 토요일에는 아무도 근무하지 않았다. 비서는 여성 사무직 근로자들이 입는 유니폼을 입지 않았고 책상을 청소하지도 않았다(커피는 타긴 했다). 각자 자기 책상이 있었고, 저마다 일할 수 있는 적당한 공간이 있었다.

전형적인 일본 기업 비즈니스 사무실 모습은 익숙하지 않은 사람들이 보기에 대체로 미국 TV 범죄 드라마에 나오는 혼란스러운 강력반 사무실과 매우 흡사하다. 더 붐비고, 정돈되어 있지 않고, 부서장만을 위한 개인 사무실이 없다는 점만 달랐다. 회의실은 용의자를 심문하고 괴롭혀 범죄를 자백하게 하는 취조실과 똑같이 생겼다. 임원 층에 있는 회사 사장만 개인 사무실이 있었다. 소규모 자회사의 사장은 다른 사람보다 큰 책상을 사용하긴 했지만, 비서와 그 책상을 공유해야 했다.

심지어 일본 대기업의 사무실도 마치 고질라가 난입한 것처럼 보인다. 경영진이 청소나 수리 비용이 정당하지 않다고 여긴 듯하다. 직원들은 하나같이 일본인이다. 그들은 아쉬운 대로 버틸 것이다. 일본 오피스 빌딩의 각 층은 일반적으로 하나의 넓은 열린 공간으로 사용하도록 설계되어 있다. 아무리 유명한 회사라도 직원들은 서로 책상을 공유한다. 책상 하나에 4~6명의 직원이 양쪽에 앉아 컴퓨터나 파일 더미를 반투명 중간 장벽으로 삼아 서로 마주 보고 앉는다. 프린터, 복사기, 팩스 한 대를 한 층 전체가 공유한다. 때로는 두 층이 공유하기도 하며, 인쇄하거나 팩스로 보낸 문서를 받기 위해 위층이나 아래층을 오르내려야 한다.

도쿠마 쇼텐의 사무실은 건축가가 디자인한 꽤 세련된 건물에 자리 잡고 있었다. 하지만 사무실 자체는 일본 직원을 위해 설계되었다. 반면 도쿠마 인터내셔널 사무실은 외국인을 위해 설계되었다. 새로 지어진 벽 안에는 도쿠마 인터내셔널의 기존 직원 네 명이 각자 적당한 크기의 책상과 컴퓨터를 사용했다. 네 명이 사용할 수 있는 프린터, 복사기, 팩스도 있었다. 캐주얼한 회의를 위한 소파와 안락의자 2개, 서류와 문서를 펼쳐놓고 진행할 수 있는 회의용 테이블, 책상 의자 4개가 놓였다. 책장에는 관련성은 있지만 거의 사용하지 않는 법률 및 산업 관련 서적과 방대한 일영日英 및 영일英日 사전이 가득했다. 스튜디오 지브리가 제작한 모든 소비재와 서적을 하나씩 전시한 진열장도 있었다.

우리가 사용하는 10층 사무실에는 도쿄 베이Tokyo Bay까지 내다보이는 대형 창문이 있었다. 내 책상에서는 일본의 다양한 교통수단을 한눈에 볼 수 있었다. 도쿄행 초고속 열차가 마지막 철로에서 막 속도를 늦추고 있었고, 다양한 색깔로 분류되는 JR(일본 철도) 지역 및 장거리 노선이 몇 분 간격으로 오가는 중이었다. 새로 건설된 무인 유리카모메 열차는 고무바퀴를 달고 오다이바 엔터테인먼트 지역과 빅사이트 컨벤션 센터를 향해 휙 지나갔다. 1964년 올림픽 때 사용하다가 남은, 낡았지만 지금도 우아한 모노레일 열차는 하네다 공항으로 가던 커브 길을 돌다가 위태로울 정도로 왼쪽으로 기울어졌다.

그곳에는 우아한 아치형 슈토Shuto의 고가도로가 있었는데, 하루 종일 거의 움직이지 않는 교통 체증으로 꽉 막혀 있었다. 하루에 한두 번은 어울리진 않지만 도쿄 대도시 중심지로부터 멀리 떨어진 이즈-오가사와라 섬에서 24시간의 여행을 마친 페리가 다케시바 부두의 정박지로 천천히 들어오는 것을 볼 수 있었다. 새로 건설된 레인보우 브릿지Rainbow Bridge가 항구에 착 걸려 오다이바 섬을 연결시켰다. 그 다리는 아침 햇살에 은백색으로 빛났고, 해 질 녘에는 흐릿한 분홍색과 보라색 하늘을 배경 삼아 형형색색의 빛으로 물들었다.

하루 종일 제트 여객기가 하네다 공항으로 착륙하기 위해 도쿄 베이 상공을 낮게 날았다. 바로 아래, 번화한 신바시의 넓은 도로에는 교통 체증 때문에 자동차와 버스가 붐볐다. 술집 지역의 좁은 보행자 전용 골목길은 아침에는 대부분 비어 있었지만, 저녁 러시아워가 시작되면 어슬렁거리는 보행자들로 가득했다. 모두가 똑같은 시간에 똑같이 먹는 점심시간이 시작되었다가 끝날 때는 어딜 가나 사람들로 꽉 찼다.

우리 건물 바로 뒤에는 현대식 고층 빌딩이 들어설 예정인, 시오도메Shiodome로 알려진 공사 현장이 있었다. 초기 기초공사를 하는 과정에서 역사적인 봉건 영주 저택이 발굴되는 바람에, 고고학자들이 첫

솔을 이용해 진흙탕에서 에도 시대 찻잔과 주전자를 찾는 중이었다. 그동안 모든 공사는 중단되었다. 이 유물들은 일본 최초의 기차역인 신바시역 근처에서도 발견되어 마찬가지로 발굴 및 복원 작업이 진행 중이었다.

사무실 창밖으로 보이는 풍경은 한마디로 장관이었다. 나는 이런 풍경을 즐기며 시간을 보낸다는 것을 인정하지 않을 수 없었다. 두 층 위에 있는 도쿠마의 사무실은 좀 더 특별하고 광활한 도쿄의 전망을 볼 수 있었다. 물론 그의 사무실은 우리 사무실보다 훨씬 크고 좋았다.

직장 내 대인관계 역학을 항상 의식한 스즈키는 우리의 특별 사무실을 채우기 위해 도쿠마 인터내셔널의 초기 직원을 직접 선발했다. 우선 도쿠마 출판 부서에서 컴퓨터 게임과 회계 경험을 가진 남성 한 명을 채용했다. 그리고 해외 영화 영업 경험이 있고 도쿠마의 내막을 잘 아는 다이에이 픽처스 출신의 여성도 한 명 있었다.

스즈키는 직장에서의 성적 문제가 발생할 가능성을 피하기 위해 남자 직원은 나이가 어리고 따분한 사람, 여자 직원은 업계 지식과 경험 면에서 선배를 배치했다. 그는 서로에게 매력을 느끼지 못할 것이라 확신하는 두 사람을 특별히 선택하면, 사내 로맨스로 인한 직장 내 갈등을 예방할 수 있다고 믿었다. 나중에 이 두 직원은 결혼해서 약 1년 뒤 회사를 떠났다.

도쿠마 인터내셔널의 거의 모든 비즈니스는 일본 외 다른 나라 사람들과 주로 진행해야 했기에, 영어를 할 줄 알거나 최소한 영어로 전화를 유창하게 받을 수 있는 비서가 필요했다. 도쿠마 그룹(진정한 일본 기업의 상징) 내부에서는 그런 비서를 구할 수 없어 외부에서 채용을 했는데, 이를 통해 나는 서구 기업과는 다소 다른 일본 기업의 직원 채용 방식을 직접 경험할 기회를 가졌다.

스즈키는 직업소개소에 연락해 세 명의 지원자와 약속을 잡았다고 내게 알려 줬다. 첫 번째 지원자인 20대 초반의 젊은 여성은 직업소개소 대표와 함께 회의실로 들어왔고, 우리는 도쿠마 쇼텐의 관리자 세 명과 자리를 함께했다. 놀랍게도 모든 사람들이 동시에 앉아 한 번에 면접이 진행되었다. 미국에서는 일대일 면접을 하는 경우가 많다.

질문도 미국에서 일반적으로 채용 면접에서 하는 질문과는 달랐다. 종교는 무엇인가? 남자친구가 있는가? 없다면 그 이유는 무엇인가? 이전에 남자친구가 있었지만 지금은 없을 경우, 남자친구를 떠난 것은 그녀인가 아니면 그가 그녀를 차버렸는가? 은행 계좌에는 돈이 얼마나 있는가? 조만간 아이를 가질 계획인가? 일반적으로 이런 유형의 질문은 미국 취업 면접에서는 나쁜 질문으로 간주되거나 실제로는 불법일 수 있다.

첫 번째 지원자가 면접 시 가장 힘들어했던 부분은 갑자기 외국인에게 영어로 말하라는 지시를 받았을 때였다. 그 여성은 테이블 주위를 둘러보며 아무런 미소를 짓지 않은 다섯 명의 얼굴과 친근하게 보이려고 애쓰는 한 명의 얼굴을 주시했다. 잠시 망설이던 그녀는 눈물을 흘렸다. 외국인과 주로 거래하는 회사의 비서를 뽑는 자리였다. 영어로 말해 보라고 했을 때 주저앉아 우는 사람을 고용하고 싶진 않았지만, 그녀에게 그 상황은 불공평해 보였다.

첫 번째 지원자는 채용되지 않았다. 나는 스즈키에게 다음 면접부터는 더 적은 인원이 참석한 가운데 진행할 수 있는지를 물었다. 지원자들에게 성생활, 종교, 은행 잔고 등에 대해 물으려면 소수의 인원으로 하는 것이 더 나을 것 같았다. 스즈키는 나의 이런 요청에 당황한 듯했지만 내 의견에 동의했다.

다음 지원자는 직업소개소 대표와 어머니를 함께 모시고 왔다. 이번에는 스즈키와 나, 그리고 다른 한 명이 도쿠마 측 대표로 참석했다. 질문은 이전과 같았지만(어머니는 불편해 보였다) 영어 면접은 그녀와 나 단 둘이서만 진행했다. 우리는 결국 그녀를 채용했다. 하지만 나중에 알고 보니 그녀도 이따금 눈물을 흘리는 안타까운 성향이었다. 이를 본 우리는 결국 그녀를 교체하지 않을 수 없었다. 그녀 역시 옆 사무실의 다른 남자 직원과 결혼했다.

네 명으로 구성된 초창기 우리 직원들은 처음 몇 주 동안 사무실 일을 정리하느라 시간을 보냈다. 나는 일본 회사에서 일하는 것이 미국 회사에서 일하는 것과 다른 두 가지 중요한 특징이 있다는 걸 금방 알아챘다. 잦고 무의미한 사내 회의와 '아이사추挨拶, aisatsu'였다.

미국에는 이런 '아이사추'가 없다. 정황에 따라 번역하면 대략 '인사'라고 할 수 있다. 이 경우에는 대면 인사다. 신규 회사에 입사한 첫 1주일 동안, 아는 사람이나 만난 적이 있는 모든 일본 사람들이 예고 없이 불쑥 찾아와서 나의 새로운 직책을 축하한 뒤 5~10분 정도 별다른 것도 없이 앉아서 이야기를 나눴다. 한 번도 만난 적 없는 사람들도 회사에 입사한 것을 축하하려고 예고도 없이 불쑥 찾아오곤 했다. 나의 사무실은 아름다운 하얀 난초 화분으로 가득했다. 꼭 들르고 싶었지만 오지 못한 사람들이 보낸 선물이었다. 그중에는 일본 대기업 총수들이 보낸 선물도 있었다. 인상적이긴 했지만, 이렇게 많은 사람들이 특별히 할 얘기도 없으면서 수시로 들르는 데 어떻게 내가 업무를 할 수 있는지 도통 이해되지 않았다. 적어도 새로운 회사에 입사한 첫 몇 주 동안은 말이다.

외부의 의례적인 인사가 끝나고 나니 이번엔 도쿠마 회사 내부의 여러 사람들이 나를 방문했다. 첫 번째는 중국 파트너와 협력하여 중국 감독의 중국 영화를 제작하는 토코 도쿠마의 모리 씨였다. 모리 씨는 얼굴 옆으로 커다란 흉터가 있고, 환한 노란 눈동자에 담배로 얼룩진 갈색 치아를 가진 진지해 보이는 남자였다. 그는 전쟁 중 대만에서 일본 CIA를 위해 일했다는 소문이 돌았다. 모리 씨는 내 사무실에 앉아, 자기 딴엔 공손하려고 노력했지만 여전히 위협적인 목소리로, 중국 사업에는 손을 떼라고 경고하기 위해 들렀다고 말했다.

실사 영화 제작 그룹인 다이에이 픽처스의 대표도 고위 관리 몇 명과 함께 들러, 내가 해외 판매를 담당한다고 들었지만 다이에이는 내 도움은 필요하지 않다고 말했다. 그들은 내가 오기 전부터 완벽하게 잘 관리해 온 자체 인력이 있었고, 나 없이 계속 그렇게 할 셈이었다.

도쿠마 법무팀장은 자신이 모든 계약을 담당하고 있으니 자기와 먼저 상의하지 않고는 계약 협상을 생각조차 하지 말라고 했다. 도서 출판 책임자는 내가 일본 외 지역의 도서 계약을 도와준다는 얘기를 들었지만, 내가 출판 경험이 전혀 없으니 그냥 자기에게 맡기라고 했다. 그리고 인터랙티브 게임 사업부의 책임자는 내 디즈니 인맥을 활용해 일본 외 다른 지역으로 유통 사업을 확장하려고 굳이 애쓰지 않아 고맙다고 말했다. 음악 사업부의 책임자는 나를 보러 올 생각조차 하지 않음으로써 같은 메시지를 전했다.

회사 외부 사람들의 인사 방문과는 달리, 회사 내부 사람들의 인사 방문은 적어도 다들 분명한 목적이 있는 것 같았다. 내가 참석해야 하는 잦은 내부 회의도 마찬가지였다. 나는 일본 기업에서 어떤 문제에 대한 진정한 논의는 회의가 소집되기 전에 이루어진다는 걸 깨달았다. 해결해야 할 문제가 있거나 누군가의 승인을 받으려는 계획이 있을 경우, 관련 당사자들은 대개 일대일 또는 아주 작은 그룹으로 비공식적으로 만나고, 종종 술집이나 레스토랑 어딘가에서 모임을 갖는다. 술이 있든 없든 덜 공식적인 분위기에서 회사 직원들은 아이디어를 떠올리고 누가 어떤 사안에 찬성하고 누가 반대하는지, 결정적으로 찬성 또는 반대의 진짜 이유가 무엇인지 등을 파악한다. 필요한 모든 사람을 미리 찾아가서 승인을 얻는 과정을 '사전 조율'이라고 한다. 이렇게 해서 어떤 제안이나 새로운 아이디어에 대한 찬반 주장과 이에 대한 의사 결정 권자의 입장은 공식 회의가 열리기 훨씬 전에 모두 정해진다.

사전 조율이 이루어지면 해당 사안을 논의하는 척하는 회의가 소집되고, 참석자들은 이전에 (비공개로) 확인한 입장에 따라 마침내 투표한다. 회의가 소집될 때쯤이면 참석자들 모두가 이미 결정된 내용을 알고 있다. 나는 회의에 참석할 때마다 메모를 받지 못했거나 외출 등의 이유로 회의에 참석하지 못한 사람이 한 명이라도 있기를 바랐고, 또는 누군가가 회의장에 와서 제안된 내용에 놀라며 결정에 대해 논쟁을 벌이는 일이 일어나길 바랐다. 물론 그런 일은 절대 일어나지 않았다. 이미 결정된 사안에 대한 진정성 없고 무의미한 토론에 얼마나 많은 시간과 에너지를 쏟는지, 그리고 그 회의에서 이를 신경 쓰는 사람은 항상 나 혼자뿐이라는 사실에 나는 늘 놀랐다.

도쿠마 인터내셔널이라는 새로운 회사를 설립할 때, 우리는 새 회사의 공식 정책과 업무 규칙을 결정하기 위해 몇 시간 동안 '토론' 회의를 가졌다. 일본법에 따라 모든 법인 회사는 고용 규칙을 포함한 갖가지 공식 정책을 마련해야 했지만, 일단 정책이 확정되어 문서화되고 나면 의외로 아무도 관심을 기울이지 않는 것 같았다. 스즈키와 내가 미리 문서를 작성한 뒤, 스즈키는 다른 부서장들과 함께 사전 조율을 거친 후 도쿠마 사장에게 규칙을 설명하고 승인을 받았다.

그럼에도 불구하고 정책과 규칙을 논의하기 위한 일련의 회의가 열렸다. 회의에는 도쿠마 씨를 포함해 열두 명 이상의 사람들이 참석했다. 우리는 잠재적인 인사 문제와 규칙 및 규정의 세세한 부분들까지 꼼꼼히 살폈다. 한 번은 다른 도쿠마 그룹 계열사의 규정처럼 처음 출장을 가는 직원이 회사 비용으로 여행 가방을 구매할 수 있도록 허용할지, 허용한다면 어떤 종류의 여행 가방을 구매할 수 있는지, 그 비용은 얼마인지를 결정하는 데 무려 1시간 이상을 소비한 적도 있다.

우리는 출산 휴가, 장기 병가, 해고 사유, 직원 평가, 성과 검토 빈도 등 더 큰 주제들도 잠시 다뤘지만, 그 어떤 주제도 여행 가방 이슈만큼 참가자들의 관심을 끌지는 못했다. 그렇게 스즈키와 내가 결정하고 도쿠마 씨가 승인한 규칙들은 이를 감시하는 정부 기관에 제출하기 위해 인쇄되었다. 불과 세 명의 직원밖에 없고 열두 명이 될 것이라 예상하기도 힘든 회사에서는 이 모든 게 과해 보였다. 게다가 회사의 다른 참석자들도 이런 사실을 다 알고 있었다.

나를 늘 당혹시킨 일본 회의의 또 다른 특징이 있다. 누군가가 말을 시작하면 무슨 말을 하든 그 사람이 생각하는 바를 말하는 한, 발언권이 오로지 그 사람에게만 있다는 점이다. 그 사람이 주제에서 완전히 벗어나거나, 지나치게 길거나, 황당할 정도로 부정확한 말을 하는 경우라 하더라도, 아무도 정중하게 또는 다른 방식으로 개입하여 그의 발언을 끝내거나 제한시키지 않는다. 오직 끝날 때까지 그 사람만 말을 계속한다.

일본인들은 얼추 '발표'로 번역되는 용어인 '히요happyo'에 익숙하다. 긴 연설은 일본의 많은 사교 행사 시 특징이다. 결혼식이나 송별회에서는 긴 연설이 끝없이 이어진다. 일본인들은 어릴 때부터 학교나 사교 모임에서 무작위로 뽑혀 일어나 말하라는 요청을 자주 받는다. 그리고 그들은 실제로 할 말이 있든 없든 거의 항상 그렇게 한다. 일본 비즈니스 회의에서는 할 말이 있든 없든 회의실에 있는 모든 사람이 말해야 한다. 결론을 내리려고 하거나, 거론된 의견에 대해 이의를 제기하거나 토론하는 분위기는 전혀 없다. 그저 회의실에 있는 모든 사람들이 논의 중인 사안과 직간접적으로 관련 있을 수도 있고 없을 수도 있는 자신의 입장을 표명하기만 하면 된다.

반면, 모든 것이 결정되었거나 배후에서 결정된 회의라 하더라도 다른 기능을 수행할 수 있다. 사람들이 어디에 앉는지, 특히 회장과 가장 가까운 자리에 누가 앉는지가 중요하다. 누가 어떤 순서로 발언을 요청받느냐에 따라 수시로 바뀌는 회사의 권력 구조가 드러나기도 한다. 애초에 누가 그 회의에 초대되었는지부터 중요하다. 이런 식의 회의는 선택지에 대한 비판적인 토론과 평가를 통해 회사의 실제 비즈니스를 발전시키지 못할 수도 있다. 하지만 회의에 참석한 사람들에게 회사 내부에서 실제로 어떤 일이 벌어지고 있는지에 대해서는 많은 것을 알려 줄 수 있다. 회의에서 얻은 중요한 정보는 논의 중인 주제와는 거의 무관한 경우가 많다.

도쿠마 사장

도쿠마 그룹의 회장은 도쿠마 코카이Tokuma Kokai 또는 도쿠마 사장 Tokuma-shacho으로도 불리는 도쿠마 야스요시였다. 일본 사업가에 대한 고정관념이 무엇이든 도쿠마 사장은 어느 부류에도 부합하지 않았다. 그의 특성은 공감대를 형성하고 위험을 회피하는 팀 플레이어였고, 파란색 정장을 입은 전형적인 일본 사업가들과는 분명 다른 사람이었다. 그는 기발하고 자신감 넘치며 독단적이고 의지가 강하며 당돌한 사람이었고, 여론과 통념의 흐름을 고의적으로 즐겁게 거부하며 행동할 수 있는 사람이었다. 그는 엄청 인상적이거나 카리스마가 있거나 드라마틱한 사람처럼 보이려고 의식적으로 노력했다. 활기차고 즐거웠지만, 분노와 큰소리를 칠 줄도 알았다. 키가 크고 잘생긴 남자였으며 권위적인 아우라를 풍겼다. 스테로이드를 맞은 당신의 할아버지 같았다(만약 당신의 할아버지가 일본인이라면 말이다). 그는 빤히 속이 들여다보이는 거짓말을 너무도 설득력 있고 재미있게 뱉어 내어, 믿을 수 없으면서도 믿게 만들었다. 그는 끝도 없이 교묘한 마키아벨리식 음모를 꾸밀 수 있었고, 그 음모가 너무 우스꽝스럽고 뻔해 보이는 동기로 포장되어 종종 과소평가되기 때문에, 오히려 성공할 수 있었다. 겉으로 드러난 행동은 진정한 목적이나 의제를 갖고 있는 게 아니라, 당신의 주의를 의도적으로 분산시키거나 잘못된 방향으로 유도하기 위해 설정된 연막이었다.

도쿠마 사장의 자기 과시적이고 명백하게 과장된 거짓말이 진지한 것으로 간주되지 않도록 의도된 것임을 깨닫기까지는 꽤 오랜 시간이 걸린다. 왜냐하면 그 가식을 꿰뚫어 본 것에 대해 스스로 축하하는 동안 당신은 진짜 이야기를 놓치기 때문이다. 도쿠마 사장은 단 몇 마디만 말해도 허풍을 떨며 자기도취에 빠진 이기주의자에서 지혜로운 원로 정치가로 변신하여, 비밀리에 그리고 비공식적으로 자기 지혜를 당신과 나누고자 했다. 그의 조언은 심오해 보였고 대체로 현실적으로도 타당했다. 그가 자주 되뇌었던 좌우명은 "내 인생의 대본을 다른 사람이 쓰게 두지 말라"와 "은행에 요청만 하면 돈이 나오니, 돈이 부족하다고 해서 좌절하지 말라"는 것이었다. 큰돈을 빌리는 방법을 아는 것은 그의 가장 큰 재능이었다.

내가 도쿠마 쇼텐에 입사했을 때 도쿠마 사장은 70대였다. 그는 나이 들어 은퇴한 영화배우처럼 건장한 체격에 잘생긴 외모를 지니고 있었다. 또 마이크 없이도 수백 명의 청중에게 감동적으로 연설할 정도로 깊고 중후한 목소리를 가졌다. 사석에서도 고함을 지르지 않아서 모래밭에서 속삭이는 수준이었다. 그는 구시대 정치인이나 야쿠자 두목 같은 태도를 갖고 있었다. 그가 종종 주장했듯이, 그에게서 일본의 유명 정치인이나 소니나 닌텐도 같은 현대의 주요 기업 수장, 일본의 일류 주요 은행장에 조언하기 위해 앉은 모습은 상상하기 어려웠다. 그가 전형적인 기업 고문처럼 보이지는 않았기 때문이다. 하지만 적어도 그의 이야기 중 일부가 사실임을 입증하는 사진 자료가 신문에 실리곤 했다. 확실히 그는 자신이 말한 대부분 또는 적어도 일부를 지어냈고, 세부 사항을 꾸미고, 여기저기서 좋은 이야기를 만들기 위해 덧붙였지만, 그 안에는 항상 자신이 가던 길을 멈추고 의구심을 품을 정도로 충분히 검증 가능한 진실이 있었다. 아무도 그의 이야기를 믿지 않았지만, 그렇다고 완전히 믿지 않는 사람도 없었다.

도쿠마 씨는 해결사였다. 그는 막후에서 일 처리를 할 수 있는 사람이었다. 정치인 A가 정치인 B나 기업 총수 C와 만나서 이야기할 게 있되 공개적으로는 이야기할 수 없을 경우, 도쿠마 씨에게 이야기하면 그 메시지를 그가 전했다. 그는 우노 소스케Uno Sosuke, 1922~1998 총리의 친구로도 유명했다. 1989년 〈마이니치신문〉이 전통을 깨고 당시 우노 총리가 게이샤(기생)를 데리고 있다고 보도하자 우노는 일주일 동안 도쿠마 씨의 12층 집무실에 숨어서 언론의 집중 포화를 피했다. 우노는 취임 3개월 만에 사임해야 했다. 그 원인이 총리가 게이샤를 데리고 있다는 도덕적 문제에 대한 대중의 분노 때문인지, 아니면 이전 정권이 인기 없는 전국적인 소비세를 부과한 것에 대해 우노 정권이 비난받고 있던 때문인지, 아니면 그 게이샤가 신문 기자를 찾아가 불만을 토로할 정도로 우노가 게이샤를 싼값에 데리고 있어서인지는 불분명하다. 어쨌든 우노가 속한 정당이 피해를 막기 위해 노력하는 동안 우노를 숨겨준 사람이 도쿠마 씨였다.

한 번은 점심 식사를 마치고 돌아와 도쿠마 쇼텐 빌딩의 로비에 있는 두 대의 엘리베이터 중 한 대에 탔을 때, 사람들이 내가 방금 탄 엘리베이터를 피하는 것을 발견한 적이 있다. 일본에서는 사람들이 공공장소에서나 전철에서 외국인 옆에 앉거나 엘리베이터에서 외국인 옆에 서는 것을 피하려는 경우가 종종 있지만, 도쿠마 오피스 빌딩에서는 이런 일이 거의 생기지 않았다. 그러다가 나는 그 엘리베이터에 함께 탄 상대방이 야쿠자인 걸 알았다. 그는 키가 크고 근육질에 짙은색 정장 차림이었다. 좁은 넥타이를 매고 선글라스를 끼었으며 얼굴에는 흉터가 보였다. 스포츠형 머리를 하고 태도 또한 각별했다. 그의 양손에는 커다란 종이 쇼핑백이 들려 있었다. 나는 무심코 그 안에 무엇이 들었는지 힐끗 내려다보았다. 가방 윗부분은 헬로키티 핸드타월로 느슨하게 덮여 있었지만, 타월 아래에는 고무줄로 묶은 1만 엔 지폐 다발의 현금이 가득 찬 걸 뚜렷하게 볼 수 있었다. 나 말고 아무도 타지 않은 채 엘리베이터 문이 닫혔다. 내가 10층 버튼을 누르자, 이 동행인은 도쿠마 씨의 집무실과 개인 회의실만 있는 12층 임원층 버튼을 대신

눌러 달라고 부탁했다.

　　도쿠마 쇼텐 빌딩의 12층은 그 자체로 독립된 세계였다. 도쿠마 이사회실, 매우 아름답게 꾸며진 사장실과 작은 회의실, 그리고 안쪽에는 도쿠마 사장이 받았거나 그가 다른 사람에게 줄 선물로 가득 찬 창고 같은 비밀의 방이 여럿 있었다. 곳곳마다 값비싼 오리지널 예술품이 가득했다. 사장 집무실의 감시자는 도쿠마 사장의 개인 비서인, 매우 우아한 오시로Oshiro 씨라는 여성이었다.

　　도쿠마 사장이 호출하면 오시로 씨로부터 전화를 받게 된다. 무슨 이유로 도쿠마 사장을 만나야 할 경우, 오시로 씨에게 전화하면 그녀가 적절한 시간을 조율하거나 요청이 거절되었음을 정중히 알려 준다. 외부에서 온 방문객이나 당신이 12층으로 오른다면, 도쿠마 사장과의 회견 후엔 건강에 좋다는 녹차의 일종인 도쿠다미 꾸러미를 선물받는다. 12층 어딘가에는 도쿠다미차 꾸러미가 산더미처럼 쌓인 창고가 있었다.

　　12층으로의 호출은 확실히 흥미진진했다. 도쿠마 사장이 요청할 일이 있으면, 오시로 씨가 전화를 한다. 오후 3시나 화요일 정오처럼 특정한 시간이나 요일에 전화가 걸려 오는 경우는 없다. 물론 사전 통보도 거의 없다. 오시로 씨가 전화를 한다는 것은 도쿠마 사장이 즉시 부른다는 것이다. 그럴 때면 하던 일을 멈추고 곧장 달려가야 한다.

　　도쿠마 사장의 집무실로 안내를 받는 것은 항상 특별했다. 거기엔 거대하고 아름다운 마호가니 책상이 있었고, 그 책상에는 방금 받아서 포장이 뜯긴 선물이나 액자가 가득 쌓였던 것 같다. 두 벽면은 모두 유리로 되어 있어서 도쿄항까지 탁 트인 전망을 감상할 수 있었다. 마치 철학자가 도시를 바라보는 것 같았고, 내 사무실에서 바라보는 것과도 비슷하지만 훨씬 더 웅장했다. 도쿄역을 오가는 초고속 열차, 도쿄 외곽 섬에 정박하거나 출항하는 페리, 하네다 공항으로 착륙하기 위해 낮은 고도에서 선회하는 비행기가 왠지 이곳에서는 더 의미 있게 보였다. 도쿄의 이런 전망을 누리는 사람이라면, 당신이 아래에서 보고 있는 것을 뒤바꿀 진정한 힘을 가졌을 것만 같았다.

도쿠마 씨의 집무실 창가에 서 있으면 일본 천황이 낮에는 오리를 사냥하고 밤에는 달맞이 파티를 열었던 하마 리큐 황실 정원Hama Rikyu Imperial Gardens이 내려다보였다. 주변에 높은 건물이 없어 마치 세상 꼭대기에 선 것과 같은 기분이었다. 일본 천황과 그가 소유한 재산조차 당신의 발아래 있었다.

이곳을 처음 방문한 사람이든 회사 직원이든, 벽에 걸린 예술품과 창밖 풍경을 감상하고 나면 유리로 뒤덮인 대형 커피 테이블을 중심으로 소파와 의자가 배치된 공간으로 안내된다. 이곳은 도쿠마 사장이 업무를 보는 모습을 보면서 그가 오기를 기다리도록 초대되는 곳이다. 당신이 들어올 때 그는 통상 전화 통화를 하고 있다. 바깥쪽을 바라보는 안락의자는 도쿠마 사장용이고, 그 앞 테이블에는 그의 개인 찻잔이 놓여 있다. 이 찻잔은 산과 폭포 풍경이 새겨진 매우 아름답고 희귀한 에도 시대의 청백색 이마리Imari 도자기(이마리 도자기는 17세기 초 에도 시대 일본 규슈의 아리타 마을에서 시작된 고급 일본 도자기 스타일을 말한다. 도자기의 대부분이 특히 유럽으로 선적되었던 인근 이마리 항구의 이름을 따서 명명되었다-역주)다. 책상을 마주 보고 놓인 2개의 의자는 보통 사내 방문객을 위한 예약석이었다. 책상을 등지고 있는 소파에는 도쿠마 사장이 선물로 받은 책이나 기타 물건들로 층층이 쌓여 있었지만, 외부 방문객이 사용할 수 있도록 비워 두기도 했다.

도쿠마 사장과의 회의는 오시로 씨가 갓 내린 커피와 멋진 프랑스식 쿠키 또는 작은 케이크가 담긴 쟁반을 가져와서 그것들을 먹기 전에는 시작되지 않았다. 다른 사람보다 큰 의자에 앉는 도쿠마 사장은 서두르는 기색이 전혀 없었다. 그는 어떻게 지내는지, 무슨 일을 하고 있는지 물었다. 쿠키를 먹고 차나 커피를 마시는 동안 개인적인 대화가 오갔다. 그런 후 마침내 그는 당신에게 자기가 원하는 이야기를 꺼낸다. 예를 들어, 당시 디즈니의 회장인 마이클 아이스너Michael Eisner, 1942~를 직접 만나고 싶다는 것도 그런 주제 중 하나였다. 언제 어떻게 만날 수 있을까? 그는 빌 클린턴Bill Clinton, 1946~과의 만남을 주선할 수 있는 방법에 대해 조언을 구하기 위해 나를 여러 차례 집무실로 불렀다(하비 와인스타인Harvey Weinstein, 1952~은 자신이 주선할 수 있다고 제안했다).

도쿠마 씨와의 만남이 일본인이 아닌 사람으로부터 받은 제안서 때문일 때도 있었는데, 그는 영어로 작성된 답변서를 원했다. 한 번은 탤런트 에이전트인 마이클 오비츠Michael Ovitz, 1946~가 도쿠마 씨에게 당시 플레이보이 엔터프라이즈 CEO인 크리스티 헤프너Christie Hefner를 만나도록 권유했다. 이는 도쿠마 쇼텐이 일본에서 〈플레이보이〉를 출판하는 데 관심이 있는지 알아보기 위함이었다(그는 관심이 없었다). 스티븐 시걸Steven Segal, 1949~은 그가 자신의 영화 중 한 편에 투자해 주기를 원했다(그는 투자하지 않았다). 3~4개월마다 그는 유럽 어딘가에서 영화 제작을 총괄해 달라는 초대를 받았다며 재무제표 요약본을 검토해 달라는 요청도 했다.

도쿠마 씨는 가끔 나와 함께 일하던 모리요시 씨와 나를 자신의 집무실로 호출했는데, 회의나 요청의 목적은 전혀 아니었다. 오시로 씨는 하겐다즈 아이스크림(항상 바닐라)이나 작은 플라스틱 용기에 담긴 크렘 브륄레를 한 잔씩 들고 들어오곤 했다. 우리는 함께 먹었다. 가끔은 아예 대화 한마디 없이 먹기만 했다. 다 먹고 나서 그가 고맙다고 인사하면 우리는 자리를 떴다. 그게 끝이었다. 모리요시 씨와 나는 자리를 떠나면서 서로를 쳐다보며 말 없이 있다가, 아래층으로 내려와서야 "방금 뭐였지?"라는 질문을 하곤 했다.

도쿠마 쇼텐의 주된 사업은 엔터테인먼트와 출판이었다. 도쿠마 씨는 재능 있는 인재를 발굴하고 지원하고 홍보하는 회사를 세웠다. 작가와 다른 예술가들은 도쿠마가 대표인 것을 좋아했는데, 그는 창작은 창작자의 몫이라고 굳게 믿었고 그들이 하는 일에 아무런 간섭을 하지 않았기 때문이다. 일단 함께 일하기로 결정한 사람을 택하면 창의적인 측면은 전적으로 그 사람 손에 맡겼다. 그들의 실제 작업물에 대한 관심보다 창작자들과의 관계를 어떻게 활용할 수 있는지에 대한 관심이 더 컸던 것이 그들로선 도움이 되었다. 그는 책을 출판했다. 작가와 다른 직원들을 고용하여 잡지를 제작했다. 그의 회사는 아무도 투자하지 않았던 구로사와 아키라Akira Kurosawa, 1910~1998의 영화에 투자하기도 했다. 중국 정부가 영화 상영을 금지하겠다고 위협하는 중국 영화 제작자에게도 투자했다. 또한 당시 상대적으로 무명이던 일본 감독 다카하타 이사오와 미야자키 하야오에게 자금을 지원하여 스튜디오 지브리를 설립했다.

스튜디오 지브리는 〈바람계곡의 나우시카〉 제작팀을 그대로 유지하며 더 많은 영화 제작을 위해 설립되었다. 스튜디오 지브리의 탄생에는 많은 신화가 있다. 스즈키 토시오는 '지브리Ghibli'가 1차 세계대전 당시 이탈리아 전투기 조종사들이 사하라 사막에서 불어오는 뜨거운 바람을 지칭할 때 사용한 용어여서 스튜디오의 이름도 그렇게 정했다고 했다. 스즈키는 지브리의 설립 목적이 일본 영화 애니메이션계에 뜨거운 새바람을 불어넣기 위한 것이라고 주장했다. 미야자키 하야오는 왜 지브리라는 이름을 지었느냐는 질문에, 스튜디오를 만들려고 하는데 이름이 필요하다고 스즈키가 말했을 때 자연스럽게 그 이름이 떠올라서 그렇게 지었다고 했다. 미야자키는 스즈키가 입사했을 때 1차 세계대전 항공기 서적을 보고 있었는데, 당시 펼쳐져 있던 책에서 스즈키가 무작위로 비행기를 가리켰다는 것이다. 둘 다 사실일 수도 있고 아닐 수도 있다. 어느 쪽이든, 도쿠마 야스요시가 스튜디오를 위해 자금을 마련한 것만은 사실이다.

대중 연설

회사를 관리하기 위해, 더 정확하게는 회사에서 일어나는 일에 대한 보고를 듣고 외부에 설명할 스토리를 만들기 위해 도쿠마 사장은 매월 세 차례씩 정기적으로 회의를 열었다. 부서장 회의, 이사회 회의, 도쿠마 그룹 전 직원 회의가 그것이었다. 마지막은 도쿠마 그룹을 구성하는 회사의 직원들이 모이는 월례 회의였다. 반기마다 열리는 주주총회도 있었다. 각각의 회의는 도쿠마 사장의 연설로 시작되었다. 연설은 도쿠마 씨의 기분과 당시 상황에 따라 조금씩 다른 형태로 진행되었는데, 그의 연설은 코미디언의 스탠드 업 독백과 정치인의 공식 연설 사이 그 어디쯤에 있었다.

각각의 회의는 내용이 상당 부분 겹치긴 했지만, 목적과 참석 대상은 각기 달랐다. 도쿠마 쇼텐 빌딩 최상층 대형 회의실 테이블에 둘러앉은 서른여 명의 부서장 또는 부장들이 둘러앉은 부서장 회의에서는 부서장들이 일어서서 당월에 있었던 부서 활동의 주요 내용과 다음 달에 어떤 일이 일어날 것인지를 말해야 했다. 모든 좌석은 배정되었고, 시간을 지켜야 했다. 회의는 오전 10시에 시작하는데 오전 9시 55분까지 자리에 착석하지 못하면 지각이었다.

회사에서 각 사람의 현재 지위는 테이블 맨 앞에 앉은 도쿠마 사장과의 근접성에 따라 알 수 있었다. 스즈키 토시오는 항상 그의 오른쪽에 앉았다. 한두 번 이상 그의 왼쪽 자리를 차지한 사람은 아무도 없었다. 도쿠마 씨는 약간의 경쟁과 모호함을 조장하는 걸 즐겼기 때문에 테이블의 다른 자리는 대체로 자주 교체했고, 동등한 지위의 라이벌들이 상사와 같은 거리에 앉아 테이블을 서로 마주 보도록 했다. 나는 항상 스즈키의 옆자리에 앉았다. 이유는 애초에 테이블에 외국인을 앉힌다는 것 자체가 회사에서 일종의 지위를 의미하기도 했고, 무슨 일이 일어나고 있는지를 말해 주기 위해 귓속말을 자주 해야 했기 때문이다.

도쿠마 사장은 항상 회의 시작 후 처음 30분 동안은 당월 일기장에서 발췌한 내용을 낭독함으로써 함께 모인 그룹을 즐겁게 만들었다. 어쨌든 그가 읽은 일기 내용에는 일본의 상업 및 정치 권력 중심에서 벌어지는 비밀과 그 이면을 엿볼 수 있는 내용이 담겨 있었다. 그는 그 일기들을 혼자서 해야 하는 긴 이야기를 위한 일종의 출발점으로 활용했다. 주로 유명한 사람들에 대한 이야기였다. 때로는 정치와 사회에 대한 자신의 생각이나 농담을 곁들이기도 했다. 그는 내가 청취한 대중 연설가 중 가장 흥미진진한 사람 중 하나였다. 게다가 그는 자신의 발언 차례가 되면 그 회의실에 모인 모든 사람의 기대감을 갖게 했다.

이러한 회의에서 발언할 때는 (여성이라도) 큰 목소리로 자신감 있고 남자다운 목소리로 말해야 했다. 특정 부서에서는 매월 별다른 일이 일어나지 않는 경우가 많았다. 자신의 업무 활동을 꾸며서 진전 있는 것처럼 말하는 발표자의 말을 듣는 것은 고통스럽거나 잠을 유도할 수도 있다(일본 비즈니스 회의에서 잠을 자는 것도 올바른 자세라면 괜찮다. 팔짱을 가슴에 끼고 턱을 가슴 위에 얹어서 눈을 감고 듣는 것으로 해석될 만큼 모호한 표정을 짓는 것이 바로 그런 올바른 자세다). 보고되는 주제는 종종 회의실에 있는 모두가 이해하기로 도쿠마 사장 자신이 제시했지만 다들 인정하지 않으려는 비즈니스 관련 실패 얘기였다. 기대를 한껏 모았던 시드니 셸던Sidney Sheldon, 1917~2007의 신간이 비즈니스에 실패해 출판 부서의 실적이 하락했다. 도쿠마 사장이 출판 책임자의 조언을 무시하고 독자적으로 작가와 터무니없이 관대한 계약을 맺은 결과였다. 하지만 그 누구도 도쿠마 씨를 큰소리로 비난할 수 없어서 출판 책임자는 시드니 셸던에게 과다한 인세를 지급한 책임을 져야 했다.

회의에서는 해결책이나 실행 가능한 계획은 제시되지 않았고, 의견이나 질문도 거의 없었다. 부서장이나 부서의 책임자가 자신의 의견을 말하면 사람들이 고개를 끄덕이며 인정하는 척했다. 그리고 나면 다음 사람이 호명되었다. 깜짝 놀랄 만한 내용도 없고, 새로운 정보 소개도 없었다. 하지만 처음에 나는 이런 식의 회의인 줄 몰랐다.

처음 참석한 부서장 회의에서 내가 해야 할 일은 기립해서 자기소개를 하는 게 전부였다. 꽤 잘 진행하긴 했다. 하지만 두 번째 회의에서 나는 약간 흥분해서 문제에 휘말렸다. 일부 국제 비즈니스는 도쿠마 쇼텐 경영진이 담당하고 있었다. 특정 범주에 속하지 않거나 아무도 다루고 싶어 하지 않는 프로젝트가 생기면 무엇이든 맡는 그룹도 있었다. 다양한 해외 프로젝트를 담당하던 사람들은 기꺼이 나에게 그 프로젝트를 넘겼다. 오츠카 씨라는 선임 직원 중 한 명이 나를 지도하거나 감독하도록 임명되었다(아마도 도쿠마 사장이 스즈키 씨가 나의 유일한 멘토임을 믿지 않은 탓일 것이다). 오츠카 씨는 한국 담당이었다. 도쿠마는 한국 기업과 여러 가지 사업을 하고 있었는데, 오츠카 씨는 내가 그 한국 기업 회장을 만나서 비즈니스 관계를 관리하고 처리하길 바랐다.

오츠카 씨는 나와 한국 기업 회장과의 첫 대면 미팅을 위해 저녁 식사 자리를 주선했다. 저녁 식사는 오후 4시 히가시긴자 근처의 상당히 비싼 스시 레스토랑으로 잡혔다. 저녁 약속이 이렇게 일찍 잡힌 게 이상하다고 생각했고, 그 시간에 스시 레스토랑이 영업을 하는지도 의문스러웠다. 약속된 시간에 맞춰 약속 장소에 도착해 한국 회사 대표인 다이겐 커뮤니케이션Daigen Communications의 회장을 소개받았다. 맥주를 주문한 오츠카 씨는 맥주가 오자마자 곧장 마시고는 놀랍게도 자리에서 일어나 허리를 굽혀 인사만 하곤 그냥 자리를 떴다.

그 후 3시간 반 동안 초밥과 맥주를 마시며 내가 몰랐던 한국 영화계에 대한 모든 걸 들려줬다. 내가 몰랐던 내용은 대부분 한국과 일본의 역사적 관계와 관련된 것이었다. 한국에서 일본 영화를 상영하는 것은 불법이었다. 2차 세계대전 이후 많은 한국인들이 일본에 대해 느꼈던 적대감 때문이기도 하지만, 여기엔 경제 보호주의도 한몫했다. 한국은 자국 영화 산업의 번영을 원했고, 한국 젊은이들에게 인기 있는 일본 영화는 위협적인 존재였다.

일본 영화에 대한 금지 조치는 점차 완화되는 중이었지만 주로 일본 실사 영화에 한해서였다. 한국에는 토종 신생 애니메이션 스튜디오가 많았고, 애니메이션 영화는 어린이들이 주로 시청했기 때문에, 일본 애니메이션 영화에 대한 금지 조치는 해제될 가능성이 적었다. 일본 애니메이션을 수입하려는 다이겐 커뮤니케이션 같은 회사들의 막대한 로비 끝에 한국 의원들이 양보한 유일한 예외는 주요 국제상 수상 영화에 한해서였다. 이러한 영화에 대한 극장 배급은 허용되지만 TV 방송이나 비디오 판매는 허용되지 않았다.

그는 과거로 인해 촉발된 불필요한 잔재를 되돌리기 위해 적극적인 캠페인을 벌이고 있는 한국 기업인과 몇몇 한국 정치인들이 있으며, 상황이 바뀌고 있어 가까운 미래에는 이런 관계가 분명 바뀔 것이라고 설명했다. 그는 곧 모든 일본 실사 영화의 수입이 허용되고 TV 방영 금지 조치가 해제될 것이라고 말했다. 애니메이션 영화와 TV 프로그램에 대한 금지 조치는 당분간 유지되겠지만, 그 해제도 시간문제일 뿐이었다.

나는 그에게 한국 정부가 금지 조치를 해제할 것이라는 사실을 어떻게 아느냐고 물었다. 그는 몸을 바짝 숙이고 낮은 목소리로 말했다. "우리는 이런 결정을 내리는 사람들을 잘 알고 있습니다." 그는 말했다. "그들에게 영향을 미칠 수 있는 방법도 있지요."

"뇌물을 말하는 건가요?" 내가 물었다.

그는 몸을 뒤로 젖히고 잔을 들어 맥주를 한 모금 더 마셨다.

"올해 말에는 금지 조치가 해제될 것으로 알고 있습니다." 그가 말했다.

"내가 어떻게 했으면 좋겠습니까?" 내가 물었다.

회장의 문제는 그가 지브리 영화의 초기 지지자였다는 점이다. 그는 한국에서 영화를 배급하기 위해 10년간의 라이선스 계약을 체결한 상태였다. 그가 맺은 계약 종료 시점도 다가오고 있었다. 계약서에는 계약 만료 시점에 일본 애니메이션 영화에 대한 금지 조치가 그대로 유지될 경우, 다이겐 커뮤니케이션이 도쿠마에 한국 판권을 위해 선지급한 거액의 최소 보증금을 잃게 된다고 명시되어 있었다. 그 10년이 거의 다 지나가고 있었지만, 상영 금지 조치는 해제되지 않았다. 그는 라이선스를 10년 더 무료로 연장해 주기를 원했다. "나는 정치인들을 잘 압니다. 계속 돈을 쓰는 중이지요. 올해 말까지 금지 조치가 해제될 것이라고 약속합니다. 내가 장담합니다."라고 그는 말했다.

그 후 부서장 회의에서 내가 발언할 차례가 되자 나는 오랫동안 지속된 한국의 애니메이션 영화 금지 조치가 곧 해제될 것이라고 발표했다. 내 발언에 소란스러운 웃음소리가 쓰나미처럼 몰려왔다. 그 파도는 나를 덮쳤다. 도쿠마 사장은 나를 쳐다보더니 거의 할아버지 같은 상냥한 목소리로 "아, 회장과 얘기하셨군요. 아루바토 씨(도쿠마 씨는 내 이름을 제대로 발음하지 못했다), 그는 지난 10년 동안 1년에 두 번씩 도쿄에 와서 똑같은 얘기를 해 왔습니다. 우리도 처음엔 그 말을 믿었지요. 그가 무슨 말을 하든 간에 그 금지 조치는 금세 해제되지 않을 거예요."

역시나 금지 조치는 해제되지 않았다.

부서장 회의에서 일어나 발언하는 것 외에도 매달 부서장들은 도쿠마 그룹의 약 1,300명의 직원을 대표하는 대규모 인원 앞에서 짧은 연설을 해야 했다. 회의는 도쿠마 쇼텐 빌딩의 사내 극장인 도쿠마 홀Tokuma Hall에서 열렸다. 각각의 부서장이 차례로 큰 무대에 올라가 300여 명의 직원들에게 연설했다. 나는 많은 사람들로 가득 찬 대형 강당 연단에서 일본어로 연설할 생각에 겁이 났지만, 한 달에 한 번씩 이런 일이 발생했다.

나는 항상 세 번째 연사였다. 도쿠마 사장 본인에 이어 스즈키 씨 바로 다음이 내 차례였다. 도쿠마 사장은 뛰어난 연설가였다. 그의 연설은 항상 시사적이고 생각을 자극하며 유머러스해서 매번 적절했로. 그는 뛰어난 무대 배우처럼 우렁차고 힘찬 어조로 말하면서도, 간혹 거칠고 소박한 말투 때문에 친밀감을 떨어뜨리기도 했다. 그는 할아버지처럼 현명하거나 천둥처럼 화를 내거나 너무 배꼽을 잡게 말했다. 물론 그가 하는 말은 거의 모두 완전히 지어낸 것이었고 대체로 사실도 아니었다. 하지만 청중은 그의 말 한마디 한마디에 집중했다. 그는 정말 훌륭한 대중 연설가였다.

그러고 나면 스즈키 토시오가 일어나서 연설했다. 보통 스즈키는 도쿠마 사장보다 훨씬 더 잘했다. 스즈키의 연설은 도쿠마 사장과 같은 특성을 갖고 있었으며, 걸걸한 어조와 원숙한 나이로 인한 부족한 점은 날카로운 재치와 꾸미지 않은 사실적 내용으로 보완했다. 그의 말은 명확하고 간결하며 모호하지 않았다. 그는 종종 다른 사람들이 생각만 하고 있는 것을 우렁차게 말했다. 그는 강한 목소리의 소유자였다. 그 역시 정말 훌륭한 대중 연설가였다.

내가 연설할 차례는 부담스럽게도 이들 두 연설가 다음이었다.

내가 일본어로 연설을 할 수 있는 유일한 방법은 미리 연습하는 것뿐이었다. 나는 하고 싶은 말을 글로 쓴 다음 일본어로 번역했다. 그런 다음 누군가에게 일본어 번역본을 보여 주며 번역의 오류가 없는지 확인했다. 그런 다음 연설을 하는 날에는 도쿠마 쇼텐 빌딩에서 도보로 5분 거리에 있는 하마 리큐 내 강변 공원에서 오전부터 이른 오후까지 시간을 보냈다. 공원의 한적한 곳을 골라 몇 시간 동안 연설문을 외우고 큰 소리로 전달하는 연습을 했다. 연설 당일 비가 올 때면 연설을 취소하고 어딘가 숨어 버리고 싶은 심정이었다.

머릿속에는 연설문 외 아무것도 떠오르지 않은 채 도쿠마 홀로 들어가 '이 달의 도쿠마 재팬 커뮤니케이션 스타' 옆 맨 앞줄에 앉았다. 도쿠마 재팬 커뮤니케이션은 도쿠마 그룹의 음악 사업부였다. 이 음악 사업부는 재능 있고 큰 성공을 거둔 뮤지션과 때로는 앨범 판매에 도움이 되는 외모의 뮤지션을 보유하고 있었다. 매월 열리는 회의에서는 새로운 젊은 여성 아티스트들이 회사에 소개되었다.

어째서인지 무대에 오를 차례를 기다리는 내 옆자리에는 꼭 도쿠마 재팬 커뮤니케이션의 최신 스타가 앉아 있었다. 보통 그녀는 시선을 사로잡는 미니스커트와 배가 드러나는 짧은 윗옷을 입은 성인 여성 몸매의 열여섯 살 정도 소녀였다. 연설이 시작되기 전 그녀의 이름이 호명되자 그녀는 일어서서 높은 플랫폼 하이힐을 신고, 고개를 까딱이고 몸을 흔들며 청중을 향해 손을 흔들었다. 가까운 거리에서 그녀의 움직임을 보고 있자니 연설의 일부가 갑자기 기억에서 사라졌다. 왠지 모르게 이 젊은 여성들은 항상 나에게 진화, 생물학, 자연 선택에 대해 생각하게 만들었다. 내가 이런 여성들에게 성적 매력을 느끼는 것은 진화론적 측면에서 충분히 합리화된다. 거대한 공룡도 땅콩만 한 뇌를 갖고도 기능할 수 있었으니 말이다.

도쿠마와 스즈키의 연설이 청중을 열광시킨 후 이어서 내 이름이 발표되었다. 나는 자리에 앉아 다리를 꼬고 편안하게 앉은 사랑스러운 스타를 마지막으로 한 번 더 쳐다봤다. 그리고는 무대에 오르기 위해 자신 있게 앞으로 걸어 나갔다. 외국어로 말하는 것은 아무리 능숙해도 치과에 다녀온 직후 음식을 먹거나 마시는 것과 같았다. 잇몸에 노보카인(국부 마취약) 주사를 맞아서 음식과 음료 섭취 동작을 제대로 할 수는 있지만(물론 못할 수도 있고), 느끼는 것이라곤 아무것도 없는 상태 말이다. 내가 제대로 하고 있다고 생각했지만 실제로는 나도 알 수 없었다. 만약 당신이 방금 엉뚱한 말을 했다면, 청중이 반응해야만 알 수 있다. 빌 클린턴 미국 대통령이 폴란드를 국빈 방문했을 때 통역가가 옆에 있었다. 그는 폴란드 언론에 소개할 대통령의 인사말을 대통령이 폴란드와 성관계를 갖고 싶다고 통역했다. 아마도 문법적으로는 정확한 번역이었으나, 구어체 표현만 틀렸을 뿐일 것이다.

나는 도쿠마나 스즈키를 따라갈 정도로 말을 잘하는 사람은 단연코 아니었지만, 무대에 올라서서 할 수 있는 말이 있다는 점에서 운이 좋았다. 우리는 당시 월트 디즈니 컴퍼니의 자회사였던 미라맥스 Miramax와 함께 미야자키 하야오의 기록적인 영화 〈원령공주〉의 영어 더빙 버전을 제작해야 하는, 끝이 보이지 않는 과정의 한가운데 있었다. 미라맥스의 회장인 하비 와인스타인은 매주 영화의 영어 출연진을 위해 새롭고도 놀라운 사람을 고용할 것이라고 주장했다. 내가 해야 할 일은 단지 보고하는 것뿐이었다. 다른 부서장들은 점점 더 어려움을 겪고 있는 비즈니스에 대한 업데이트를 하고 있었다. 보고할 좋은 소식은 별로 없었다. 도쿠마 씨는 큰 회의에서 나쁜 소식을 듣는 걸 좋아하지 않았기 때문에 비즈니스 재해나 잠재적 재정 파탄 같은 사람들의 관심을 끄는 주제는 언급하지 않았다. 다른 사람들이 이런 주제에 대해 고심하고 있을 때, 나는 내가 할 수 있는 것(하지만 있음직하지 않은 것)에 대한 하비 와인스타인의 광활한 비전에 힘입어 미국에서 가장 유명한 영화배우들의 이름을 거론하며 엔터테인먼트 투나잇Entertainment Tonight을 전달했다.

수백 쌍의 눈이 나를 주시했다. 도쿠마 씨와 그의 구시대적(사무라이 시대) 화려함 그리고 새로운 기술을 활용하여 성공으로 회사가 나아가겠다는, 사정에 밝고 통찰력 있으며 재미있는 스즈키 씨의 메시지.

이 역동적인 듀오로 깨달음과 즐거움을 얻은 청중들의 귀가 집중된 가운데 나는 큰 무대 위로 올라갔다. 마이크를 잡은 나는 일본어를 잘하는 것처럼 보이기 위해 애썼다. 나는 남자답고 자신감 있는 일본어로 연설을 하기 위해 최선을 다했다.

대부분의 외국인 남성이 여성처럼 말한다는 것은 일본에서는 공공연한 비밀이다. 일본인들은 당신이 25년 동안 일본에 살기 전까지는 이 말을 해 주지 않을 것이다. 일본어 교사의 대다수는 여성이며, 이들은 남성과 여성이 일본어를 매우 다르게 말한다는 사실과, 남성이 여성처럼 말하는 것은 대중 연설자로서의 효율성을 입을 열자마자 곧장 0에 가깝게 감소시킨다는 사실에 대해 1도 생각하지 않는다.

일반적으로 일본인은 흑인과 동성애자를 열등하다고 여긴다는 사실을 숨기려 하지 않는다(반면에 중국인과 한국인, 그리고 완곡한 표현으로 '부라쿠민'으로 알려진 일본인 출신 추방자 집단을 열등하다고 생각한다는 사실은 어느 정도 숨긴다). 남자인데 여성처럼 말했을 때의 첫인상은 여성스럽거나 게이 또는 둘 다(또는 외모에 따라 중국인일 수도 있음)라는 것이다. 내가 처음 이 사실을 알게 되었을 때는 이미 너무 늦어 바로잡기가 어려웠고, 대중 앞에서 말하는 것에 대해 이전보다 훨씬 더 의식하게 되어 불안감이 증폭한 상태였다. 게다가 우리 회장님 덕분에 도쿠마 쇼텐은 유난히 남자다운 행동 문화를 가지고 있었다. 이런 상황에서 무대에 서서 미국에서 가장 많이 파파라치에게 시달리는 영화배우의 이름을 거론하는 일이 얼마나 곤혹스러운 일이겠는가?

나는 회사 애니메이션과 실사 영화의 해외 매출에 대한 정보를 제공하는 간단한 사업 업데이트로 이야기를 시작했다. 미라맥스는 다이에이의 히트작 〈쉘 위 댄스〉도 사들였고, 미국 개봉 시 큰 계획을 갖고 있었다. 사람들이 머릿속으로는 곧장 계산할 수 없을 듯해서 달러나 유로로 표현하는 것이 좀 더 인상적으로 들릴 몇 가지 숫자를 제시한 후, 나는 미국판 〈원령공주〉의 캐스팅에 대한 보고에 착수했다. 출연자의 명단은 매주 바뀌었고, 하비 와인스타인은 그가 희망하는 배우와 확정한 배우를 거의 구분하지 않았다. 레오나르도 디카프리오Leonardo DiCaprio는 아시타카 역에 동의했다. 로빈 윌리엄스Robin Williams가 지고보를 연기할 예정이었다. 줄리엣 비노쉬Juliet Binoche가 에보시 부인이 될 것이고, 카메론 디아즈Cameron Diaz가 산 역을 맡았다. 메릴 스트립Meryl Streep이 모로 역을 맡을 예정이라고 했다. 관객들은 감탄했고, 불과 한 달 전에 출연진으로 발표된 배우들이 하차하거나 교체되었다는 사실은 신경 쓰지 않는 듯했다. 나는 도쿠마 사장의 비밀 중 하나를 발견하는 중이었다. 즉, 일부 청중들은 충분히 재미만 있으면 말하는 내용이 사실적으로 정확하지 않거나 엄밀히 말해 진실이 아니라고 하더라도 상관하지 않았다. 약간의 진실성이 느껴지기만 하면 충분했다.

또한 당신이 일본어로 연설하는 외국인이라면 큰 이점을 갖고 시작할 수 있다. 일본어를 말할 수 있고 어느 정도 알아들을 수 있는 일본어를 구사한다는 사실만으로도 후한 점수를 받는다. 그렇다, 당신이 외국인이고 남성이라면, 여성 일본어 교사에게 배운 여성식 말투를 주로 사용할 것이다. 영화 〈소피의 선택Sophie's Choice〉에서 메릴 스트립의 캐릭터가 'seersucker suit(시어서커 정장)'을 'cocksucker suit(개같이 더러운 정장)'로 잘못 확인하거나 클린턴 대통령의 폴란드어 통역사가 'delighted기쁘다'에 대해 '성적으로 흥분된다'라는 잘못된 단어를 말하는 것처럼, 당신이 선택하는 많은 단어가 잘못될 수 있다.

외국인으로서 당신은 사랑스럽고 재미있으며 불완전하기 때문에 덜 위협적일 수 있다. 청중은 적어도 당신이 노력하고 있기 때문에 당신의 문화적, 언어적 실수를 용서한다. 당신은 어린아이와 같으므로, 당신이 일본인의 정신을 구성하는 복잡성이나 일본인의 목소리를 내는 언어의 미묘함을 다 이해하리라 기대하지 않는다. 당신이 더 깊은 이해를 보여 주면 사람들은 당신이 조숙하고 똑똑하다고 여긴다. 따라서 대중 연설가로서 당신은 정말 잘하지 못해도 성공할 수 있다.

공평하지 않을 수도 있지만 궁극적으로 공평하다는 것은 동양적 개념이 아니다. 즉, 많은 아시아 사회에서 공정성은 별로 강조되지 않거나 달리 해석된다.

둘

다른 종류의 공주

모노노케 히메(원령공주)

미야자키 하야오 감독의 스튜디오 지브리 영화 〈모노노케 히메〉(〈원령공주〉)는 1997년 7월 일본 극장에서 개봉되었다. 이 영화는 일본의 무로마치 시대를 배경으로, 숲의 신과 숲의 자원을 소비하는 인간 사이의 싸움에 휘말린 아시타카 왕자의 이야기다. 비평적이면서도 상업적인 블록버스터인 이 영화는 1997년 일본에서 가장 높은 수익을 올린 영화였고, 2001년 미야자키 감독의 〈센과 치히로의 행방불명〉이 그 기록을 깰 때까지 일본산 영화의 흥행 기록을 보유한 작품이었다. 그해 7월과 8월의 주말마다 일본 전역의 영화관 밖은 〈원령공주〉를 보기 위해 몰려든 사람들로 인산인해를 이뤘다. 개봉 첫 두 달 동안 모든 티켓이 매진되었다.

〈원령공주〉는 일본 내 영화관에서 거의 1년 넘게 상영되었다. 티켓 판매액은 190억 엔(1억 6천만 달러)에 달했다. 이는 일본 영화의 최고 흥행 기록의 거의 두 배에 달하는, 일본 박스오피스 신기록이었다. 종전 일본 영화계의 최고 흥행 기록을 보유했던 〈난쿄쿠 모노가타리 Nankyoku monogatari〉(1983)의 수익은 약 8,900만 달러 수준이었다. 이전 최고 기록을 보유한 스티븐 스필버그의 〈E.T.〉의 경우, 일본에서 1억 3,300만 달러의 수익을 올려서 1983년부터 이것이 최고 기록이었다. 장장 15년 동안, 어느 영화도 〈E.T.〉의 기록에 도전장을 내지 못했다. 일본에서 개봉한 할리우드 대작 블록버스터 영화도 6천만 달러 이상의 수익을 올린 경우는 거의 없었다. 그런데 할리우드 영화가 아닌 수작업으로 그린 일본판 애니메이션 영화 〈원령공주〉가 그 세 배 가까운 수익을 거둔 것이다.

이 전례 없는 흥행 성공은 외국 통신사와 대형 국제 신문 및 TV 방송국에서도 주목할 정도로 엄청난 문화 현상이었다. 〈원령공주〉가 일본의 히트 영화가 되리라곤 누구도 생각하지 못했다. 외국 언론이 주목하기 시작하자 일본인들의 관심은 더욱 고조되었다.

내가 스튜디오 지브리의 모기업인 도쿠마 쇼텐에 입사했을 때만 하더라도 〈원령공주〉는 연필로 부지런히 그려지고 있었다. 완성된 그림은 셀이라는 투명한 아세트산 셀룰로오스 단일 시트에 수작업으로 정성스레 옮겨졌다. 하나하나 개별적으로 촬영된 셀은 한 장의 필름으로 합쳐졌다. 1996년 10월, 스튜디오 지브리의 신규 영화 제작이 채 절반도 진행되지 않을 때였다. 영화 제작이 한창 진행 중이었지만 감독인 미야자키 하야오는 영화의 마지막 5분의 1의 대본을 완성하지 못하고 있었다. 즉, 그는 그때까지 영화의 결말이 어떻게 될지를 결정하지 못한 상태였다.

내가 도쿠마/지브리에 입사했을 때, 나의 상사였던 스즈키 토시오는 애니메이션 영화 제작의 처음부터 끝까지 전 과정을 배우지 않으면 내가 일할 수 없다고 일러 줬다. 그때 나는 애니메이션 영화 제작에 대해 제대로 배울 유일한 방법은 내가 직접 경험하는 수밖에 없다고 믿고 있었다.

스튜디오 지브리를 처음 방문했을 때 가장 인상 깊었던 것은 스튜디오의 턱없이 작은 규모였다. 당시 스튜디오의 유일한 건물인 본관은 미야자키 하야오가 설계했다. 미야자키는 자신의 영화를 위한 건물을 설계하는 걸 즐기는 것으로 유명했다. 지브리 건립 계획이 확정되자 그는 실제 건물을 설계할 첫 번째 기회를 얻었다.

지브리의 본관은 규모는 작되 유연하게 설계되었다. 건물의 모든 부분은 다양한 용도로 사용할 수 있어야 했다. 직원들이 도시락을 먹는 아래층 '바'의 경우, 주방, 직원 전체가 모이는 회의실, 외부인을 위한 회의실, 하루의 편집용 프린트를 관람할 수 있는 상영관 역할을 모두 겸했다. 압축적이고 자체적으로 독립된 실용성을 갖춘 그의 설계는 마치 하나의 잠수함을 연상시켰다. 즉 커다란 창문으로 빛이 들어오고 지붕에는 아름다운 정원을 갖춘 잠수함 말이다.

애니메이터들이 작업하는 공간에는 날씨가 좋을 때 햇빛이 들어올 수 있도록 개폐식 천장 채광창이 설치되었다. 애니메이터들이 작업하는 모습과 책상에서 그림을 그리는 모습을 보고 있자니 영화 전체를 수작업으로 그린다는 사실이 와닿았고, 비교적 작은 건물 안에서 영화가 처음부터 끝까지 만들어질 수 있다는 게 믿기지 않았다. 나는 경력을 쌓는 동안 디즈니 피처 애니메이션 스튜디오와 픽사 애니메이션 스튜디오를 방문할 기회가 많았다. 그 스튜디오들은 〈알라딘〉이나 〈라이온 킹〉, 〈토이 스토리〉를 제작했다는 사실이 전혀 놀랍지 않은 건물이었다. 지브리와 달리 이들 스튜디오는 훨씬 더 많은 인원과 장비, 그리고 훨씬 더 넓은 공간을 갖추고 있으면서도, 지브리에서처럼 극도의 창의성이 느껴졌다. 반면에 스튜디오 지브리를 처음 방문했을 때 나는 스튜디오의 나머지 부분들이 어디에 있는지 의문이 들었다.

〈원령공주〉의 성공 이후에도 한동안 지브리에서는 누구든 위층으로 올라가 미야자키 하야오 앞에 서서 그가 실제로 작업하는 모습을 관람할 수 있었다. 미야자키는 일본의 상징적인 인물이다. 순백의 머리카락에 덥수룩하게 기른 수염과 콧수염, 희고 커다란 사각 검은색 안경, 찡그린 미소, 반짝이는 눈동자로 특징되는 그의 미소 짓는 얼굴은 일본인은 물론이고 해외의 많은 사람들도 단번에 알아볼 수 있다. 미야자키는 영화 작업을 할 때 애니메이터 구역의 구석에 위치한, 다른 애니메이터들의 책상과 모든 면에서 똑같은 책상에 앉는다. 하지만 나는 그에게서 뿜어져 나오는 아우라를 통해 그가 독특하고 특별한 사람이란 걸 한눈에 알아볼 수 있었다.

미야자키는 가끔 하던 일을 멈추고 일어나서 방문객과 악수를 나누고 기분이 좋으면 대화를 나누기도 했다. 〈원령공주〉 제작 중에 교복을 입은 현지 여중생 두 명이 미야자키 감독과 사진을 찍기 위해 위층으로 걸어 올라와 그를 방해하는 걸 보고 깜짝 놀란 적도 있다. 그들은 카메라를 향해 포즈를 취하면서 승리의 사인 V도 만들었다. 아무도 이의를 제기하지 않았고, 학생들은 각자 임무를 완수한 뒤 정중하게 자리를 떠났다.

지브리 스튜디오는 도쿄 외곽 주택가 지역에 자리 잡았다. 스튜디오가 건립될 당시 이 지역의 소규모 농경지는 단독주택이 급증하는 바람에 서서히 사라지고 있었다. 지브리 스튜디오는 그 농경지와 가까운 곳에 위치한 유일한 상업용 건물이었다. 스튜디오 지브리 바로 주변의 몇 안 되는 채소밭 주인들은 조상 대대로 지켜온 땅과의 유대감과 '농부'라는 지위에 따른 관대한 세금 혜택이 끊어지는 걸 몹시 싫어했다. 대부분의 현지 농부들은 농작물이 성숙할 때까지 정성껏 가꾸었지만 구석구석 농산물을 쌓아 두고 썩도록 방치했다. 이곳은 도쿄에서도 보기 드문 조용하고 숲이 우거진 동네였다. 여름에는 매미소리가 요란스러웠고, 초저녁에는 박쥐들이 가로등에 몰려들어 벌레를 쫓았다. 지브리의 지붕에서 본 석양은 장관이었다. 간혹 맑은 날에는 서쪽 방향으로 후지산의 실루엣이 보였다.

스튜디오 근처에는 오고 가는 차량이 드물었다. 보행자나 자전거를 타고 지나가는 대부분의 사람들은 지브리의 존재와 이 기괴한 건물 안에서 무슨 일이 벌어지고 있는지 전혀 알지 못했다. 행인들 대부분은 놀라울 정도로 무관심해 보였다. 외부 표지판이나 건물만 봐서는 어떤 건물인지 알 수 있게 하는 뚜렷한 표시가 없었다. 나는 가끔 밖으로 나와 지브리에서 일하거나 지브리와 거래하는 사람들이 오가는 모습을 지켜봤다. 대체로 동네에서 사업을 할 사람 같지는 않아 보였다. 이런 의문의 방문객과 특이한 건물은 이웃 주민들에게 이곳이 어떤 종류의 사업을 하는 곳인지 의아하게 만들었을 거라 짐작한다.

얼마 후 나는 스튜디오 지브리를 방문하는 외국인 손님들로부터 견학하는 동안 가이드를 해 달라는 요청을 받았다. 그때부터 미국의 모든 주요 애니메이션 스튜디오 책임자를 포함해 함께 온 사람들에게 지브리를 설명하는 것이 내 일이 되었다. 그들은 내가 처음 방문했을 때와 거의 같은 반응을 보였다. 그들 역시 나머지 스튜디오가 어디에 있는지 궁금한 듯했다.

픽사(현 디즈니/픽사)의 크리에이티브 책임자인 존 래시터John Lasseter, 1957~가 보내준 방문객은 외국인 손님에게 지브리를 설명하는 데 적합한 비유를 제공해 주었다. 픽사의 이사회 멤버 중 몇 명이 일본을 방문 중이었는데 스튜디오 지브리를 둘러보고 싶어 했다. 지브리의 다목적 회의실에서 커피를 마시며 이야기를 나누던 중, 나사NASA에 근무했던 이사 중 한 명이 러시아 우주 프로그램을 살펴보기 위해 소련을 다녀온 여행 이야기를 했다. 그는 투어 가이드에게 우주비행사 수송 차량에 대해 물었다고 했다. 미국에서 우주비행사들을 대기실에서 발사대의 로켓으로 옮기기 위해 나사에서 2,400만 달러를 들여 특수 차량을 개발한 것에 대해 설명하며, 소련에서는 우주비행사의 수송 시 무엇을 사용했는지 물었다. 투어 가이드는 "아, 우리는 이를 위해 뷰익 스테이션 왜건을 사용했습니다. 약 7,500달러가 들었습니다"라고 대답했다고 했다.

내가 관람객들에게 이런 이야기를 다시 들려주면, 픽사와 디즈니 피처 애니메이션은 이야기 속의 나사가 되고 스튜디오 지브리는 러시아 우주 프로그램으로 치환되었다. 지브리는 아쉽지만 그럭저럭 버티는 문화 속에서 성장했다. 전시 일본과 점령기, 전후 재건기를 거치면서 일본인들은 부족함에 대처하는 방법을 배웠다. 애니메이션 업계에서는 이런 경험이 작품 제작 방식에 영향을 미쳤다. 지브리의 애니메이터들에게 모두 함께 작업할 수 있는 새로운 건물 한 채를 갖는다는 건 상상할 수 없는 사치였다.

애니메이션 장편 영화의 제작 과정을 배우던 중에 나는 그림을 그리는 애니메이터, 화려한 수채화 배경을 준비하는 배경 아티스트, 그림을 셀로 바꾸는 촬영 감독, 색을 선택하고 셀을 칠하는 색채 전문가를 관찰할 기회가 있었다. 내가 가장 먼저 본 제작 이후 과정은 음성 녹음이었다. 대부분의 애니메이션 스튜디오와 달리 지브리는 애니메이션을 먼저 완성하고 나중에 음성을 추가시켰다. 이를 사전 녹음과 달리 애프터 레코딩after-recording이라고 한다. 미야자키 하야오 감독과 그가 가르친 지브리의 많은 고참 애니메이터들은 놀라운 타이밍 감각을 갖추고 있었다. 그들은 대사를 상상한 다음 그 대사를 전달하는 데 필요한 정확한 입의 움직임뿐 아니라 각각의 입 위치의 타이밍을 화면에서 포착했다.

성우에게는 매우 어려운 일이었다. 성우는 대사 한 줄 한 줄을 말할 때마다 정확하게 톤을 맞추고 적절한 분위기나 태도를 연출하는 동시에 영화관의 대형 스크린에 등장할 캐릭터의 입 모양과 정확히 일치시켜야 한다. 또한 가장 정교한 최첨단 오디오 장비를 사용하여 영화를 보는 가장 수준 높은 오디오 애호가들을 만족시킬 정도로 대사를 명확하고 정확히 발음해야 한다.

녹음은 한 번에 한 대사씩 진행했다. 각각의 대사 또는 대사의 일부를 10~50회 녹음한 후에도, 성우는 전체 대사 또는 장면에 맞는 감정을 유지한 채 30분 전에 서른일곱 번 말한 대사의 음량과 톤을 일치시켜야 했다. 무엇보다 화면 속 입술의 움직임을 정확히 일치시키면서 말이다.

또한 각 반복 사이에는 꽤 긴 대기 시간이 있었다. 배우가 대사를 말한 후 녹음 기술자가 그래픽 디스플레이에서 녹음된 대사를 1/4초마다 검토하는 동안 기다려야 한다. 수년에 걸쳐야 했던 이 과정은 컴퓨터에 힘입어 속도가 빨라졌지만, 〈원령공주〉를 녹음할 당시만 하더라도 녹음 과정은 대부분 수작업으로 이루어졌다.

녹음 기술자들은 방음 처리된 제어실의 거대한 초승달 모양의 콘솔 앞에 앉아서 일했다. 콘솔에는 수백 개의 다이얼, 조명, 토글 스위치(on과 off처럼 두 상태를 가진 장치)가 있었고 전반적으로 스타쉽 엔터프라이즈Enterprise 호의 함교 같았다. 감독은 커크 선장(또는 피카드 선장)의 의자에 앉았고, 사운드 디자이너는 그보다 반 층 아래에 앉아서 다이얼과 버튼을 조작했다. 프로듀서와 그날의 녹음 세션에 참여한 다른 사람들은 뒷벽을 따라 배치된 의자에 앉았다. 방 앞쪽의 시청용 대형 스크린에는 녹화 중인 영화 일부분이 표시되었다. 모니터에는 각 대사의 시각적 음성 파형(주파수 분석 장치를 이용하여 사람의 음성을 분석한 것)이 표시되고, 그 음성 파형은 영화 사운드트랙의 맥락에 배치되었다. 배우는 별도의 방음 부스에 있었고, 누군가가 핵미사일을 발사할 때 사용하는 것과 같은 커다란 빨간색 버튼을 누르고 있지 않으면 통제실에서 무슨 말을 하는지 들을 수 없었다.

각각의 대사가 재생되면 토론이 이어졌다. 감독이 그 대사가 마음에 들면 소리의 결함, 음량 수준, 발음의 명확성, 이전 대사와의 연속성, 화면 이미지와의 적합성 등을 검토했다. 받아들여질 수도 있고 다시 논의될 수도 있었다. 가장 좋은 서너 개의 대사를 저장하고 주석을 달고 로그를 저장한 다음, 그중 하나가 최종 믹스에 사용되어 영화 사운드트랙의 일부가 되었다.

성우 입장에서는 이 모든 게 대사와 대사 사이의 꽤 긴 기다림으로 이어졌다. 각 대사를 검토하고 논의한 후에는 아무리 뛰어난 성우라도 "아주 좋았어요, 정말 좋았어요. 이제 한 번만 더, 이번만 더 할 수 있을까요?"라고 말하는 감독의 목소리를 들어야 했다.

녹음 스튜디오에서의 나의 첫 경험은 매우 유명하고 재능 있고 다재다능한 여배우 다나카 유코Yuko Tanaka, 1955~가 〈원령공주〉에서 에보시 여사 역을 연기하는 걸 듣는 것이었다.

녹음 스튜디오의 조정실은 스타쉽 엔터프라이즈 호의 함교처럼 생기기도 했지만, 한편으로는 대학 기숙사의 지하 오락실과도 닮았다. 그곳의 가구들은 자연적 수명을 넘어 수년 동안의 사용과 남용을 경험한 것들이다. 밀폐된 공간은 퀴퀴한 담배 연기와 상한 커피 냄새가 진동했다. 방 안의 모든 의자와 테이블에는 비워지지 않은 재떨이가 넘쳤고 손이 닿기 쉬운 곳마다 놓여 있었다. 온갖 세라믹 컵과 종이컵에는 마시다가 둔 4분의 1인치의 커피가 남아 있었고, 재떨이에 넣지 못한 수십 개 담배꽁초의 마지막 안식처가 된 컵도 있었다. 정크푸드 봉지와 포장지의 잔해가 방 곳곳에 굴러다녔다.

방 안의 사람들은 마치 몇 달 동안 잠을 자지 못한 것처럼 보였다. 그들은 매일 같은 대사를 수백 번 반복해 들으며 앉아 있었다. 그들의 목표는 완성된 영화의 대사 트랙이 될 온갖 푸념 소리, 신음, 숨소리, 말투를 포착해서 완벽하게 녹음하는 것이었다.

여기에 비하면 직장에서 책상에 앉은 애니메이터들은 천국에 있는 거나 다름없었다. 그들은 단지 그림을 그리는 것만으로도 누군가 돈을 준다는 사실을 믿지 못한다. 그들은 헤드폰을 끼고 음악을 듣는다. 대부분 담배도 피운다. 모두들 그림을 그리고, 그 그림을 움직이게 하는 즐거움에 푹 빠져 있다. 그들은 자신이 원하는 곳에서 자신이 하고 싶은 일을 하고 있는 것이다.

녹음 스튜디오에 있는 애니메이션 감독은 마치 지옥에 있는 것처럼 보인다. 낙원에서의 생활은 끝났고 그에겐 타락만 남았다(일반적으로 그림은 빛이 필요하고 지상에서 이루어지지만 녹음 스튜디오는 지하에 있거나 있을 수밖에 없기 때문에 말 그대로 지옥이다). 하지만 그는 프로이고 자신의 영화이자 자기 자식인 영화를 세상에 내놓는 과정에 전념한다. 최악의 상황에서도 그의 곁을 지켜주는 프로듀서가 있고, 갖가지 이유로 도움을 주는 여러 지원자들도 있다. 그는 최선을 다한다. 잠깐의 휴식도 있다. 배우들과 어울릴 휴식 시간도 있다. 그런데 이것이 진짜 일이다.

애프터 레코딩 과정을 관찰하는 것은 일종의 특권인 동시에 일종의 고문을 당하는 것과 같다. 당신이 같은 대사, 즉 대화의 단편이 계속해서 반복되는 걸 듣는다고 해 보라. 끝이 보이지 않을 것이다. 빛도 없는 지하실에 갇혀 모두가 담배를 빨아 댄다(나는 담배를 피우지 않는다).

사운드 부스의 성우에게 그 도전과 짜릿함은 아마도 야구에서 타자가 되는 것과 비슷하지 않을까 싶다. 홈런을 치고 싶다. 득점을 하고 싶다. 그러나 이는 보기보다 훨씬 더 어렵고, 열 번 시도 중에 두세 번만 홈런을 치면 진짜로 잘 치는 것이다. 70% 실패해도 아주 잘 치는 것이다. 야구의 명 타자처럼 말이다.

다나카 유코는 40대 초반이지만 훨씬 젊어 보였다. 공개석상에서 그녀는 발랄하고 활기차고 소녀풍의 매력을 발산한다. 하지만 녹음실에서는 전혀 다른 사람처럼 보였다. 청바지와 체크무늬 플란넬 작업 셔츠를 입은 그녀는 하루 종일 벌목작업을 하고 온 사람처럼 보였다. 영화에서 연기한 타타라바 요새의 강인한 의지력의 주인 에보시 여사와는 전혀 다른 모습이었다. 하지만 그녀에게서 나오는 목소리는 중후함과 권위가 넘쳤다. 나무꾼처럼 옷을 입은 이 섬세한 여성의 목소리라는 것을 믿으려면 고개를 돌려야 할 정도였다. 다나카 유코가 대사를 녹음할 때마다 미야자키 하야오는 자신이 만든 캐릭터인 에보시 부인에 대해 그녀가 새로운 것을 가르쳐 주고 있다고 혼잣말을 중얼거렸다.

다나카 유코의 녹음 세션과 관련해서 지울 수 없는 기억 하나가 있다. 당시 미야자키는 그녀에게 대사의 일부를 거의 쉰 번이나 말하게끔 시켰다. "쿠니쿠즈시 니 후사와시…(국가를 무너뜨리기에 완벽하다…)." 어떤 이유에서인지 이 대사는 그가 원하는 대로 잘 전달되지 않았다. 나중에 안 사실이지만, 녹음실에서 대사를 그렇게 여러 번 다시 해 달라고 감독이 요청하는 것은 배우의 재능을 존중한다는 뜻이며, 배우가 아주 잘할 뿐만 아니라 완벽하게 해낼 수 있다고 믿기 때문이라는 걸 알았다. 보통 전문 녹음 기술자는 수십 번의 장면을 찍고 난 뒤에야 이보다 더 잘할 수 없을 정도로 흠잡을 데 없이 완벽하다는 걸 알게 된다. 물론 그보다 더 빨리 알 수도 있다.

감독과 배우 사이의 의사소통은 당황스러울 정도로 모호해 보였다. '쿠니쿠즈시 니 후사와시'를 완벽하게 연기하기 위해 쉰 번을 시도하는 동안 다나카 씨는 미야자키 감독으로부터 "첫 부분은 네 번 전에 했던 것처럼 하되 처음 세 번 했던 방식으로 더 강하게 마무리해 주세요!"라는 등의 지시를 들었다. 다나카 유코는 미야자키 씨가 무슨 말을 하는지 정확히 알고 있는 듯했다. 비록 그의 분부대로 제대로 하지는 못했지만 말이다.

나는 음성 녹음 세션에 참석하는 것 외에도 가끔 〈원령공주〉 제작 회의에도 참석했다. 두 번째 상영실과 연구 도서관으로 사용되던 지브리의 대형 회의실 뒤편에 앉아서 줄곧 메모했다. 색채 회의 중에는 숲의 나무 꼭대기에서 날아다니는 크고 힘센 도마뱀 같은 디다라보치

Didarabotchi의 선화를 전면 벽면 드롭다운 스크린에 투사하는 걸 지켜봤다. 회의에서는 대부분 투명한 이 숲의 신을 어떻게 색칠할지에 대해 논의했다. 그 논의는 다음과 같이 진행되었다.

"여기는 27, 35, 412와 함께 메인 파트는 237인 것 같습니다. 그림자는 613, 89입니다."

"89가 아니라 127이나 45일지 몰라요."

"아뇨! 613이 맞지만 127과 45가 시각적 효과를 좀 더 줄 것 같아요."

등등. 나를 제외한 회의실에 모인 모든 사람이 안료 번호로 색상을 파악했고 이를 화면에 시각화할 수 있었다.

나는 음향 효과에 관한 회의에도 참석했다. 영화에 사용된 음향 효과는 자연의 모든 분위기와 모습을 절묘하게 표현했다. 내가 참석한 회의는 비의 종류와 비를 묘사하는 다양한 일본어 의성어에 대한 일종의 카탈로그였다. 비는 다라 다라로 올까, 포로 포로로 올까? 쟌 쟌으로 할까, 자아잔 자아잔으로 할까? 아니면 그냥 페코 페코로 해야 할까? 이것이 무슨 말인지 모두 정확히 알고 있었다. 유독 나만 몰랐다.

영화의 모든 요소가 하나로 어우러지는 최종 믹스 작업은 실제 영화관만큼이나 큰 사운드 스튜디오에서 진행되었다. 믹서들은 녹음 세션에서 사용한 것과 같은 것이지만 규모는 그보다 더 큰 콘솔로 작업한다. 녹음 세션의 스타쉽 엔터프라이즈 호에 비하면 이것은 스타쉽 골리앗Goliath 호라고 봐도 무방했다. 이 과정은 녹음 세션보다 더 고통스러울 정도로 갖은 정성을 기울이는 작업이다. 믹서들은 극장의 최첨단 서라운드 사운드 시스템에서 사운드트랙의 각 요소를 어디에 배치할지 결정하기 위해 대사들의 각 부분들을 몇 번이고 반복해서 듣는다.

여러분도 이를 본다면 그들의 기술과 미세한 음색과 볼륨의 변화를 이끌어 내는 놀라운 능력에 감탄할 것이다. 또한 같은 작은 소리를 한 번 더 들어야 한다면 자리에서 일어나 목이 터져라 소리를 지르며 방 안에 있는 모든 사람을 죽일 것 같다는 생각까지 들 것이다. 말할 것도 없이 나는 초보 중의 초보였다.

하지만 영화의 이러한 부분을 반복해서 재생하면 다른 방법으로는 눈치채지 못할 사소한 부분까지 볼 수 있었다. 나는 여주인공 산이 타타라바 요새로 돌진하여 지붕 위로 뛰어오른 후 요새를 가로질러 질주하는 장면을 반복해서 본 적이 있다. 그런 다음 주인공 아시타카가 뛰어올라 그녀를 뒤쫓는다. 이 장면을 몇 번이고 반복해서 본 뒤 내가 주목한 것은 지붕의 기와가 밟힐 때 반응하는 방식이다. 처음에는 가볍고 날씬한 산이 기와를 밟았는데, 그때 기와는 산의 작은 몸과 작은 발의 무게를 간신히 감지하면서 반응했다. 그런 다음에 무겁고 우아하지 못한 아시타카가 밟을 때의 기와는 다른 식으로 반응했다. 지붕이 그들의 발 밟기를 감지하는 방식만으로도 각 캐릭터가 가하는 무게, 질량, 속도, 물리적인 힘을 느낄 수 있었다.

이 장면에서 또 하나 눈에 띄는 점은 아시타카가 지붕 위로 뛰어오를 때 지붕 가장자리 기와 몇 장이 부서진다는 점이다. 그리고 그 기와 조각이 바닥으로 떨어진다. 애니메이션에 대해 새로 알게 된 지식을 바탕으로 하자면, 이 장면에서 특이한 점은 지붕이 애니메이션에서 일반적으로 움직이는 게 아니라 배경의 일부라는 점이다. 〈원령공주〉는 수작업으로 직접 그림을 그리고 핸드페인팅 셀로 애니메이션을 제작한 마지막 장편 애니메이션 영화였다. 수작업으로 그린 셀 애니메이션에서 움직이는 부분은 더 쉽게 복제하고 조작할 수 있도록 다소 단순화된 스타일로 제작된다. 그러나 정교한 배경은 너무 세밀하고 복잡하며 미세하게 제작되어 그런 식으로 조작(애니메이션화)되지 않는다. 게다가 연필이 아닌 수채화로 그려져 있다.

다시 말해, 미야자키는 지붕 기와 몇 조각이 깨져 바닥에 떨어지는 장면을 만들기 위해 애니메이터에게 배경 이미지와 일치시킨 손으로 그린 셀을 특별히 제작하게 하고 지붕이 무너지는 버전을 공들여 재현시켰다는 뜻이다. 이 장면은 화면에서 불과 몇 초 동안만 지속되었다. 하지만 제작하는 데는 많은 시간(그리고 돈)이 들었을 것이다. 제작 기한을 맞추지 못할 위기에 처한 프로젝트에서도 이런 일이 벌어진다. 다른 대형 스튜디오(할리우드 스튜디오)였다면 영화 제작자가 감독에게 "매우 멋진 터치네요. 그렇게 하면 좋겠지만 그럴 시간이나 예산이 없고 영화에 그다지 큰 차이를 만들지 못할 테니, 미안하지만 빼겠습니다"라고 말했을 것이다. 그러나 지브리에서는 그렇게 하지 않는다.

이것은 의심할 나위 없이 일본의 영화 제작과 다른 거의 모든 곳, 특히 미국의 영화 제작 간의 매우 큰 차이점 중 하나다. 미국에서는 영화가 제작자의 소유다. 제작자가 최종 결정권을 가진다. 일본에서는 영화는 감독의 소유다. 최종 결정권은 감독에게 있다. 스튜디오 지브리에서는 감독과 제작자가 영화의 품질에 대해 (보통) 한마음이었다. 예산은 (보통) 예술적 결정을 무시할 이유가 되지 못한다. 스즈키가 미야자키가 영화에 대해 내린 결정을 무시하고자 한다면, 그는 명령에 의해서가 아니라 미묘한 설득이나 전략적 조작을 통해 그렇게 유도했다. 이는 감독의 창의적 우위를 깊이 존중하는 방식이었다.

나는 미야자키에게 〈원령공주〉의 그 장면에 대해 물었다. 나는 그가 왜 그랬는지 궁금했다. 단 몇 초 동안의 효과를 내기 위해 비교적 큰

수작업으로 그린 애니메이션을 사용하여 디테일에 각별한 주의를 기울였던 〈원령공주〉의 옥상 추격 장면.

작업이 필요했고, 관객이 액션 장면에 집중하고 있는 상황에서 너무 빨리 진행되었기 때문에 대부분의 시청자가 눈치채지 못할 수도 있었으니 말이다.

"눈치채지 못할 거라고 생각합니다"라고 그는 말했다. "의식적으로는 인식하지 못할 수 있지만 느낄 수는 있을 거예요. 자각하지 못해도 느끼기 때문에 차이가 생기는 법입니다."

잠정적인 번역 오류

처음 일본어를 배우기 시작했을 때 나는 영어로 표현하는 방식과 다른 방식으로 특정 사물을 얼마나 아름답게 표현할 수 있는지, 또 일반적으로 영어로 표현하기 힘든 사물을 어떻게 일본어로 표현할 수 있는지에 대해 감탄했다. 나의 우상은 중국과 일본의 시와 소설을 영어로 훌륭히 번역한 컬럼비아대학교의 버튼 왓슨Burton Watson, 1925~2017 교수였다. 내 꿈은 그와 같은 직업을 갖는 것이었다. 물론 그가 택시 기사가 되기 위해 교수직을 그만두었다는 사실을 알기 전의 일이다. 게다가 내가 진지하게 번역을 해 보기도 전이었다.

일본어를 영어로 또는 영어를 일본어로 번역하는 것은 매우 어렵다. 여러 가지 이유로 두 언어가 서로 맞지 않는 경우가 많기 때문이다. 최고의 번역가조차도 형이상학적인 비약을 하는 경우가 적지 않다. 일본어는 매우 모호하다. 그런 반면 게르만어인 영어는 상대적으로 더 정확하다.

소피아 코폴라Sofia Coppola, 1971~ 감독의 영화 〈사랑도 통역이 되나요?Lost in Translation〉에서 배우 빌 머레이Bill Murray, 1950~의 통역사가 감독의 복잡한 지시를 "더 크게 말해"라고 간단히 전달하는 장면은 전혀 이상하지 않다. 영화 비즈니스에서 번역은 아무도 확인하지 않는다. 번역가인 당신이 번역을 이렇게 해야 한다고 하면 그게 끝인 것이다.

나의 일본어 문학 교수 중 한 분이 대학원생 시절에 번역 아르바이트를 한 얘기를 들려줬다. 그는 미국 영화에서 "like a bull in a china shop(조심성이 없고 서툴게 행동하는)"이라는 문구를 찾아냈다. 그는 이 문구가 '중국인이 운영하는 가게에 있는 황소'라는 뜻으로 생각했고, 그렇게 은막에 표현했다. 일본에서 영화 번역은 아무도 확인하지 않기 때문에 번역된 모든 영화의 자막에는 중국인 가게의 황소가 적어도 한 마리 이상 들어가 있다고 나온다. 일본에서 영어 영화를 보러 영화관에 갈 때마다 나는 관객들이 웃지 말아야 할 것에 웃거나, 웃어야 할 것에서 웃지 않고 나 혼자만 웃는 것을 발견하곤 했다.

지브리의 영화를 영어로 번역해 달라는 요청을 받았을 때 나는 일본어 문학 교수보다 더 잘하고 싶었고 그럴 수 있다고 생각했다. 다시 말해 나는 겸손하지 못했다. 영화배우 그루초 막스Groucho Marx; 1890~1977가 말했듯이, 상대방의 신발을 신고 1마일을 걸어 보기 전까지는 그 사람의 일을 절대 비판해서는 안 된다. 신발을 신었다고 상대방이 화를 낼 때쯤, 당신은 멀리 떨어져 있을 것이고, 당신은 경험이나 통찰력이라는 상대방의 신발을 갖게 될 것이다.

내가 지브리의 영화를 일본어에서 영어로 번역하면서 배운 규칙 5가지를 소개하면 다음과 같다.

규칙 1: 번역이 어디에 사용될지 알기 전에는 번역을 공개하지 말라.

입사 직후, 어느 날 스즈키 토시오가 신바시의 내 사무실로 전화를 걸어 번역해 줄 수 있겠냐고 물었다. 신작 영화 〈원령공주〉에 대한 요약 설명이었는데, 매우 화려하고 시적인 언어로 쓰여 있었다. 미야자키 하야오가 작곡가 히사이시 조Hisaishi Joe, 1950~에게 영화 분위기를 파악하여 영화 음악 작업을 할 수 있도록 돕기 위해 쓴 글이었다. 당시 이 영화는 아직 스튜디오 지브리에서 제작 중이었고, 나는 영화에 대해 아주 대략적인 개요만 알고 있었다.

나는 텍스트에 몰입하여 그 텍스트가 만들어 내는 분위기를 느낀 다음 번역에 대해 생각했다. 세련되거나 신중하게 고려한 번역은 아니었다. 그냥 내가 생각하는 원문의 의미를 영어로 어느 정도 전달했을 뿐이다.

번역본을 스즈키에게 팩스로 보냈는데, 일주일 정도 아무 연락이 없었다. 그래서 스즈키에게 전화를 걸어 내 번역이 어땠는지, 괜찮았는지, 질문거리나 문제점은 없는지 물었다.

"아니요." 그는 괜찮다고 대답했다. "그냥 괜찮았습니다."

"내 번역이 어디에 사용되었나요?" 내가 물었다.

"곧 개봉할 영화에 대한 아트북에 들어갈 거예요."

"뭐라고요? 책으로 나온다고요? 좀 더 다듬을 수 있게 돌려주실 수 있을까요?"

"안 됩니다. 마감일이 촉박해요. 이미 교정쇄에 들어갔습니다."

약 1~2주 후에 나는 《원령공주의 예술》 초판을 받았고, 출판된 책에는 나를 영원히 부끄럽게 만들 거칠고 끔찍하고 조잡하고 어색하고 불완전한 초벌 번역본이 인쇄되어 있었다.

나중에 스튜디오는 영화의 TV 광고 방송에 동일한 영어 번역본을 보이스오버(영화나 텔레비전 프로그램 등에서 화면에 나타나지 않는 인물이 들려주는 정보나 해설)로 사용하기로 결정했다. 나는 녹음 스튜디오에서 깊은 목소리를 지닌 영국 배우와 함께 TV 광고 방송의 대사를 녹음했다. 녹음 작업이 끝난 후 그는 나에게 "번역이 정말 끔찍했습니다. 좀 더 다듬어야 하지 않았을까요?"라고 말했다.

규칙 2: 번역할 수 없는 것도 있을 것이다.

일본 영화의 제목은 〈모노노케 히메〉이고, 영어 제목은 〈원령공주〉다. 번역자(나)는 두 단어로 된 제목을 50% 정도 번역하지 않은 채로 두었다.

영화 제목을 처음 들었을 때 '모노노케mononoke'라는 단어는 내게 전혀 생소했다. 미야자키 하야오 감독이 제목에 즐겨 사용하는 단어가 바로 이런 단어다. 그것은 대부분의 일본인이 인쇄물을 통해 듣거나 본 적이 거의 없고, 골똘히 생각하지 않는 한 그 의미를 확실히 기억할 수도 없는 단어다. 사람마다 같은 방식으로 정의하거나 설명할 수 없는 단어다. 사전은 도움이 되지 않는다. 사전에는 유령, 망령, 초자연적 존재 등의 뜻이 나와 있지만, 내가 물어보는 사람마다 모두 그게 아니라고 말했다. 더 자세히 설명하려면 단락이 필요하다. 일본어는 이런 단어들로 가득하다.

그래서 나는 그냥 두기로 했다. 영화가 영어로 나올 때쯤이면 나보다 더 똑똑한 사람이 좋은 단어를 생각해 낼 거라고 여겼다. 비록 영화가 개봉된 지 거의 20년이 지난 지금까지 아무도 생각해 내지 못했지만 말이다.

규칙 3: 때때로 그냥 놓아둬야 할 때가 있다.

통상적으로 일본어 상업 영화의 최종 버전이 개봉 승인을 받자마자 번역가는 영어 자막 버전을 제작하기 시작한다.

자막을 만드는 것은 매우 어렵다. 번역은 정확해야 하고, 자연스럽게 들릴 수 있어야 한다. 그리고 등장인물이 화면에서 대사를 말하는 데 걸리는 시간과 정확히 같은 시간 안에 자막을 읽을 수 있도록 해야 한다.

일례를 들겠다.

영화 〈원령공주〉에서 아시타카는 야쿨이라는 충직한 엘크 같은 동물을 타고 전투에 임한다. 그가 언덕 위에서 지켜보는데, 아래에서 싸우는 사무라이 몇 명이 그의 존재를 알아챈다. 그중 한 명이 "카부토 쿠비 다!Kabuto kubi da!"라고 외친다. 직역하면 '카부토'는 투구, '쿠비'는 목, '다'는 '이다'이다. 말 그대로 '투구는 목이다'라는 뜻이다.

그러나 쿠비kubi는 문자 그대로 목 외에도, 잘린 머리를 의미하기도 한다. 따라서 '쿠비 다'는 잘린 머리를 의미한다. 이 경우 카부토kabuto는 '투구를 쓴 사람'을 아주 잽싸게 표현한 것이다. 봉건 시대 일본에서는 군인이 전투에서 잘린 머리를 가져올 때마다 현상금을 받았다. 이는 적을 죽였다는 증거였다.

즉, 사무라이는 "투구를 쓴 저 남자, 머리를 자르면 포상금을 받을 수 있다"고 말한 것이다. 이 대사를 자막으로 번역하면 18박자가 걸린다. "카부토 쿠비 다"는 6박자 길이다. 자막 번역은 12박자를 줄여야 한다. 70% 정도 더 짧아야 한다는 뜻이다.

"투구를 쓴 놈을 잡아! 머리를 잡아!" 10박자다. 아직 4박자를 더 줄여야 한다.

"투구 남자는 내 거야." 6박자이니 괜찮을 거다. 하지만 이제 번역이 희한하게 들린다. 투구 남자가 뭐지? 머리를 잘라서 현상금을 챙기려고 가져간다는 내용이 빠져 있다.

"그의 머리는 내 거야." 4박자라서 잘 맞고, 보너스로 느린 독자도 따라갈 수 있다. 문맥상 맞는 것 같지만 투구에 대한 언급을 포기했다. 하지만 더 좋은 대사다. 일본어 사용자는 전체 맛을 느낄 수 있다. 영어 사용자는 축약되었지만 수용 가능한 대안일 수 있다.

규칙 4: 무엇이든 당연하게 여기지 말라.

영화 〈센과 치히로의 행방불명〉에는 하쿠라는 캐릭터가 제니바라는 캐릭터의 '도장seal'을 훔치는 장면이 있다. 이 영화의 영문 시나리오를 작업하는 디즈니 작가들이 의아해하며 급하게 물어 왔다. 일본에서는 도장(인증 수단으로 사용되는 문장)을 매우 중시한다. 미국인들은 수표나 신용카드 전표, 법률 문서에 서명을 하는 게 일상적이지만, 일본에서는 모든 사람이 도장을 사용한다. 법률 문서 등의 경우 일본인은 도장을 꺼내 빨간 잉크 패드에 눌러서 해당 문서에 찍는다.

디즈니 작가들은 하쿠가 제니바의 '바다표범seal(반수생 해양 포유류)'을 훔쳤다면, 왜 그 바다표범이 영화의 후속 장면에 전혀 등장하지 않는지 궁금해했다.

외국 문화에 관해서는 그 나라 사람들이 무엇을 알고 무엇을 모르는지 우리로선 알 수 없다.

규칙 5: 모든 것을 검토하라.

영어 번역 검토를 위해 디즈니로부터 〈천공의 성 라퓨타Castle in the Sky〉의 첫 번째 시나리오를 받았을 때 대사를 반복해 확인했지만 캐릭터의 이름을 확인할 생각은 하지 못했다. 나중에 녹음된 대사 샘플을 받고 나서야 일부 캐릭터의 이름이 이상하다는 걸 알았다.

미야자키 하야오는 영화에 약간의 국제적인 풍미를 더하고 싶어 했고, 캐릭터 중 두 명에게 프랑스식 이름인 샤를Charles과 앙리Henri를 부여했다. 이 이름을 일본어로 발음하고 쓰면 차루루Sharuru와 안리Anri가 된다. 일본계 미국인 3세로서 일본에 거주한 적이 없고 별로 질문하는 걸 좋아하지 않던 디즈니의 번역가는 그 이름이 아마도 중국 이름일 거라고 판단했던 것 같다. 그 결과 지브리 영화에 등장하는 이름이 너

돌라 일당의 샤를과 앙리는 디즈니 번역가가 이름을 잘못 번역하여 중국식 이름을 갖게 되었다.

무 이국적이고 미국 관객이 발음하기 어렵다는 디즈니의 잦은 불만을 해소시킬 기회임에도 불구하고, 디즈니는 〈천공의 성 라퓨타〉의 캐릭터에 헨리Henry와 찰스Charles를 넣는 대신 안리An-Li와 차루루Shalulu라는 이름을 사용하고 말았다.

***

〈원령공주〉의 기념비적인 흥행 성공 이후, 잠재적인 해외 배급사들은 지브리의 모든 영화의 영어 자막 버전을 보고 싶어 했다. 그중 일부는 준비됐지만, 나머지는 대부분 너무 빠르고 매우 부실하게 제작되었다. 예술적 관점과 상업적 관점 모두에서 우리는 영화 자막들이 가능한 한 잘 번역되기를 원했다.

지브리에서 영화를 영어로 번역하는 방법은 최소 5명으로 구성된 팀의 공동 작업으로 이루어진다. 영어 원어민 2명과 일본어 원어민

2명, 그리고 어느 쪽 언어든 가능한 1명이 있으면 모든 번역을 제대로 할 수 있는 확률이 더 높다고 여긴다. 번역을 둘러싼 가장 큰 문제는 미야자키 하야오 감독이었다. 미야자키 하야오가 일본어로 무언가를 말하면, 그 말을 듣는 다섯 사람은 그 말이 의미하는 바에 대해 전혀 다른 다섯 가지 생각을 할 수 있었다. 문제는 그들 중 누구도 틀리지 않았다는 것이다.

우리의 작업은 비일본어 사용자도 원작 영화의 어렵지만 아름다운 일본어를 원어 느낌 그대로 받을 수 있도록 영어와 동등한 수준으로 표현하려는 것이었다. 영화 제작은 본질적으로 공동 작업이다. 우리는 영화 번역도 마찬가지여야 한다고 생각했다.

영화 번역에는 조금 특별한 문제가 있다. 영화 비즈니스에서 한 국가에서 제작되어 다른 국가에서 상영되는 영화는 일반적으로 원산지에서 처음 개봉한 후 시간이 지날수록 상업적 가치가 떨어지는 경향이 있다. 상업적 유통기한이 있는 영화라면 완성되는 즉시, 또는 가능하다면 그 이전에 해외의 잠재적 배급사에 보여 줄 영어 자막 버전을 제작해야 한다. 그러므로 속도가 중요하다.

외국 국가 A의 배급사에 영화가 판매되면 배급사는 A 국가의 언어로 자막 또는 더빙을 원할 것이다. 예를 들어, A 국가가 노르웨이인 경우, 일본어를 노르웨이어로 번역할 수 있는 번역가는 많지 않다. 하지만 영어를 노르웨이어로 번역할 수 있는 사람은 많다.

지브리 영화를 위해 만든 영어 자막은 A 국가 자막이나 더빙 스크립트를 만드는 데 그다지 유용하지 않다고 밝혀졌다. 영어 자막을 화면의 대화 길이에 맞추기 위해 취한 지름길은 우리가 해결한 것보다 더 많은 문제를 야기했다. 그래서 모든 지브리 영화에 대해 우리는 직역이라고 부르는 걸 만들었다. 이것은 번역의 속도에 타협하지 않고 영화에 충실한 번역이었다. A 국가의 번역가들이 번역을 제대로 하면서도 자막을 화면에 맞추는 방법을 파악하는 것은 번역가의 몫이었다.

번역가는 괴짜들이며 자신의 결과물이 정확하기를 원한다. 다른 사람이 당신의 작업을 검토하는 것만큼 업무에 활력을 불어넣는 것은 없으므로, 우리는 프랑스어, 스페인어, 영어 등 해당 언어를 구사하는 지브리 직원들을 동원해 모든 외국어 번역을 검토했다. 우리가 발견할 수 있을 정도로 심각한 오류라면 분명 문제가 있는 것이었다.

하지만 모든 작가는 자신의 작품에 대한 비판을 싫어한다. 외국어 시나리오를 작성하고 검토하는 과정에서도 종종 단어 때문에 열띤 논쟁을 벌이다가 감정이 상한 채로 끝나는 경우가 비일비재하다. 베니스 영화제 경쟁 부문에 출품된 지브리 영화의 이탈리아어 자막을 작업했던 적이 있다. 일본어/이탈리아어 및 이탈리아어/일본어 번역팀을 고용했는데, 영화 자체가 아직 일본에서도 개봉되지 않았기 때문에 보안상의 이유로 일본 지브리에서 작업을 진행했다. 프로젝트가 끝날 무렵에는 번역가들이 서로 물리적으로 부딪히지 않도록 작업이 진행되는 회의실에 견고한 칸막이를 설치해야 했다.

번역에 대해 내가 마지막으로 배운 것은 아무리 번역을 제대로 하더라도 누구도 감사하거나 칭찬하지 않는다는 점이었다. 번역을 잘못하면 그런 사실은 요란하고 분명하게 들린다. 인터넷 덕분에 어디가 잘못되었는지 궁금해할 필요조차 없다. 무엇을 번역하든 완벽한 번역이란 존재하지 않는다. 무엇을 하든 비판이 뒤따른다. 그리고 그것은 늘 우리를 아프게 한다.

서커스

〈원령공주〉가 일본에서 개봉되었을 당시 미야자키 하야오는 1992년 〈붉은 돼지〉 이후 신작을 내놓지 않은 상태였다. 감독의 〈이웃집 토토로〉는 일본에서 가장 사랑받는 영화다. 미국의 〈오즈의 마법사〉와 마찬가지로 일본 대중은 매년 TV 방영을 통해 이 영화를 접한다. 학교가 방학하는 7월이면 NTV 텔레비전 방송국에서 〈이웃집 토토로〉를 방영했는데, 그때마다 엄청난 시청 점유율을 기록했다. 1988년 극장 개봉은 비평가들의 호평에도 불구하고 소폭의 성공에 그쳤다. 하지만 스즈키 토시오는 수년에 걸쳐 일본의 모든 가정이 이 영화의 사본을 손에 넣었다고 믿는다. 어쩌면 그 사본들은 영화가 방영될 때 텔레비전에서 직접 녹화한 것일 수 있다.

미야자키의 새 영화가 디즈니의, 일본에서는 테마파크와 소비재로 더 잘 알려져 있지만 바깥에서는 할리우드 메이저 스튜디오이자 세계적인 명성의 애니메이션 영화 제작사로 알려진 이 기업의 승인 도장을 받고 극장 개봉을 눈앞에 두고 있던 때였다. 이 영화의 마케팅 캠페인을 총괄한 스즈키는 디즈니의 세계적인 위상을 일본 대중에게 알리기 위해 많은 노력을 기울였다. 일본 대중은 해외에서 유명해지기 전까지는 자국 인재를 무시하는 경향이 많다. 그러다가 해외에서 유명해지면 갑자기 일본 내에서 그에 대한 존경심이 기하급수적으로 올라간다.

스즈키는 〈원령공주〉가 일본뿐만 아니라 해외에서도 큰 인기를 끌 것이라는 점을 일본 대중에게 알리기 위한 전략의 일환으로, 전 세계 영화 수요를 관리할 외국인 임원(나)까지 고용했다는 사실을 대중에게 알리고자 했다. 영화가 개봉되기도 전에 세계적인 히트작으로 자리매김하는 것이 주된 목표였다. 영화 개봉을 위해 열린 여러 기자회견에서 나는 통상 영화의 해외 개봉 계획에 대해 일본어로 몇 마디 해 달라는 요청을 받았다. 실제적인 예측이 아닌 미래의 잠재력에 대해 말할 수 있을 때 전달 가능한 좋은 소식이 항상 더 많다는 점에서, 나의 역할은 매우 수월했다.

영화 개봉이 가까워지면서 나는 정기적으로 언론사의 인터뷰 요청을 받았다. 그중 한두 차례는 TV용 녹화 인터뷰에 응하기도 했다. 1980년대와 1990년대 일본 심야 TV는 앙상블 출연진이 사람들(유명인 또는 비연예인)을 인터뷰하거나 사람들에게 단순히 굴욕감을 주거나(주부들이 가전제품을 얻기 위해 링에서 레슬링을 한다) 사람들의 집이나 직장을 깜짝 방문하는 프로그램을 방영했다. 대부분의 코너에는 쇼의 단골 출연자나 게스트로 제대로 옷을 입지 않은 여성이 나왔다(S&M 모델이 나체로 무거운 밧줄에 묶여 거꾸로 매달린 채 매듭을 어떻게 묶어야 고통을 유발하고 나신의 살을 그대로 드러내면서도 살갗 손상을 최소화하는지 차분하게 설명하는 장면). 이러한 쇼의 대부분은 많은 시청자를 확보하여 취향을 결정하고 유행을 선도했다.

이런 프로그램에서 흔히 사용하는 기법 중 하나는 단골 출연자 중 한 명을 어딘가로 보내서 시청자가 새로운 사람이나 장소를 대리 체험하게끔 하는 것이었다. 대부분의 방문 장소는 유명하거나 외진 곳에 있는 레스토랑이나 일본의 전통 여관이었다. 그런데 놀랍게도 어느 날 스즈키가 나에게 한 심야 프로그램에 인터뷰 게스트로 출연하게 되었다고 알려 줬다.

인터뷰에 대해 내가 들은 것은 쇼의 진행자 중 한 명인 젊은 여성이 영화 제작진과 함께 신바시에 있는 우리 사무실로 와서 〈원령공주〉에 대해 말해 달라고 요청할 것이라는 내용이 전부였다. 나는 학생 시절 이후로 심야 TV를 많이 보지 않았기 때문에(당시에는 일본어 구어 듣기 이해력을 높이기 위해 그렇게 했다), 현재 어떤 프로그램이 인기 있는지, 스타가 누구인지 잘 알지 못했다. 또한 자세히 알아보지도 않았다. 그냥 누군가가 와서 일반적인 질문을 할 것이고 그게 다일 거라고만 생각했다. 그런데 사무실에 있는 사람들에게 어떤 프로그램인지 물었을 때 모두들 웃음을 참으려고 빠르게 손을 입에 갖다 대는 반응을 보였다. 왜 그렇게 웃긴지 아무도 말해 주지 않았다. 왜 모두들 나한테 말하지 않는 걸까?

인터뷰 예정 시간까지 아무도 나에게 연락하지 않았고 더 이상 관련 소식을 듣지 못했다. 어느 날 오후 늦게 책상에 앉아 있는데 복도에서 소란스러운 소리가 들렸다. 밝은 빛줄기가 사무실 문으로 계속 다가오고 있었고, 그 앞을 지나던 사람들이 차례로 비켜섰다. 밝은 빛이 점점 가까워졌다. 사무실 문을 통해 타오르는 빛의 후광을 받으며 은색 옷을 입은 다리가 긴 일본 미녀가 들어왔다. 그녀 뒤에는 대형 TV 카메라를 어깨에 짊어진 한 남자가 걸어왔다. 카메라 뒤에는 여러 개의 클레그 등(영화 촬영용 아크등)을 든 남자와 긴 장대에 대형 붐 마이크를 달고 있는 남자가 더 있었다.

그 육감적인 젊은 여성은 은색 메탈릭 브라 위에 은색 메탈릭 하이칼라 민소매 재킷을 걸쳤다. 그녀는 옆구리에 슬릿이 있는 아주 (아주) 작은 은색 메탈릭 초미니 스커트를 입고 있었고, 머리카락도 은색과 메탈릭이었다. 눈썹도 은색 메탈릭이었다. 한쪽 팔에는 은색 메탈릭 팔꿈치 길이의 손가락 없는 장갑을 끼고 있었다.

은색 옷을 입은 여자가 은색 메탈릭 6인치 플랫폼 부츠를 신고 나를 향해 걸어왔다. 그녀가 움직일 때마다 은색 체인과 팔찌가 흔들렸다. 코에는 은색 링을 걸고 있었고, 한 손에는 아주 큰 은색 마이크를 들고 있었다.

인터뷰는 그 은색투성이 여성이 내 책상에 도착하기도 전에 시작되었다. 그녀는 내가 듣도 보도 못한 질문에 대답하라며 마이크를 들이댔다. 카메라맨이 나를 내려다봤고 조명 담당자가 천 와트짜리 하이빔의 눈부심 속에 나를 고정시켰다. 나는 즉흥적인 상황에 유난히 약한 편이었다. 질문은 들었는데 너무 놀라서 대답하지 못했다. 직원들과 옆 사무실 사람들은 카메라 범위 밖에서 편안하게 서서 마냥 웃고 있었다. 다른 사무실 사람들은 출입구 쪽으로 고개를 들이밀었다.

나는 은색 옷을 입은 여성에게 이 옷을 지구에서 샀는지, 아니면 원래 있던 행성에서 산 것인지 물어보고 싶다는 생각밖에 들지 않았다. 하지만 그렇게 하면 심야 시간대 TV 시청자들에게 반감을 살 수 있을 것 같았다. 젊은 여성을 마냥 쳐다보지 않기도 너무 힘들었다. 은색으로 가려지지 않은 그녀의 신체 부위가 드러나 눈에 띄었다. 그녀는 일상에서 흔히 마주치는 사람들과는 다른 방식으로 무척 매력적이었다. 그런데 나는 바로 그 모습을 가까이서 보고 있었던 것이다.

은색 여자가 나에게 무엇을 물었는지, 내가 어떻게 대답했는지 전혀 기억나지 않는다. 하지만 너무 정신이 혼란해서 인터뷰에서 훈련받은 내용을 제대로 숙지하지 못한 것이 기억난다. 나는 인터뷰가 잘 진행되지 않았다고 여겼다. 하지만 나중에 스즈키를 봤을 때 그는 인터뷰가 아주 잘 진행되었다고 생각하는 것 같았다. 설령 그게 사실이라고 하더라도 내가 잘했다고 자평할 수는 없었다. 일본에서 외국인으로서 인터뷰에 성공하는 것의 99%는 그냥 외국인 그대로를 보여 주는 것이다. 그래도 나의 경우 은색 여자의 존재에 놀라서 무력한 모습을 보인

건 잘한 것 같다.

내가 TV와 기자회견에 출연한 것은 전체 마케팅 계획의 아주 작은 부분이었다. 영화 개봉의 국제적 측면은 화려한 디저트 접시에 약간의 색을 내기 위해 첨가하지만 반드시 먹지는 않는, 빨간 시럽의 작은 소용돌이처럼 보조적인 부분에 불과했다. 스즈키 캠페인의 핵심은 TV 광고 방송과 극장 예고편, 그리고 미야자키 하야오 감독이 일본 전역의 현지 시장을 직접 방문하는 것이었다.

〈원령공주〉의 예고편과 TV 광고 방송 제작은 첨단 마케팅의 교훈과도 같았다. 처음부터 스즈키는 광고용 장면을 선택하는 데 있어서 거센 반대에 부딪혔다. 이러한 반대의 대부분은 미야자키가 차기작이 〈원령공주〉가 될 것이라고 발표했을 때 영화 제작 파트너들로부터 받았던 것과 같은 이유였다.

미야자키는 일본인들이 시대극에 무척 질려 있어서 이 영화도 역사적 시대를 배경으로 하면 실패할 것이라는 말을 다른 이들로부터 들어 왔다. 게다가 봉건 시대를 배경으로 했을 때 일본 대중은 사무라이가 아닌 허름한 옷을 입은 촌부인 주인공을 받아들이지 않을 거라고 했다. 이 영화에는 머리와 팔이 잘리는 장면도 나온다. 실사 영화라면 괜찮을지 몰라도 애니메이션 영화에서는 실패를 보장하는 죽음의 키스가 될 수 있는 장면이었다. 미야자키는 제작 파트너들의 의견에 감사를 표하면서도 어쨌든 자신이 하고 싶은 대로 추진했다.

스즈키는 새 영화를 홍보하기 위한 TV 광고 방송과 예고편을 디자인할 때 의도적으로 이러한 '결함'을 모두 등장시켜 영화 배급 파트너들을 경악시켰다. 영화의 주요 제작 파트너인 NTV는 TV 광고를 하지 못할 수도 있다고 암시했지만, 결국 마지못해 광고를 내보냈다.

스즈키는 지브리의 새 영화가 개봉하기 직전에 항상 감독과 함께 일본 전역을 여행하는 것을 중시했다. 영화가 마침내 완성됐을 때 미야자키와 스즈키 모두 즐기는 일종의 의식이었다. 그들은 (기차를 타고) 이동하면서 영화를 상영할 극장주들을 만나고 영화를 리뷰할 현지 언론과 얘기를 나눴다. 미야자키는 즐겁게 질문을 받고, 영화 속 캐릭터의 그림을 직접 그려서 나눠 주고 사인도 해 주었다. 영화가 완성되자 미야자키는 기분이 아주 좋았다. 일본 전역의 사람들과도 얘기했고, 일본 각 지역의 서로 다른 특이한 점을 맛볼 기회도 즐겼다.

현지 극장주들에게 직접 어필한 덕분에 업계에서 흔히 볼 수 있는 것보다 영화를 더 오래 상영할 가능성이 높아졌다. 일본 극장주들은 대체로 사업을 운영하기 힘든 소규모 사업가들이었다. 극장 운영비는 주 7일 내내 발생했지만 대부분의 경우 고객은 주말에만 방문했다. 그래서 영화를 걸 때 극장주가 궁금해하는 것은 영화가 상영되는 동안 광고와 홍보를 계속 지원받을 수 있을까 하는 것이었다.

영화의 성공 여부는 어느 극장에서 얼마나 오래 상영하느냐에 달려 있다. 일본은 다른 국가에 비해 극장 수가 적고 인구당 영화관 스크린 수도 적은 국가다. 따라서 극장주는 영화가 잘되고 있더라도 2주 만에 상영을 중단할 수도 있다. 항상 새로운 영화가 출시되고, 일반적인 판단으로는 그들 영화들이 더 잘될 가능성이 높다고 여겨졌기 때문에, 극장주들은 언제든 당신의 영화를 그중 하나와 교체할 수 있었다. 그러나 그들은 또한 메가 히트작을 지렛대로 삼아 덜 인기 있는 영화를 극장에서 상영하려는 할리우드 스튜디오의 압박 전술에 분개했다. 스즈키는 이를 스스로에게 유리하게 활용했다.

할리우드 스튜디오들 사이에서는 영화 상영관이 많을수록 더 많은 수익을 올릴 수 있다는 통념이 있었다. 스즈키는 미국에서는 그럴 수도 있지만 일본에서는 그렇지 않다고 주장했다. 스즈키의 전략은 자신의 영화가 상영되는 극장 수를 제한하는 것이었다. 〈원령공주〉를 상영한 극장주들은 이를 높이 평가했다. 같은 영화를 상영하는 극장 간의 경쟁이 줄어들어 극장에서 영화를 더 오래 상영할 수 있는 여유가 생겼기 때문이다.

일본에서 사업하는 미국인들은 항상 일본은 다르다는 말을 듣는다. 정통한 미국 사업가들은 대체로 이를 믿지 않았다. 〈원령공주〉와 같은 시기에 나온 블록버스터 영화(가령, 〈쥬라기 공원〉)를 개봉하는 할리우드 스튜디오들은 기존의 통념을 따르고 현지 지사에 가능한 한 많은 극장을 예약할 것을 촉구했다. 반면에 스즈키는 배급사가 너무 많은 극장을 예약하지 못하게 막았고, 심지어 여러 극장을 거절하기도 했다.

디지털 미디어가 없던 시절, 일본의 엔터테인먼트 업계 기자는 큰 기대를 모으는 신작의 개봉 상황을 미리 알고 싶을 때, 일본에서 신작이 개봉하는 날인 토요일 아침에 일어나 도쿄나 나고야, 오사카의 대형 영화관을 찾아다녔다. 매표소에 사람들이 줄을 서는지를 확인하고 싶었기 때문이다. 줄을 서고 있으면 그 영화는 히트작이다. 줄이 길면 그 영화는 큰 성공을 거둔 것이다. 기자는 그날의 첫 두 번의 상영을 보고 이를 기준으로 기사를 작성한다.

이는 스즈키가 지브리의 영화를 더 적은 수의 극장에서 개봉하도록 한 또 다른 이유였다. 영화 홍보가 성공적이었다면 개봉하자마자 영화를 보려는 사람들이 상영관의 좌석 수보다 훨씬 많았을 것이다. 영화를 상영하는 극장의 수가 적었기 때문에 이런 일이 일어날 가능성은 더 컸다. 일본인들은 줄을 서서 기다리는 것에 무한한 인내심을 가진 사람들이다. 심지어 이를 즐기는 것 같기도 하다. 정말 보고 싶은 영화라면 일본인들은 서서 기다리는 것을 기꺼이 받아들인다.

스즈키는 〈원령공주〉의 첫 상영을 위해 이 영화의 감독인 미야자키와 영화 속 캐릭터의 목소리를 연기한 유명 배우들을 초청해 라이브 무대에 올렸다. 이 이벤트는 영화가 상영되기 전이나 후에 진행되었다. 〈원령공주〉의 첫 관객들은 유명 감독과 좋아하는 배우들의 모습을 볼 수 있는 대접을 받았다. 또한 이벤트를 기념하는 작은 기념품도 주어졌다. 이로 인해 첫날 행사가 주로 열렸던 도쿄 긴자의 대형 극장에는 첫 상영회에 참석하려는 팬들의 열망이 높아졌다.

영화 개봉과 유명 인사들의 출연을 취재하는 TV, 라디오, 인쇄 매체 기자들과 오프닝 박스오피스 결과를 평가하기 위해 지나가던 다른 기자들은 〈원령공주〉를 보기 위해 길게 줄을 선 사람들을 보고 영화가 대히트했다고 결론내리며 보도할 것이다.

일본에서 일본 관객이 가장 보고 싶어 하는 영화는 이미 매진되어 볼 수 없는 영화다. 매진되었다는 것은 인기가 있다는 뜻이다. 인기가 있다는 것은 모두가 보고 있다는 뜻이다. 모두가 보고 있다면 누구도 그것을 보지 않은 사람이 되기를 원하지 않을 것이다. 줄을 서서 기다려야만 볼 수 있다면 그것은 괜찮다. 일본인이라면 줄을 서서 기다리는 것은 큰 문제가 되지 않는다.

키스

월트 디즈니 컴퍼니는 〈원령공주〉 개봉 전에 미야자키 하야오와 스튜디오 지브리의 영화 판권을 인수하는 선견지명으로 엔터테인먼트 언론에서 자주 칭찬을 받았다. 당시 디즈니의 홈 비디오 국제사업부 책임자이자 그 인수를 담당한 디즈니 임원 마이클 O. 존슨Michael O. Johnson은 해외에서 폭넓은 비즈니스 경험을 쌓으며 1997년 이전에 개봉한 지브리 영화의 가치를 깊이 이해하고 있었다.

하지만 디즈니와 지브리 영화 배급 계약이 체결될 당시에는 MOJ(존슨은 직원들에게 그렇게 알려져 있었다)나 디즈니의 어느 누구도, 그리고 일본 내 아무도 미야자키 하야오가 어떤 영화를 만들고 있는지 정확히 알지 못했다.

1997년 4월 초, 도쿄에 있던 MOJ는 신바시의 도쿠마 홀을 찾았다. 영화의 제작자인 스즈키 토시오는 아직 완성되지 않은 〈원령공주〉를 위해 제작된 첫 번째 예고편 상영을 준비했다. 이 예고편은 아직 대중에게 공개되진 않았지만, 예고편을 본 공동 제작자들 사이에서는 이미 큰 화젯거리였다. 지브리의 일부 제작 파트너들은 스즈키에게 예고편을 다시 생각해 보라고 주장했다. MOJ는 극장의 조명이 어두워지고 자신이 회사를 설득해 인수한 영화의 첫 장면을 보기 위해 자리에 앉았을 때까지도 이런 사실을 전혀 알지 못했다.

팔이 잘려 나갔다. 머리가 화살에 맞아 떨어져 나갔다. 날뛰는 거대한 멧돼지에게서 꿈틀거리는 점액질 내장이 쏟아져 나왔다. 영화 속 단아한 여주인공이 손등으로 입에 묻은 피를 닦는 장면이 나왔다. 극장에 불이 켜졌을 때 MOJ는 할 말을 잃었다. 그는 디즈니 재팬의 측근, 지브리 제작진, 도쿠마 홍보 담당자, 〈원령공주〉 제작에 관한 긴 다큐멘터리를 촬영하고 있던 카메라 제작진 등 다른 사람들 앞에서 너무 많은 걸 보여 주지 않으려고 극도로 조심했다.

나중에 스즈키와 일본 디즈니 홈 엔터테인먼트 사업 책임자 호시노 코지Koji Hoshino, 1956~와의 저녁 식사에서야 MOJ는 스즈키에게 최소한 폭력성의 균형을 맞추기 위해 무언가를 추가해 달라고 간청했다. 주인공과 여주인공의 로맨틱한 장면이나 키스 장면이 있으면 좋겠다는 것이었다. 존슨은 이어서 미야자키 감독이 자신이 매우 존경하는 위대한 예술가라고 설명했다. 그는 미야자키와 같은 예술가가 단순한 사업가의 제안에 휘둘려서는 안 되며, 특히 영화에 대한 변경을 진지하게 요구받아서는 안 된다는 것을 이해한다고 말했다. 하지만 스즈키가 자신의 제안을 전달하고 이 정도만 수정해 달라고 부탁하는 것은 괜찮지 않겠는가?

스즈키는 생각에 잠긴 표정으로 고개를 끄덕일 뿐이었다. 대부분의 미국인에게 고개를 끄덕이는 것은 이해와 동의를 의미하므로, 방에 있던 다른 사람들에게는 그가 생각하고 있다는 뜻으로 보였다. 하지만 아마도 요청 거부를 어떤 형태로 할지 생각하고 있었을 것이다.

MOJ가 본 예고편은 사실 진행 중인 작업이었다. 약 한 달 후 내가 호시노와 함께 버뱅크Burbank를 방문했을 때 우리는 극장과 TV를 통해 상영될 예고편의 최종 버전을 가지고 갔다. 이제 거기에는 대사 한 줄이 들어갔다. "여자를 풀어 줘, 그녀는 인간이야!" MOJ에게 이 대사는 긍정적인 추가 사항으로 보였다. MOJ는 주인공 아시타카가 여주인공 산을 구해 준다는 의미로 받아들였다. 이는 사실은 아니었지만 호시노와 나는 정정하지 않았다.

이후 장면에서 산은 아시타카에게 몸을 굽혀 입에 키스처럼 보이는 행동을 했다. 멋지다고 MOJ는 말했다. 이제 우리도 로맨스가 생겼다. 그는 안도한 표정으로 스즈키와 미야자키에게 감사의 인사를 꼭 전해 달라고 부탁했다. 우리는 그에게 그것이 정확히 키스는 아니라고 말

사슴 신의 숲 장면에 등장하는 '키스'는 실제로는 전혀 키스가 아니었다.

하지 않았다.

예고편 장면에서 아시타카는 거의 죽기 직전이고 의식이 거의 없었다. 힘이 약해 스스로 씹지도 못하는 그를 위해 산이 말린 고기를 씹어 주고 있었고, 그녀는 자신의 입에서 직접 그의 입으로 옮긴다. MOJ는 행복해했고 우리는 그 분위기를 망치고 싶지 않았다. 우리는 영화가 공개된 후 그가 진실을 알게 하는 편이 낫다고 봤다. 그 무렵 영화는 상상할 수 있는 모든 일본 박스오피스 기록을 경신했다. 그의 우려가 무엇이든 간에 역사적으로 기록적인 블록버스터 흥행과 그에 따른 전 세계의 모든 긍정적인 언론 보도보다 '잊어버려라(이전의 걱정은 이제 상관없으니 신경 쓰지 마세요)'라는 말을 더 잘 표현할 수 있는 것은 없다.

이 영화는 월트 디즈니 컴퍼니가 자신의 이름으로 개봉하기에는 너무 신랄한 것으로 판명되었다. 그래서 〈원령공주〉는 결국 디즈니의 새로운 자회사인 미라맥스에서 개봉하게 되었다.

공개

일본은 국제 언론에 자신들이 주목받기를 좋아한다(대지진 및 원자력 발전소 붕괴는 제외). 일본의 한 애니메이션 장편 영화가 지난 15년간의 박스오피스 기록을 갈아치웠을 때 전 세계 언론이 주목했다. 갑자기 CNN에서 미야자키 하야오가 일본을 대표하는 영화감독으로 선전되었다. 개봉한 지 몇 주가 지난 후에도 〈원령공주〉를 보기 위해 길게 줄을 선 일본인들의 광경이 그대로 방송되었다. 외신들은 어른들이 애니메이션 영화를 보러 가는 것이 이상하다고 생각했고, 이는 박스오피스 수치를 더욱 끌어올렸다. 그러자 영화를 보지 않은 사람들도 외신들이 왜 그렇게 관심을 보이는지 궁금해하며 영화를 봐야겠다고 결심했다. 큰 흥행 수치는 더 큰 흥행 수치를 불렀다.

외국(일본 외) 언론사로부터 인터뷰 요청이 들어오기 시작했다. 인터뷰 요청은 일본에서 개봉하는 대부분의 영화를 다루는 엔터테인먼트 업계 간행물에서 시작되었다. 그다음에는 박스오피스 수치를 알고 싶어 하는 국제 통신사, 마지막으로는 미국과 유럽의 대형 방송국과 인쇄 매체에서 연락이 왔다. 이들은 모두 일본인들이 어린이를 대상으로 하지 않은 애니메이션 영화를 보기 위해 매주 줄을 서서 기다리는 이유를 알고 싶어 했다. CNN, NBC, BBC, TF1, Arte, CBS에서 모두 연락이 왔다. 〈타임〉, 〈뉴스위크〉, 〈뉴욕타임스〉, 〈워싱턴포스트〉에서도 인터뷰 요청이 들어왔다. 이런 관심을 원치 않았던 건 아니었다. 하지만 예상치 못한 일이었다. 지브리에는 해외 언론의 요청을 처리할 담당자가 없었다.

회사에서 영어를 누구보다 잘했기 때문에 외국 언론의 질문에 답하는 것은 모두 나의 일이 되었다. 우리는 지브리의 영화가 외국에 배급되면 해당 국가의 영화 배급사가 그 나라의 언론을 담당할 것이라고 생각했다. 〈원령공주〉의 일본 개봉에 대해 외신에서 즉각적인 질문이 쏟아질 것이라곤 예상하지 못했다. 나는 아직 모든 질문에 대답하지 않는다는 가장 중요한 기술을 배우지 못한 때였다.

나는 늘 언론과 기자를 존중하지만 어쩌면 순진한 시각을 갖고 있었던 것 같다. 나의 대학 룸메이트 중 한 명이 〈뉴욕타임스〉 기자였다. 내가 보기에 그보다 더 열심히 일하고 더 진지하게 기자 일을 하는 사람은 세상에 없었다. 그는 철저히 조사했다. 기사를 완성하기 위해 잠도 자지 않고 밤새도록 일했다. 사실을 확신하기 전에는 그 어떤 기사도 발표하지 않았다. 주요 언론사나 방송사에 취업한 모든 기자들은 다 그런 사람이었다. 나는 기사의 서두나 말미에 자신의 이름을 적는 기자라면 누구나 더스틴 호프만과 로버트 레드포드가 스크린에서 묘사한 밥 우드워드나 칼 번스타인과 같이 직업윤리, 도덕성, 노력을 아끼지 않는 근성과 결단력을 갖춰야 한다고 믿었다. 물론 이는 엄밀히 말하면 사실이 아니다.

또한 나는 다른 외국인들과 대화하는 데는 꽤 능숙하지만, '공식 회견 중'일 때의 언론사 외국인들과 대화하는 데는 그다지 능숙하지 않다는 것을 깨달았다. 공식 회견을 한다는 것은 단어 사용에 어느 정도 민감해야 하고, 길고 어렵고 신중하게 생각한 답변을 15초 이내로 압축할 수 있는 능력이 필요하다는 뜻이다. 의도하지 않은 말실수도 언론에서는 비판의 대상이 되기 때문에 특히 말을 조심해야 한다. 질문에 대답하는 것처럼 보이면서도 대답하지 않는 기술이 매우 중요하다. 전문 홍보 담당자는 이런 일을 할 수 있기 때문에 당신 대신 돈을 받고 질문에 답하는 것이다.

얼마 후 〈원령공주〉가 해외에서 개봉하기 시작했을 때, 내가 지금도 매일 읽는 신문 〈뉴욕타임스〉 기자로부터 전화를 받았다. 일본에 주재하는 그는 미야자키 하야오 감독과의 인터뷰를 요청하기 위해 전화를 걸었다. 그가 실제로 한 말은 '미야자와 하이요Haiyo Miyazawa'와 그의 새 영화에 대한 기사를 쓰고 싶다는 것이었다. 그는 거대한 호랑이를 탄 소년과 우주에서 온 외계인 안드로이드가 등장하는 영화의 예고편과 TV 광고 방송을 봤다며 새 영화의 프라이빗 관람을 한 다음 감독과 인터뷰를 하고 싶다고 했다.

나는 (정중하게) 그에게 영화감독 이름이 '미야자와'가 아니라 '미야자키'이며, 영화에 거대한 호랑이나 우주 로봇이 등장하지 않는다고 설명했다. 미야자키 감독은 사흘 후 프랑스로 여행을 떠날 예정이었다. 나는 미야자키 씨가 귀국한 후 인터뷰 일정을 잡을 수 있는지 물었다.

"그럼 오늘이나 내일은 어떤가요?"라고 기자가 되물었다.

"이봐요, 당신은 감독님이나 그의 영화에 대해 잘 모르는 것 같습니다. 미야자키 감독은 지금 정말 바쁘십니다. 2주 후 돌아올 때까지는 인터뷰를 할 수 없어요. 감독님이 일본에 돌아오시면 그때 인터뷰 일정을 잡으면 더 좋지 않을까요? 그동안 영화 상영을 안내하고 인터뷰 전에 약간의 배경 지식을 제공할 만한 사람을 스튜디오에서 만나도록 주선해 드릴 수 있습니다. 괜찮으시겠습니까?" 나는 대답했다.

"보세요." 기자가 말했다. "여기는 〈뉴욕타임스〉입니다. 하찮은 지역 신문이 아니라고요. 〈뉴욕타임스〉에 실린 기사가 스튜디오에 도움이 될 겁니다. 〈뉴욕타임스〉이니, 오늘이나 내일 몇 시에 와서 인터뷰를 할 수 있는지 알려 주세요."

나는 "이 영화는 일본 영화입니다"라고 말했던 것 같다. "주로 일본 관객을 위해 만들어졌습니다. 아마 일본에서는 〈뉴욕타임스〉가 이 영화에 대해 어떻게 생각하는지 신경 쓰는 사람은 아무도 없을 것 같군요. 지금 제가 신경을 쓰는 유일한 이유는 부모님이 〈뉴욕타임스〉를 읽으시고, 신문에 내 이름과 영화 제목이 실리는 것을 보고 싶어 하시기 때문입니다. 하지만 감독님은 오늘이나 내일 또는 모레 시간을 내실 수 없습니다. 2주 후에는 가능할지도 몰라요. 그건 사실입니다. 그가 일본으로 돌아올 때까지 기다릴 수 없다면 인터뷰는 힘들겠군요.”

“당신 말을 인용해도 될까요?” 그가 다시 물었다.

“마음대로 하세요”라고 나는 대답했다. 그리고 그는 그렇게 했다.

이제 와서 말하건대, 이것은 언론의 요청에 대처하는 최선의 방법이 아니었다.

이후 〈뉴욕타임스〉에는 스튜디오 지브리에 대한 좋지 않은 설명과 함께 내가 스튜디오의 홍보 담당자임을 밝히는 기사가 실렸다. 이 기사는 전반적으로 지브리에 대해 부정적이었지만, 요코하마에서 영화관 2개를 소유한 한 중국인 여성과의 인터뷰를 바탕으로 영화의 성공에 대한 정보가 실려 있었다. 이 기사에는 일본에서 만화와 애니메이션의 인기가 문맹률과 관련이 있으며, 한자로 쓰인 책과 기사가 읽기 어렵다는 주장도 포함되어 있었다.

며칠 후 일본 언론에는 “〈뉴욕타임스〉, 일본에서 만화의 인기가 낮은 문해율文解率, literacy rate 때문이라고 주장하다” 등의 헤드라인이 달린 기사가 실리기 시작했다. 논평을 요청하자 〈뉴욕타임스〉 기자는 화를 내며 일본 언론이 〈뉴욕타임스〉가 UN의 문해율 표를 이해하지 못한다고 생각하는지 궁금하다는 반응을 보였다. 그는 이어서 일본 한자는 너무 어렵고, 전철이나 지하철에서 책을 읽는 사람들은 읽지도 못하는 어려운 한자로 고생하지 말고 그림을 보는 편이 더 나을 거라는 말도 덧붙였다. 기자의 답변이 인쇄되자 〈뉴욕타임스〉는 기사와 기자의 답변, 그로 인한 분노의 편지에 대해 몇 주 동안 사과했고, 그중 일부는 〈뉴욕타임스〉가 직접 발표했다.

나는 스튜디오 지브리의 영화, 특히 〈원령공주〉에 대해 매우 높은 평가를 내린다. 하지만 지브리 영화에 대해 글을 쓰고자 하는 모든 기자가 영화를 이해하고 감상하거나 숨겨진 미스터리를 파헤치거나 영화를 만든 사람들로부터 통찰력을 얻고자 하는 영화 평론가는 아님을 알게 되었다. 언론인에게는 할 일이 있다. 그리고 그들은 영화를 보거나 영화 제작 과정에 관여하거나 그 과정에 가까운 사람들이 하는 방식으로 영화를 보거나 이해할 의무가 없다. 그들은 독자를 염두에 둬야 한다.

〈뉴욕타임스〉가 나간 후 많은 친구와 친척들이 이메일을 보내거나 전화를 걸어 기사를 보고 멋지다고 말해 줘서 놀랐다.

"멋지다고요?" 나는 이렇게 대답하곤 했다. "부정적이라고는 전혀 생각하지 않으셨나요?"

"글쎄요… 당신 이름이 언급됐잖아요."

"그게 전부인가요?"

"모르겠습니다. 내가 자세히 읽지 않았나 봐요. 부정적이었나요? 내가 기억하는 건 당신의 이름이 〈뉴욕타임스〉에 언급되었다는 것뿐입니다. 대단하지 않나요?"

셋

문화 전쟁

미나라이_{minarai}(보고 배우기)

신문이나 잡지 기사에서 미야자키 하야오 감독이 해외여행을 싫어한다는 기사를 종종 접했다. 상업 영화계의 주류로 격상시킨 〈원령공주〉를 시작으로 그의 영화가 상영될 때마다 그는 유럽, 아시아, 북미로부터 개인 출연 요청을 많이 받았다. 스튜디오 지브리에서 내가 맡은 일 중 하나는 이런 여행을 계획하는 것이었고, 영화 제작자인 스즈키 토시오가 미야자키에게 일본 밖으로 모험을 떠나야 한다고 설득하는 일을 도와야 했다.

미야자키는 늘 자신이 해외여행을 좋아하지 않는다는 것은 사실이 아니라고 설명했다. 그는 일본 이외의 지역에도 가 보고 싶고, 또 가 본 적도 있으며, 다시 방문할 의향이 있는 곳도 있다고 말했다. 다만 그는 자기만의 시간 여행을 하고 싶었을 뿐이다. 그는 아름답거나 흥미로운 해외에 가서 일(영화 홍보)을 하며 시간을 보내는 걸 싫어했다.

미야자키 하야오의 영화 제작 방식은 유독 스트레스가 많았는데, 그는 이런 스트레스의 필요성을 중시했다. 그는 종종 사람은 실패할 가능성이 있고, 그로 인해 실제 결과에 직면할 때만 최선을 다한다고 말한다. 한 작품이 완성되면 미야자키는 스튜디오를 폐쇄하고 모든 직원을 해고하자고 여러 차례 제안하곤 했다. 그는 애니메이터들이 실패의 결과에 대한 감각을 익히면 다음 작품에 재고용될 때 보다 나은 아티스트가 될 거라고 말했다. 하지만 그의 말이 농담인지 진담인지 아무도 확신할 수 없었다.

미야자키는 자신의 영화 한 편을 승인하고 공식적으로 영화가 완성되었을 때, 그 영화에 대해 다시 생각하는 것을 좋아하지 않았다. 한 편의 영화를 끝내면 더 이상 개선하거나 바꿀 수 있는 게 아무것도 없다고 봤다. 그는 늘 다음 영화를 생각하며 앞으로 나아가고자 했다.

미야자키는 새로운 프로젝트를 시작하기 위해 이미지와 아이디어를 상상력을 통해 체화하려 했고 이를 그림이나 수채화 스케치에 담아냈다. 종종 한 번에 두세 편의 신규 영화 아이디어를 떠올리곤 했다. 자신이 그린 이미지를 모아서 다듬고, 그 이미지와 어울리는 독립된 줄거리를 만들었다. 그렇게 새 영화에 대한 아이디어가 떠오르면 제작자인 스즈키 토시오와 상의하며 그 가능성에 대해 논의했다. 그들은 그 아이디어에 동의하고, 스튜디오의 다른 사람들에게도 그 아이디어를 이야기한다. 이야기를 들은 사람들은 열렬히 찬성하지만, 일주일 후 미야자키는 전혀 다른 아이디어를 위해 지금껏 논의하고 찬성해 오던 아이디어를 폐기했다.

그러다가 한 아이디어가 고착화되면 그때서야 그에 대한 그림이 더 완벽하게 표현된다. 영화의 컨셉 아트concept art를 위해 다른 아티스트들이 섭외되고, 공식 결정이 내려지면 배경 아트, 로케이션 헌팅 및 더 많은 컨셉 아트를 위해 더 많은 아티스트가 고용된다. 미야자키의 정교한 그림들 중 한두 작품이 영화를 대표할 그림으로 선정되고, 스튜디오에서 그 영화를 발표한다. 제작에 들어가서 상영할 극장이 예약되기까지, 거의 정확히 2년 뒤가 되어서야 최종 영화가 등장한다.

이 과정은 실제보다 한층 순조로웠던 것 같다. 일본에서 미야자키 하야오의 명성은 영화가 발표되자마자 일본 내 모든 극장에서 그의 영화를 상영하고 싶어 할 정도로 인기가 높았다. 영화는 대개 12월에 발표되었다. 일본에서는 연말이 늘 사람들의 관심을 끌기에 좋은 시기였다. 때로 미야자키의 영화는 2년의 제작 기간을 거쳐 7월 중순 극장 개봉이 예정되기도 했다. 이 시기는 학교가 방학 중이라 일본에서는 영화를 상영하기 가장 좋은 시기였다. 미야자키 감독은 일정에 맞춰 영화를 제작하는 데 능숙했기 때문에 이러한 일정을 소화할 수 있었다. 하지만 그 과정은 매번 쉽지도, 확실하지도 않았다. 미야자키는 애니메이션 영화 제작자는 항상 총부리 아래서 작업해야 한다고 믿었다. 즉, 일부러 압박을 받아야 한다는 얘기다. 스튜디오가 7월 마감일을 딱 한 번 놓친 적 있는데, 이것은 감독이 통제할 수 없는, 정황상 정상 참작이 가능한 이유에서였다.

제작 과정 초반에는 일이 상당히 여유로운 속도로 진행된다. 미야자키는 지브리가 '콘티'라고 부르는 스토리보드를 그렸다. 콘티는 스토리보드와 시나리오를 결합한 것으로서, 영화 제작이 가능한 청사진 역할을 하는 영화의 전체 메뉴판이다. 미야자키는 보통 콘티를 A, B, C,

D, E 다섯 파트로 나눴다. 이런 각각의 파트는 연극에서 말하는 막과는 달랐다. 각각의 파트는 영화 예상 길이의 약 20%에 불과했다.

미야자키는 영화가 처음 발표될 때 보통 파트 A의 전체와 파트 B의 대부분을 머릿속에 품고 있었다. 파트 A의 이미지는 사랑스럽고 세심하게 그려질 것이다. 이후 모든 영화의 콘티가 지브리 박물관에 전시된다는 사실을 알았던 미야자키는 파트 A를 섬세한 수채화로 완성했다. 파트 B의 그림도 좀 더 신중한 속도로 완성한다.

미야자키가 파트 C를 그리기 시작하면 영화는 본격적인 제작에 돌입한다. 배경 아티스트와 구도 아티스트는 이미 작업에 착수했을 테지만, 이제부터 애니메이터가 그림을 그리기 시작했다. 미야자키는 영화 시나리오를 마무리하는 동시에 애니메이터들과 만나서 애니메이션 그림을 검토했다. 미야자키가 파트 D를 시작할 무렵이면, 대개 영화에 할당된 5개의 파트와 길이가 이야기를 담아내기에 충분한지 의구심을 갖는다. 보통 영화가 어떻게 끝날지 그로서는 전혀 알지 못했다. 어떻게 끝내야 할지를 두고 갖가지 아이디어가 떠올랐지만 그가 해결하지 못했을 수도 있다. 아니면 아이디어가 전혀 없을 수도 있다. 애니메이터들이 파트 D를 따라잡느라 시나리오 속도는 느려지곤 했다.

임박한 위기감이 스튜디오에 잦아들었다. 미야자키는 집필을 중단하고 영화와 무관한 일을 하며 시간을 보냈다. 스튜디오의 버몬트 주철 난로(미국 버몬트에 본사를 둔 버몬트 주물 회사에서 만든 고품질의 전통 장작 난로)에 쓸 나무를 자르기도 했다. 누군가 스즈키에게 이런 사실을 보고하면 스즈키는 가서 나무 좀 그만 자르고 다시 일을 하라고 설득하곤 했다.

파트 E는 아직 등장하지 않았고, 스튜디오 전체의 스트레스는 한

껏 고조되었다. 이미 극장은 예약이 꽉 찼다. 제작은 예정보다 늦어졌다. 그럼에도 제작 중인 영화가 어떻게 끝날지 아무도 몰랐다.

그런 가운데 돌파구가 생겼다. 파트 E가 등장했다. 잠깐의 환희가 지나자 애니메이터와 백엔드 제작진(주요 애니메이션 작업이 끝난 후 영화 제작의 후반 단계에 참여하는 사람들)은 일본의 노동법을 위반하고 불법적인 초과 근무를 하며 영화 완성에 들어갔다. 애니메이터들은 집에 가서 잠을 자라는 지시를 받으면 나가는 척하고 몰래 자기 책상으로 돌아가거나 대놓고 거부했다. 제작 지원 직원들은 더 이상 영화 제작에 할 일이 없는 애니메이터들과 같은 시간을 보냈다. 이는 함께 일하는 동료와의 연대감과 전통적인 일본식 동료 압력이라는 무언의 규범이기도 하다. 즉, 다른 사람들이 모두 일하고 있다면 할 일이 없더라도 자신도 무슨 일이든 해야 한다는 것이다.

이것이 미야자키 하야오의 영화 제작 과정이다. 영화가 완성된 뒤에 그는 일본 전역을 돌아다니며 극장주와 현지 언론을 만났다. 영화가 완성되고 자유의 몸으로 풀려난 그는 일본 전역을 돌아다닐 기회가 주어지자 정말로 좋아했다. 그 후 한 달간 휴가를 내고 가족과 함께 산속의 작은 집으로 휴가를 떠났다. 얼마 지나지 않아 그는 이미 다음 영화에 대해 생각했고 그 전체 과정을 다시 시작하고 있었다.

왠지 모르지만 미야자키에게 있어서 영화를 완성하고 홍보하고 쉬었다가 다시 시작하는 그만의 창작 주기를 중단하라고 요청하는 것은 정말로 달갑지 않는 일이었다. 영화는 일단 완성되었다. 일본 프로모션 투어도 끝났고, 평론도 좋고 흥행도 잘되었다. 스튜디오는 생존할 테고, 한 달간 쉬었으니, 이제 선의의 해외 배급사 직원(그리고 영화의 해외 배급사가 고용한 덜 선의의 홍보 담당자) 손에 맡기고 A, B, C 및 X,

Y, Z 국가를 방문하는 건 어떨까? 이들 나라에 가면 하루 8시간 작은 방에 갇혀 다른 언어를 사용하는 외국 기자들로부터 같은 질문을 반복해서 받을 것이고, 그들의 질문과 답변이 통역될 때까지 앉아서 기다릴 수밖에 없다. 이런 일정을 미야자키에게 설득하기란 정말로 어려운 일이었다.

미야자키는 해외에서 영화를 홍보하는 것이 일본에서 홍보하는 방식과는 상당히 다르다는 것을 일찍부터 깨달았다. 일본에서는 영화 제작자가 그 과정을 통제했다. 그러나 일본 밖에서는 오히려 미야자키가 전문 홍보 담당자의 손에 맡겨졌다.

홍보 담당자의 입장에서 보면 어떤 언론 인터뷰도 나쁜 인터뷰일 수 없다. 영화 홍보를 관리하는 홍보 담당자라면 다른 사람의 간섭이나 안내 없이 자신이 원하는 것을 할 수 있도록 허용된다면 하루 8시간씩도 좋고, 4~5일 연속으로 15분에서 20분씩 급박하게 일정을 잡을 수도 있을 것이다. 빈 시간대는 없어야 한다는 원칙에 따라 미야자키의 영화를 본 적도 없고 애니메이션인지 아닌지도 모르는 기자들과 인터뷰를 해야만 한다. 그들은 영문도 모른 채 단지 미야자키가 유명한 사람이란 것만 알고 있었다.

인터뷰에 참석한 대부분의 기자들은 똑같은 질문을 하고서도 개별적인 답변을 기대한다. 그런 점에서 미야자키 하야오는 똑같은 질문을 받아도 똑같은 대답을 거의 하지 않는, 기자들로선 꿈의 인물이었다. 예를 들어보자.

기자: 이 영화의 주인공은 젊은 여성입니다. 모든 영화에 여성이나 소녀가 여주인공으로 등장하나요?

미야자키 10:00: 네.

미야자키 10:30: 아니요.

미야자키 11:00: 제 영화의 절반은 남자 주인공이 차지하고 절반은 여자 주인공이 차지합니다. 인류의 남성과 여성의 비율은 50 대 50 정도이니 이 비율이 적당하다고 생각합니다.

미야자키 11:30: 영화를 구상할 때 주인공이 남자인지 여자인지는 크게 신경 쓰지 않습니다.

미야자키 12:00: 열 살짜리 소녀를 위한 영화를 만들고 싶었기 때문에 당연히 그 주인공은 여성이어야 했습니다.

미야자키 12:30: 일반적으로 여성이 더 좋은 주인공이 될 수 있어서 저는 항상 주인공을 여성으로 설정하려고 노력합니다.

미야자키 감독에게 해외 프로모션 투어를 요청한 것은 〈원령공주〉가 베를린 국제 영화제 경쟁 부문에 초청된 데 따른 것이었다. 이 영화의 미국 배급사인 미라맥스 필름은 베를린에서 영화를 상영하는 것이 매우 중요하고 감독의 참석은 필수라고 했다. 당시 경쟁 부문에는 애니메이션 영화가 출품될 수 없었다. 미라맥스에 따르면, 이 영화가 권위 있는 상을 수상할 가능성은 없었지만, 유명한 국제 영화제에서 상영된다는 것만으로도 긍정적인 조짐이라고 했다.

누군가 미야자키에게 무언가를 부탁할 때마다, 그것은 그가 세상에서 가장 하고 싶지 않은 일이 되어 버린다. 그는 바로 그런 사람이다. 이미 계획하고 있던 일을 누군가 하라고 하면 갑자기 그 일이 더 이상 하고 싶지 않아진다. 2주간 어딘가에서 자기 영화를 홍보하는 데 시간을 내 달라고 요청하면 그는 거절할 게 분명하다. 그의 제작자인 스즈키 토시오만이 그런 그를 동의하게 만들 방법을 알고 있었다.

영화제나 해외 배급사로부터 받는 미야자키 감독의 방문 요청은 거의 그가 거절할 걸 알았다. 스즈키가 그를 설득할 방법을 생각하지 못했기 때문에 우리도 거절할 수밖에 없었다. 미야자키도 거절할 수 없을 정도로 중요한 제안을 받았을 때면, 나는 스즈키에게 먼저 그 제안서를 들고 갔고, 스즈키가 동의하면 그때서야 미야자키의 동의를 얻기 위해 무엇을 더 추가할 수 있을지 고민했다. 여행 제안에 대한 수용 가능한 일정이 정해지면 스즈키와 나, 그리고 모리요시 하루요나 다케다 미키코가 미야자키한테로 가서 그를 설득하는 과정에 들어갔다. 스즈키가 우리의 여행 제안에 동의하지 않으면, 그는 우리에게 미야자키가 분명 거절할 거라고 말했고, 그것으로 끝이란 걸 알면서도 미야자키에게 직접 가서 물어보라고 말했다.

일본에서는 기술을 배우는 전통적인 방법을 '미나라이minarai'라고 한다. 즉, 보고 배우는 것이다. 스즈키는 전통적인 일본 스승처럼 오랜 세월 시도와 실패를 거듭하며 터득한 직업의 비결을 공유하지 않았다. 그 어떤 상황에서도 자신이 어떻게 하는지 알려 주지 않았다. 오로지 그가 일하는 모습을 주의 깊게 관찰해야만 배울 수 있었다.

나는 스즈키가 미야자키가 원하지 않을 뿐 아니라 처음에 거부했던 일을 하게끔 설득하는 걸 여러 차례 지켜볼 기회가 있었다. 그리고 이런 만남을 둘러싼 모든 측면에 대해 최대한 주의를 기울였지만, 나는 그가 어떻게 그렇게 했는지 아직도 모른다. 미야자키의 동의를 구할 목적으로 만났음에도, 논의하려 했던 주제는 전혀 언급조차 되지 않는 경우도 있었다. 보통 스즈키와 미야자키는 두 사람은 알지만 회의실에 있는 다른 사람은 모르는 어떤 사람에 대해, 그 사람이 지금 어디에 있고 무엇을 하고 있는지에 대해 이야기하곤 했다. 그들은 한참 추억만 얘기했고, 스즈키는 우리가 물어보려던 질문에 대해선 언급조차 하지 않은 채 떠날 시간이 되었다는 신호를 보냈다. 그러면 모두 자리에서 일어났다. 밖으로 나가면 그때서야 스즈키의 입에선 "미야자키 씨가 허락했으니 계획대로 진행하세요"라는 말이 나왔다.

나는 항상 내가 외국인이기 때문에 몸짓이나 옛날이야기에 감춰진 한두 구절 중에 무언가를 놓쳤다고 여겼다. 하지만 함께 참석했던 일본인 모리요시, 다케다, 스즈키의 조감독 중 한 명에게 물어보니 그들 역시 미야자키가 정확히 언제, 어떻게 동의했는지 전혀 알지 못했다. 일종의 미스터리였다. 스즈키가 미야자키가 동의했다고 말할 때마다, 그 자리에 함께 있던 다른 누구도 이를 듣거나 본 적이 없었으니 말이다. 그럼에도 불구하고 미야자키는 실제로 동의했고 여행 계획은 그대로 추진되었다.

베를린 국제 영화제의 첫 방문 여행의 경우에, 스즈키는 나와 직원들이 제안한 여행 계획을 듣고 동의한다는 듯이 나 혼자 미야자키를 만나러 보냈다. 당시 나는 아직 신입이었던 관계로 단순히 여행의 이유를 설명하고 "그래요, 언제 갈까요?"라고 그가 말하게 하는 것 이상의 일이 있을 거라는 걸 잘 몰랐다. 지금 생각하니 스즈키는 내가 그와의 만남에 실패해서 나중에 미야자키 하야오가 하기 싫은 일을 하게 만드는 기술을 진정으로 이해하길 바랐던 것 같다. 하지만 스즈키는 내가 들어가서 완전히 초토화되는 걸 내버려둘 수 없다고 여긴 것인지, 마지막 순간에 스승의 비언어적 지시 규정을 깨고 나에게 힌트를 주었다. "미야자키 씨는 요즘 에스토니아에 관심이 많아요"라는 힌트였다.

많은 미국인들은 지도에서 에스토니아를 찾는 데 곤란을 겪는다.

나도 그중 한 명이었다. 하지만 미야자키 씨를 만나러 가기 전에 나는 광범위하고 상세한 학술 조사를 했다(당시에는 초창기 인터넷에서 찾을 수 있는 정보로 한정된 조사였다). 에스토니아의 위치뿐만 아니라 미야자키 하야오 같은 역사 애호가가 관심을 가질 만한 유용한 사실도 파악했다.

에스토니아는 오래된 성과 요새로 가득한 나라다. 나는 미야자키 감독이 〈원령공주〉의 타타라바 요새를 디자인하기 위해 성곽과 요새 연구에 몰두했다는 걸 알고 있었고, 중세 무기와 전쟁에 관심이 많다는 것도 알았다. 나는 주요 역사적 성곽과 요새 유적지를 일일이 찾아보고, 도쿄에서 에스토니아 지방 도시로 가는 모든 항공사를 빠르게 확인했다. 일본에서 가는 가장 좋은 방법은 헬싱키까지 비행기로 가서 페리를 타고 발트해를 건너는 것이었다. 인터넷에서 사진을 다운로드하고, 여행 일정을 짜서 파워포인트 프레젠테이션으로 여행 계획서를 만들었다.

미야자키는 영화 작업 시 지브리가 세운 일정한 스케줄을 늘 지키는 편이 아니었다. 그래서 나는 그의 개인 스튜디오에서 그를 만나기 위해 특별한 준비를 해야 했다. 마침 토요일 아침이 내가 그를 만날 수 있는 유일한 시간대였다. 그는 내가 에스토니아의 요새 성을 구경하는 여행 계획 프레젠테이션 슬라이드를 풀 컬러로 인쇄한 세트를 건넬 때까진 기분이 좋았고 매우 유쾌했다. 내가 프레젠테이션을 채 하기도 전에 그는 페이지를 빠르게 훑어보곤 다시 내게 건네줬다.

"스즈키가 나한테 와서 물어보라고 했죠? 내가 에스토니아에 관심이 있다고. 하하하. 난 에스토니아에 관심 없어요. 요새나 성에도 관심 없고요. 내가 관심 있는 건 탱크입니다. 에스토니아에는 유명한 탱크 전투가 몇 차례 있었고, 그 전투가 벌어진 장소를 방문하고 싶었어요. 하지만 그 전투는 늪지대였고 여름에 벌어졌어요. 2월에 방문하자고 제안하셨네요. 2월은 늪이 얼어붙어 방문하기에 부적절한 시기입니다. 에스토니아는 잊어버리세요. 이걸 보셔야 합니다.”

그 순간 미야자키는 책장으로 가서 커다란 커피 테이블용 아트북을 꺼냈다.

“훈데르트바서Hundertwasser, 1928~2000. 들어본 적 있나요?”

언뜻 들어본 적이 있었다. 대학 룸메이트의 아버지가 그의 판화를 수집했는데, 그중 하나가 내가 다닌 대학 기숙사 방에 걸려 있었다.

“이 책을 보고 공부하세요. 내가 관심 있는 건 판화나 그림이 아니라 그의 건물입니다. 나는 그의 건물들을 좋아하고 항상 직접 보고 싶었지요. 오스트리아에 가서 이 건물들을 볼 수 있다면 베를린 국제 영화제에도 참석하겠어요.”

나는 스즈키에게 보고했고 그는 깜짝 놀랐다. 하지만 여행은 승인되었고 확실히 성사되었다.

당당한 흡연자

지브리의 해외 홍보 담당자인 미키코 다케다와 나는 지브리 영화 홍보차 해외로 출장을 갈 때마다 배급사와 미야자키 하야오 감독의 인터뷰 길이와 횟수를 놓고 다퉜다. 미야자키는 해외 출장을 최대한 짧게 다녀오겠다고 고집했다. 배급사는 미야자키의 체류 기간이 짧다는 사실을 그가 눈떠 있는 동안 가능한 한 많은 인터뷰와 홍보 활동을 잡아서 보완하고 싶어 했다. 배급사는 영화가 최대한 상업적으로 성공하길 원했다. 우리는 미야자키 감독이 더 많은 영화를 제작하기 위해 오래 살기를 바랐다.

첫 번째 북미 배급사는 미라맥스였다. 미라맥스는 일부 영화감독들이 홍보 행사 참여를 꺼리는 것에 익숙했다. 미라맥스는 유연하게 예술가들의 변덕을 기꺼이 수용했다. 미야자키 하야오가 비엔나에 들러 훈데르트바서가 설계한 건물을 볼 수 있다면 베를린 국제 영화제에 참석할 의향이 있다는 말을 들은 그들은 그 즉시 가이드가 딸린 밴을 빌려 3일 동안 현장을 둘러보도록 준비했다.

아파트 단지, 박물관, 쓰레기를 태워 연료를 얻는 발전소, 교회, 레스토랑 등 비엔나에 있는 훈데르트바서의 건물은 모두 여행할 만한 가치가 있었다. 이 건물들은 눈에 띄는 화려한 색채와 물결 모양의 구조물로, 정통적인 유럽식 고급 건축물에 생동감 넘치는 재미와 색채를 더했다. 훈데르트바서는 나무와 풀과 같은 식물을 디자인과 건물 자체에 도입했으며, 바닥이 고르지 않고 불규칙한 모양의 방과 모자이크 타일로 된 외관을 설계했다. 그는 그 다채로운 타일의 재료를 직접 선택하고 설치하는 것을 감독했다.

그중에서도 발전소는 쓰레기를 재활용하고 이를 태워 도시에 증기 열을 공급하는 친환경 도시 인프라의 경이로움 그 자체였다. 훈데르트바서는 쓰레기를 운반하는 쓰레기 트럭과 발전소 직원들을 한 건물에서 다른 건물로 이동시키는 버스까지 디자인했다. 오스트리아에서 본 건물들은 몇 년 후 미야자키가 도쿄의 미타카Mitaka에 지브리 박물관을 디자인하는 데 영감을 주었다.

1998년 베를린 국제 영화제 홍보 여행은 미라맥스가 〈원령공주〉의 해외 개봉을 위해 후원한 여러 여행 중 첫 번째 여행이었다. 이 여행은 그해 10월 스즈키 토시오와 내가 로스앤젤레스에서 하비 와인스타인을 만난 때문에 이루어졌다. 하비와 그의 동생 밥은 당시 디즈니의 일부이자 전 세계 대부분의 국가에 영화를 배급하는 미라맥스 필름을 운영했다. 디즈니의 북미 영화 배급팀은 어린이를 대상으로 하지 않는, 외국 애니메이션 영화인 〈원령공주〉를 잘 다룰 수 있는 것은 외국 영화와 파격적인 영화를 다루는 데 능숙한 미라맥스 부서라는 결론을 내렸다. 미라맥스는 뉴욕 소재 회사지만 하비는 가끔 서부 지역 회의를 위해 로스앤젤레스의 페닌슐라 호텔을 사무실이나 회의 공간으로 사용했다.

이것은 하비의 '미투' 문제가 불거지기 훨씬 전의 일이고, 당시에는 그가 고발당한 일들이 일어나리란 암시조차 전혀 없었다. 하지만 LA의 페닌슐라 호텔에서 하비 와인스타인을 방문했을 때 뭔가 독특한 기운을 느꼈다. 호텔 직원의 태도는 '부자나 유명인이 아니면 여기 올 자격이 없다'로 요약할 수 있었다. 포르쉐나 마세라티가 아닌 차를 직접 몰고 호텔에 도착하면 발레파킹 직원은 마지못해 티켓을 건네면서 경멸의 눈빛을 보냈다. 호텔 안의 사람들은 훨씬 더 거만했다.

호텔 안내원은 스즈키와 나를 마치 길에서 헤매다 들어온 노숙자처럼 대했다. 우리는 로비에서 떨어진 복도의 벤치가 있는 아래층에서 기다리라는 안내를 받았다. 하비는 바쁜 일정을 소화하느라 늦게 도착했다. 로비 안팎의 사람들 중 절반이 하비를 만나기 위해 기다리는 것 같았다.

우리 번호가 불렸을 때 우리는 위층에 있는 하비의 스위트룸으로 안내되었다. 그의 스위트룸은 매우 넓고 우아하게 꾸며진 거실을 갖춘 웅장한 곳이었다. 벽난로에서는 활활 불이 타올랐다. 보통 낮의 LA는 따뜻한 데다가 에어컨 바람도 불고 있어 이상해 보였다. 바 공간과 일광욕을 즐길 수 있는 안락한 라운지 의자가 있는 넓은 테라스도 있었다. 하비는 방 한가운데 놓인 소파 중 하나에 앉았다. 그는 (당시) 매우 큰 남자였다. 그는 폴로 셔츠와 밝은 빨간색 멜빵으로 고정된 짙은 울 바지를 입고 있었다. 또 담배를 피우고 있었는데, 대리석 카운터와 커피 테이블에는 모두 매우 큰 재떨이가 놓여 있었다. 스즈키는 흥분했다. 드디어 동료 흡연자가 생긴 것이다. 미국은 당당한 흡연자에게 가혹한 나라였다. 그는 즉시 하비를 좋아하게 되었다.

디즈니의 국제 사업 책임자인 마이클 O. 존슨이 먼저 자신을 소개했다. 약 15분간 서로에 대한 찬사가 이어졌다. 하비는 지브리의 영화에, 마이클은 예술과 영화를 아끼는 하비에게, 하비는 예술적 감수성을 지닌 비즈니스 천재인 마이클에게, 마이클은 영원한 고전인 지브리의 영화에, 마이클은 미라맥스에, 하비는 디즈니에 찬사를 보냈다.

하비는 'Moan-a-NO-kee'(〈원령공주〉에 대한 하비의 잘못된 발음)를 여러 번 봤다며 이 영화를 정말 좋아한다고 말했다. 그런데 너무 길지 않나? 잘라낼 생각은 없는가? 절대로. 음악은? 음악은 훌륭하다. 손댈 생각은 꿈도 못 꿨다. 훌륭하다. 하지만 영어 번역은 끔찍하다. 너무 딱딱하다. 그건 고쳐야 한다. 미국 관객을 위해 수정해야 한다. 하비가 염두에 둔 작가가 있었다. 닐 게이먼Neil Gaiman, 1960~이었다. 지금은 닐이 잘 알려지지 않은 상태지만 곧 아주아주 크게 될 것이며, 우리 대화를 검토하여 훌륭히 수정본을 만들어 낼 거라고 했다.

하비는 이어서 "디즈니 경영진은 이 영화를 이해하지 못합니다. 여기 마이클 O. 존슨만 빼고요. 나는 이 사람을 좋아합니다. 마이클이 나에게 이 영화를 배급해 달라고 부탁했어요. 마이클이 내게 부탁하면 나는 무조건 합니다. 마이클이 이 영화가 좋다고 하면 좋은 겁니다. 미라맥스는 보통 애니메이션을 잘 다루지 않는데 이 영화는 훌륭합니다. 훌륭한 영화예요. 마이클이 이 작품을 가져오지 않았더라도 우리는 배급하고 싶었을 겁니다. 미라맥스는 디즈니 계열사지만 우리는 다릅니다. 우리는 'Moan-a-NO-kee' 같은 영화에 대해 잘 알아요. 우리는 이 영화를 어떻게 다룰지 알고 있습니다. 스즈키 씨, 축하해요. 정말 멋진 영화입니다."

잠시 평범한 대화를 나누고 헤어진 후 스즈키와 나는 하비의 비서 중 한 명의 안내를 받으며 로비로 내려왔다. 스즈키는 하비가 말할 때 그의 눈을 주시하고 있었다. 그 눈은 한 번도 움직임을 멈추지 않고 끊임없이 방을 스캔하고 있었다고 말했다.

"그는 매우 똑똑한 사람입니다." 스즈키가 말했다.

미라맥스가 베를린 국제 영화제에서 〈원령공주〉를 상영하고 미야자키를 초청하게 된 것은 이런 만남 이후였다. 독일로 떠나기 전, 스즈키와 나는 뉴욕으로 가서 하비와 다시 만나 영화의 배급 계획을 논의했다. 스즈키는 도쿄의 신바시와 유라쿠초 사이의 기찻길 아래에 숨겨져 찾기 힘든 작은 가게를 알고 있었다. 일본 영화 스튜디오에서 일본 사무라이 영화에 사용하는 실제 무기를 구입하는 곳이었다. 스즈키는 하비와의 만남을 위해 그곳에서 검을 하나 골라 뉴욕으로 가져왔다. 일본 사무라이 검을 매우 실감나게 재현한 것이었다. 칼날이 날카롭지 않은 점만 빼면 모든 디테일이 사실적이었다. 물론 그것도 자세히 봐야만 알 수 있었다.

그 당시만 하더라도 도쿄에서 뉴욕으로 가는 상업용 비행기에는 사무라이 검을 기내 수하물로 반입할 수 있었다. 스즈키는 겁에 질린 미라맥스 직원들로 가득 찬 회의실에서 하비에게 검을 선물했다. 그중 한 명이 나중에 내게 다가와서 "하비에게 검을 줬다고요? 당신들 미쳤어요?"라고 말했다.

스즈키는 하비에게 검을 건네며 영어로 목청 높여 "〈모노노케 히메〉, 노컷!"이라고 외쳤다. 이렇게 스즈키는 〈원령공주〉를 자르지 말라는 메시지를 명확히 전했다. 회의가 끝난 후 하비는 로버트 드니로와 공동 소유한 노부Nobu라는 인근 일식 레스토랑에서 저녁 식사 자리를 마련하며 우리 일행이 특별한 VIP 대접을 받도록 주선해 주었다.

대도살

2월의 베를린은 혹독하다. 보통 눈이 내리지만 미야자키와 함께 갔던 그해는 눈이 내리지 않았다. 우리가 묵었던 호텔은 베를린의 옛 동독 지역에 있었고, 냉전 시대 스파이 소설이나 영화에 등장하던 브란덴부르크 문Brandenburg Gate과 체크포인트 찰리Checkpoint Charlie(냉전 시대 동베를린과 서베를린 경계에 있던 연합군과 소련군의 검문소)에서 아주 가까운 곳이었다. 베를린의 그 지역을 거닐며 불과 몇 년 전까지만 해도 우리의 이 산책이 불가능했다는 사실을 깨달았다. 많은 오래된 건물들이 2차 세계대전 말의 모습 그대로 남아 있었고, 어떤 벽에는 총알 자국도 볼 수 있었다.

우리가 초대받은 공식 행사에는 경쟁 부문에 출품한 영화와 특별 초청 게스트를 위한 개막일 밤 환영 칵테일 파티가 포함되어 있었다. 키가 크고 덩치가 큰 유머러스한 영화제 책임자가 다가와 미야자키와 스즈키를 팔로 감싸며 나에게 통역을 부탁했다.

그가 말하길, "당신 영화에 대해 몇 가지 흥미 있는 이야기가 있어요. 인쇄물이 도착했을 때 직원 중 한 명이 보더니 이건 만화니까 어린이 영화제에 출품할 작품임이 틀림없다는 거예요. 그래서 내 쪽으로 보냈더군요. 하, 하, 하! 너무 놀랍지 않나요! 머리도 날아가고 팔도 날아가고! 정말 엉망이죠! 그리고 영화감독이 여기 있다고 들었고 나는 지금 그분을 만나고 있네요. 또 출연진은 어떻고요? 일본 배우를 찾으려고 리셉션 구석구석을 둘러보다가 갑자기 생각났어요! 아, 만화였지! 배우가 없네! 하하하하하. 너무 웃기죠?"

영화제 첫날 미야자키 감독의 기자회견이 있었다. 미야자키 감독은 작은 무대에 올랐고, 함께 모인 40~50명의 국제 영화 기자들은 경기장 스타일의 계단식 벤치에 앉았다. 일본어-영어-독일어 통역이 이어졌다.

통역은 내가 탐탁지 않았던 부분이었다. 영화제 측에서 통역을 제공한다고 해서 별다른 걱정을 하지 않았고 그저 어떻게 진행되는지 확인하기 위해 일본어-영어 통역을 모니터링해 봤다. 그런데 놀랍게도 질문과 답변의 영어 번역은 일본어와는 전혀 상관이 없었다. 들으면 들을수록 문제가 있다는 걸 직감했다. 통역사가 마구잡이로 지어낸 말 같았다. 나는 영화제 언론 책임자에게 가서 통역이 완전히 잘못된 것 같다고 말했다.

"정말요?" 그가 말했다. "아무도 불평하지 않는데요."

"네, 그런데 통역만 들으면 어떻게 틀렸다는 걸 알 수 있겠어요?"

"보세요, 아무도 불평하지 않잖아요. 모두 만족하고 있습니다. 이들이 만족하는데 뭐 문제를 일으킬 필요가 있을까요?"

다음 날에는 환기도 안 되고 창문도 없는 작은 방에서 짧은 언론 인터뷰가 끝도 없이 이어졌다. 미야자키는 똑같은 질문에 반복해서 대답해야 하는 것에 점점 좌절감을 느꼈다. 질문도 짧고 형식적인 데다 아무도 자신과 영화에 대해 진지하게 이야기하고 싶어 하지 않는 걸 보고 놀랐다. 또한 젊은 독일 여성 통역사를 이해하는 데도 어려움이 있다며 불평했다. 그는 그 통역사가 사람들의 질문이나 자신의 답변을 제대로 이해하고 있는지 의심스러워했다. 통역사를 교체할 수는 없을까?

내가 가서 통역사와 이야기를 나눴다. 이 일을 오랫동안 해 왔냐고 물었다. 그녀는 처음이라고 말했다. 나는 일본에 얼마나 오래 살았느냐고 물었다. 그녀는 한 번도 산 적이 없다고 했다.

"대학에서 일본어 과목 두 가지를 들었고 남편이 일본인입니다."

"어젯밤에도 통역을 맡았나요?"

"일본어-영어만 했죠."

"그럼 일본어-독일어는 다른 사람이 했나요?"

"일본어-독일어는 없습니다. 내가 영어로 통역한 걸 누군가가 독일어로 통역했어요."

그녀는 영화제 측에서 고용한 사람이었고, 영화제 측은 그녀를 다른 사람으로 대체하지 않을 게 분명했다. 결국 내가 나머지 인터뷰의 통역을 맡았고, 그 여성은 구석에 앉아 (독일어) 잡지를 읽는 대가로 돈을 받았다. 적어도 내가 이해할 수 없거나 제대로 통역할 수 없는 질문에 대한 답변을 해야 할 때에는 통역이 부정확하더라도 적절히 대응하는 수밖에 없었다.

미라맥스/디즈니 주최 측은 빡빡한 언론 인터뷰의 균형을 맞추기 위해 우리 그룹을 위한 나들이를 계획했다. 첫 번째 일정은 오후에 일반인에게는 공개되지 않는 18세기 궁전인 상수시Sans Souci를 둘러보는 것이었다.

미야자키는 대체로 일반적인 관광 투어를 싫어해서 처음에는 거절했다. 하지만 미야자키와 스즈키가 가장 좋아하는 영화 중 하나인 스탠리 큐브릭Stanley Kubrick, 1928~1999의 〈배리 린든Barry Lyndon〉(1975)에 등장하는 독일 장면을 위해 미술 감독을 맡았던 얀 에릭 슐루백Jan Eric Schluback, 1920~2006이 투어 가이드라는 사실을 알게 되자 미야자키와 스즈키의 얼굴에 생기가 돌았다. 옛 왕궁과 주변 정원은 아름답고 흥미로운 예술품이 가득했지만, 미야자키와 스즈키는 가이드와 함께 큐브릭과 그의 영화에 대해 이야기하는 데 대부분의 시간을 보냈다.

두 번째 나들이는 독일 전통 레스토랑이었다. 미야자키는 왠지 모르게 항상 독일 전통 요리인 아이스바인eisbein(돼지 다리 요리)을 먹어 보고 싶어 했다. 미라맥스/디즈니 주최 측은 이 요리를 전문으로 하는 레스토랑으로 우리를 데려갔다. 그 레스토랑은 매우 전형적인 옛날 독일풍의 레스토랑이었다. 어두운 나무 벽과 머리 위 두꺼운 나무 기둥은 멧돼지 머리, 뿔, 독수리와 여우 인형, 문장, 19세기 시골 후작의 정교한 초상화 액자, 독일 맥주 양조장의 엠블럼으로 장식되었다. 꾸미지 않은 나무 테이블은 두꺼운 판자로 되어 있었고, 오래도록 사용하다 보니 닳아 있었다. 커다란 개방형 석조 벽난로에서는 불이 활활 타올랐다.

저녁은 독일 맥주를 마시는 기술 시연으로 시작되었다. 우리는 각자 커다란 백랍으로 만들어진 라거 맥주컵을 제공받았다. 주최자 중 한 명이 건배를 제안하면서 우리에게 맥주를 한 번에 들이킨 후 테이블 표면에 맥주잔을 세게 내리치라는 지시를 내렸다. 마지막으로 맥주잔을 내려친 사람은 그 자리에서 맥주를 한 잔 더 마셔야 했다. 그리고 나서 우리 모두는 한 잔씩 더 마셨고, 다시 한번 더 같은 행위를 되풀이했다. 더 많은 건배가 제안되었고, 더 많은 맥주잔이 비워졌다.

그리고 아이스바인이 나왔다. 메뉴판에는 아이스바인 스페셜이 '대도살The Big Slaughter'이라고 적혀 있었다. 아이스바인은 기본적으로 삶아서 절인 햄 호크다. 즉, 무릎부터 발굽까지 돼지의 발을 통째로 삶은 것이다. 고기는 마블링이 많고 두꺼운 지방층으로 덮여 있다. 엄청난 양이고 껍질이 남아 있어 고기를 먹으려면 껍질과 지방을 잘라내야 한다. 매우 날카로운 나무 손잡이가 달린 나이프가 제공되었다. 아이스바인이 담긴 접시도 제법 컸지만 다리를 다 담을 정도로는 크지 않아서 다리가 옆으로 삐져 나왔다. 접시에는 구운 감자, 으깬 렌틸콩, 사우어크라우트, 머스타드도 함께 나왔다.

고기가 어떤 동물의 어떤 부위에서 나왔는지 한눈에 알 수 있었다. 주최자는 껍질과 지방을 다 먹을 필요는 없다고 친절하게 조언해주었다. 그냥 잘라서 고기만 먹어도 된다고 했다.

미야자키는 이 요리가 인간이 먹고 있다는 사실을 위장하지 않는 요리라고 평했다. 우리 인간이 죽여서 식탁 위에 올려놓은 동물의 요리라는 것이다.

독일인들은 이렇게 일상적인 식습관에서 존재의 현실을 직시하면서 삶과 죽음, 존재의 본질에 대해 깊이 생각한 진지한 철학자들을 많이 배출했다고 누군가가 말했다. 예쁘게 포장된 요리로 음식의 본질을 감추는 경향을 지닌 프랑스인들은 예술적이고 심미적이며 덜 심오한 사상가를 배출하는 경향이 있다고도 했다.

아이스바인 레스토랑에서의 나의 경험에 비추어 볼 때, 프랑스에서는 생각을 덜 하고 먹는 게 더 나아 보였다. 반면, 현대 독일인들은 대부분 그럴 수 있을 때마다 그렇게 한다고 들었다.

첫 번째 접촉

일본인과 비일본인이 여행 방식에서 보이는 큰 차이점 중 하나는 일본인은 필요 이상으로 많은 사람들이 언제나 몰려다닌다는 점이다. 미야자키 하야오나 스즈키 토시오가 해외 출장이나 홍보를 위해 출장을 갈 때마다 우리는 다 함께 떠났다. 내 역할은 그룹의 여행 매니저이자 협상가였다. 그리고 도쿠마 인터내셔널의 모리요시 하루요나 다케다 미키코(또는 둘 다)가 동행했다. 스즈키는 항상 지브리에서 한 명씩 해외 출장 경험을 쌓게 하려 데려갔는데, 보통은 그가 제작자로 키우고 있던 사람이었다.

지브리의 주요 파트너이자 미야자키와 스즈키의 절친한 친구인 NTV 방송의 오쿠다 세이지Seiji Okuda, 1943~ 역시 항상 우리와 동행했다. NTV에서 누군가가 가니 일본에서 지브리의 영화를 제작하고 홍보하는 다른 주요 파트너들도 누군가를 보내고 싶었을 것이다. 광고회사 덴츠의 후쿠야마Fukuyama 씨가 자주 왔다. 덴츠가 참가하면 광고회사 하쿠호도도 빠질 수 없어서, 하쿠호도의 후지마키Fujimaki 씨도 자주 오곤 했다. 때로는 영화사 도호에서, 때로는 대기업 미쓰비시/로손에서 온 사람도 있었다. 그리고 디즈니 재팬에서도 통상 누군가를 보냈다. 미야자키 하야오 감독이 여행할 경우에는 영화 제작진도 함께 참가해 그 여정을 기록하기도 했다. 한 번은 도쿠마의 주요 채권자인 스미토모 은행에서 온 사람도 있었다.

버뱅크에서 열린 첫 디즈니 미팅 날, 일본에서 온 우리 일행 열두 명이 모습을 드러냈다. 디즈니 경영진은 어떻게 해야 할지 몰라 난감해했다. 방문을 위해 준비한 환영 이벤트 프로그램과 선물은 네 명만을 위한 기획이었기 때문이다. 그들은 계획된 프로야구, 농구, 하키 경기 관람, 디즈니랜드 VIP 투어, 고급 레스토랑에서의 저녁 식사, 디즈니 선물용품을 열두 명 모두에게 제공할 수 있도록 급하게, 아니 고맙게도 배려해 줬다. 주최자였던 디즈니의 임원 마이클 O. 존슨은 첫 회의가 시작되기 전 비서가 좀 더 큰 회의실을 찾는 동안 나를 옆으로 데려갔다.

"도대체 이 사람들은 다 누구고, 왜 미리 온다고 말하지 않았어요. 여기서 대체 뭘 하는 거죠?" 그는 따지듯이 물었다.

나는 누가 우리 여행에 참가하게 될지 미리 알 수 없었다는 걸 차마 말하지 못했다. 참석자 명단은 마지막 순간 확정되는 경향이 있었다. 누가 올지 결정한 스즈키 토시오는 사전 통보 없이 그냥 사람들을 데려와도 괜찮다고 여겼다.

미국에서 디즈니와의 첫 만남은 문제가 많았다. 지브리가 디즈니와 맺은 계약에서처럼, 보통 영화 배급 계약은 일반적으로 당사자 간의 기본적인 이해를 명시하는, '거래 메모'라고도 하는 '약식' 계약을 체결하는 방식으로 이루어진다. 구속력이 있는 계약서지만 매우 일반적이어서 이 계약서만으로는 실제 사업을 수행하거나 적어도 오래 지속할 수 없다. 대신 거래를 성사시켜 이를 발표하고 필요한 준비를 시작할 수 있도록 하는 데는 도움이 된다. 그런 다음 실제 사업을 수행하는 데 필요한 모든 구체적인 조건이 포함된 '긴 형식'의 계약서 작업에 들어간다. 이는 계약이 발효되는 5년에서 25년 동안 발생할 수 있는 모든 우발적인 상황에 대처하기 위한 방법이기도 하다.

변호사에게 25년 동안 일어날 수 있는 모든 일에 대해 설명해 달라고 요청한 뒤 장문의 계약서를 작성하려면, 매우 오랜 시간이 걸린다. 우리의 경우 무려 2년이나 걸렸다. 장문 계약서의 많은 부분이 실제 실무에서는 무시되고 의외로 강제력이 없다는 사실을 알았다면 시간이 덜 걸렸을지도 모른다.

영화 업계에서 보편적으로 이해되고 준수되는 몇 안 되는 조건 중 하나는 약속을 어기지 않는다는 것이다. 이는 누군가가 이 업계에서 일하고 싶다면 반드시 지켜야 할 조건이다. 거래의 세부 사항에 대해 영원히 다툴 수는 있지만 확고한 합의를 번복해선 안 된다. 스튜디오 지브리의 소유주인 도쿠마 야스요시는 이런 개념을 완전히 이해하지 못했다. 〈원령공주〉의 경우, 우리는 영화 라이선스를 위해 환불되지 않는 매우 큰 금액의 최소 보증금을 선불로 받기로 협상했다. 일본 영화치곤 큰 금액이었고, 일본 애니메이션 영화로도 큰 금액이었다. 많은 조건이 붙었지만 스즈키도 만족했고 디즈니도 만족했다. 하지만 때때로 도쿠마 씨는 약식 계약서를 찢고 처음부터 다시 시작하자고 제안했다. 스즈키는 이는 매우 나쁜 생각이며 지브리가 해외에서 영화를 상영하는 데 도움되기는커녕 오히려 방해가 될 것이라고 그를 설득했다.

도쿠마와 디즈니가 마침내 장기 계약에 합의하기까지 거의 2년이 걸렸다. 마이클 O. 존슨이 일본을 방문했을 때 그는 이를 축하하기 위해 작은 파티를 열기로 했다. 계약서에 서명하지는 않았지만 모든 이견이 마침내 조율되어 협약 체결식이 예정되어 있었다. 도쿠마 씨는 호텔 오쿠라에 있는 철판구이 레스토랑의 별실에서 파티를 열자고 제안했다.

호텔 오쿠라는 1950년대부터 1980년대 초까지, 그러니까 주요 현대식 럭셔리 호텔 체인이 일본에 호텔을 세우기 전까지는 도쿄 최고의 럭셔리 호텔이었다. 오쿠라는 1950년대 일본 상류층 엘리트 서비스 공식을 기반으로 운영되었으며, 당시 일본 기관들과 마찬가지로 변화를 거부한다는 걸 최고급 호텔의 확실한 상징으로 여겼다. 오쿠라는 서양식 럭셔리 서비스의 일본식 버전을 감행했다. 오쿠라의 모든 일은 적절하고 신중하고 유연하며 정확하게 이루어졌다. 모든 직원은 각자의 직책에 맞게 완벽하게 다림질된 유니폼을 입었다. 엘리베이터 여직원들은 작은 모자와 에르메스 스카프, 흰 장갑을 착용하고 엘리베이터를 타고 내릴 때 격식 있는 절을 했다. 기모노를 입은 여성들은 로비를 돌아다니며 정교한 꽃꽂이를 손질했고 엘리베이터를 타는 손님들에게 항상 인사를 건넸다.

일본의 서비스 품질은 정평이 나 있다. 기꺼이 돈을 지불하면 전설적인 수준의 세심한 배려까지 받을 수 있다. 하지만 대부분의 외국인들이 일본 서비스에 대해 이해하지 못하는 것은 그 극도의 완벽함이 내 방식대로 고집하지 않는 한에서 이루어진다는 것이다. 그들의 방식대로만 해야 한다. 대체는 안 된다(제발). 프로그램에서 벗어날 수 없다. 메뉴를 변경할 수 없다. 내용보다 형식이 우선이다. 문자 그대로 기록된 내용만 준수해야 한다.

MOJ는 일본을 방문하면 항상 호텔 오쿠라에 머물렀다. 그가 이끄는 디즈니 부서의 일본 임원들은 주로 일본에 도착한 첫날 아침 식사를 위해 그곳에서 그를 만났다. 느리고 신중하게 진행되는 아침 식사 서비스는 회의에 도움이 되었다. 지나치게 세심한 호텔 직원들은 진행 중인 대화에 민감했고, 누구도 서두르거나 끼어들거나 불쑥 테이블에 나타나지 않았다. 그들은 언제든 부름을 받을 준비가 되어 있었다.

조찬회의 중 한 번은 커피를 마시며 MOJ의 일정을 검토한 뒤, 함께 모인 열 명의 그룹이 잠시 멈춰 아침 메뉴를 검토했다. 웨이터가 호출되고 그가 테이블을 돌며 주문을 받았다. 마지막에 주문한 MOJ가 스위스 치즈가 들어간 치즈 오믈렛을 먹을 수 있는지를 묻자 웨이터는 "물론입니다. 스위스 치즈가 들어간 치즈 오믈렛을 드시고 싶으시군요. 알겠습니다."라고 말했다.

약 30분 후 배가 꾸르륵거리기 시작하고 사람들이 심각하게 허기를 느낄 때쯤 웨이터가 쟁반을 들고 나타났다. 쟁반에는 약 열두 가지 치즈가 담겨 있었다. 웨이터는 MOJ에게 다가와 "이 치즈들은 모두 스위스산입니다. 오믈렛에 어떤 것을 넣으시겠습니까?"라고 물었다.

이것이 바로 호텔 오쿠라였다. 도쿠마 씨가 대중식당에서 저녁을 할 때 그가 갈 만한 곳은 사실 몇 군데 없었다. 모두 전통적인 일본식 서비스와 흠잡을 데 없는 평판을 가진 레스토랑이었다. 모두 그가 개인적으로 이미 아는 곳이었다. 그의 절친 우지이에 세이이치로Seiichiro Ujiie, 1926~2011 NTV 텔레비전 방송국 회장은 유럽을 자주 여행했고, 고급(고가) 프랑스 와인의 감정가이자 수집가였다. 그는 보르도의 샤토를 방문하면 그곳의 최고급 와인 한두 상자를 매번 도쿄로 보내곤 했다. 그중 몇 병은 그의 친구인 도쿠마의 몫이었다. 도쿠마 씨는 와인을 잘 관리하는 방법을 아는 호텔 오쿠라에 와인을 보관해 두었다.

계약 체결 및 도쿠마 쇼텐과 월트 디즈니 컴퍼니의 역사적인 제휴를 축하하는 만찬에는 우리 중 여덟 명이 참석했다. 디즈니에서는 MOJ, 그의 참모인 그렉 프로버트Greg Probert, 수석 기업 변호사 브렛 채프먼Brett Chapman, 일본 디즈니의 책임자인 호시노 코지 등이 참석했다. 도쿠마에서는 도쿠마 씨, 스즈키 토시오, 나, 그리고 저녁 자리의 통역을 맡은 모리요시 하루요Haruyo Moriyoshi가 참석했다.

모리요시 씨는 도쿠마 국제사업부의 원년 멤버 중 한 명이었고, 해외 사업이 시작됐을 때 스즈키가 해외에서 지브리를 대표할 첫 번째 인물로 지목한 사람이었다. 그녀는 영화 매매에 대한 재능과 경험 외에도 뛰어난 통역가이기도 했다. 그녀는 절대 해서는 안 될 말을 구별하여 실제 하지도 않은 말로 통역해 내는 독특한 능력을 겸비하고 있었다. 예를 들어, "우리는 귀사에 근무하는 멍청이들과 한심한 판매 실적에 완전히 질렸고, 이 망할 문제를 해결하지 않으면 계약을 해지할 것입니다."라고 말하면, 그녀는 이를 "X씨는 귀사와 열심히 일하는 직원들이 우리 제품을 홍보하는 데 기울인 노력에 대해 매우 감사하지만, 판매 실적을 개선할 방법이 없을지 궁금하다고 말합니다."로 통역했다.

비즈니스를 위해 해외로 출장가는 비즈니스맨, 특히 새로운 기회를 모색하는 비즈니스맨 가운데 자신이 어느 정도로까지 통역가의 처분에 맡겨져 있는지를 아는 사람은 거의 없다. 특히 미국인들은 자격을 갖춘 통역가라고 주장하는 사람을 보면, 실제로 그런 자격을 갖춘 통역가라고 생각하는 것 같다. 그리고 때로는 통역가가 생각보다 훨씬 더 뛰어난 경우도 있다. 모리요시 씨는 일을 매끄럽게 진행하는 데 천재적이었다. 디즈니와의 계약 협상에서 지나치게 공격적인 디즈니 스튜디오 임원이 도쿠마 씨에게 디즈니 같은 중요한 회사가 도쿠마 쇼텐 같은 작은 회사에 5년 계약을 줄 리가 없지 않느냐며 10년을 요구했을 때, 그녀는 "그의 회사는 우리 관계를 매우 소중하게 생각하며 장기적인 관계로 보고 싶어 한다"고 통역했다. 그 남자가 실제로 한 말을 그대로 통역했다면 도쿠마 씨는 즉시 협상을 끝냈을 것이고 거래도 성사되지 않았을 것이다. 그는 성질이 급했기 때문이다.

호텔 오쿠라에서 회의가 진행되는 동안, 복도 아래층에 있는 우아한 프렌치 레스토랑에서 파견된 호텔의 수석 소믈리에가 도쿠마 씨의 빈티지 보르도 와인의 적절한 디켄팅을 감독하며 서 있었다. 모리요시 씨는 가벼운 의례적인 말을 자연스럽게 통역했다. 우아하게 차려입은 여주인은 0.5미터 떨어진 지글거리는 철판구이 그릴에서 필연적으로 튀는 기름 방울로부터 우리의 값비싼 비즈니스 복장을 보호하기 위해 종이 턱받이를 각각의 손님들에게 맞춰 주었다. 기모노를 입은 젊은 여성들은 크리스털 물잔의 내용물이 한 모금이라도 줄어들면 다시 채웠고, 리넨 냅킨을 교체하거나 젓가락을 다시 배열하는 등 식기와 관련된 모든 요구에 응할 태세를 갖추었다. 각 자리에는 비싼 프랑스 와인에 어울리는 아주 큰 와인 잔이 놓여 있었는데, 도쿠마 씨의 자리 옆에 있는 잔은 다른 사람들의 잔보다 두 배나 컸다.

소믈리에가 도쿠마 씨의 잔에 보르도 와인의 첫 몇 방울을 따라준 뒤, 평가 받을 태세를 취했다. 도쿠마 씨는 커다란 잔에 와인을 휘저으며 한 모금 마셨다. 그러고는 아무 말 없이 잔을 들어 잔을 채워 달라고 했다. 소믈리에는 검은 턱시도를 입은 웨이터에게 고개를 끄덕이며 우리 잔을 모두 채우라고 지시했다. 그는 이 중요한 와인에 대해 도쿠마 씨가 별반 반응이 없는 것에 실망감을 감추지 못했다. MOJ가 자리에서 일어나 건배를 제안하려 했지만 도쿠마 씨가 앉으라고 손짓했다. 그리곤 도쿠마 씨가 일어서서 말하기 시작했다.

도쿠마 씨는 영화 〈대부The Godfather〉의 말론 브란도Marlon Brando, 1924~2004 같은 중후한 목소리로 통역 없이 일본어로 "우리는 양사 모두에게 이익이 되는 계약을 맺기 위해 이 계약을 체결했습니다. 하지만 저는 만족하지 않습니다. 지금까지는 부하 직원에게 모든 세부 사항을 처리하도록 했지만, 이제 끝났습니다. 저는 마이클 O. 존슨이 일본을 방문하셔서 기쁩니다. 그가 여기 왔습니다. 저도 여기 왔지요. 이제 우리가 지금까지 합의한 모든 걸 버리고 다시 시작할 때입니다. 이제 모든 걸 정리합시다. 존슨과 내가 얼굴을 맞대고 말입니다."

그런 다음 도쿠마 씨는 커다란 와인 잔을 단단히 잡고 샤토 무통 로칠드(1975년 산)를 한 모금 마시고는 자리에 앉아 답변을 기다렸다.

일본 대표단인 도쿠마 측과 디즈니의 호시노 코지 씨는 일본어로 된 그의 말을 이해했고, 우리는 그 말에 대한 반응을 얼굴에 드러내지 않으려고 애썼다. MOJ, 채프먼, 프로버트는 호기심 어린 눈으로 바라보면서도 온화한 미소를 지으며 통역을 기다렸다. 호시노는 스즈키가 모리요시의 통역을 막을 수 있는지 보려고 스즈키를 쳐다보았다. 모리요시는 자기가 통역하기를 바라는지 알고 싶어서 스즈키를 쳐다보았다. MOJ와 그의 직원들은 여전히 웃고 있었다. 아무도 말하지 않았다. 스즈키는 어쩔 수 없이 마지못해 고개를 끄덕였다. 모리요시로서는 이례적으로 문자 그대로 정확히 통역했다.

MOJ는 때때로 성질이 아주 고약한 것으로 알려져 있었다. 그를 위해 일하는 사람들은 그가 화를 내야 하거나 낼 수 있는 상황에 두지 않으려고 언제나 노력했다. 나는 디즈니에서 그를 위해 일한 적이 있었는데, 한 번은 도쿄에서 열린 회의에 참석했을 때였다. 그곳에서 그는 디즈니 비디오를 배포하는 일본 회사의 회장 면전에서 거짓말쟁이라고 소리쳤다. 나는 회의실을 빠져나가려면 한바탕 싸워야 할 것 같다고 생각했다(일본 경영진은 부하 직원 열두 명 미만을 데리고 다니는 경우가 거의 없다).

모리요시의 통역을 들은 MOJ는 처음에는 사교만을 위한 즐거운 저녁일 것이란 기대가 깨졌다는 사실에 짜증을 내는 듯했다. 일본에서는 점심이나 저녁 식사 중에 비즈니스를 해서는 안 된다는 통념이 완전히 엉터리라는 것을 늘 강력하게 주장해 온 MOJ였기에 이것은 아이러니한 일이 아닐 수 없었다.

몇 분 동안 아무도 말하지 않았고, MOJ는 (괴짜) 도쿠마 노인이 농담을 한 것인지 아니면 통역이 잘못되었는지를 확인하기 위해 방 안을 둘러보았다. 그다음 그는 화를 내기 시작했다. 정말로 화를 냈다. 그의 얼굴이 붉어지기 시작했다. 목의 정맥이 울룩불룩거렸고, 머리 꼭대기에서 김이 올라오는 것 같았다. 그는 자리에서 일어나 소리치고 논쟁을 벌이며 폭언하기 시작했다. 그의 경쟁심이 발동한 것이다. 스위치가 켜졌고 그는 공격 모드에 들어갔다. 너무 화를 냈고 시끄러웠기 때문에 그의 대부분 말은 통하지 않았다.

식당 직원은 슬그머니 방을 빠져나갔다. 아무도 MOJ의 말을 통역하지 않았고 통역할 수 있는 사람도 없었다. 모리요시는 통역할 엄두조차 내지 않았고 호시노도 시도하고 싶지 않아 했다. 도쿠마 씨는 그 자리에 고요히 앉아서 아주 만족한 표정을 지었다. 스즈키와 호시노, 그리고 나는 수년간 많은 고통을 겪은 이 거래가 완전히 끝나 버렸다고 생각했다. 기업 변호사인 채프먼은 정말 흥미진진한 대형 소송을 예상한 듯 불길하면서도 기쁜 표정을 지었다. 재무 담당인 그렉 프로버트만 침착했다. 프로버트는 MOJ의 주의를 끌더니 무대 위에서 속삭이듯 말했다. "이봐요, 그럴 수는 없어요. 그냥 자연스레 저녁을 먹고 내일 다시 돌아와서 스즈키와 단둘이 이야기합시다. 우리는 이 문제를 해결하고 극복할 수 있어요. 지금 그와 논쟁할 이유가 없습니다."

약 10분 동안 어느 누구도 말하지 않았다. 그러자 도쿠마 씨는 디즈니/도쿠마 사업과는 전혀 상관없는 여러 것을 무작위로 이야기하기 시작했다. 레스토랑 직원이 방으로 돌아왔다. 코스 요리가 시작됐지만 즐거움은 없었다. 마블링이 완벽한 고베 소고기 덩어리가 얇게 썰어져 그릴에서 지글지글 구워졌다. 살아 있는 전복과 바닷가재가 뜨거운 그릴에 올려져 눈앞에서 노릇노릇하게 구워지면서 만찬의 즐거움을 더했다. 색을 내기 위해 몇 가지 장식용 야채를 던져 넣고 마늘 조각을 튀겨서 손님들에게 나눠주었다. 마지막 코스로 밥, 절임, 된장국이 제공되었다. 디저트로는 엄청 비싼 멜론 조각과 커피가 나왔다. 하지만 모든 음식을 맛있게 먹은 도쿠마 씨를 제외하고는 아무도 맛있게 먹지 못했다. 보르도 와인도 꽤 많이 마셨지만 제대로 음미할 수가 없었다.

다음날 우리는 도쿠마 씨 없이 다시 만났다. 스즈키 씨는 도쿠마 씨가 요구한 모든 걸 다 들어주자고 제안했다. 그는 모든 것을 계약서에 넣자고 제안했지만, 이제 미국 계약의 작동 방식에 더 익숙해졌으므로 계약서 어딘가에 도쿠마 씨의 새로운 요구를 완전히 무효화할 수 있는 내용을 조밀한 법률 언어로 작성하여 작은 글씨로 넣자는 추가 제안도 했다.

스즈키는 "그는 계약서 전체를 읽지 않습니다."라고 말했다. "요점만 읽습니다."

도쿠마 씨의 가장 큰 관심사는 〈원령공주〉에 대한 최소 보장 금액을 더 많이 받아내는 것이었다. 원래 협상한 미국 판권 보장 금액도 일본 영화사상 가장 많은 금액이었다. 하지만 도쿠마 씨에게는 여전히 충분하지 않았다. 그는 이 영화가 국제 뉴스와 미디어에서 받은 모든 관심을 보고 자존심이 부풀어 올랐다. 그는 디즈니로부터 더 많은 것을 얻어 냈다고 말하고 싶어 했고, 최소 보장 금액을 두 배로 늘리길 원했다. 그래서 우리는 계약서에 도쿠마 씨가 제시한 금액으로 보장 금액을 인상하는 문구를 넣었고, 추가 금액은 절대 발생하지 않을 것임을 확신하되 사건에 따라 달라질 수 있다는 문구를 작은 글씨로 추가했다. 추가 금액은 우발적인 사건이 발생하는 경우에만 나중에 지불하도록 했다.

도쿠마 씨는 작은 글씨를 읽지 않았고 스스로 만족스러워했다. 그런 다음 그는 일본 언론을 초대하여 또 다른 승리를 거두었다고 발표하고, 계약의 비공개 조항을 무시한 채 새로운 최소 보장 금액을 공개하면서 계약 조건을 설명했다.

이 때문에 나중에 일본 국세청이 스튜디오 지브리를 감사하기로 결정했을 때 전혀 예상치 못한 문제가 발생하기도 했다. 세무 조사관들이 '최소 보장 금액의 절반만 신고했다'고 지적한 것이다. "나머지는 어디 있죠? 〈요미우리 신문〉에서 다 읽었으니 못 받았다고 말하지 마세요."

사랑으로 러시아로

1997년 10월, 지브리의 우리 일행은 미국에서의 첫 상영을 위해 〈원령공주〉의 영어 자막이 달린 프린트를 들고 로스앤젤레스로 날아갔다. 이는 일본 외 지역에서의 첫 상영이기도 했다. 일주일 전에는 러시아에서 보리스 옐친Boris Yeltsin, 1931~2007을 포함한 관객을 대상으로, 동일한 프린트를 사용한 이 영화의 첫 번째 국제 상영이 거의 성사될 뻔도 했다.

도쿠마 씨의 절친한 친구이자 나중에 일본 총리1998~2000가 된 오부치 게이조Keizo Obuchi, 1937~2000는 당시 일본 외무부 장관이었다. 그는 러시아를 국빈 방문할 예정이었고 특별한 선물을 가져가고 싶었다. 그는 현재 전 세계적으로 유명한 영화 〈원령공주〉를 일본 외 다른 나라에서 최초로 상영하는 일이 딱 맞다고 생각했다. 오부치는 일본 국무부에 있는 자신의 사무실로 이 영화의 자막이 달린 프린트를 전해 달라고 요청했다.

영화 〈원령공주〉의 '프린트'는 총 무게가 약 250파운드에 달했고 금속 캔에 담긴 꽤 큰 릴 7개로 구성되어 있었다. 다이에이 영화 스튜디오의 책임자와 나는 산업용 카트의 도움을 받아 프린트를 신바시 사무실에서 꺼내 대기 중인 택시로 옮겼다. 건장하지 않은 두 남자에게는 애당초 필름 프린트를 옮기는 것이 번거로웠던 데다가, 일본 국무부의 보안 검색을 통과한 뒤 오부치의 사무실로 가져가는 것도 쉽지 않았다.

무사히 오부치 씨의 우아하게 꾸며진 관저 내부 대기실에 앉자 40대 후반의 세련된 차림새를 한 비서가 우리를 맞이했다. 일본에서 주요 정치인의 비서는 일종의 참모 역할을 한다. 비리나 불법 행위가 발견되면 책임을 지고 감옥에 갇히는 일을 하는 사람이다.

"이게 뭐죠?" 비서가 카트에 쌓인 금속 필름 통을 가리키며 물었다.

"오부치 씨가 요청한 〈원령공주〉 프린트입니다." 내가 대답했다.

"네? 이게 필름 프린트인가요? 요즘 기계에 꽂아 넣는 작은 디스크 같은 것인 줄 알았는데요."

"아니요, 영화관에서 영사하는 필름은 바로 이런 것입니다." 내가 대답했다. "아직 디스크는 없습니다. 이 영화를 러시아에서 상영하려면 몇 가지 물어봐야 할 것이 있습니다. 이 영화는 35mm 극장 개봉용 프린트입니다. 러시아 주최자 측이 이 프린트를 상영할 수 있는 35mm

영사기를 보유하고 있는지 확인하셨나요?"

"아니요, 회의가 열리는 모스크바 외곽의 개인 별장에서 상영할 계획이었습니다. 35mm 영사기가 필요한가요?"

"네. 전문 영사 기사가 필요하고 영사 기사가 알고 싶어 할 프린트에 대해 몇 가지 사항이 있습니다. 이것은 영어 자막이 있는 일본어 프린트입니다. 옐친 씨가 일본어 또는 영어로 영화를 이해할 수 있는지 확인하셨나요? 그는 술을 많이 마시는 걸로 유명해서 영화를 보는 내내 잠을 자지 않을까 걱정입니다."

"러시아어로 번역되지 않았나요?"

"네, 빠르면 내년쯤에나 가능할 것 같습니다. 민감한 문제일 수 있지만 이제 보안에 대해 물어보겠습니다. 러시아는 지적 재산권 불법 복제가 드물지 않은 곳으로 알려져 있습니다. 이 프린트의 사본이 암시장에 유출되면 우리 스튜디오에 미칠 재정적 피해는 엄청날 것입니다. 영화 배포 주기의 첫 단계가 완료되기 전에는 보통 엄격한 보안 절차를 요구합니다. 영화가 러시아에 있는 동안 스태프 중 누군가는 실제로 영화와 함께 있어야 합니다. 영사 기사에게 맡겼다간 나중에 돌려받지 못할 수도 있고, 호텔 방에 영화를 방치할 수도 없습니다. 계획을 수립할 때 이런 점을 진지하게 고려해 주시기 바랍니다."

"오부치 장관은 내일 아침 모스크바로 떠납니다. 이건 좋은 생각이 아닌 것 같습니다. 여기서 기다리세요, 제가 가서 다시 확인해 보겠습니다."

15분 후 비서가 돌아와 협조해 줘서 고맙다며 프린트를 되가져가라고 지시했다. 일본 국무부 보안 경찰의 의심스러운 시선을 받은 채 필름 통 더미와 씨름하며 택시를 부르는 일은 힘들었지만, 현존하는 유일한 〈원령공주〉의 영어 자막 프린트를 도쿠마 쇼텐 빌딩의 안전한 장소인 회의실 소파 뒤의 잠겨 있지 않은 사무실로 무사히 돌려보낼 수 있어 매우 기뻤다.

그것은 마법이다

250파운드에 달하는 금속 통을 들고 해외로 비행하는 일은 쉽지 않았다. 지브리 영화의 한 차례 공동 제작자였던 일본항공Japan Airlines이 프린트를 직접 운반할 수 있도록 도와주었다. 필름 릴 하나가 분실 수하물로 접수되었다면(1997년에는 지금보다 훨씬 더 흔한 일이었다) 재앙이었을 것이다. 영화의 해외 배급 과정은 영화의 영어 자막 프린트를 상영하는 것부터 시작된다. 어떤 배급사도 영화의 평판이 어떠하든 그 영화를 직접 보기 전까지는 영화를 배급하거나 개봉 일을 정하는 걸 약속하지 않는다.

〈원령공주〉는 공전의 히트를 기록했고 개봉 일에 임박해서 완성되었기 때문에, 일본 개봉에 필요한 모든 프린트를 확보하려면 일본의 모든 프린트 현상소가 하루 24시간, 일주일 내내 풀가동해야 했다. 영어 자막 버전 제작에 사용할 프린트를 하나라도 구하려면 줄을 서서 사정하는 수밖에 없었다. 다른 프린트를 구하려면 몇 달이 더 걸릴 것임을 우리는 이미 알고 있었다.

프린트를 들고 일본에서 미국으로 날아간 인원이 너무 많아서 손으로 운반하는 건 크게 문제되지 않았다. 일곱 명이 각각 필름을 한 릴씩 가져갔다. 일본항공 체크인 카운터 직원이 휴대 수하물의 크기와 내용물에 의문을 품어서 우리를 힘들게 했지만, 우리는 문제가 발생할 경우를 대비해 사전에 일본항공의 고위급 인사의 연락처를 확보해 놓았고, 그 임원이 직접 찾아와서 문제를 해결해 주었다.

일본항공은 필름을 직접 휴대할 수 있도록 허용하면서 한 가지 조건을 내걸었다. 우리 일행 중 최소 두 명은 일등석으로 여행해야 한다는 것이었다. 스즈키와 내가 뽑혔다. 비행기에 탑승하자 승무원들이 필름과 접을 수 있는 소형 카트를 모두 수거해 일등석 코트용 옷장에 보관했다.

나는 여행을 많이 했지만 일등석을 경험한 적은 거의 없었고, 그마저도 미국 항공사에서만 이용했다. 일본항공의 일등석은 완전히 새로운 경험이었다. 항공편 체크인을 하고 공항 보안 요원에게 금속 통이 무엇인지 설명한 후 스즈키와 나는 일본항공의 일등석 라운지로 직접 안내를 받았다. 라운지에 도착하자마자 스즈키는 일등석 흡연 라운지로, 나는 일등석 비흡연 라운지로 각각 분리되었다. 그 비행기 일등석에서 흡연하지 않는 승객은 나뿐이었다.

비행기에 탑승한 후 나는 일등석 맨 뒤 좌석에 혼자 앉았다. 당시만 해도 비행기 내 흡연이 허용되던 시절인데, 다행히 바로 앞좌석의 신사분은 비행 내내 한두 번만 담배를 피웠다. 그 때문에 나는 흡연자들과 한 줄 사이에 앉은 걸 매우 행운으로 여겼다. 일등석 승객은 모두 남성이고 평균 연령은 70세 정도였다. 스즈키와 내가 그중 가장 젊어서 평균 연령을 낮췄다.

일등석의 저녁 식사는 총 4시간 정도로 길고 여유로웠다. 진짜 은 식기와 유리 식기가 제공되었다. 각각의 코스는 개별적으로 제공되고 소화를 위한 충분한 시간이 주어졌다. 식사가 끝날 때쯤 나는 몸을 웅크려 잠들 준비가 되었다.

내가 일반 담요를 덮고 자려고 하자 승무원이 달려와서 내 담요를 가져갔다. 그녀는 깃털처럼 가벼운 구스다운 이불을 들고 재빨리 돌아왔다.

"이게 잠을 잘 때 쓰는 담요입니다." 그녀가 설명했다. "저 담요는 앉아 있을 때 체온을 유지하기 위한 거예요."

잠자리에 들면서 한 가지 이상한 점을 발견했다. 나이가 많은 남성 일등석 승객들이 식사를 마친 후 통로에서 일어나 바지를 벗고 말없이 바지를 팔 길이만큼 내밀었다. 그러면 승무원이 말없이 바지를 받아 파자마 하의를 갖고 돌아왔다. 그런 다음 남성들은 잠옷을 입고 좌석으로 돌아갔고, 승무원이 이불을 가져와서 잠자리에 누울 수 있도록 좌석을 조정하고 이불을 덮어 주기를 기다렸다. 아침 식사 후에는 거꾸로 된 바지 교환 의식이 조용히 반복되었다.

모두가 입국 심사를 통과한 후 우리는 프린트를 다시 조립하여 접이식 카트에 실었다. 로스앤젤레스의 미국 세관 직원들은 필름 통에 대해 조금도 궁금해하지 않았고, 우리는 5분 거리에 있는 허츠 주차장에서 대기 중인 렌터카(필름을 위한 대형 SUV와 나머지 수행원을 위한 미니밴)를 찾기 위해 허츠의 무료 버스에 올라탔다.

우리는 〈원령공주〉의 프린트를 LA에 갖고 갔지만, 미국에서의 첫 상영은 북쪽으로 수백 마일 떨어진 버클리에 있는 퍼시픽 필름 아카이브Pacific Film Archive에서 열릴 예정이었다. 디즈니를 방문하기 위해 LA에 있는 동안 프린트에 대한 보안은 각자 호텔 방의 옷장에 릴을 하나씩 보관하는 걸로 해결했다.

버뱅크 소재 디즈니 본사에 도착했을 때 우리는 극도로 화를 냈던 마이클 O. 존슨을 다시 만났다. 미국으로 떠나기 직전에 도쿠마는 스즈키와 나에게 비디오 게임으로 유명한 세가의 나카야마 하야오_{Hayao Nakayama, 1932~} 사장과 만나라고 닦달했다. 당시 세가는 디즈니의 라이벌인 드림웍스와 계약을 맺은 상태였고, 나카야마는 LA에 있는 동안 우리가 드림웍스 대표인 제프리 카젠버그_{Jeffrey Katzenberg, 1950~}와 만나기를 원했다. 스즈키는 (정중하게) 거절했지만, 나카야마와의 만남이 끝난 후 도쿠마 씨가 먼저 나카야마에게 전화를 걸어 우리가 카젠버그와의 만남에 동의했다고 거짓말을 했고, 그는 일본 언론에 전화해 이 사실을 알렸다. 도쿠마 씨는 요미우리 그룹의 고위 임원 중 한 명이자 〈요미우리 신문〉의 발행인인 자신의 절친 우지에 세이이치로가 필요한 내용을 언제든지 게재할 수 있도록 했다.

카젠버그와의 만남을 거절하는 것은 그렇다 하더라도, 이미 약속이 확정되어 일본 언론에 기사화된 만남에 모습을 보이지 않은 건 필요 이상으로 무례해 보였다. 우리는 이제 막 디즈니와 유명한 계약을 체결했고, 아직 새로운 파트너를 물색하고 있지 않았기 때문에 그를 만나는 것도 나쁘지 않다고 판단했다. 어쨌든 디즈니에서 누가 일본 신문을 읽겠는가?

하필 디즈니는 외부 언론 스크랩 서비스를 통해 디즈니 경영진에게 디즈니와 관련된 회사 및 비즈니스 파트너들의 언론 보도를 제공하고 있었다. 매일 배포되는 이 언론 스크랩 목록에 도쿠마 관련 기사가 포함되어 있었고, 이를 모두 읽은 몇 안 되는 경영진 중 한 명이 마이클 O. 존슨이었다. MOJ는 디즈니 회장 마이클 아이스너_{Michael Eisner}가 우리와 카젠버그의 만남에 대해 알게 되면 디즈니에서 MOJ 자신의 경력이 끝날까 봐 걱정했다. 카젠버그와 아이스너는 사이가 좋지 않았다.

예정된 디즈니 미팅이 시작되기 전, MOJ에게 드림웍스와의 간단한 의례적인 방문이 아무런 문제가 되지 않는다는 걸 설득하는 데 1시간 이상이 걸렸다. 우리는 그에게 도쿠마 씨가 하는 일이 바로 이런 일이라고 설명했다. 그는 계략을 짜고 음모를 꾸미며 결코 만족하지 않았다. 그러니 지브리/디즈니의 미래를 생각한다면, MOJ는 당황해선 안 됐다. 교묘하고 예측할 수 없으며 까다롭기로 유명한 도쿠마와 함께 일하는 현실을 받아들이며 대처해야 했다. 왜냐하면, 예상치 못하고 불편하며 또는 정치적으로 까다로운 상황과 같은 사건이 앞으로도 다시 일어날 수밖에 없기 때문이다. 유감스럽지만 그게 바로 그 사람이었다. 디즈니 사무실에 도착했을 때 스즈키는 멋진 월트 디즈니 스튜디오 가죽 재킷을 선물로 받았다. 또 여전히 디즈니를 소중히 여긴다는 것을 보여 주기 위해 농담 반 진담 반으로 카젠버그를 만날 때 이 재킷을 입고 가겠다고 약속했다. MOJ는 마음에 들지 않았지만 마지못해 카젠버그와의 만남을 계속 진행하도록 허락했다.

첫 실무 회의는 디즈니의 마케팅 그룹과 함께했다. 도쿠마와 디즈니의 계약을 준비하고 협상할 때, 우리는 미국 외 다른 나라의 엔터테인먼트 비즈니스를 이해하고 있는 디즈니 사람들을 상대했다. 특히 일본과 아시아에 대해 잘 아는 사람들이었다. 이들은 지브리의 영화가 아시아만큼이나 미국에서도 인기를 끌거나 그에 버금가는 인기를 얻을 수 있는, 아직 개발되지 않은 보물로 생각했다. 그들은 미국 국내 팀이 지브리의 모든 영화를 가능한 한 빨리 개봉하기를 원할 것으로 확신했다.

하지만 이는 사실이 아니었다. 우선 디즈니의 미국 마케팅팀은 우리가 전혀 고려하지 않던 문제들을 제기했다. 〈천공의 성 라퓨타〉에서 누군가 어린 소년에게 총을 쏘는 장면이 나오는데, 미국에서는 이런 장면을 어린이에게 보여 줄 수 없다. 〈이웃집 토토로〉에서는 아빠가 발가

영화의 미국 배급사를 불편하게 만든 일본 가족의 목욕 장면.

벗고 딸들과 목욕을 하는 장면이 나오는데, 미국에서는 이런 장면을 보여 줄 수 없다. 〈폼포코 너구리 대작전〉에서는 너구리가 음낭(!)을 이용해 마술을 부리는 장면이 나온다. 미국에서는 아이들에게 동물의 음낭을 보게 할 수 없다. 〈바람계곡의 나우시카〉에서는 나우시카가 날 때 그녀의 엉덩이가 보인다(실제로는 볼 수 없다). 그건 안 된다. 〈추억은 방울방울〉에서는 소녀가 첫 생리에 대해 이야기하는 장면이 나오는데, 아이들에게 이 장면을 보여 줄 수 없다. 등등.

MOJ는 최선을 다해 설득했지만, 미국 국내 그룹은 소녀 마녀가 혼자서 외출하는 매력적인 이야기인 〈마녀 배달부 키키〉의 시범 개봉에만 동의할 뿐이었다(가끔 비행할 때 속옷이 보이기도 하지만 말이다). 그들에게는 이 영화가 지브리의 영화 중 가장 '위험하지 않은' 영화였다.

이제 우리는 디즈니 마케팅 그룹과 만나서 미국에서 이 영화를 어떻게 선보일지 계획해야 했다. 대규모 인원이 들어오고 우리를 수용하기 위해 더 많은 의자를 가져오는 동안, 디즈니 마케팅팀으로부터

일부 장면에서 여주인공의 속옷 노출로 인해 영화의 미국 배급사가 불편해했다.

"도대체 이 사람들은 다 뭐야?"라고 궁금해하는 모습을 볼 수 있었다. 간단한 소개를 하는데도 약 15분 정도 걸렸고, 두 그룹은 결국 "이 사람들이 하는 일이 정확히 뭔가요?"라는 똑같은 질문을 반복해서 던졌다.

소개가 끝나고 우리는 본격적인 비즈니스에 들어갔다. 크리에이티브팀은 우리에게 시각 자료를 보여 주는 것으로 시작했다. 포스터, 언론 유인물, 인쇄 광고, 미디어 광고 방송, 페인트칠한 버스, 인터넷 등이었다. 약 30분 동안 조용히 경청한 후 스즈키가 질문을 던졌다.

"왜 키키를 왼손잡이로 만들었나요?"

디즈니 마케팅 담당자들은 깜짝 놀란 표정이었다. 농담인 줄 알고 웃는 사람도 있었다. 나머지는 그냥 의아해했다. 그들 모두는 "도대체 그게 뭔 상관이야? 이 사람이 일본에서 가장 유명한 마케팅 천재라는 사람인가?"라고 생각하는 듯했다.

회의를 진행하던 홈 엔터테인먼트 마케팅 책임자 로빈 밀러Robyn

146

Miller, 1966~가 "스즈키 씨, 무슨 뜻인지 설명해 주시겠습니까?"라고 정중하게 물었다.

스즈키는 이렇게 말했다. "캐릭터와 영화 아이디어를 구상할 때 마녀가 빗자루를 이용해 어떻게 날아다닐지 많은 시간을 고민했습니다. 영화 속 아이디어는, 모든 비행 장면에서 볼 수 있듯이, 빗자루에 날아다니는 마법이 걸리고, 키키가 손으로 빗자루를 조종하는 것입니다. 빗자루가 날 때는 떨어지지 않기 위해 목숨을 걸고 붙잡아야 합니다. 목숨이 위태로울 때는 더 강한 손을 사용하거나 아니면 양손을 사용하겠지요. 물건을 들거나 손을 흔드는 등의 행동을 할 필요가 없다면 말입니다. 모든 장면을 보면 그녀는 항상 오른손으로 빗자루를 잡고 있는데, 정말로 손가락이 새하얗게 될 정도로 강하게 잡고 있습니다. 그녀가 어떻게 빗자루를 날릴 수 있었다고 생각하나요? 그녀는 전혀 잡고 있는 것처럼 보이지 않는데요."

디즈니 직원들은 더욱 당황한 표정이었다. 마침내 누군가가 "어떻게 그녀가 빗자루를 날릴 수 있냐고요? 그게 마법입니다. 그냥 마법이니까 날아가는 겁니다. 그게 마법이라고요!"

디즈니와의 관계는 그렇게 시작되었다. 당시 디즈니를 운영하던 많은 디즈니 사업가들은 사고하는 것을 위험한 활동으로 여겼고, 그들은 아이들이 사고하는 걸 원치 않았다.

넷

비즈니스 여행자

당신이 감자를 말한다면, 나는 다년생 가지속 Genus, 屬
식물 감자과 Family, 科 **녹말 덩이식물을 말합니다**

일본에서의 협상과 미국에서의 협상에 있어서 가장 큰 차이점은 가격에 대한 이야기와 관련된다. 일본인은 실제 가격이라고 생각하는 금액으로 협상을 시작하는 경향이 있다. 이 가격은 실제로 상대방이 받아들이거나 지불할 의사를 고려한 가격이다. 일반적으로 일본과의 협상에서는 가격이 언급되면 그 가격으로 확정된다. 누구도 의문을 제기하거나 가격을 올리거나 내리는 다른 협상을 시도하지 않는다. 대신 그 가격에 무엇이 포함될지를 협상한다. 즉, 현재 정해진 가격에서 무엇을 주고받아야 하는지를 협상한다.

반면, 미국인은 가격을 결정한 다음 두 배 또는 세 배로 올리거나

(판매하는 경우) 기하급수적으로 낮춘다(구매하는 경우). 그런 다음 가격을 좀 더 합리적인 수준 또는 적어도 당사자들이 기꺼이 받아들일 수 있는 수준으로 되돌리기 위한 협상을 진행한다.

따라서 미국과 일본의 협상에서 일본인은 종종 불리한 입장에 처하곤 한다. 내가 뉴욕에서 컨설턴트로 일할 때 우리 회사 팀이 일본 고객과 함께 협상에 들어갔는데, 처음 가격이 언급되자마자 우리가 누누이 말렸음에도 그들은 곧바로 그 가격을 받아들였다. 채 2억 달러도 안 되는 맨해튼의 호텔 매물을 무려 6억 달러에 굳이 사겠다는 것이었다. 대신 그들이 궁금해한 것은 그 돈 안에 무엇을 포함시킬 수 있느냐였다. 적어도 베갯잇, 시트, 비누, 소형 냉장고 등이 모조리 포함되어야만 4억 달러의 초과 지불을 만회할 수 있었다.

재정적으로 일본 영화와 TV 프로그램은 일본 밖에서는 잘된 적이 없다. 특정 연령대의 사람들의 경우는 만화 시리즈 〈우주소년 아톰〉을 보며 자란 기억이 있을 것이다. 내가 만난 거의 모든 유럽 성인들은 어렸을 때 애니메이션 TV 시리즈 〈하이디〉를 본 기억을 갖고 있었다. 전 세계 모든 영화광들은 구로사와 아키라 감독의 〈7인의 사무라이〉, 〈요짐보〉, 〈이키루〉를 본 적이 있다. 하지만 이 모든 작품의 이례적인 인기에도 불구하고 판매 또는 라이선스를 담당한 사업가들로서는 제시하는 가격이 얼마든 간에 받아들여야만 했다. 가장 유명한 일본 애니메이션 TV 시리즈조차 통상 에피소드당 50달러밖에 안 되는 라이선스를 받았다.

할리우드 영화 스튜디오와 계약 협상을 해 본 적이 없는 일본인들은 법률 용어의 이면에 숨겨진 지뢰가 묻힌 엔터테인먼트 산업 계약에 익숙하지 않았을 뿐 아니라 이를 인식하지도 못했다. 그들이 미처

깨닫지 못한 빽빽한 문구 속에는 순진한 척하는 작은 조항들이 편하게 자리 잡아 5년 후 영화에 대한 무료 권리를 영구적으로 가져갈 수 있었다. 평범해 보이는 이 단어의 전문적인 법률적 정의는 우리가 받을 것으로 기대한 로열티가 0이 된다는 의미였다. 결코 필요하지 않으리라 여겼던 비용을 이제는 거꾸로 지불하지 않으면 안 될 상황이 된 것이다. 즉, 당신이 들은 용어들은 엔터테인먼트 산업 계약 시 표준적이고 필수적이지만, 실제로는 그렇지 않다.

대체로 일본에는 소송, 변호사, 해석할 수 없는 방대한 법률 계약서가 없다. 일본의 계약서는 통상 몇 페이지에 불과하다. 미국 엔터테인먼트 업계에서의 계약은 일반적으로 일회성으로 이루어진다. 당장의 계약은 최선을 다해 체결하고, 그다음 계약은 나중에 걱정하자는 식이다. 거래를 앞두고 무슨 말을 어떻게 했는지는 중요하지 않다. 중요한 건 서명한 계약서에 적힌 내용이다. 말하자면, 우리에겐 계약서가 있다, 마음에 안 들면 고소하면 된다는 식이다. 이런 일은 종종 벌어진다.

반면에 일본에서의 거래는 일반적으로 관계를 형성하는 것이다. 지금 당장 눈앞에 닥친 일이나 당장의 금전적 이익뿐만 아니라, 계약 상대방과 서로 잘 맞고 앞으로 몇 년 동안 서로 도움이 되는 일을 함께 할 수 있기 때문에 계약하는 것이다.

계약 자체는 대개 형식적인 절차에 불과하다. 일본 기업들은 서로 합의에 도달하면 계약서를 군이 읽지 않아도 서로의 동기나 형성된 관계, 사업 진행 방식을 이해할 수 있다. 파트너와의 관계는 신뢰보다 상호 이해에 기초한다. 파트너가 어떻게 행동할지 완벽하게 이해하고 있어서 그 파트너에 대해 신뢰 운운할 필요가 없다.

미국 엔터테인먼트 업계에서는 각 계약 당사자가 자신을 위해 가능한 한 최고의 거래를 성사시키려고 노력하고, 이를 위해 수단과 방법을 가리지 않는다. 만약 상대방이 이런 속임수와 숨겨진 우발적 상황을 알지 못했다면 안타까운 일이다. 그렇기 때문에 일이 생기면 고가의 변호사를 고용해야 하고, 실제로 그 업계와 관련 경험을 갖춘 변호사를 선택하는 것이 좋다.

도쿠마-디즈니 간의 장문 계약서는 디즈니의 변호사가 원문의 초안을 작성했다. 처음에는 수백 페이지에 달하는 고도로 전문화된 법률 용어가 빽빽하게 자리했다. 심지어 글꼴과 간격, 각 페이지별 구성조차 비정상적으로 작성되어 있어 읽기가 어려웠다. 마치 유전적으로 진보한 우주 외계인 종족이 언젠가 지구인이 발견하도록 티타늄 구체에 담아 달에 남겨 둔 문서처럼 고풍스러우면서도 미래적인 느낌을 풍겼고, 그 의미와 의도 또한 신비롭고 모호한 느낌을 주었다.

이 계약서는 하나의 계약서였지만, 여러 개의 추가 조항과 부록이 포함되어 있었다. 각각 서로 다른 글꼴과 다른 구성 스타일로 작성된 촘촘하고 밀도 있는 별도의 계약서였다. 심지어 한 문장이 세 페이지에 달하는 것도 있었다. 많은 구절이 너무 어려웠고, 계약서의 다른 부분에는 정의와 조항에 대한 참조 사항으로 가득 차 있어서, 계약서 초안을 작성한 변호사조차 적어도 여섯 번 이상 읽고 다시 읽지 않으면 알수 없을 정도였다. 나는 계약서의 특정 부분을 일본어로 번역하여 지브리/도쿠마의 법무 담당자가 검토할 수 있도록 하는 것이 과연 가능한지 의문스러울 때가 많았다.

긴 형식의 최종 계약서를 협상하는 데는 2년 이상 걸렸다. 협상과정의 첫 부분은 계약서의 내용을 이해하려고 노력하는 것이었다. 그

152

다음 단계는 계약서의 문구를 일반인이 이해할 수 있는 영어 버전으로 수정하는 것이었다. 그런 다음 모든 사람이 계약서를 이해했다고 동의하면, 마지막 단계로 그 계약서의 일부를 변경했다.

이 모든 과정이 2년이나 걸린 데에는 여러 이유가 있었다. 양측 법무팀은 최소 세 차례에 걸친 인사이동이 있었다. 신규 변호사 그룹은 계약서 문구에 숨겨진 예상치 못한 사항을 찾아내어 이 조항, 이 절 또는 이 추가 조항을 첨가하거나 삭제해야 한다는 새로운 의견을 제시했다. 그래서 같은 문서를 여러 차례 반복 작업해야 했고, 그럴 때마다 새로운 일본어 번역이 필요했다. 그런 중에도 지브리의 영화를 일본 외다른 나라에서 개봉하는 사업은 계속 진행되었다. 이 과정에서도 법무팀은 변경해야 할 사항을 더 많이 발견했다.

지브리 측이 예상치 못한 가장 큰 문제는 이 계약으로 디즈니가 지브리의 모든 영화에 대한 전 세계 판권을 소유하며, 디즈니가 영화를 개봉하지 않기로 마음먹는다면 지브리의 영화를 개봉도 하지 않은 채로 영원히 보유할 수 있다는 점이었다. 지브리는 (번역을 제외하고는) 편집되지 않은 상태로 전 세계에 개봉하는 것을 가장 중시했다. 디즈니의 임원인 마이클 O. 존슨과 그를 도왔던 사람들은 원래 계약을 근거로 디즈니가 지브리의 영화를 전 세계에 독점적으로 개봉할 생각이었다. 하지만 본사의 디즈니 경영진이 여기에 반드시 동의한 건 아니었다.

지브리는 디즈니가 그 영화들을 개봉하지 않고 그냥 보관만 할 것이라곤 상상도 하지 못했다. 디즈니가 대부분의 국가에서 지브리 영화를 개봉하지 않으려는 의도가 분명해지자 지브리는 판권을 다시 사거나 개봉할 의향이 있는 국가의 배급사를 찾았고, 이렇게 해서 벌어들인 수익을 디즈니가 가져갈 수 있도록 하겠다고 제안했다. 이러한 제안에 대해 무려 1년 동안 논의했지만, 결국 디즈니는 이를 거절했다. 그들은 개봉하지 않고 보유하길 선호했다. 도쿠마/지브리가 체결한 약식 계약의 모호한 표현 때문에 디즈니는 그렇게 할 수 있었다.

이런 상황을 뒤바꾼 것은 새로운 기술인 DVDDigital Versatile Disk, 디지털 다목적 디스크의 등장이었다. 1990년대에 전자 하드웨어 제작자와 엔터테인먼트 업계에서는 다른 영화의 예고편과 광고가 포함된 전체 영화를 작은 디스크에 담아 가정에서 VHS 비디오테이프 카세트처럼 더 나은 시청각 품질로 재생 가능한 새로운 기술을 모색하고 있었다.

이전만 하더라도 비디오 애호가들에겐 인기가 있었지만 일반 대중 시장 소비자에겐 너무 투박하고 비싸고 불편한, 양면 LP 크기의 디스크인 레이저 디스크가 있었다. 그 디스크는 영화 중간에 뒤집어야 한다는 심각한 단점이 있었고, 크기가 너무 커서 가정에서 보관하는 데도 문제가 있었다. 소니, JVC, 필립스 및 기타 회사들은 표준 길이의 영화를 비디오 애호가들도 만족할 만한 수준의 품질로 재생 가능한 작은 오디오 CD 크기의 디스크로 압축하는 방법을 찾기 위해 열심히 노력했다. 하지만 오랫동안 디스크 상태에서 적절한 음질과 화질을 유지하는 데는 (겨우) 75분 길이가 한계였다. 엔터테인먼트 업계에선 장편 영화의 최소 상연 시간이 90분이었다. 보다 일반적인 장편 영화의 경우는 2시간 이상이고, 여기에 광고와 예고편까지 추가해야 했다.

그러다 예상 밖의 돌파구가 생겼다. 여전히 화질에 대한 논란은 있었지만 한 면에 2시간 분량을 담을 수 있는 디스크가 개발된 것이다. 너무 빠르게 움직이거나 너무 복잡하면 이미지가 깨지는 안타까운 경향은 물론 있었다. 하지만 대체로 기준만 잘 따르면 DVD는 영화용으로 전혀 손색이 없었다. 할리우드 스튜디오의 홈 비디오Home Video 사업부는 모두 홈 엔터테인먼트Home Entertainment로 이름을 변경해야 했다.

디즈니와 도쿠마의 최초 계약 협상 시 도쿠마 회장은 계약의 기술적 세부 사항에는 거의 관심을 두지 않았다. 하지만 그는 유독 한 가지를 고집했다. 디즈니에 디지털 권리를 주지 말라는 주장이었다. 도쿠마에게는 소니의 회장과 세가의 사장과 같은 친구들이 있었다. 그들 모두는 그에게 디지털 판권을 보유하라고 조언했다. 실제 협상을 담당한 스즈키 토시오는 도쿠마가 '디지털'이라는 단어가 무슨 뜻인지도 모른 채 그 조언에 전적으로 동의했을 거라 확신했지만, 그 결과 도쿠마 측은 협상 내내 같은 입장을 취할 수 있었다.

마침내 2시간짜리 영화를 단면 디지털 디스크에 담을 수 있게 되자 모든 주요 스튜디오는 이 새로운 기술을 장차 소비자가 받아들일 수 있을지를 알아보기 위한 연구를 진행했다. 디즈니는 자체 연구 결과 DVD가 소비자에게 인기를 얻지 못할 것이며 엔터테인먼트 비즈니스에서 중요한 매체가 될 수 없으리라는 결론을 내렸다. 그래서 도쿠마와의 계약 협상에서 이 논의가 나왔을 때 디즈니는 처음에는 명목상 저항했지만, 이내 도쿠마가 DVD를 포함한 모든 디지털 권리를 보유하도록 허용하는 데 동의했다. 그런데 DVD가 결국 (곧) 영화 판매의 가장 중요한 매체가 되고 VHS를 매우 빠르게 대체하기 시작하자 디즈니는 이미 개봉했거나 개봉할 예정인 지브리 영화에 대한 DVD 판권이 필요하다는 걸 깨달았다.

마침내 지브리는 DVD 판권과 교환하는 대가로, 디즈니가 개봉을 거부한 국가들의 영화 판권을 되찾을 수 있었다. 그런 다음 지브리는 해당 국가의 다른 배급사를 자유롭게 찾아다녔다. 지브리의 영화 제작자들에게는 모든 영화를 극장에서 보는 것보다 더 중요한 게 없었다.

미야자키 하야오를 비롯한 지브리의 모든 감독과 애니메이터는 스스로를 일컬어 극장용 영화 제작자라고 생각한다. 그들은 자신의 작품이 어두운 극장에서 대형 스크린을 통해 관객이 모인 가운데 상영되고, 미묘하고 세심하게 믹싱된 사운드트랙을 들을 수 있는 사운드 시스템을 통해 방영되길 바랐다.

지브리는 무형의 목표가 있었고, 디즈니는 돈을 원했다. 따라서 디즈니가 개봉하지 않을 영화에 대한 판권을 되찾는 일은 쉬운 협상이었다. 스즈키와 도쿠마는 기술 발전을 예측한 선견지명을 인정받았지만, 사실 디즈니와 같은 대형 할리우드 스튜디오가 당시 가장 큰 수입원인 VHS를 대체하게 될 신기술DVD을 검토한 뒤, 잘못된 결정을 내릴 것이라고는 누구도 예상치 못했을 것이다.

캘리포니아 드리밍

〈원령공주〉를 시작으로 모든 지브리의 신작 영화들은 샌프란시스코에서, 샌프란시스코-오클랜드 베이 브리지 너머의 픽사 애니메이션Pixar Animation에서, 그리고 미국 외 다른 나라에서 처음으로 상영되기 시작했다. 애니메이션 영화를 직접 제작하는 사람보다 애니메이션 영화를 더 잘 감상하는 관객은 없다. 훌륭한 영화는 훌륭한 영화일 뿐이며, 그 영화를 감상하기 위해 제작 과정까지 굳이 알 필요는 없다. 하지만 동료들로부터 인정을 받는다는 건 특별한 무언가가 있다.

일본에 살면서 미국이나 유럽에서 일하다 보니 비행기를 피하기 어려웠다. 비행은 20년 넘게 내 일의 일부지만 결코 좋아하진 않았다. 9/11 테러와 그로 인한 보안상의 변화 이전에도 비행이 그다지 재미있다고 여긴 적은 없었고, 피할 수 있는 방법이 있다면 되도록 비행을 피했다. LA와 샌프란시스코는 자동차로 7~8시간이 걸리지만 가능한 경우에는 항상 운전으로 이동했다.

픽사의 〈원령공주〉 상영을 위해 (무게가 250파운드에 달하고 대체할 수 없는) 7개의 필름 릴을 들고 미국 국내선 비행 대신 운전해서 이동하려는 결정은 크게 숙고할 필요도 없이 자동으로 이루어졌다. 우선 가장 빠르고 가장 재미없는 길인 5번 고속도로가 있다. 경치가 아름다운 퍼시픽 코스트 하이웨이Pacific Coast Highway를 따라 올라갈 수도 있지만 그러려면 이틀이 걸린다. 아니면 그 시간을 쪼개서 경치 좋은 곳이 많고 캘리포니아의 대량 농업 시장이 어떻게 돌아가는지 직접 볼 수 있는 101번 국도를 이용할 수도 있다.

구름 한 점 없으나 날이 흐린 캘리포니아의 아침 6시. 스즈키 토시오, NTV의 오쿠다 세이지, 그리고 나는 LA 호텔 앞에서 렌트한 포드 익스플로러에 250파운드가 넘는 〈원령공주〉를 싣고 북쪽으로 향했다. 산타바바라에서 삼보라는 식당에 아침 식사를 하러 들렀다. 그 식당은 1950년대의 시간을 그대로 옮겨 놓은 듯했다. 마치 남부 캘리포니아의 화가 노먼 록웰Norman Rockwell, 1894~1978이 단순함, 순수함, 공동체 정신의 순간을 포착한 그림 같았다.

삼보는 한때 체인점이었다가 지금은 원래의 플래그십 매장만 남아 있다(삼보는 ‘리틀 블랙 삼보’에서처럼 시가 가게 인디언과 비슷한 캐릭터다). 직원들은 1957년 개점 당시 때 입었던 유니폼을 여전히 입고 있었다. 무제한으로 리필해 주는 커피는 두꺼운 흰색 세라믹 머그잔에 담겨 나왔다. 하루 종일 제공되는 조식 스페셜 메뉴에는 버터밀크 팬케이크와 함께 신선한 달걀, 소시지, 베이컨이 나왔는데, 아주 적은 비용으로도 즐길 수 있었다. 단골손님은 나무 동전을 적립하면 향후 할인에 사용할 수 있었다. 1950년대 이후 음식 가격만 바뀌었을 뿐이다. 커피는 더 이상 10센트가 아니지만, 삼보는 여전히 조니 로켓Johnny Rockets과 같은 복고풍 풍미를 지닌 훌륭한 체인점이었다. 이름만 빼면 말이다.

오쿠다와 나는 번갈아 가며 운전했다. 스즈키는 이번 장거리 자동차 여행을 꼭 필요한 수면을 취할 기회로 여겼다(그는 일본에서는 거의 잠을 자지 않는다). 포드 익스플로러 SUV의 뒷좌석에 자리를 잡자 그는 곧바로 잠이 들었다. 2시간 정도마다 잠에서 깨어나 멍하게 주위를 둘러보며 담배를 피웠고(당시에는 렌터카에서 담배를 피울 수 있었다) 풍경을 둘러본 뒤 다시 휴식하다가 잠들었다.

오쿠다가 운전할 차례가 되자 그는 큰 감자칩 세 봉지(천일염과 식초, 바비큐, 양파가 들어간 화이트 체다)와 콜라 두 병을 (운전하지 않는) 오른손이 쉽게 닿는 곳에 놓았다. 그의 평균 주행 속도는 약 90마일이었다. 그는 충동적으로 오른쪽 왼쪽으로 앞차를 추월했고, 과자 한 줌이나 콜라 한 모금을 손에 넣을 때마다 차는 심하게 흔들렸다. 나는 그가 운전하는 대부분의 시간 동안 긴장했지만 우리는 아주 좋은 시간을 보냈다. 나중에 스즈키는 오쿠다가 자신이 아는 사람 중 가장 무서운 최악의 운전자라며 속내를 털어놓았다.

다음 날 우리는 상영 예정인 UC 버클리의 퍼시픽 필름 아카이브에 〈원령공주〉의 프린트를 전달하고 픽사 견학을 위해 북쪽으로 몇 마일 떨어진 리치몬드로 향했다. 지브리와 픽사와의 관계는 1980년대 초부터 시작된 픽사의 크리에이티브 책임자 존 래시터와 미야자키 하야오의 지속적인 우정이 계기가 됐다. 당시 미야자키와 이사오 다카하타 등 훗날 스튜디오 지브리가 된 일본 애니메이터 그룹은 몇 달 동안 LA

에서 윈저 맥케이Winsor McCay의 〈리틀 네모Little Nemo〉를 영화로 만들자고 제안한 프로젝트를 진행했다.

이 프로젝트의 컨셉은 일본 최고의 애니메이터와 미국 최고의 애니메이터가 함께 아이디어와 기술을 공유하는 것이었다. 이 그룹과 디즈니의 유명한 '나인 올드맨Nine Old Men'(생존한 에니메이터들)의 만남이 있었다. 그리고 존 래시터는 아직 존재하지 않았던 새로운 종류의 장편 애니메이션, 즉 컴퓨터 애니메이션의 미래에 대한 열정을 공유했다. LA에서의 이런 만남 때문에 존 래시터와 미야자키 하야오는 이후 친구가 되었다.

래시터는 나중에 미야자키 감독이 〈이웃집 토토로〉를 제작할 때 홀로 지브리를 방문했다. 그는 당시 작업 중이던 단편 영화 〈레드의 꿈Red's Dream〉과 〈룩소 2세Luxo Jr.〉의 장면을 가져왔고, 미야자키는 그에게 〈이웃집 토토로〉의 일부를 보여 주었다. 래시터가 통역 없이 어떻게 지브리를 찾을 수 있었는지 여전히 미스터리지만, 어쨌든 그는 지브리를 찾아왔고 두 사람은 서로 소통할 수 있었다. 지브리를 방문한 래시터는 미야자키 하야오 감독이 영화에 사용하지 않기로 결정한 장면의 스토리보드를 폐기한다는 사실도 알았다. 그는 지브리를 방문할 때마다 미야자키의 쓰레기통을 살펴보는 것이 유익하다는 걸 깨달았다. 쓰레기통에서 버려진 콘티를 꺼내면서 그는 "아휴, 이걸 버린다고요? 정말요?"라고 말하곤 했다.

픽사에 있는 래시터의 사무실은 일종의 장난감 박물관 같았다. 처음 그곳을 방문했을 때 나는 이곳이 그의 실제 사무실인지, 아니면 다른 곳에 그의 작업실이 따로 있는지 정말 궁금했다. 하지만 이곳이 그의 유일한 사무실이란 걸 알았다. 벽에는 래시터가 미야자키의 쓰레기

통에서 주워 온 버려진 장면들이 액자에 담겨 있었다. 미야자키 감독은 래시터의 그림을 볼 때마다 한숨을 쉬며 "그 장면들을 영화에 꼭 넣을 걸 그랬어요"라고 말하곤 했다.

우리 일행이 디즈니와 비즈니스에 대해 이야기를 나누는 동안 지브리의 애니메이터 열두 명이 디즈니 피처 애니메이션 투어를 했다. 그들은 샌프란시스코에서도 우리와 함께 픽사 투어에 참여했다. 핼러윈 직전에 픽사를 방문했는데, 이들의 책상, 사무실, 칸막이는 전국적으로 열리는 핼러윈 콘테스트에서 1등을 차지한 사람이 장식한 것처럼 보였다. 가는 곳마다 요귀, 사람 시체를 먹는 악귀, (다양한 활동을 하는) 해골, 마녀, 호박 등, 검은 고양이가 쳐다보았다. 출입구에는 커다란 가짜 거미가 붙은 가짜 거미줄이 매달려 있었다. 픽사 직원들은 화려한 은색 스쿠터를 타고 복도를 활보했다. 래시터가 직접 시범을 보인 복도 한가운데의 골동품 이발소 의자, 그리고 술이나 술잔 등이 완벽히 구비된 '광란의 20년대'식 바 등 예상치 못한 소품이 곳곳에서 튀어나왔다.

투어가 끝날 무렵 지브리 애니메이터들은 픽사에 대해 어떻게 생각하느냐는 질문을 받았다. 모두들 훌륭하다고 입을 모았다. 이를 통해 실제로 지브리의 시설을 개선할 수 있는 아이디어를 얻었고, 스즈키가 고려해야 할 개선 목록을 작성했다고도 말했다.

"여기는 공간이 참 넓네요." 그들이 말했다. "지브리는 왜 이렇게 안 될까요?"

스즈키는 그 자리에서 애니메이터들에게 다시는 외국 애니메이션 스튜디오를 견학시키지 않겠노라 결심했다.

존 래시터는 버클리의 멋진 이탈리안 레스토랑에 모두를 초대해 저녁 식사를 대접했다. 이후 우리는 상영을 위해 퍼시픽 필름 아카이브로 이동했다. 영화가 시작되기 직전에 스즈키가 나를 따로 불러 영어로 짧은 연설을 써 달라고 해서, 극장 로비의 반쯤 어두워진 곳에서 연설문을 작성했다. 그가 마이크 앞으로 다가오자마자 나는 원고를 건네줬다. 그는 잠깐 한 번 훑어본 후 약간 변형시켜 크고 자신감 있는 영어로 전했다. 이는 지브리의 해외 영화 상영회마다 그의 일상적인 관행이 되었다.

〈원령공주〉 상영은 크게 호평을 받았다. 다른 어떤 관객보다 픽사 애니메이터와 직원들은 지브리 영화의 모든 뉘앙스를 마음껏 즐겼고, 일반 관객에게는 잘 보이지 않지만 손으로 그린 애니메이션의 놀라운 표현법에 충분히 공감하는 것 같았다. 픽사의 영화를 보는 많은 사람들은 컴퓨터가 애니메이션의 대부분을 처리한다고 잘못 알고 있다. 안타깝게도 애니메이션의 예술은 그 기술이 가장 잘 드러나지 않을 때 가장 높은 수준으로 작동한다. 그렇기 때문에 지브리는 항상 해외에서 처음 상영되는 영화를 픽사에서 상영하기를 선호했다.

데킬라 선라이즈

버클리에서의 상영이 끝난 후 스즈키와 오쿠다를 비롯한 일본 대표단은 영화 프린트를 들고 일본으로 돌아갔고, 나는 지브리 애니메이터들과 함께 애리조나주 피닉스에 있는 폭스 애니메이션 스튜디오Fox Animation Studios를 방문했다. 수년에 걸쳐 내가 발견한 것 중 하나는 전 세계 애니메이터들이 다른 애니메이터의 작품을 깊이 존중하고, 모기업의 태도에 늘 반영되지 않을 수 있는 친밀감을 느낀다는 것이다. 기념비적으로 힘든 작업에서 고군분투하는 형제자매로서, 그들이 성취한 일의 어려움이 제대로 이해받지 못하고 인정받지 못하는 경우가 많은 까닭에, 그들은 자신들의 작업을 자연스럽게 공유하는 경향이 있다.

동료 애니메이터들은 놀라울 정도로 개방적이고 이타적이었다. 지브리 애니메이터들에게서 이런 태도를 발견했을 때는 (의외로 외부와의 접촉이 적고 책상에 묶여 판타지에 몰두하기 때문에) 그저 순진하다고만 여겼다. 하지만 방문한 모든 애니메이션 스튜디오에서 이와 같은 상황을 발견한 나는 그것이 다른 무엇임을 깨달았다. 정말로 감탄할 만한 무엇이었다.

지브리에서 온 우리 일행은 스튜디오를 둘러보고 다른 애니메이터들을 만나기 위해 디즈니 피처 애니메이션과 픽사를 견학했다. 하지만 폭스 애니메이션을 방문한 데에는 보다 구체적인 목적이 있었다. 〈원령공주〉는 손으로 그린 전통적인 수작업 셀 애니메이션으로 제작된 마지막 장편 애니메이션 영화였다. 투명한 플라스틱 셀에 색상을 수작업으로 칠하고 주요 셀을 일일이 촬영한 후 조합하여 영화를 제작했다. 이 백 엔드 수작업 과정은 지금은 컴퓨터가 대신하고 있다. 새로운 소프트웨어의 개발로 필름의 개별 프레임에 색을 입히는 작업을 더 빠르고 저렴하게 할 수 있다.

하지만 그것이 더 빠르고 저렴하다는 것은, 일본을 포함한 전 세계 애니메이션 스튜디오가 이 컴퓨터 기술을 도입하기 시작하면서 셀 페인팅을 하던 사람들이 더 이상 생계를 유지할 수 있는 충분한 일자리를 찾지 못하고 다른 직업으로 옮겨 가는 중임을 의미했다. 셀을 칠할 사람을 찾는 게 점점 더 어려워지자 미야자키 하야오는 마지못해 지브리도 컴퓨터 채색으로 전환하기로 결정했다. 미야자키는 컴퓨터를 싫어하는 것으로 유명했다. 아마 컴퓨터를 피할 수 있었다면 이런 변화는 시도하지 않았을 것이다.

〈원령공주〉 개봉 후 여름, 지브리의 거의 모든 직원이 일주일간 오봉(일본의 대표적인 전통 명절 중 하나로, 조상님의 영혼을 집으로 맞이하고 다시 보내드리는 조상 추모 절기) 연휴로 자리를 비운 사이, 지브리의 수묵화 부서는 통째로 정리되었다. 수백만 가지 색 가루가 병에 담겨져 있던 선반은 컴퓨터 단말기 더미로 대체되었다. 지브리의 영화에서 '컬러 디자이너'로 활약한 야스다 미치요Michiyo Yasuda, 1939~2016는 다카하타 이사오와 미야자키 하야오와 애니메이션 업계에서 일한 기간만큼이나 오랫동안 함께 일했다. 60대 초반의 그녀는 미야자키 자신과 마찬가지로 컴퓨터를 사용해 본 적이 없었음에도 불구하고, 이제 상용 컴퓨터 소프트웨어를 배워야 할 처지에 처했다. 그런데 그녀의 학습 곡선 속도는 놀라웠다.

야스다는 폭스 애니메이션이 지브리와 동일한 수묵화 소프트웨어를 사용하는 유일한 메이저 스튜디오였기 때문에, 폭스 애니메이션을 방문하고 싶어 했다. 손으로 그린 애니메이션이 점점 더 드물어지면서 이를 지원하는 백 엔드 소프트웨어의 사용량도 줄어드는 중이었다. 폭스는 우리와 만나서 소프트웨어 사용 방식에 대해 서로 이야기했고, 그들이 직면한 문제와 해결책을 서로 공유하기로 동의했다.

이는 전적으로 이타주의의 실천은 아니었다. 애니메이션 스튜디오의 가장 큰 비용 관리 문제 중 하나는 제작 주기의 특성과 전문가 활용이었다. 배경 아티스트는 배경 작업만 맡았다. 애니메이터는 움직이는 부분만 담당했다. 대부분의 백 엔드 작업은 다른 그룹의 드로잉과 아트워크가 완성된 후에야 진행할 수 있었다. 이는 스튜디오의 다른 파트에서는 오랜 시간 할 일이 없다는 뜻이었다. 자신의 영화에만 100%

집중한다면, 백그라운드 아티스트와 애니메이터, 백 엔드 직원들이 한가할 때 비가동 시간이 발생한다. 애니메이터가 한창 제작 중이고 백엔드가 막 가동되기 시작하면 백그라운드 아티스트의 업무가 줄어들기 시작한다. 애니메이터가 작업을 끝내고 잉크와 페인트를 칠하는 직원이 한창 일하고 있을 때에는 배경 아티스트와 애니메이터가 한가했다.

폭스 스튜디오와 지브리 스튜디오는 같은 수묵화 소프트웨어를 사용했기 때문에 이론적으로는 같은 소프트웨어로 학습된 각 스튜디오의 유휴 수묵화 직원이 비수기에는 다른 스튜디오를 돕고, 성수기에는 다른 스튜디오에 작업을 넘기는 게 가능했다. 이론적으로는 말이다.

우리는 폭스 스튜디오를 둘러보며 부서마다의 업무를 살폈고, 영화가 어떻게 만들어지는지 자세히 알아봤고, 예산 범위 내에서 제작 일정을 맞추는 문제에 대한 정보를 교환하며, 매우 즐겁고도 피곤한 하루를 보냈다(통역가인 나에게는 말이다). 또한 애니메이터들이 막 제작을 시작한 다음 영화를 작업하는 극비 구역을 방문할 기회도 주어졌다. 애니메이션 장편 영화 〈아나스타샤Anastasia〉의 감독 중 한 명인 게리 골드먼Gary Goldman, 1944~은 컴퓨터 잉크와 페인팅이 스튜디오의 작업량을 줄이는 대신 어떻게 증가시키는지 실제 시연을 보여 주었다. "이제 옵션이 아주 많아졌어요."라고 그는 말했다. "결정하기 전에 모든 옵션을 다 보고 싶지 않은 감독이 어디 있겠습니까? 마우스 클릭 한 번으로 전체 색상 팔레트를 변경할 수 있게 됐어요. 이걸 보여 주세요, 이제 저걸 보여 주세요, 말만 하면 되죠. 작업이 끝났을 때쯤엔 아마도 그들의 일거리는 두 배로 늘어났을 겁니다."

너무도 흥미롭고 유익한 여행이었다. 폭스 스튜디오가 어떻게 영화를 제작하는지에 대해 많은 걸 배웠고, 지브리의 작업 방식에 대해서도 전할 수 있었다. 폭스 스튜디오는 원래 아일랜드에 설립되었다. 많은 직원이 아일랜드인이었기 때문에 애리조나에 위치해 있음에도 불구하고 국제적인 분위기가 읽혔다. 아직 실현된 것은 없었지만 우리는 많은 분야에서 서로 협력이 가능할 것 같다는 느낌을 받고 돌아왔다. 야스다 씨는 수묵화 소프트웨어에 대해 배운 걸 절대 말하지 않았다. 하지만 그녀는 많은 질문을 했고, 그 자리에 있던 그 누구보다 어쩌면 더 잘 그 소프트웨어를 이해하고 있는 게 분명했다.

다음 날 아침 대부분이 아주 일찍 일어났다. 우리는 도쿄로 가는 연결편을 놓치지 않기 위해 LA로 돌아가는 이른 비행기를 타야 했다. 나는 밖을 돌아다니다가 야스다가 〈귀를 기울이면Whisper of the Heart〉의 감독인 콘도 요시후미Yoshifumi Kondo, 1950~1998와 함께 있는 걸 발견했다. 그들은 내 인생에서 가장 아름다운 일출을 바라보는 중이었다.

야스다는 "색감이 정말로 놀랍지 않나요?"라고 말했다. "이것만으로도 이번 여행의 가치가 충분하죠."

젊은이여, 야망을 가져라!

스페이스 마운틴

도쿠마 야스요시는 스튜디오 지브리의 모기업인 도쿠마 그룹 회장이다. 도쿠마 씨의 흥미로운 자질 중 하나는 어떤 종류의 성공도 절대 낭비하지 않는 능력이었다. 성공에 안주해서는 안 된다는 생각뿐 아니라, 월계관을 얻었으면 마지막 한 방울의 가치까지 모두 쥐어 짜내야 한다는 게 그의 방식이었다.

〈원령공주〉가 세계적인 명성을 얻고 있을 때 도쿠마 사장은 자신을 각광받게 할 새로운 다른 방법을 고민했다. 나이와 건강 상태 때문에 해외여행은 쉽지 않았지만, 미라맥스가 미국에서 〈원령공주〉 시사회를 위한 기념행사를 계획한다는 소식을 들은 그는 비행기로 뉴욕까지 날아가고자 마음먹었다. 여행을 정당화할 정도로 이목이 집중된 행사였다. 권위 있는 곳에서 열리고 유명인들이 참석한다는 게 중요했다. 그렇다면 일본에서도 유명인이어야 했다.

하비 와인스타인과 미라맥스의 다른 임원들은 센트럴 파크의 보트하우스 레스토랑을 빌려 A급 유명인을 초청하는 방안을 논의하고 있었다. 하비는 엔터테인먼트 업계뿐만 아니라 정계에도 인맥이 있었고, 당시 빌 클린턴 대통령이 〈원령공주〉 미국 시사회에 참석할지도 모른다는 이야기가 돌았다. 도쿠마 씨는 그 자리에 클린턴 대통령이 오면 미국 대통령을 만나 기꺼이 행사 자금을 기부하겠노라는 의사를 밝힐 생각이었다. 만약 대통령이 직접 참석하지 못한다면, 대신 참석하는 힐러리와 함께 앉아 기꺼이 대화를 나눌 생각도 없지 않았다.

공교롭게도 이 계획은 모니카 르윈스키 사건이 터지면서 중단되었고, 빌과 힐러리 모두 영화 시사회에 참석하기엔 너무 바빴다. 그 자리엔 앨 고어Al Gore, 1948~가 참석할 것 같았지만 도쿠마 씨는 차선책에 만족할 사람이 아니었다. 다른 중요 정치인들의 이름이 언급되긴 했다. 그러나 도쿠마 씨는 미국 정치에 대한 지식이 제한적이었고, 이름이 거론된 다른 사람들에 대해서는 들어본 적이 없었다. 결국 개봉 행사 계획은 동력이 떨어졌고, 도쿠마 씨의 자금 지원 약속도 무산되고 말았다.

도쿠마 씨는 미국 대통령과의 만남 외에도 디즈니의 회장인 마이클 아이스너와 개인적으로 대화를 나누고 싶어 했다. 그는 자신의 회사와 디즈니가 우호적이고 장기적인 관계를 맺었기 때문에, 두 회사의 회장이 마주 앉아 서로의 경험과 지혜를 공유해야 한다고 믿었다. 건강 때문에 해외여행이 거의 불가능했던 도쿠마로서는 아이스너가 일본에 와서 자신을 만나야 한다고 생각했다. 도쿠마 사장은 때때로 나를 사무실로 불러 하겐다즈 아이스크림(바닐라)을 나눠 먹으며 아이스너가 도쿄에 방문할 수 있도록 지시하곤 했다.

내가 당시 지브리와의 관계를 담당하는 디즈니의 해외 사업 총괄 담당이자 디즈니의 최고위 임원인 마이클 O. 존슨에게 이 내용을 전달할 때마다 그는 화제를 돌렸다. 나는 최선을 다해 같은 이야기를 자주 꺼냈고, 그 만남이 도쿠마 씨에게 얼마나 큰 의미가 있는지를 설명했다. 디즈니가 마이클 아이스너의 일본 방문을 주선해 친절과 관용을 베풀 경우, 빚을 진 도쿠마 쇼텐과 스튜디오 지브리에게서 디즈니가 얻을 수 있는 것이 무엇인지 제안하려 애썼지만 전혀 소용 없었다. 아쉽게도, MOJ는 그럴 수 없다고 잘라 말했다. "그런 일은 일어나지 않을 겁니다. 아이스너는 유럽 외 다른 나라 여행을 좋아하지 않고, 절대 여기 오지 않을 거예요."

그런데 1998년 10월에 예기치 않은 흥미로운 일이 일어났다. 마이클 아이스너가 일본에 온다는 소식을 듣게 된 것이다. 그는 기존 도쿄 디즈니랜드 옆에 새로운 디즈니 테마파크 건설을 알리는 기념식에 참석하기 위해 도쿄에 와야 했다. 디즈니는 항해를 테마로 한 두 번째 테마파크 '디즈니 씨Disney Sea'를 개장하려고 했는데, 거기에는 이탈리아 베니스의 일부를 완벽하고 세밀하게 재현한 항해 테마가 포함되어 있었다. 디즈니는 원래 캘리포니아 롱비치에 이런 종류의 테마파크를 건설할 계획이었다가 프랑스 유로 디즈니Euro Disney의 자금 문제를 비롯한 여러 문제로 인해 이 계획을 폐기했다. 새로운 놀이기구와 새로운 쇼에 대한 계획과 기술 개발이 완료되자, 디즈니는 도쿄 디즈니랜드의 소유주인 오리엔탈 랜드 컴퍼니Oriental Land Company를 설득하여 두 번째 테마파크를 추가하고 도쿄 공원의 확장을 결정했다.

도쿄 디즈니씨는 성인 테마파크에 더 가깝게 설계되었다. 놀이기구는 더 빠르고 더 무서웠으며, 쇼는 어린이가 아닌 성인에게 어필했다. 오리엔탈 랜드로선 이 두 번째 테마파크를 지지하는 걸 꺼렸다. 어린이 친화적인 오리지널 디즈니랜드에 투자하는 쪽을 더 선호했다. 하지만 지루하고 힘든 협상 끝에 도쿄 디즈니씨 건설 계약은 체결되었다. 이제 아이스너는 디즈니에게 새 공원의 중요성을 알리고 공원의 성공에 기여할 홍보를 시작하기 위해 일본을 방문하려는 참이었다. 그는 오리엔탈 랜드의 임원들 옆에 서서 공사의 시작을 알리는, 첫 삽을 뜨는 사진을 찍을 예정이었다.

그것은 하루 동안의 일본 방문에서 디즈니 회장이 잡은 유일한 일정이었고, 그가 할 수 있는 유일한 일이기도 했다. MOJ는 미국에서 가장 유명하고 널리 존경받는 기업 리더 중 한 명인 자기 상사(자기 상사의 상사)와 도쿠마 씨의 30분 만남을 성사시키기 위해 얼마나 노력했는지를 우리에게 알렸다. 또한 그는 자기 회사의 회장 앞에서 자신이 나쁘게 보일 행동을 절대 하지 말라고 경고했다. 동시에 도쿠마 씨가 아이스너에게 도쿠마/지브리가 일본 내 디즈니 사업과 디즈니 비즈니스에 대한 MOJ 자신의 공헌을 얼마나 높이 평가하는지를 거론하면, 큰 도움이 될 것이란 점을 미묘하지만 명확히 덧붙였다.

기대했던 만남 소식이 전해졌을 때, 도쿠마 사장은 신바시에 있는 자기 사무실이 아닌 도쿄 디즈니랜드가 있는 우라야스에서 그 만남이 이루어진다는 사실에 불만을 품고 만남을 취소하겠다고 위협했다. 그러나 우라야스 외에 다른 대안이 없다는 사실을 깨닫자 그는 굴복했다. 약속한 날, 도쿠마 씨와 스즈키 토시오 씨, 그리고 나는 도쿠마 씨의 운전기사가 운전하는 타운카(운전석과 뒷자리를 유리문으로 칸막이한 자동차)에 올라타 도쿄 디즈니랜드로 향했다.

도쿄에서 동쪽 지바 현에 위치한 우라야스는 그다지 매력적인 지역은 아니다. 근대 들어 도쿄와 그 주변 일대를 대규모로 준설하여 새로운 터전이 만들어지기 전까지, 그곳은 도쿄 만 아래에 있었다. 도쿄의 대부분 해안가 지역과 마찬가지로 우라야스 해안가도 미적 매력이 떨어지는 기능적인 창고 건물이 혼재된 곳이었다.

일본인들은 (현명하게도) 홍수에 취약한 지역에 집을 짓는 걸 피한다. 하지만 그곳의 부지를 소유하고 있던 오리엔탈 랜드 컴퍼니의 누군가가 해안가 부지를 개척하고 과감하게 다른 시도를 했다. 일본에도 디즈니랜드가 있다면 어떨까? 도쿄 바로 외곽에 실제 디즈니랜드와 똑같은 디즈니랜드가 있다면? 당시 일본 경제는 값싼 모조품 제조에서 벗어나 제조 기술과 품질을 갖춘 국가로 변모 중이었다. 오리엔탈 랜드는 디즈니가 도쿄 디즈니랜드 건설에 동의할 것이라고 확신했다.

일본 역사상 엄청난 사업적 성공을 거둔 대표적인 두 사업은 사업을 처음 제안했을 때 언론과 TV에서 무자비한 조롱을 받았다. 맥도날드는 1970년대 초 일본에 들어왔다. 일본 사장인 덴 후지타Den Fujita, 1926~2004는 일본인들은 햄버거를 먹지 않을 뿐만 아니라 창구까지 가서 주문하는 곳에서는 더더군다나 햄버거를 먹지 않을 것이라는 조롱을 공개적으로 반복해서 들었다. 그러나 후지타는 일본인들이 햄버거를 먹게 될 것이고, 그렇게 함으로써 국민 전체의 건강도 개선될 것이라고 답했다. 그는 "일본인이 키가 작고 피부가 노란 이유는 2천 년 동안 생선과 쌀만 먹었기 때문이므로, 맥도날드 햄버거와 감자를 천 년 동안 먹으면 키가 커지고 피부가 하얗게 되고 머리가 금발이 될 것이다"라는 유명한 말도 남겼다.

그의 말이 틀렸을 수도 있지만, 현재 일본은 미국보다 1인당 맥도날드 매장 수가 더 많고, 최근 몇 년 동안에는 일본 맥도날드가 미국 맥도날드를 앞지르기도 했다. 일본에서 자란 내 아들은 코네티컷에 있는 조부모님을 처음 방문했을 때 미국의 맥도날드를 보고 깜짝 놀랐다. 많은 일본 아이들이 그러하듯 아들은 맥도날드 가게가 일본 식당이라 알고 있었다.

1983년 도쿄 디즈니랜드가 개장했을 때만 해도 아무도 진짜를 모방한 아시아의 모조품을 보러 오지 않을 거라 믿었다. 개장 당시 디즈니랜드의 직원과 공연자 대부분이 일본인이었다(일본 정부가 흥행 비자 발급을 제한하고 스트리퍼나 바 호스티스로 일하겠다고 지원하는 사람들에게 더 높은 우선순위를 부여했기 때문일 수도 있다). 공연자들이 모두 일본인이라면 아무리 금발 가발을 썼더라도 진짜 미국인 공연자가 없다는 게 빤히 보일 테고, 결국 놀이공원 자체가 너무도 명백한 모조품으로 보여 일본 대중이 받아들이지 않을 터였다.

일본 소비자들이 진짜 디즈니랜드의 이국적인 매력을 느낄 수 없다면, 도쿄 디즈니랜드는 실패할 게 분명했다. 디즈니조차도 이 공원의 성공 가능성을 크게 보지 않았다. 디즈니는 새로운 공원의 공동 소유주가 될 기회를 거절하고, 라이선스 로열티만 받는 쪽을 택했다. 그런데 도쿄 디즈니랜드는 개장 초기부터 큰 인기를 끌었다. 연간 1,200만~1,300만 명이 방문했고, 어느 해에는 세계에서 세 번째로 방문객이 많은 테마파크로 선정되기도 했다. 여름철에는 너무 붐벼 입장객을 출입구에서 되돌려 보내야 할 정도였다.

우라야스 안팎에는 여전히 많은 창고가 즐비했다. 상업 교통량, 디즈니랜드 교통량, 공항 교통량, 일반 도쿄 통근 교통량을 감안할 때 도쿄에서 자동차로 이동하기란 분명 불쾌하고 시간이 많이 걸리는 강행군이 아닐 수 없었다. 사실 두 가지 강행군이 있었다. 도쿄에서 우라야스까지 가는 고속도로 강행군과 도쿄 디즈니랜드와 관련 리조트 호텔 지역으로 가기 위해 우라야스 거리를 지나는 강행군이다. 그래서 그런지 차가 목적지에 도착했을 때 도쿠마 씨는 이미 기분이 나빴다.

디즈니 회장과 우리의 만남은 디즈니랜드의 공식 호텔 중 한 곳에서 이루어졌다. 우리는 호텔로 가서 아이스너 회장과 그의 수행원들이 오기를 기다리라는 지시를 받았다. 모든 행사마다 항상 30분 이상 일찍 도착하는 도쿠마 회사의 관행에 따라, 우리는 거의 1시간 일찍 도착했다. 호텔 직원의 안내를 받아 특별히 예약한 일본식 회의실로 이동했다. 방을 한 번 둘러본 도쿠마 씨는 "안 되겠군. 나가자고. 신바시로 돌아가야겠어."라고 말했다.

도쿠마 씨는 회의실이 너무 작은 걸 보고 자신의 지위에 대한 모욕이라고 판단했다. 그는 중요한 회의에 비해 작은 회의실은 무례함의 표시라고 생각했다. 나는 그가 자리를 박차고 나가서 디즈니와 MOJ와의 관계를 망치지 않도록 가급적 빨리 생각하고 빨리 말해야 했다(아이스너는 바람맞은 것에 화를 냈을 것이다). 미국에서는 적은 인원이 있는 작은 방에서의 친밀한 회의가 더 큰 존중의 표시라고 그에게 설명했다. 작은 방에서는 참가자들이 자신의 진솔한 생각을 공유할 수 있지만, 큰 방에서는 회사 측의 살균된 말만 듣게 된다. 나는 그에게 미국에서는 가장 중요한 회의는 작은 회의실에서 열린다고 말했다. 사실일 수도 있고 아닐 수도 있지만, 도쿠마 씨는 그 말을 믿고 (작은) 회의실에 남는 것을 허락했다.

일본에는 두드러진 두 종류의 서로 다른 회의실이 있다. 하나는 테이블과 테이블 주위에 기능성 의자가 있고 전면에 TV 모니터나 화이트보드가 비치된 스타일이다. 이는 실무자들이 앉아서 (지루하고 사소한) 세부 사항을 논의할 때 유용하게 사용할 수 있는 회의실이다. 그리고 편안한 소파나 큰 안락의자 또는 이 두 가지가 모두 있는 거실 스타일이 있다. 임원 회의실이 보통 그러한데, 유리나 대리석으로 된 낮은 커피 테이블 주위에 재떨이가 많이 놓인 것 외 다른 공간은 없다. 이는 임원들이 편안하게 앉아 큰 그림을 그리거나 큰 문제를 논의하는 데 유용하다. 우리는 임원용 회의실에 둘러앉았다. 도쿠마 씨는 일본의 관습대로 커피 테이블 한쪽에 앉아 아이스너와 그의 일행이 나타나기를 기다렸다.

도쿠마/지브리는 항상 30분 이상 일찍 출발하는 스케줄로 운영되는 데 반해, 디즈니는 항상 30분 이상 늦게 출발하는 스케줄로 운영된다. 약속된 시간이 되고 그 시간에서 좀 더 지나자 도쿠마 사장은 디즈니 그룹이 45분 정도 늦게 도착할 때까지 한두 번씩 그냥 돌아가겠다고 위협했다.

마침내 디즈니 일행이 회의장에 들어왔다. 그들이 테이블에 앉기도 전에 일본 디즈니의 대표인 호시노 코지가 소개를 시작했다. 마이클 아이스너와 MOJ 외에도 디즈니의 전략 기획 책임자인 피터 머피Peter Murphy도 동행했다. 마이클 아이스너는 키가 큰 사람으로, 악수하고 소개하기 위해 손을 뻗을 때 그의 손은 유난히 크고 부드러웠다. 그 특별한 날 그는 낮잠이 아주 절실한 듯했다.

디즈니 일행은 커피 테이블의 디즈니 쪽에 자리를 잡았다. 아이스너는 문으로부터 멀리 떨어진 방의 맨 끝에 도쿠마 씨를 마주 보고 앉았다. 호시노는 그 옆에 앉아 양쪽을 통역했다(그는 통역을 매우 잘한다).

MOJ는 호시노의 옆과 스즈키의 맞은편에 앉았다. 피터 머피는 나를 마주 보며 MOJ 옆에 앉았다. 먼저 반갑게 인사를 나누고 잡담을 했다. 그런 다음 서로의 회사에 대한 칭찬과 도쿠마와 디즈니 관계의 중요성에 대한 의무적인 칭찬이 이어졌다. 지브리 영화의 성공을 축하했고, 해외에서 사업하는 기업에는 효과적이고 신뢰할 수 있는 현지 파트너가 필요하다는 선언이 있었다. 세계에서 두 번째로 큰 경제 대국인 일본은 해외에서 비즈니스를 하는 모든 기업에 있어서 매우 중요하다. 대부분의 경우 일반적인 기업식의 상투적인 표현이다. 그렇다고 사실이 아닌 것은 아니다. 그저 일상적인 말일 뿐이다.

하지만 아이스너가 일본은 월트 디즈니 컴퍼니에게 항상 수수께끼 같은 존재였다고 말하면서 분위기가 달아올랐다. 그는 디즈니가 일본에서 큰 명성을 얻고 어느 정도의 상업적 성공을 거둔 것처럼 보이긴 하지만, 성취의 수준이 훨씬 더 높았어야 했다고 느꼈으며, 자기 회사는 늘 더 높은 수준의 재정적 성공을 달성할 방법을 모색하고 있었다고 말했다. 그러자 도쿠마는 디즈니가 일본에서 잘못하고 있는 점과 이를 바로잡기 위해 디즈니가 해야 할 일이 무엇인지 아이스너에게 정확히 설명할 수 있는 지점을 발견했다.

많은 사례를 들며 쏟아 놓은 상당히 긴 연설이었지만 요점은 디즈니가 제대로 조직화되어 있지 않다는 얘기였다. 회사는 각자의 사업 부문만 관리하는 소규모의 개별 회사로 나뉘어져 있었고, 각 회사들은 서로의 활동을 조율하거나 대화조차 하지 않았다. 서로의 사업 계획조차 알지 못한 채 서로 다른 목적을 가지고 일하는 경우도 많았다.

도쿠마는 아이스너에게 비즈니스 파트너로서 디즈니와 대화하고 있다고 생각했는데 디즈니의 일부와 대화하고 있었을 뿐이며, 그 디즈니는 전체의 이익이 아닌 자신의 이익을 위해 행동하는 디즈니라고 말했다. 그는 디즈니가 하나의 목적과 하나의 목소리를 가진 단일 주체로서 행동할 수 있다면 달성하지 못할 게 뭐가 있겠냐고 반문했다. 일본 디즈니 전체를 대변하는 사람은 필요한 경우 개별 회사 대표들을 소환할 수 있는 더 큰 권력을 쥐고 있어야 한다. 그 사람이 일본에서 어떻게 일이 돌아가는지 이해한다는 전제하에서 말이다.

일본어로는 아주 훌륭한 연설이었지만, 수첩에 열심히 글을 쓰고 있던 호시노가 통역할 수 있도록 우리는 도쿠마 씨에게 가끔씩 잠시 멈춰 줄 것을 요청했다. 그는 아주 마지못해 그렇게 했다. 아이스너는 자신이 알아들을 수 없는 일본어 음색이 자신을 덮치자 졸린 표정을 지었다가 통역된 연설의 특정 부분이 그의 관심을 끌면 갑자기 기분이 좋아지곤 했다. 도쿠마 씨는 디즈니의 성공을 위한 처방을 내리고 싶은 마음에 통역을 기다리는 걸 거의 참지 못했다.

어떤 언어를 따라가느냐에 따라 소강 상태와 강렬함을 왔다 갔다 하는 패턴이 한동안 계속되었다. 그때 호시노 옆에 앉아 있던 MOJ가 갑자기 자리에서 일어나 머피 뒤로 걸어갔다. 그런 다음 유리 커피 테이블 끝을 돌아 도쿠마 쪽으로 건너와 내 옆에 섰다. 그는 몸을 숙이고 손을 입에 갖다 대며 속삭이듯 말했다. 방 안의 다른 모든 사람에게 들리지는 않겠지만 적어도 맞은편에 앉아 있는 피터 머피에게는 들렸겠다 싶을 정도로, "스티브, 도쿠마가 나에 대해 아무 말도 안 하고 있어요. 그가 나에 대해 좋은 말을 꺼내도록 해 줄 수 있을까요?"라고 물었다.

나에게 그것은 일종의 비현실적인 순간이었다. 그곳은 작은 방이었다. 그 안에는 우리 일곱 명밖에 없었다. 도쿠마 씨는 깊고 중후하며 울림이 있는 정치인의 목소리로 아이스너에게 연설 중이었다. 스즈키는 그런 연설의 흐름을 놓치지 않으며 여러 가지 요점을 지적하는 동안 가끔씩 고개를 끄덕였다. 호시노는 맹렬히 메모를 하고 있었다. 아이스너는 긴장을 풀고 잠이 부족한 채로 영어 통역을 기다렸다. 그는 도쿠마 쪽 테이블로 걸어가는 MOJ의 뒤를 졸린 눈으로 따라갔다. 머피는 더 경계심이 강해졌고 그의 얼굴은 의아한 표정을 지었다. 나는 MOJ가 자신을 투명 인간이라고 생각한 것인지, 아니면 디즈니 경영진이 일상적으로 하는 일이라서 정상적인 행동으로 받아들여지는 것인지 궁금했다. 나는 여전히 말을 하고 있는 도쿠마 씨를 바라보며 어떻게 하면 눈에 띄지 않게, 그의 그런 요청을 도쿠마의 발언에 삽입할 수 있을지를 고심했다.

MOJ는 나를 내려다보며 대답을 기다렸다.

"글쎄요. 모르겠습니다. 시도는 해 보겠습니다." 나는 속삭이듯 말했다.

MOJ는 만족한 표정으로 몸을 곧추세우고 다시 디즈니 쪽 테이블으로 가서 자리에 앉았다.

스즈키가 나를 향해 MOJ가 뭐라고 했는지 물었다. 나는 그의 말을 전했다. 그는 놀라지 않는 듯했다. 그는 도쿠마 씨에게 설명은 하겠지만, 이해를 구하는 게 어려울 수도 있다고만 말했다. 도쿠마 씨가 호시노에게 통역을 맡기기 위해 잠시 휴식을 취하자 스즈키는 몸을 숙여 메시지를 전달했다. 도쿠마 씨가 다시 말을 시작하자마자 그의 입에서 나온 말은 마이클 O. 존슨처럼 재능 있고 유능한 경영진과 함께 일하게 된 것이 얼마나 행운인지에 대한 것이었다. 도쿠마 씨는 아이스너에게 디즈니의 실수를 설명할 때와는 다른 방식으로 말을 더듬으며 두 회사가 이렇게 특별하고 상호 이익 관계를 맺을 수 있게 한 책임 있는 사람에 대한 다소 맥락에서 벗어난 칭찬의 말을 덧붙였다. 도쿠마 씨가 외국인의 이름을 잘 부르지 못한 탓에 공로와 찬사를 받는 사람은 마이클 O. 존슨이 아닌 마이클 잭슨이 되기도 했다.

그 방에 있던 사람들 모두 MOJ가 나에게 다가와 속삭이고, 내가 스즈키에게 속삭이고, 스즈키가 도쿠마에게 속삭이는 것을 보았다. 이 갑작스러운 찬사를 왜 가짜라고 생각하지 않는지 이해할 수 없었다. 나는 지금도 왜 MOJ(혹은 마이클 잭슨)에 대한 가짜 칭찬이 아이스너에게 감동을 주었는지 이해하지 못한다. 하지만 아이스너나 머피 모두 이 이상한 상황에 대해 아무런 반응도 보이지 않았다. MOJ의 이름이 언급되고 도쿠마 씨가 그를 칭찬했을 때 두 사람 모두 고개를 끄덕였고 심지어는 약간 표정이 밝아지면서 진정한 독자적인 칭찬으로 받아들이는 것처럼 보였다. 디즈니에서 온 이 사람들이 일본인이었다면 나는 아마 이해했을지도 모른다.

일본 전통 연극인 가부키(남자와 여자 배역을 남자가 맡는 정교한 의상극)와 분라쿠(인형극)에는 머리부터 발끝까지 모두 검은 옷을 입은, 배우가 아닌 쿠로코kuroko라는 사람이 무대에 등장한다. 쿠로코는 무대 뒤에서 극을 진행하거나 막과 막 사이에 세트를 바꾸는 역할을 한다. 일본 연극에서 쿠로코는 극이 진행되는 동안 무대 위에 머무른다. 관객은 그들을 보지만 동시에 배우들 눈엔 그들이 보이지 않는다. 쿠로코는 물건을 옮기는 소유물 관리자 또는 무대 관리자다. 그들은 인형을 조종하는 인형술사다. 관객은 인형술사를 보고 그들의 예술에 감탄하지만, 동시에 쿠로코가 없는 것처럼 인형과 인간 배우만 바라봐야 한다. 관객은 그들을 받아들이면서도 동시에 무시한다. 그들은 거기에 있지만 거기에 있지 않다. MOJ는 검은 옷을 입지 않았음에도 불구하고 내가 생각했던 것보다 일본에 대한 이해가 더 정교했을 수 있다. 아이스너와 머피는 일본 관객이 쿠로코의 존재를 받아들이는 것처럼 그 장면을 액면 그대로 받아들였다.

회의가 끝나자 모두가 만족스러워 보였다. 도쿠마 씨는 마이클 아이스너에게 회사 운영 방법에 대해 조언을 해 주었다. MOJ는 자기 회사의 회장 앞에서 칭찬을 받았다. 스즈키와 나는 해야 할 일의 목록에서 불가능한 일을 하나 더 제거했다. 호시노는 통역이 불가능해 보이는 걸 통역했고, 일본과 서양 사이의 문화 격차를 해소하는 데 도움을 주는 독특한 능력을 다시 한번 보여 줬다. 도쿄로 돌아오는 길에 도쿠마 사장은 클린턴 대통령과의 만남에 관해서는 아마 주선하기 어려웠을 것이고, 결국 성사되지 않은 것을 받아들일 수밖에 없다고 말했다. 하지만 마이클 아이스너와의 만남이 성사되지 않았다면 그는 정말 아쉬워했을 것이다. 결국 아이스너는 한 회사의 회장일 뿐 도쿠마 자신과 별반 다를 게 없었다고 그는 말했다.

기술적 문제

뉴욕에서 미라맥스는 미국 극장에서 볼 수 있는 〈원령공주〉 영어판 제작이라는 장대한 과정의 첫걸음을 내딛고 있었다. 로스앤젤레스에서 디즈니는 〈천공의 성 라퓨타〉와 〈마녀 배달부 키키〉의 영어 버전을 VHS로 출시하기 위해 제작 중이었다. 때때로 이러한 작업에는 예상치 못한 문제가 따르기도 한다.

디즈니와 우리 계약의 초석은 디즈니가 지브리의 영화를 일본 외지역에서 개봉할 때 절대적으로 존중하고 그 어떤 경우라 하더라도 변경하거나 수정하지 않는다는 것이었다. 이는 계약 협상이나 지브리의 간청에 의한 게 아니었다. 디즈니가 자발적으로 제안한 것이었다. 이후 본격적인 계약서를 작성하는 과정에서 디즈니의 변호사들은 영화를 번역하는 행위를 '변경' 또는 '수정'의 정의로부터 공들여 정확히 분리해 냈다. 변호사들로서는 오해가 생길까 봐 당연히 조심스러워했다. 하지만 '변경 금지'라는 본질적인 원칙은 그대로 유지되었다.

미라맥스는 배급하는 영화를 변경하는 것으로 악명 높았다. 하지만 우리는 디즈니에서 함께 일하는 사람들이 지브리의 영화를 존중한다고 생각했기 때문에 별다른 의심을 하지 않았다. 그래서 〈마녀 배달부 키키〉와 〈하울의 움직이는 성〉의 작업 중인 버전의 첫 번째 테이프를 받았을 때 디즈니가 음악, 효과음, 대사를 추가한 것을 발견하고 우리는 충격을 받았다. 두 영화 모두 꽤 많은 변화가 있었다.

내가 디즈니 제작진에게 문제를 제기했을 때 그들은 아무것도 추가하지 않았으며, 영어 버전은 대사만 번역한 것 외에는 일본어 버전과 동일하다고 주장했다. 이는 명백한 사실이 아니었다. 때문에 나는 디즈니 법무팀에 문제를 제기할 수밖에 없었다. 이런 일은 일반적으로 바람직하지 않기 때문에 가급적 피하려는 조치다. 2년 동안 공들여 작성한 계약서에 실제로 의존해야 하는 게 싫었지만, 계약서가 발동되면 명확히 명시된 계약서가 우리를 보호해 줄 것이라 믿었다.

몇 주 후 우리는 디즈니 법무팀으로부터 디즈니 제작진과 이 문제를 검토한 결과 대사가 번역된 것 외에는 원본 버전에 변경된 사항이 없다는 데 만족한다는 답변을 들었다. 그리고 그들은 설사 변경이 있었다고 하더라도 모든 변경 사항은 스즈키 씨의 승인을 받았다고 말했다. 그들이 사용한 용어는 '건설적인 동의'였다. 이는 우리가 변경 사항을 이미 알고 있었고, 이의를 제기하지 않았다는 뜻이다.

디즈니의 변호사들은 스즈키가 LA를 방문했을 때 진행 중인 〈마녀 배달부 키키〉 영어 버전 영상을 보여 준 것을 언급하고 있었다. 그는 변경된 것을 보았지만 소란을 피우지 않고 약간 재미있다고 여겼다. 그는 어떤 변경 사항이 제안될지 궁금해했고, 결국 영화를 변경하거나 바꾸는 모든 변경 사항에 대한 승인을 거부할 공식적인 기회가 있을 것으로 생각했다. 어쨌든 그런 내용이 계약서에 명시되어 있었던 것이다.

나는 마이클 O. 존슨에게 전화를 걸어 디즈니가 영화에 광범위한 변경을 가한 후 지브리가 동의했다고 주장함으로써 계약을 위반하려는 의도가 정말 있는지를 확인했다. 몇 주 후 MOJ에서 전화가 와서 이 문제를 조사해 본 결과 영어로 번역한 것 외에는 원작에 어떠한 변경도 없었다는 것을 확신한다고 말했다. 나는 그럴 리가 없다고 말하며, 그 영화의 새로운 버전을 본 적이 있는지를 되물었다. 그는 두 영화에서 발췌한 부분을 보았지만 큰 변화는 느끼지 못했다고 말했다. 하지만 지브리가 여전히 계약을 위반하여 변경이 이루어졌다고 주장한다면, 그는 내가 버뱅크에 가서 그의 법무팀 및 영어 버전을 제작한 디즈니 제작팀과 함께 테이프를 검토할 것을 제안했다.

나는 그렇게 했다.

회의는 버뱅크 소재 디즈니의 회의실에서 열렸다. 지브리는 내가 대표로 나섰다. 디즈니는 기업 변호사 두 명, MOJ와 다른 디즈니 임원 두 명, 디즈니 스튜디오의 기술 부서장, 아시아 태평양 지역 기술 부서장, 지브리 영화의 영어 버전 제작을 담당한 디즈니 프로듀서(내가 X라고 부르는 여성)가 대표로 참석했다. 우리 모두는 대형 회의 테이블에 나란히 놓인 두 대의 대형 TV 모니터를 마주 보고 앉았다. 그중 한 대는 일본 원작인 〈천공의 성 라퓨타〉를, 다른 한 대는 디즈니의 영어판 〈천공의 성 라퓨타〉을 상영했다.

변호사 중 한 명이 어떤 부분이 어떻게 변경되었다고 생각하는지를 내게 묻는 것으로 회의를 시작했다. 그는 내가 어떤 부분을 먼저 보고 싶은지 알고 싶어 했다. 나는 X를 바라보며 그녀가 어떻게 이 회의에 참석하는 데 동의했을지, 무슨 생각을 하고 있을지 추측해 보았다. 무언가가 추가되고 변경되었다는 건 의심의 여지가 없었다. 버뱅크로 떠나기 며칠 전 나는 영화에 음악을 추가한 사람으로부터 미야자키 하야오와 스튜디오 지브리의 영화를 위해 새로운 음악을 만들고 작업하는 것이 얼마나 큰 영광이었는지 표현하는 메모를 받았다. 나는 이 편지를 회의의 증거 또는 발표 자료로 가져왔다.

"여러분이 원하는 곳에서 시작하면 됩니다." 내가 말했다. "변경되지 않은 곳이 거의 없습니다."

"그럼 좋습니다. 처음부터 시작하겠습니다."라고 변호사가 말했다.

1분 남짓한 〈천공의 성 라퓨타〉 오리지널 일본어 원본과 1분 남짓한 〈천공의 성 라퓨타〉 영어 버전을 짧은 장면으로 나눠서 봤다. 아무리 평범한 관찰자라도 영화의 첫 몇 초부터 어떤 변화가 있는지 분명히 알 수 있었다. 영어 버전은 오리지널 사운드트랙에 없던 대사로 시작했다. 수많은 음향 효과와 더 많은 대사가 추가되었다. 음악도 추가되고 북소리와 징소리 같은 음악적 풍성함이 더해졌다. MOJ와 변호사들은 경악을 금치 못하며 화면을 지켜봤다. 몇 장면을 더 샘플링한 후 그들은 시연을 중단했다.

"무슨 말을 해야 할지 모르겠군요."라고 MOJ는 말했다. "우리는 분명 원본 영화를 변경했습니다. 우리는 이것을 바로잡아야 할 거고, 그리고 바로잡을 것입니다." 그런 다음 그는 X를 향해 어른도 울고 갈 정도의 폭언을 퍼부었다.

다음 날 변호사와 기술 담당자, 그리고 나만 모였을 때 우리는 선택지를 논의했다. 〈마녀 배달부 키키〉의 디즈니 버전은 이미 복제 마스터에 들어갔고, VCR 버전의 영화가 제작되어 도매업체에 배포된 상태였다. 당시 디즈니의 관행은 개봉 전에 이 작업을 미리 완료하여 개봉일에 맞춰 모든 소매업체가 대규모 매장 프로모션을 준비할 수 있도록 하는 것이었다. 제품 리콜은 거의 불가능했을 뿐 아니라 비용도 분명 만만치 않았을 것이다. 하지만 몇 달 후 개봉될 〈천공의 성 라퓨타〉를 수정할 시간은 아직 남아 있었다.

영어 버전을 제작했던 디즈니 팀 대부분이 교체되었고, 〈천공의 성 라퓨타〉의 새 버전 작업이 곧바로 시작되었다. 우리는 앞으로 지브리는 영어 버전의 지브리 영화가 개봉되기 훨씬 전에 항상 최종 승인을 받을 것이며, 그러한 승인은 항상 서면으로 이루어질 것임을 확인했다. 또한 디즈니는 〈마녀 배달부 키키〉가 영어권 시장에서 새로운 매체(가령, DVD)로 출시될 경우, 추가 내용 없이 새로운 버전을 만들기로 합의했다.

디즈니의 또 다른 요청도 있었다. 그들은 미야자키와 스즈키의 허락 하에 지브리의 모든 영화 사운드트랙에서 미야자키와 협업하고, 〈천공의 성 라퓨타〉의 오리지널 음악을 작곡한 히사이시 조Hisaishi Joe, 1950~와 함께 작업함으로써 그 영화의 영어 버전의 추가 음악을 만들 수 있도록 해 줄 수 있는지 알고 싶어 했다. 나는 미야자키가 동의할 가능성은 거의 없지만 영화의 제작자인 스즈키 토시오에게 물어보고, 그가 동의하면 미야자키에게 물어보겠다고 말했다.

스즈키는 미야자키에게 직접 물어보면 거절할 것이라는 걸 알고 있었다. 그것은 그가 다른 사람의 나쁜 아이디어나 미친 제안을 제거하는 일반적인 방법 중 하나였다. 그는 그냥 안 된다고 말하기보다 별도의 설명이나 지지 표명 없이 미야자키에게 직접 물어보곤 했다. 미야자키는 한두 박자 침묵으로 그를 바라보다가 안 된다고 대답했다. 최소한 스즈키는 부탁은 했는데 안타깝게도 미야자키 하야오는 거절했다고 말할 수 있었다. 그런데 놀랍게도 이번에는 우리가 그에게 질문을 했을 때, 미야자키 하야오는 잠시 고민한 후 '예'라고 대답했다.

미야자키는 창작 과정은 끝이 없기 때문에 영화가 완성되면 무엇을 바꿀 수 있었는지 뒤돌아볼 필요가 없다는 걸 굳게 믿는 사람이었다. 완성되면 그걸로 끝이다. 하지만 그렇다고 해서 자신의 영화에 대한 가능한 변화에 대해 호기심이 없는 것은 아니다. 이는 디즈니의 비용으로 그런 변화를 볼 수 있는 기회를 주겠다는 요청이었고, 그의 작업이나 의견은 전혀 필요하지 않았다. 원작보다 서너 배 큰 오케스트라가 녹음한 풍성하고 아름답게 연주된 새로운 음악은 결국 미야자키의 검토를 위해 사운드트랙에 추가되었다. 그리고 미야자키는 예상대로 이 음악의 수록에 거부권을 행사했다.

현실의 벽 청춘 스케치

우리는 디즈니와 〈천공의 성 라퓨타〉의 사운드트랙을 다시 작업하는 과정을 어떻게 진행해야 할지 논의하던 중 새로운 문제에 봉착했다. 〈마녀 배달부 키키〉와 〈천공의 성 라퓨타〉의 비디오 개봉을 위해 제공한 기술 자료에 결함이 있으며, 이를 교체하는 데 거의 50만 달러가 소요될 것이라는 통보를 받은 것이었다.

실제 필름으로 촬영한 영화를 비디오카세트, DVD, 텔레비전 방송으로 변환하는 데 필요한 기술 자료를 이해하고 관리하는 일은 자신들의 방식만이 '길'이라고 맹렬히 확신하는 테크노 괴짜들과 싸우는 악몽과도 같은 일이다. 영화 제작과 영화 상영의 디지털화는 경쟁 기술을 놓고 벌였던 초기 싸움의 대부분을 완전히 초토화시켰다.

지브리와 디즈니의 계약에서 디즈니는 지브리가 제공한 비디오그램 자료가 결함이 있다고 판명될 경우 심각한 위약금을 부과하겠다고 말했다. 스즈키는 일본산 자료가 업계 최고의 표준이었기 때문에 여기에 대해 발 빠르게 동의했다. 지브리의 자료를 제작하는 회사인 소니 PCL은 공정을 발명하고 기술 소재를 만드는 데 사용되는 대부분의 기계를 제조했다. 이는 일본의 기술 우위의 영역으로 여겨졌다.

하지만 지브리가 〈마녀 배달부 키키〉와 〈천공의 성 라퓨타〉의 비디오그램 자료를 제공한 후, 우리는 디즈니로부터 해당 자료에 특정 '이상 현상' 때문에 결함이 있으며, 디즈니가 40만 달러 이상의 비용을 들여 그 자료를 다시 제작할 수 있는 옵션을 행사할 것이라는 통보를 받았다.

그 충격에서 회복한 후 우리는 소니 PCL에서 해당 자료를 테스트한 결과 100% 정상이라는 판정을 받았다. 소니는 어떤 이상이 있는지 이해할 수 없다고 했다. 소니로선 테스트를 거듭했지만 아무런 문제가 없었다. 디즈니는 테스트를 거듭했지만 이상 현상과 '의도하지 않은 결함'이 있다고 주장했다. 소니는 그들이 무슨 말을 하는지 전혀 몰랐다. 디즈니는 소니가 왜 그런 문제를 파악하지 못했는지 이해할 수 없었다.

국제 전화 요금은 점점 치솟고 있었다.

이 시점에서 국가적 자존심이 논의에 개입되었다. 일본 측은 공정을 만들고 기계를 만든 것이 자신들이며, 이러한 요소를 만드는 능력은 세계 어느 나라보다 우수하거나 더 뛰어나다고 생각했다. 아무런 이상도 없었고, 있을 수도 없었다고 봤다. 미국 측에서는 미국인, 특히 할리우드에 있는 미국인들이 가장 많은 예산을 가지고 있고, 가장 많은 돈을 쓰고, 가장 현대적인 최신 기술과 전문지식에 가장 잘 접근할 수 있다고 생각했다. 따라서 그들이 이상이 있다고 하면 실제로 이상이 있는 것이었다.

나는 영화 산업을 대표하는 두 기술 대기업 간의 의견 차이를 해결하기 위해 LA로 파견되었다. 월트 디즈니 스튜디오의 기술 책임자인 Q와 이 문제에 대해 최소한 공통의 이해를 얻을 수 있는지 논의하기 위해 동석했다. 실제 문제가 있었을까? 만약 그렇다면 이 문제를 일반인이 이해할 수 있는 언어로 변환하여 책임을 평가하고, '누가 비용을 지불해야 하는가'라는 더 큰 문제를 해결하기 위해 필요한 변호사의 영역으로 옮겨 갈 수 있을까?

그래서 구름 한 점 없는 따뜻하고 화창한 남부 캘리포니아의 어느 날 오후, 나와 디즈니의 선임 변호사(B)는 인간에게 알려진 가장 비싼 최첨단 AV 장비로 둘러싸인 창문이 없고 방음 처리된 방에서 Q와 마주 앉았다. Q는 더 이상 의심의 여지가 없도록 이상 현상과 결함이 무엇인지 정확히 보여 줄 예정이었다.

어두운 방에서 우리는 매우 큰 TV 모니터를 통해 〈마녀 배달부 키키〉의 마디를 한 프레임씩 스크롤했다. Q는 우리에게 한 프레임에서 다음 프레임으로 이동할 때 거의 1/3의 프레임에서 이전 프레임 일부의 매우 희미한 고스트 이미지가 감지될 수 있다는 걸 보여 주었다. 즉, 자세히 보고 어두운 방에 최첨단 대형 스크린이 있다면 감지할 수 있는 부분이었다. 영상을 스크롤하면서 우리 모두는 희미한 고스트 이미지가 있다는 데 동의했다.

다음은 내가 기억하는 대화 내용이다.

나: 이것은 어디에서 나온 건가요?

Q: 필름 요소를 비디오그램 요소로 변환하는 과정의 일부에서 발생합니다. 이러한 고스트 이미지는 비디오그램 형식으로 변환할 때 자연스럽게 발생하며, 이를 제거하는 유일한 방법은 프레임 단위로 이동하여 삭제하는 것입니다. 이 과정은 비용과 시간이 매우 많이 소요됩니다. 모든 디즈니 영화에서 이 작업을 수행해야 합니다.

나: 집에서 비디오를 시청하는 일반 소비자도 이러한 고스트 이미지를 볼 수 있나요?

Q: 아니요, 불가능합니다. 프레임별로 살펴봐야만 볼 수 있습니다. VCR로는 그렇게 할 수 있는 방법이 전혀 없습니다.

B: 하지만 레이저 디스크에 담겨 있고 프레임 단위로 이동할 수 있다면 볼 수 있겠군요?

Q: 물론이죠.

나: 하지만 디즈니는 이 영화들을 레이저 디스크로 출시하지 않습니다. 그리고 레이저 디스크라고 해도 프레임 단위로 보는 방법밖에 없잖아요? 그냥 정상적으로 영화만 본다면 고스트 이미지를 볼 수 없겠죠?

Q: 네, 볼 수 없죠.

나: 영화를 정상적으로 볼 수 있고 고스트 이미지가 보이지 않는다면, 프레임 단위로 볼 때 고스트 이미지가 있더라도 신경 쓸 이유가 있나요? 그리고 이 영화는 고스트 이미지를 전혀 볼 수 없는 VHS로만 출시될 텐데 왜 이상 현상을 수정해야 하나요?

Q: 모든 영화에 대해 수정하는 것이 디즈니의 정책이기 때문입니다. 이 모든 것은 레이저 디스크 기술이 처음 대중에게 공개되었을 때부터 시작되었습니다. 어떤 비디오 애호가들이 영화를 프레임 단위로 살펴보던 중 디즈니의 오랜 비밀이던 무언가를 발견했습니다. 초창기 월트 디즈니 영화의 애니메이터들은 다소 엉뚱한 유머 감각을 갖고 있었습니다. 같은 이미지를 반복해서 그리는 것이 지루했던 모양인지, 그들은 아무도 볼 수 없는 사물을 한 프레임에 그려 넣어 스스로를 즐겁게 하기 시작했다고 합니다.

B: 뭔가를 그린다고요? 어떤 건가요?

Q: 예를 들어, 미키가 미니의 치마 속으로 손을 넣는 액자를 발견했습니다. 어떤 영화는 사방에 만자卍字가 그려져 있었어요. 〈인어공주〉의 해저 궁전에 있는 기둥이 사실은 성기였다는 이야기도 들어 보셨을 겁니다. 바로 그런 거죠. 기술에 정통한 소비자들은 이런 걸 발견하고 이에 대해 글을 씁니다.

B: 레이저 디스크 기계를 소유하고 영화를 프레임 단위로 시청하는 소비자들요?

Q: 네, 하지만 레이저 디스크를 가진 일반인들도 어떤 이유로든 잘못된 지점에서 기계를 멈추거나 일시 정지할 수도 있습니다. 초기 영화에는 이런 것들이 엄청나게 많았습니다. 이를 모두 삭제하는

데 많은 시간과 비용, 노력이 들었다고 말씀드릴 수 있습니다. 디즈니 고위 경영진은 어떤 위험도 감수하고 싶지 않아서 그런 것들을 찾아내어 없애는 것을 정책으로 삼은 것 같습니다.

나: 하지만 지브리의 영화에서는 이런 종류의 이상 현상에 대한 이야깃거리가 없습니다. 지브리 애니메이터들은 그런 짓을 하지 않아요. 영화를 볼 때 실제로는 아무도 볼 수 없는 유령일 뿐입니다. 누구도 걱정하실 필요가 없습니다. 레이저 디스크로 보고 있다가 잠시 멈춰 그림자를 본다고 하더라도 굳이 신경 쓸 필요가 있을까요?

B: 잠깐만요. 우린 애니메이션 영화에 대해 이야기하고 있었잖아요. 디즈니의 모든 영화에 이렇게 한다는 말씀이신가요? 실사 영화도요? 할리우드 픽처스와 터치스톤 영화도요?

Q: 네.

B: 비용은 얼마나 드나요?

Q: 영화 한 편당 약 20만 달러 정도입니다. 수정해야 할 부분이 많으면 더 많을 수도 있습니다.

B: 디즈니, 할리우드, 터치스톤의 모든 영화에 이 작업을 하나요? 전부 다요?

Q: 네.

B: 그렇다면 우리가 확보하고 배급하는 모든 영화에 대해서도요? 1년에 30~40편 정도 됩니다.

Q: 네.

B: 네, 이제 필요한 정보를 얻은 것 같습니다. 시간 내주셔서 감사합니다. 그리고 스티브, 이러한 이상 현상은 고칠 필요가 없다는 말

씀이 아주 좋은 지적인 것 같습니다. 저희가 어떻게 할 수 있는지 살펴봅시다.

몇 주 후 우리는 문제가 해결되었고, 지브리에게 결함이 있는 자료를 교체하기 위한 비용을 청구하지 않겠다는 연락을 받았다. 추측하건대, B는 월트 디즈니 컴퍼니의 지출을 줄인 대가로 상당한 보너스를 받았을 것이다.

다시 길 위에서

LA 컨피덴셜

미야자키 하야오 감독의 〈원령공주〉 첫 번째 북미 홍보 여행은 캐나다의 토론토 영화제Toronto Film Festival에서 영화가 상영되면서 시작되었다. 영화 배급사인 디즈니/미라맥스는 미야자키와 스즈키 토시오를 유나이티드항공으로 입국시켰다. 미야자키와 스즈키는 평소 일본 항공사를 선호한다. 모든 것이 일본어로 되어 있고 서비스도 언제든 신뢰할 수 있어서다.

토론토의 세관 및 출입국 심사대에서의 긴 줄을 통과한 후 미야자키는 유나이티드항공이 자신의 여행 가방을 완전히 망가뜨린 사실을 알았다. 매우 매력적인 (그리고 비싼) 그의 경량 알루미늄 여행 가방은 마치 코끼리가 앉았다가 800파운드짜리 고릴라 한 무리 속에 던져진 것 같았다. 여행 가방은 단순히 긁히거나 약간 구부러진 게 아니라 심각하게 망가져 있었다.

유나이티드항공 수하물 청구 담당자는 수하물에 어떤 손상이 있었는지 확인하려면, 항공사의 지정 수하물 업체에서 여행 가방을 검사해야 한다며 진지한 표정으로 말했다. 토요일 오후 4시경이었다. 지정 업체는 월요일 오전에 문을 연다. (유나이티드항공 편으로) 우리가 탔던 LA행 비행기는 해당 업체가 영업을 시작하기 전인 일요일 출발 예정이었다. 미라맥스에서 온 가이드는 미야자키 씨의 새 여행 가방을 구입했다. 종종 전문 담당자가 고객을 보살피는 것은 정말 좋은 일이다.

미야자키와 스즈키 외에도 일본에서 온 우리 그룹에는 NTV의 오쿠다, 덴츠의 후쿠야마, 하쿠호도의 후지마키, 지브리의 모리요시, 다케다와 나 그리고 〈원령공주〉의 제작을 다룬 9시간용 다큐멘터리 제작자 중 두 명의 제작진이 동행했다. 도착한 날 저녁에는 토론토 영화제에서 〈원령공주〉 상영이 예정되어 있고, 여러 언론 인터뷰도 잡혀 있어서 미야자키는 토론토에서의 시간을 최소화해야 한다고 고집했다.

우리가 휴식을 취할 수 있는 건 불과 몇 시간밖에 없었다. 미라맥스는 상영과 인터뷰가 진행될 10분 거리의 장소까지 리무진으로 우리 그룹을 픽업해 주었다. 우리들 중 누구도 스트레치 리무진(차체를 길게 확장한 고급 리무진)을 타 본 적이 없었다.

스트레치 리무진에 사람이 가득 타면 타고 내리기가 쉽지 않다. 좌석 서열과 탑승 순서를 신경 쓰는 일본인의 성향 때문에 속도가 느려진다. 내부 좌석의 경우는 특히 A에서 B로 이동하는 것처럼 짧은 여행을 할 때는 별로 편치 않았다. 운전자를 등지고 앞쪽에는 뒤쪽을 향하는 벤치 시트(좌우로 갈라져 있지 않은 긴 좌석)가 있었다. 그리고 한쪽에는 제법 긴 벤치 시트로 가득 채워진 습식 바 카운터를 바라봤다. 뒤쪽에도 앞쪽을 주시하는 벤치 시트가 있는데, 이는 차 앞쪽과 아주 가까이 붙어 있다. 검은색 가죽 시트는 모두 바닥에 바짝 배치되어 있어 차를 타거나 내리기 매우 어렵고, 차가 움직이는 동안에도 앉아 있기 불편했다.

또한 리무진 천장은 거울로 이루어져 있는데, 가장자리는 별이 빛나는 밤처럼 칠해져 있었다(반 고흐 버전은 아니었다). 실내를 검은 빛으로 바꿀 수 있는 스위치가 있었고, 멋진 사운드 시스템과 아이스 샴페인이 비치되었다. 플라스틱 샴페인 잔이 습식 바 카운터 위에 놓여 언제든 곧바로 채울 수 있도록 준비되어 있었다. 바닥은 두꺼운 털 카펫이 뒤덮였다. 아마 스트레치 리무진을 제대로 즐기려면 10분 이상 걸리는 곳으로 이동해야 하고, 샴페인을 마시고, 사운드 시스템을 높이고, 털 카펫 위에서 구르고, 확실히 적은 수의 사람들과 함께 리무진에 탑승해야 할 듯했다.

마침내 상영장에 도착했다. 미야자키 감독은 상영 전에 소개되었다. 내가 보고 들은 것 중 가장 열정적이며 열광적인 기립 박수를 받았다. 그는 처음에는 놀란 듯하면서도 겸손한 태도를 보였다. 그 덕분에 훨씬 덜 투덜거려서, 나중에 있을 인터뷰에 좋은 영향을 미쳤다.

상영이 끝난 후 미라맥스 홍보 담당 직원 다섯 명과 함께 우리는 근처 고급 프렌치 레스토랑에서 멋진 식사를 대접받았다. 레스토랑에서는 대규모 그룹이 자연스럽게 두 그룹으로 나뉘었다. 테이블 한쪽에서는 예술에서의 허무주의의 역할, 운명, 업보, 정신분석과 서양 의학의 가치에 대해 논의했다. 다른 한쪽에서는 1990년산 요르단 카베르네 소비뇽의 장점을 두고 토론이 벌어졌다.

몇몇 홍보 담당자들은 미라맥스에서 얼마 전 퇴사했음을 알려 줬다. 그들은 우리에게 와인, 브랜디, 빈티지 포트 등 원하는 걸 더 주문하더라도 비용을 따질 사람은 없을 테니 그냥 주문하라고 했다. 우리 일행이 레스토랑을 떠난 이후에도 미라맥스 직원들은 그곳에서 계속 술을 마셨다.

그런 탓인지 다음 날 아침 인터뷰 때 미라맥스 측에서는 아무도 나타나지 않았다. 영화 평론가이자 시나리오 작가인 로저 에버트Roger Ebert, 1942~2013가 첫 번째 인터뷰 진행자였다. 그가 한 젊은 남자와 함께 들어왔기에 우리는 그 남자가 에버트의 조수라고 여겼다. 그런데 알고 보니 그 남자는 지브리의 팬으로서, 그 인터뷰에 그냥 살짝 끼어 들어온 것이었다. 미라맥스 측 참가자가 아무도 없었기 때문에 인터뷰를 위한 개별 공간이 예약되어 있는지도 알 수 없었다. 그래서 그냥 호텔의 오픈 라운지에서 인터뷰를 진행했다. 지나가다가 멈춰 서서 지켜보는 사람도 있었고, 미야자키와 에버트에게 사인을 요청하는 사람도 많았다.

에버트와 미야자키는 쿵작이 아주 잘 맞았다. 그것은 인터뷰의 일부로 진행된 몇 안 되는 훌륭한 영화 토론이었다. 이 모든 걸 익명의 누군가가 녹화해서 나중에 인터넷에 올렸다. 나머지 인터뷰는 모든 게 우리에게 달린 듯해서 미야자키와 스즈키는 담배를 피울 수 있는 호텔 옥상 라운지로 자리를 옮기기로 했다. 밖은 선선한 가을 날씨였고, 온타리오 호수의 멋진 풍경이 펼쳐져 있었다. 그곳에서 예정된 인터뷰 진행자 중 일부는 우리를 찾아냈고 일부는 찾지 못했다.

그날 오후 늦게 우리는 토론토에서 비행기를 타고 당시 디즈니 피처 애니메이션의 사장인 톰 슈마허Tom Schumacher, 1957~와의 저녁 식사

시간에 맞춰 LA에 도착했다. 슈마허는 수행원이나 영화 제작진 없이 우리만 초청했다. 만찬은 볼프강 퍽의 레스토랑 스파고에서 열렸고, 특별 요청으로 퍽 씨가 직접 요리를 했다. 통역을 맡은 관계로 나는 (슬프게도) 많이 먹지 못했다.

미야자키는 화려하고 값비싼 고급 식사라고 하더라도 음식을 썩 좋아하지 않는다. 우리 식사의 첫 번째 코스는 개별 미니어처 아이스크림 콘에 담긴 회를 특별한 허브와 소스로 장식한 요리였다. 나는 메뉴와 식사와 함께 제공되는 고가의 와인에 대한 미야자키와 스즈키의 줄기찬 평가에 응수하거나 수정하기 위해 계속 머리를 굴려야 했다. 그들은 내가 그들의 말을 정확히 통역하지 않는다는 걸 알았기 때문에, 지치지 않고 비평을 이어 갔다. 마침내 대화가 애니메이션 영화 제작과 예산 범위 내에서의 제작에 따른 어려움으로 바뀌었을 때가 되어서야 그들은 와인에 대한 비평을 걷어 내고 실제로 내가 통역할 수 있는 말을 주고받았다. 이 때문에 나는 마지막 두 가지 메인 코스와 세 가지 디저트 코스를 제대로 맛보지 못했다.

톰 슈마허가 미야자키에게 개인 소장품 중 희귀 한정판 캘리포니아 와인 한 병을 선물로 보낸 적이 있었다. 그는 부서의 고위 임원 중 한 명에게 이 와인을 일본으로 직접 운송하도록 위임했다(9/11 테러 이전에는 가능했던 일이다). 와인을 담을 수 있는 가죽 휴대용 케이스 속에는 멋진 와인 오프너와 개봉 후 와인의 풍미를 보존할 수 있는 마개까지 포함되어 있었다. 임원이 미야자키에게 선물했을 때 미야자키는 케이스에서 와인을 꺼내 병은 내려놓고 케이스를 자세히 살펴본 후 선물에 대한 감사 인사를 전하고, 병은 남겨 둔 채 케이스만 들고 자리를 떴다.

LA에서의 다음 날, 나는 디즈니 피처 애니메이션 방문에서도 통역을 맡았다. 보안 때문에 입장할 수 있는 인원이 제한되어 있었다. 나는 디즈니 측에 다큐멘터리 영화 제작진이 디즈니 피처 애니메이션 건물인 더 햇The Hat을 방문할 수 있게 해 달라고 간청했다(이 건물은 겉보기에는 〈판타지아〉의 '마법사의 제자' 파트에서 미키 마우스가 쓴 모자처럼 디자인되어 있다). 이곳은 디즈니의 모든 극비 장편 영화가 부화하여 개발·제작되는 곳이다. 나는 영화 제작진이 벽에 걸린 미술품이나 작업 중인 애니메이터에게 카메라를 들이대는 일은 절대로 꿈도 꾸지 않겠다며 목숨을 걸고 약속했다. 만약 이런 일이 발생하면 전 재산과 큰아들까지 몰수당할 판이었다. 디즈니 피처 애니메이션은 정말로 보안을 중시했다.

더 햇에 들어간 나는 지금에야 잘 알게 된 교훈을 얻었다. 다큐멘터리 카메라맨은 원하는 장면을 찍는 것 외에는 그 어떤 것도 신경 쓰지 않는다는 점이었다. 그들은 촬영 허가를 받기 위해 누가 무엇을 약속했는지 또는 스스로 무엇을 약속했는지 신경 쓰지 않는다. 일단 촬영을 시작하면 모든 걸 잊는다. 사실 좋은 다큐멘터리 영상을 얻는다는 건 쉬운 일이 아니며, 그들의 예술과 생계가 바로 여기에 달렸다. 그들이 야생에서 동물을 촬영할 때 자연은 방해가 되는 위험과 전시적 가치의 균형을 맞출 방법을 찾아낼 수도 있다. 촬영 중인 야생 사자가 카메라를 새끼 사자에게 돌리는 데 이의를 제기한다면 카메라맨은 직접적으로, 그리고 개별적으로 예상치 않은 피해를 입게 될지 모른다. 사자는 제작자에게 화풀이를 하는 변호사가 아니다. 투어에 나선 미야자키 하야오는 곧 투어 가이드를 무시하고 자신이 좋아하는 곳만 돌아다닐 게 분명하다. 디즈니 피처 애니메이션의 다양한 개발 단계를 보여 주자 미야자키는 애니메이터들이 작업하는 곳으로 직접 갔다. 당시 디즈니는 여전히 수작업으로 애니메이션을 제작하고 있었다. 미야자키를 포함한 우리가 들어가도 안 되고 보는 것조차 허용되지 않은 공간에 들어갔을 때, 디즈니 애니메이터들은 그를 자주 멈춰 세운 뒤 자신을 소개했고 미야자키의 작품에 감탄했다며 그의 사인을 요청하기도 했다.

물론 다큐멘터리 카메라맨도 뒤를 따라가며 아직 발표되지 않은 디즈니 영화의 작업물을 촬영하기 위해 벽을 가로질러 카메라를 천천히 움직였고 그곳에 전시된 모든 걸 기록하거나 캡처할 기회를 얻었다. 나는 그 카메라맨(그리고 함께 있던 프로듀서)에게 확실한 살해 위협을 가하고 힘껏 밀어낸 후에야 카메라맨이 약속했던 보안 지침을 따르게 할 수 있었다. 이 사람들은 우리와 함께 어울리며 식사도 같이 하는 우리 측근의 일원이었다. 그렇다 하더라도 다큐멘터리 제작자와 그가 기록하는 대상 사이에는 인간 사회의 일반적인 유대감이 사라진다.

디즈니 피처 애니메이션 투어가 끝난 후 다음 일정은 미야자키 감독에게 소개하고 싶은 프로젝트가 있는 디즈니 애니메이션 감독과의 예정에도 없던 만남이었다. 시간이 늦어 스즈키와 나머지 수행원은 일곱 난쟁이Seven Dwarfs 동상이 구조적 지지대로 설치된 건물의 디즈니의 임원 전용 사내 레스토랑인 로툰다에서 존 래시터를 만나 점심을 먹으러 갔다. 미야자키와 나는 별도의 건물로 가서 당시 제작 중이던 〈판타지아 2000〉의 영상을 처음 보았다. 영화에 대해 어떻게 생각하느냐는 질문에 미야자키는 "히도이 … 토테모 히도이(끔찍하군… 정말 끔찍해)."라고 간단히 대답했다. 나는 그의 이 말을 "흥미롭습니다… 미야자키 씨는 애니메이션이 매우 특이하고 매우 흥미롭다고 생각합니다."라고 통역했다.

디즈니 감독이 제안하려 했던 프로젝트는 미야자키 감독이 직접 제안한 아이디어에서 비롯된 것이었다. 디즈니의 한 임원이 그에게 동화책을 원작으로 영화를 만든다면 어떤 책을 가장 먼저 택하겠느냐고 물어본 적이 있었다. 미야자키는 머릿속에 떠오르는 대로 제안을 했고 디즈니는 그 책의 판권을 사들였다. 디즈니가 그에게 보여 주고 싶었던 프레젠테이션은 그 책을 어떻게 애니메이션 영화로 만들 것인지를 설명해 줄 스토리보드 구성이었다.

책에서는 한 소년이 신비한 괴물을 만난다. 소년은 거칠고 말이 없고 감정이나 애정을 잘 드러내지 않는 조부모와 함께 흙먼지 가득한 작은 농장에서 살고 있다. 소년 외에 또 다른 주인공은 우주에서 온 신비한 말을 하는 바위다. 미야자키는 외롭고 고립된 청년이 어려운 상황을 어떻게 극복하며 살아남았는지 보여 주는 이 책을 좋아했다. 괴물과 우주 바위는 실재하는 것으로 봐야 할까, 아니면 상상으로 봐야 할까? 작가는 환상이 개인이 고난을 극복하는 데 도움이 될 수 있음을 암시하는 것인가? 소년의 조부모가 소년에게 애정을 드러내지 않는다는 이유만으로 정말로 그 소년에게 애정을 느끼지 못한 것으로 봐야 할까? 이 모든 것이 그 책에서는 불분명하다는 점, 그리고 이런 종류의 문제가 이야기에 의해 제기되었다는 점이 미야자키가 이 작품에 매료된 이유였다.

제안된 디즈니 버전에서는 그 괴물이 귀여운 숲의 요정이 되었다. 디즈니는 조부모를 소년에게 끊임없이 말을 걸고 안심시키는 다정다감하고 이해심 많은 이모와 삼촌으로 바꿨다. 디즈니는 신비한 바위의 균열을 깨고 그 안에 자신의 가족에게 돌아가기 위해 도움이 필요한 날개 달린 요정 공주가 있다는 걸 드러냈다. (내가 이 이야기를 지어낸 게 아니다.)

　　프레젠테이션이 끝나고 미야자키는 LA에 와서 영화를 공동 감독해 달라는 요청을 받았다. 그는 (사실) 영광스럽지만 영화 제작에서 은퇴한다는 이유로 그 초대를 거절했다. 그는 혹시 영화를 만들더라도 일본에서 작업하는 것이 더 편하다는 것을 오래전부터 깨달았다고 덧붙였다.

좌석에 달라붙은 엉덩이

나는 다른 일행보다 하루 먼저 뉴욕으로 떠나야 했다. 미야자키를 따라다니는 다큐멘터리 영화 제작자들이 〈원령공주〉 상영회에서 그가 무대에 등장하는 모습을 꼭 찍고 싶어 했기 때문이다. 대부분의 무대 출연에는 NTV에서도 뉴스 프로그램과 TV 버라이어티 쇼에 사용할 영상 확보를 위해 카메라 제작진을 파견한다. 뉴욕 링컨 센터에서 열린 뉴욕 영화제New York Film Festival 상영 전까지는 제작진이 직접 촬영하는 것이 큰 문제일 수 없었다. 매번 일정한 제한과 제약에 동의했고, 방송이나 다큐멘터리 크레딧에 상영 장소를 언급하기로 약속한 탓이다. 물론 종종 소액의 수수료를 지불하기도 했다. 하지만 뉴욕 영화제 측은 미야자키 감독이 무대에 오르는 2~3분 동안 에이버리 피셔 홀에서 촬영할 수 있는 허가 비용으로 1만 달러를 요구했다. 미라맥스는 그들에게 가격을 낮춰 달라고 설득할 이유가 없었다. NTV는 예산이 없었기 때문에, 스즈키는 내가 가서 그 가격을 낮출 수 있는지를 알아봐 달라고 했다.

　　마침 그날은 수요일이었고, 뉴욕 영화제 측은 미라맥스에 그날 저녁 6시까지 수수료 납부 여부를 결정하고 돈을 마련하라는 마감 기한

을 제시했다. 나는 오전 4시 30분까지 호텔에서 나와야 LAX(로스앤젤
레스 국제공항)에서 JFK(뉴욕의 존 F. 케네디 국제공항)로 가는 오전 6시
비행기를 탈 수 있었다. 나는 뉴욕 영화제 측과 거래하는 미라맥스 연
락 담당자인 DT(토론토 만찬의 주최자 중 한 명)에게 내가 간다는 사실
을 알리고 뉴욕에 도착하면 어떻게 할지 결정할 것이라고 말했다. 한편
DT는 미라맥스의 뉴욕 VIP 명단에 있는 사람들에게 부탁해 영화제
감독의 권한을 우회하여 수수료를 낮출 수 있는지 알아보려 했다. 뉴욕
영화제 측에서는 수수료 외에 20페이지 분량의 법적 계약서에도 서명
하기를 원했다.

뉴욕행 비행기를 정시에 탑승하고 정시 이륙을 위해 활주로로 내
려가던 중 조종사가 갑자기 이륙을 중단하고 탑승구로 회항했다. 기장
이 사소한 문제 해결을 위해 15분 지연을 발표하자 많은 승객이 실망
했다. 내가 잠시 잠이 들어 2시간 30분 후 깨어났을 때에는 비행기가
막 이륙 중이었다. 저녁 5시 45분쯤 뉴욕에 도착하자마자 공중전화부
터 찾았다(휴대전화가 있긴 했지만 흔하지 않았다). 작동 가능한 몇 안 되
는 전화기 중 하나를 사용하기 위해 (부끄럽지만) 나는 한 할머니를 밀
쳐 내야 했다. DT는 뉴욕 영화제 측과 협상해 8,000달러까지 낮췄다고
말했다.

DT: 하지만 계약서에 서명해야 한다고 합니다.
나: 6시까지 JFK에서 그곳까지 갈 방법이 없어요. 지금부터 15분밖
    에 남지 않았습니다. 불가능합니다.
DT: 알았습니다. 내가 어떻게 할 수 있는지 알아보겠습니다. 하지만
    8,000달러는 괜찮죠?

나: 네, 할 수 있는 건 뭐든 해 주세요. 곧장 가겠습니다.

터미널 밖으로 나왔을 때 맨해튼으로 가는 택시 줄은 무려 이백 명이 넘었다. 모퉁이를 돌자마자 매력적이고 잘 차려입은 한 젊은 여성이 뉴욕 옐로우 택시 기사에게 큰 소리를 지르는 게 보였다. 그녀는 택시 문을 쾅 닫으면서 기사에게 화를 냈지만, 문은 뻑뻑했고 문을 밀치는 힘이 너무도 여성스러웠다. 택시 문이 딸각 닫히자 파키스탄인 택시 기사로부터 돌아온 것은 단지 어깨를 으쓱하는 것뿐이었다. 속으로 생각했다. 어떻게 하면 될까? 이성적으로 생각하라. 우리는 모두 이 지구에서 함께 살아가야 할 생명체 아닌가.

택시는 인도로부터 그녀와 멀어지면서 속도를 늦췄다. 그때 운전기사가 창밖으로 몸을 기울이며 소리쳤다. "아저씨, 맨해튼에 가세요? 이리 오세요. 제가 태워드릴게요."라고.

그는 매우 크고 깔끔하게 다듬은 콧수염을 기르고 있었고, 밝은색의 로브 같은 파키스탄 전통 의상을 입고 있었다. 나는 이백 명이나 되는 택시 행렬을 바라보았다. 또한 운전기사의 맑고 정직해 보이는 눈도 보였다. 아무려면 어때, 나는 가방을 트렁크에 던져 넣고 택시 안으로 곧장 뛰어들었다.

호텔 주소를 알려 주자 택시 기사는 대뜸 화난 여성과의 다툼에 대한 이야기부터 쏟아 냈다.

"나는 맨해튼에서 친구 두 명과 함께 한 여성을 태웠어요. 그녀는 JFK 공항으로 가자고 했어요. 알았어요, JFK 공항으로 가죠. JFK 공항에 도착하자 친구들이 내렸어요. 그런데 그 여성이 기다리라고 합디다. 그 말을 한 뒤, 그녀는 택시에서 내렸어요. 큰 포옹과 키스. 작별 인사.

그런 식으로 헤어지더군요. 그러더니 다시 택시에 탔는데, 이번엔 브루클린으로 가자고 하더군요. 나는 브루클린에 갈 수 없었어요. 제 근무는 6시 반에 끝나거든요. 맨해튼은 갈 수 있지만 브루클린은 안 돼요. 그녀는 꼭 브루클린에 가야 한다고 하더군요. 난 못 간다고 했죠. 뉴욕시 택시 규칙도 말씀드렸죠. JFK 공항에서 돌아갈 때는 반드시 택시 줄에 서야 합니다. 브루클린까지 모셔다 드릴 수 없어요. JFK 인도에서는 요금을 받을 수 없습니다. 같은 사람인데도요. 경찰에 신고하게 만들지 마세요. 제가 이렇게 말했어요. 그런데 지금 하고 있는 저의 말, 이해하시죠?”

나는 이해한다고 말했다. 그가 라과디아 공항 근처에서 퀸즈의 한 주택가에 차를 세우고 동생과 자리를 바꿔 나를 맨해튼으로 데려다주려고 했을 때도 나는 이해한다고 말했다. 택시를 운전하는 동생이 브롱크스의 고속도로에서 내려 택시 주유 탱크에 휘발유를 채웠을 때도 이해한다고 말했다. 결국 맨해튼에 도착하는 데까지 2시간 가까이 걸렸다. 이는 대부분 교통 체증 때문이었다. 하지만 그 택시를 타지 않았다면 나는 아마 여전히 JFK 공항의 길고 긴 택시 줄에서 기다리고 있었을 것이다.

미라맥스의 DT가 호텔 로비에서 나를 기다렸다.

그는 말했다. “미라맥스를 대신해 내가 직접 계약서에 서명했습니다. 영화제 측에서는 그렇게 해도 괜찮지만, 당신이 직접 가서 돈을 지불할 의사가 있다고 말하길 원합니다. 그들이 원하는 정확한 금액은 8,146.15달러입니다.”

스즈키가 이 정도 금액이면 그냥 지불하라고 했기 때문에 나는 동의할 준비가 되어 있었다. 나는 말했다. “지불하겠습니다. 하지만 어떻게 지불하면 되나요? 또 왜 그렇게 이상한 숫자의 금액이죠? 나는 수표나 아무것도 가지고 있지 않습니다. 일본에 전화해서 송금하라고 해야 할 것 같습니다."

"네, 저도 그렇게 생각해서 미라맥스가 지불할 거라고 그에게 확신시켰습니다. 그는 단지 당신이 반드시 돈을 지불할 수 있으니 믿어도 된다고 직접 말하는 걸 듣고 싶을 뿐입니다. 금액에 대해서도 여쭤봤는데 따로 설명하거나 정당화하지 않았습니다. 그게 그들이 원하는 금액이니까요. 받아들일지 말지만 결정해 주세요."

그래서 우리 둘은 링컨 센터까지 대여섯 블록을 걸어가 영화제 관계자를 만났다.

아주 짧고 반가운 인사를 서로 나눈 후 나는 수수료에 대해 물었다.

나: 영화제에서 다른 언론사도 영상을 촬영 중입니다. 모두 같은 수수료를 지불하나요?

뉴욕 영화제 측: 아니요.

나: 그렇다면 어떤 언론사를 들여보내고 누가 얼마의 수수료를 지불할지는 어떻게 결정하나요?

뉴욕 영화제 측: 우리만의 기준이 있습니다.

나: 아, 그렇군요. 그럼 당신은 일본을 중요한 나라로 생각하지 않으시나요? 미야자키 하야오 감독이 관객들에게 환영받는 장면을 몇 분간 찍게 해서 영화제가 좋은 평판을 얻으면 좋은 거 아닌가요?

뉴욕 영화제 측: 우리는 일본 관객에 대해 전혀 신경 쓰지 않습니다.

그들은 영화제에 오지 않고 티켓도 사지 않으니까요. 그들은 우리가 누군지 알고 있습니다. 구로사와 감독을 데려온 적이 있잖아요. 우리는 일본에서 원하는 영화를 구하는 데 아무런 문제가 없습니다. 관객을 좌석에 앉히는 게 중요합니다. 그게 다입니다. 수수료를 지불하시겠습니까?

나: 네, 지불하겠습니다.

그 남자는 나에게 감사 인사를 하고 헤어졌다.

호텔로 돌아오는 길에 DT는 영화제 측의 태도에 실망한 나의 입장에 공감했다.

"당신은 아직도 영화제를 높은 이상을 가진 영화 애호가들이 운영하는 문화 행사로 생각하는 것 같습니다." 그가 말했다. "완전히 틀린 말은 아닙니다. 하지만 그들은 비즈니스로 이를 운영해야 합니다. 어쨌든 밝은 면만 보세요. 내가 준 계약서 사본은 버려도 됩니다. 토론토에서 직장을 그만뒀다고 말씀드렸잖아요. 지난 금요일 부로 나는 공식적으로 더 이상 미라맥스 직원이 아닙니다. 어차피 내겐 서명할 권한이 없었고, 당신은 아무것도 서명하지 않았죠. 물론 돈을 지불해야 하지만 방송에서 그들 이름을 언급하고 크레딧을 주는 건 무시해도 됩니다. 지브리에서 아무도 서명하지 않았으니 엿 먹으라고 하세요."

좋은 친구들

미야자키 하야오는 일찍 일어나 아침 식사 전에 산책하고 새로운 도시를 탐험하길 무척 좋아한다. 그러나 LA에서는 그렇게 할 수 없었다. 로스앤젤레스에서 그냥 걸어 다니면 사람들은 당신이 범죄를 저지르고 있다고 생각해 경찰에 신고할 것이다. 조깅은 허용되지만 걷기는 허용되지 않은 곳이라서 정말로 걷고 싶다면 조깅하는 사람처럼 옷을 입어야 한다(머리띠, 아이팟이 달린 암밴드, 러닝화 등).

뉴욕은 걷기에 좋은 곳이지만 도시에 익숙하지 않은 사람들에게는 위험한 곳이라는 평판 때문에 외지인들이 망설이는 곳이기도 하다. 우리 호텔은 센트럴 파크와 매우 가까웠고, 마침 첫날이 청명하고 아름다운 초가을 날이어서 그룹 전체가 공원을 산책했다. 나는 뉴욕에서 10년 정도 살아서 센트럴 파크에 아주 익숙했다. 미야자키가 초원과 덤불, 숲이 우거진 곳에서 어떻게 그렇게 쉽게 길을 찾을 수 있었냐고 묻기에, 나는 그 비결을 알려 주었다. 그것은 고개를 들어 높은 건물을 보는 것이었다. 우리 호텔도 쉽게 찾을 수 있었다.

우리가 뉴욕에 머무는 동안 우리를 안내하고 지원하며 언론 투어를 맡아 줄 미라맥스의 담당자 로빈 조나스Robin Jonas가 다음 날 아침 도착했을 때, 미야자키가 호텔을 나가 혼자 외출한 것을 알아챈 그녀는 겁에 질렸다. 그가 혼자 센트럴 파크를 산책하고 베이글과 커피를 사러 브로드웨이로 나갔다가 활짝 웃으며 돌아오자, 그녀는 나를 옆으로 데려가 다시는 미야자키 혼자 나가지 못하게 해 달라고 간곡히 부탁했다.

오전 늦게부터 오후 이른 시간까지 인터뷰가 예정되어 있었다. 링컨 센터의 월터 리드 극장Walter Reade Theater에서 〈원령공주〉 언론 전용 특별 상영회 이후 기자회견이 잡혔다. 모든 일정이 순조롭게 진행되었고, 로빈은 저녁 식사를 위해 근처 중국 식당으로 우리를 데려갔다. 그 식당은 북경 오리 요리로 유명했다.

저녁 식사가 11개 코스 정도 진행되었을 때 로빈은 미라맥스의 사장인 하비 와인스타인으로부터 전화를 받았다. 그녀는 매우 행복하고 흥분된 표정으로 전화를 끊었다. 하비는 시내에 집이 있는 영화감독 마틴 스코세이지Martin Scorsese, 1942~의 아파트에 있었다. 스코세이지는 저녁 식사 후 우리 모두를 술자리에 초대했다. 그는 미야자키 하야오를 만나 영화 제작에 대해 이야기할 기회를 갖고 싶어 했다. 우리는 미야자키를 위해 이 소식을 통역했다. 그는 하비와 스코세이지 감독에게는 감사하지만 초대를 거절해야 할 것 같다고 말했다. 로빈에게 이 소식을 전하자 그녀는 걱정스러운 표정을 지었다.

"스티브, 마~틴 스~코~세~이~지가 미야자키 씨를 자기 집에 초대했어요." 그녀가 말했다. 마틴 스코세이지! 미야자키가 이 사람이 누군지를 알까요? 이게 얼마나 엄청난 일인지 이해할까요?"

"아마 알고 계실 것 같아요." 내가 말했다. "그는 피곤한가 봐요. 긴 하루였으니까요. 긴 여행의 끝이죠."

"마틴 스코세이지!" 그녀가 강조했다. "제발, 다시 물어봐 주세요. 제발요~!"

나는 스즈키와 상의했다. 스즈키는 택시를 타고 내려가서 스코세이지를 만날 준비가 되어 있었다. 테이블에 있던 다른 여섯 명의 일본 사람들도 택시를 타고 스코세이지와 술을 마실 준비가 되어 있었다. 스즈키는 미야자키와 이야기하려고 돌아섰다.

"아뇨, 관심이 없어요." 미야자키가 말했다. "그녀한테 하비와 스코세이지 씨에게는 고맙지만 거절한다는 말을 전해 달라고 하세요."

나는 로빈에게 그의 메시지를 전했다. 로빈의 얼굴에는 걱정스러운 표정이 깊어졌고 얼굴이 약간 붉어졌다. 몇 분 후 그녀는 일어나서 내 옆으로 와서 잠시 이야기 좀 하자고 손짓했다.

"그에게 얘기 좀 잘해 줄 수 없나요? 제발 승낙 좀 해 달라고 할 수 없나요? 나는 직장을 잃고 싶지 않아요."

나는 노력해 보겠다고 말한 다음 다시 테이블로 돌아가 스즈키와 이야기를 나눴다. 스즈키는 전혀 소용없다고 말했다. "우리 모두가 마틴 스코세이지를 만나고 싶지만, 그는 그러고 싶지 않아 하는군요. 우리가 할 수 있는 건 아무것도 없습니다. 그녀에게 그냥 잊으라고 하세요."

되돌릴 수 있는 운명의 개척자들

로빈은 해고되지 않았고, 다음 이틀간의 언론 인터뷰는 아무런 문제 없이 진행되었다. 미라맥스의 누군가가 전화를 걸어 미야자키가 뉴욕에서 묵는 동안 특별히 하고 싶은 일이 있는지를 물었다.

〈원령공주〉 제작 기간 내내 다큐멘터리 영화 제작진이 미야자키를 따라다녔다. 그 결과 비디오카세트로 9시간 분량의 영화가 만들어졌고, DVD와 블루레이로도 출시할 수 있게 되었다. 미야자키는 카메라 앞에 서는 걸 별로 좋아하지 않지만, 뉴욕에 머무는 며칠간은 열정적이진 않았어도 협조적인 태도를 보였다. 그러던 그가 갑자기 촬영과 수행원의 동행을 거부하고 혼자서 뉴욕에서의 저녁을 보낼 기회를 가지려고 뛰어들었다.

미야자키는 오랜 친구인 건축가 아라카와 슈사쿠Shusaku Arakawa를 만나 소호 시내에 있는 그의 로프트(예전의 공장 등을 개조한 아파트, 1936~2010)에서 저녁 식사를 하겠다고 했다. 미야자키의 안전을 염려한 스즈키는 나를 따로 불러 "앨퍼트 씨, 미야자키가 곤경에 빠지지 않도록 당신이 꼭 같이 가 주세요. 그리고 후쿠야마 씨를 데려가세요. 후쿠야마 씨도 아라카와를 잘 알고 미야자키 씨도 후쿠야마 씨를 좋아합니다. 편안하게 즐기세요. 모두 일본어로 주고받을 거예요. 통역은 필요 없습니다."

6시에 미라맥스 밴이 우리를 싣고 시내로 향했다.

미야자키가 알려 준 주소대로 휴스턴 스트리트 바로 북쪽(엄밀히 말하면 소호 지역이 아님)에 도착했을 때, 건물에 있는 여러 호실의 초인종에는 각각의 라벨이 붙어 있지 않았을 뿐 아니라 어느 것도 작동하지 않는다는 걸 알았다. 미야자키는 다시 거리로 나가 두 손을 입가에 모은 뒤 열린 창문을 향해 "아라카와!" 하고 그의 이름을 외쳤다. 그러자 머리 하나가 튀어나와 열쇠를 던졌다.

우리는 구부러진 나무 계단 4개 층을 걸어 올라가 거대한 2층 로프트에 들어갔다. 한쪽 벽면에는 책이 꽂힌 선반들이 길게 늘어서 있었고, 필요할 때 오르내릴 수 있도록 사다리가 설치되어 있었다. 그림과 건축 도면이 벽과 이젤에 걸렸고, 어떤 것은 물건에 기대어 있기도 했다. 테이블과 바닥 곳곳에는 건물과 건물 단지 모형이 놓여 있었다. 이 공간은 한마디로 집과 직장을 겸한 공간이었다.

아라카와는 같은 건축가인 아내 매들린 긴스Madeline Gins, 1941~2014와 뉴욕대학교에서 건축학을 공부 중인 반독일, 반인도 출신의 사랑스러운 조수 클라우디아Claudia(그녀는 자기 이름을 클로우디야 KLOW-di-ya라고 발음했다)를 우리에게 소개해 줬다. 우리의 대화는 순식간에 개인적인 이야기로 바뀌었고, 아라카와와 미야자키는 한동안 뜸했던 터라 서로의 삶에 일어난 별별 일에 대해 빠르게 업데이트했다. 남편이 아내를 위해 통역을 해 줄 거라 믿은 후쿠야마와 나는 풍경에 녹아들어 작품을 감상했다. 건물 모형은 매우 흥미롭고 특이했다. 클라우디아가 와서 이를 설명해 줬다. 모든 것이 탈부착할 수 있어 분리해서 내부를 들여다볼 수 있었다.

나무와 들판으로 둘러싸여 있고 중앙에 공공 휴식 공간이 있는 거대한 도넛 모양의 주택 프로젝트가 보였다. 소형 아파트 가구들이 서로 맞물린 일련의 건물도 있었다. 인테리어는 모두 테이블과 침대 외에는 가구가 필요 없도록 측면에 좌석과 수납 공간이 내장된 움푹 들어간 거실 공간을 중심으로 지어졌다. 일부 디자인은 모서리 없이 둥글고 고무처럼 흘러내리는 형태였다. 다른 디자인들은 모두 예리한 각도와 모서리로만 이루어졌다. 각각의 프로젝트마다 컨셉 아트가 수작업으로 그려져 있었고, 클라우디아는 우리가 모델과 비교할 수 있도록 그림과 스케치를 꺼내 보여 줬다. 모두 무척 흥미로웠다.

잠시 후 진스 씨가 다가와서 나를 옆으로 데려갔다.

"일본어 할 줄 아시죠?"

나는 조심스럽게 고개를 끄덕였다.

"좋아요, 그럼 미야자키 씨에게 하나만 물어봐 주세요. 리버시블 데스티니Reversible Destiny(죽음은 피할 수 없는 게 아니며, 인간은 의도적인 생활공간 설계를 통해 노화와 죽음에 적극적으로 저항하거나 지연시킬 수 있다고 제안하는 개념)의 선구자가 될 준비가 되어 있는지 여쭙고 싶다고요. 자, 지금 가서 한 번 물어보자고요."

나는 그의 말을 일본어로 과연 어떻게 표현해야 할지 생각만 해도 머리가 복잡했다. 각각의 단어가 무슨 뜻인지는 알았지만, 이 단어들을 조합하면 무슨 뜻이 되는지는 도통 몰랐다. 긴스와 아라카와는 뉴욕에서 건축가이자 화가, 철학자로도 유명했다. 이 부부는 노화를 막고 죽음을 방지하는 건물을 만들면서 죽음에 대한 아이디어를 탐구했고

(안타깝게도 완전히 성공하지는 못했다), 리버서블 데스티니도 그중 하나였다. 이것은 내가 통역할 정도로 충분히 이해할 수 없는 부분이었다. 나는 이 개념은 통역하지 못한다는 걸 설명해야 했다.

미야자키와 아라카와가 나누는 대화에 귀를 기울이다 보니 두 사람이 공통적으로 아는 사람에 대해 번갈아 언급하면서 저녁 식사 장소를 찾고 있다는 사실을 알았다. 음식 옵션에 대해 자세히 논의하고 몇 차례 전화 통화를 한 후, 우리 모두는 계단 4개 층을 걸어 내려와 밖에서 기다리던 검은색 미라맥스 미니버스에 탑승했다. 운전기사는 진스/아라카와 부부가 꼭 가 보고 싶어 했던, 근처에 새로 오픈한 포르투갈 레스토랑으로 안내했다. 하지만 그들이 가장 앉고 싶어 하는 곳은 이미 모든 예약이 꽉 찬 상태였다.

그 레스토랑은 허드슨강 근처의 한적한 거리에 있는, 창고가 아닌 유일한 건물이었다. 야외 좌석이 있는 레스토랑 앞쪽은 자갈길로 이어졌다. 레스토랑의 전기는 아직 완전히 연결되지 않았고, 저녁이 어두워지자 웨이터들이 촛불과 횃불을 가져와서 곳곳마다 나눠 줬다. 강렬하고 로맨틱했지만 메뉴판을 읽기에는 조금 힘들었다. 우리가 주문한 음식은 훌륭했다. 하지만 8시 45분에는 구운 농어와 구운 메추라기를 거의 구분할 수 없을 정도였다(둘 다 맛있긴 했다).

아티스트들이 이론에 대해 이야기하는 동안 클라우디아는 후쿠야마와 나에게 맨해튼에서 예술가로서의 삶을 살아가는 데 따르는 어려움에 대해 설명해 주었다. 그녀는 남자친구와 함께 로어 맨해튼에서 다른 커플과 작은 스튜디오를 공유하고 있다고 말했는데, 이는 내가 상상하기 어려운 것이었다. 맨해튼은 이제 막 유입된 사람이 살기에는 너무 비싸고, 외곽의 4개 자치구는 너무 멀리 떨어져 있다. 시내(맨해튼)

에 살고 싶다면 라이프스타일에 유연성을 발휘해야 했다.

저녁 식사가 끝날 무렵, 평소 술을 잘 마시지 않는 미야자키는 디저트 후 40년 된 포트와인 한 잔을 주문했다. 와인이 나오자 조금 마셔 본 그는 웨이터를 불러 되돌려 보냈다.

"이건 40년 된 포트와인이 아닙니다." 그가 말했다.

나는 항상 레스토랑에서 와인을 반품하는 것이 정말로 자신감이 필요한 일이라 생각한다. 그 와인이 정말로 나쁜 것인가, 아니면 미각이 그 정도에 미치지 못하는 것인가?

처음에는 웨이터가 와인을 맛본 후 이의를 제기했다. 미야자키를 대신해 내가 고집을 부리자 매니저가 와서 와인을 시음한 후 이의를 제기했다. 와인은 디캔터에서 나온 것이라 서로의 논쟁을 끝내기 위한 와인의 라벨 확인이 불가능했다.

"죄송하지만 이건 고객님께서 주문하신 40년 된 포트와인입니다. 원하신다면 다시 가져가겠지만, 그렇게 요구하는 건 매우 불공평하다고 생각합니다."

나는 미야자키를 바라보았지만 그는 고개를 저었다. "40년 된 포트와인이 아닙니다." 그가 말했다.

"죄송합니다만, 다시 가져가 주세요." 내가 말했다.

약 15분 후 식당 주인이 얼룩과 먼지가 묻은 포트와인 한 병을 들고 나왔다. 그는 미안한 마음이 가득했다. 문제를 파악해 본 결과, 실제로 웨이터가 더 어린 빈티지의 포트와인을 디캔터에 부었다고 말했다. 그러면서 그는 테이블 전체에 40년 된 진짜 포트와인(실제 병에서 따라 낸 것) 잔을 무료로 나눠 줬다.

나중에 호텔로 돌아오는 길에 대도시의 밝은 불빛과 한산해진 업

타운의 교통 체증을 헤쳐 나가면서, 나는 계속 궁금증을 멈출 수 없었다. 레스토랑에서는 외식을 거의 하지 않고 술도 많이 마시지 않는 미야자키 하야오가 어떻게 주문한 포트와인이 정말로 40년 된 것인지 아닌지를 알 수 있었을까?

다시는 이 동네에서 일할 수 없을 거야

다음 날은 일요일이자 쉬는 날이었다. 미야자키가 뉴욕 외곽 지역이 어떤지 궁금하다고 해서 나는 밴을 빌려 운전을 했다. 우리는 바니그린그래스Barney Greengrass, 철갑상어 왕에 들러 베이글과 연어, 베이글과 철갑상어, 베이글과 흰살생선, 훈제 생선을 원하지 않는 사람을 위한 호밀에 파스트라미 등 여행길에 먹을 전형적인 뉴욕 샌드위치 두 봉지를 샀다. 플라스틱 포크와 마실 수 있는 닥터 브라운 탄산음료, 양배추 샐러드와 감자 샐러드도 곁들였다. 대부분의 그룹은 도넛과 커피만 원했지만 나는 그들에게 진정한 뉴욕의 경험을 선사하려고 최선을 다했다.

미야자키의 여행 아이디어는 전형적인 뉴잉글랜드 마을로 차를 몰다가 잠시 차를 세우고 마을 녹지가 내려다보이는 야외 테이블에 앉아 현지에서 양조한 생맥주를 마시며 멋진 초가을 단풍을 감상하는 것이었다. 이렇게 하려면 버몬트까지 4시간을 운전해야 한다고 설명하자 그는 실망스러워했다.

내 계획은 우리 일행을 기념비적인 현대 조각품이 설치된 멋진 야외 정원 '스톰 킹 아트 센터Storm King Art Center'로 데려가는 것이었다. 미야자키가 현대 미술을 싫어한다는 것은 알았지만, 그래도 미술관의 넓은 부지에 완벽하게 설치된 대형 조각품을 보면 감명을 받을 것이라고 생각했다. 안타깝게도 나는 스톰 킹 아트 센터를 허드슨 강변의 다른 장소와 혼동하여 조각품의 위치를 잘못 기억하고 있었다. 내가 허드슨강 반대편에 있는 웨스트포인트 근처에 가야 한다는 사실을 뒤늦게 깨달았을 때에는 이미 우리가 웨스트체스터 카운티의 잘 알려지지 않은 구석에서 길을 잃고 헤매는 상황이었다.

현지 주유소에서 구입한 지도를 보며 뉴욕으로 돌아가던 중 나는 길을 잘못 들어 아담하고 그림 같은 어빙턴이라는 마을에 도착했다. 마을에 들어서자마자 미야자키는 "멈춰!"라고 소리쳤다. 그의 예리한 눈은 아무도 알아채지 못한 무언가를 발견했던 것이다. 중심가에 있는 골동품 가게 쇼윈도에는 19세기에 만들어진 정교한 목재 제품과 금속으로 만들어진 기괴한 모양의 기계가 보였다. 우리 중 아무도 그것의 기능을 짐작하지 못했다. 가게에 들어선 우리는 그것이 나중에 다른 회사와 합병되어 IBM이 된, 오래된 뉴욕 회사에서 만들어진 공장용 시계라는 설명을 들었다.

미야자키는 그 시계가 판매용이고 그리 비싸지 않다는 사실을 알자 곧장 구입하여 일본으로 배송했다. 그 후 그는 한동안 지브리에 이 기계를 설치해 놓고 애니메이터들이 매일 출근과 퇴근 시간을 기록하게 했다. 하지만 그들은 반항하고 거부했다. 지금 그 시계는 미타카 소재 지브리 박물관 2층에 흥미롭고 특이한 모습으로 이렇다 할 라벨도 붙이지 않은 채 덩그렇게 놓여 있다. 지브리 박물관의 다른 모든 전시물처럼 호기심 많은 사람들은 그것이 무엇인지 알아내려고 노력할 것이고, 호기심 없는 사람들은 그것이 왜 거기에 있는지, 무엇을 위한 것인지 아무런 단서도 없이 그저 감탄하며 지나칠 수 있다.

뉴욕 영화제의 〈원령공주〉 시사회를 위해 리무진을 타고 네 블록을 이동해 링컨 센터까지 가는 그 여정을 앞두고, 우리는 로비에서 만나기 전에 잠깐 낮잠을 자기 위해 호텔로 돌아왔다. 미니버스를 타고 영화 시사회에 도착하는 것은 금지된 일이었다. 하비 와인스타인은 레드카펫을 걸어 내려오는 우리를 마중 나와 수많은 플래시와 밝은 TV 조명 앞에서 미야자키와 스즈키를 공식 환영했다.

나는 NTV 영화 제작진을 안으로 안내했다. 우리가 8,146.15달러를 지불했음에도 불구하고 진행은 완벽하지 않았다. 보안 요원이 우리를 붙잡아서 관리자를 불러야 했다. 우레와 같은 박수갈채를 받으며 무대에 오른 미야자키 감독이 소개되는 장면을 보기 위해 우리는 간신히 앞쪽 날개 쪽에 착석했다. 다큐멘터리 제작자들과 NTV 직원들은 시작부터 부지런히 영상에 담았다.

상영이 끝난 후 파티가 열렸다. 미라맥스는 콜럼버스 애비뉴 근처의 쿠바 레스토랑 칼레 오초Calle Ocho를 빌렸다. 이곳은 모히토(럼, 설탕, 라임 주스, 탄산수, 민트. 재료 목록보다는 재료의 질과 정확한 준비 과정에 대한 세심한 배려가 비결이다)로 유명했다. 모히토는 한 주전자 가득 담겨 나왔고 명성에 걸맞은 맛이었다.

파티 자체는 조용하지만 유쾌했다. 언론인 몇 명도 초대받았고, 출연진도 몇 명 왔다. 초대된 손님들은 (행사를 위해 미라맥스가 주문한) 파파라치 무리를 뚫고 안으로 들어왔다. 사람들은 서로를 소개하며 나직하게 이야기를 나눴다. 닐 게이먼도 참석하여 미야자키와 이야기를 나눌 기회를 가졌다. 지브리의 여러 영화에 참여한 성우 감독 잭 플레처Jack Fletcher는 아내와 함께 샌프란시스코에서 날아왔다. 행사장에는 부드럽고 조용한 분위기가 감돌았다.

미라맥스의 누군가가 나에게 다가와 하비가 나를 보고 싶어 한다

고 말했다. 나는 그와 몇몇 미라맥스 임원들과 함께 식당 중앙 테이블
에 앉았다. 미야자키와 스즈키는 옆 테이블에서 영화배우 클레어 데인
즈Claire Danes, 1979~와 이야기를 나눴다. 하비는 약간 흥분한 듯 낮은 목
소리로 말문을 열었고, 자신의 주장을 펼치면서부터는 점점 더 목소리
가 커졌다. 그는 말했다. "저기요, 우리는 이 영화를 줄여야 해요. 나는
90분으로 줄이고 싶습니다." (영화의 러닝 타임은 135분 정도였다.) 나는
감독이 영화를 줄이는 것에 반대할 것으로 확신한다고 말했다.

"이제 당신은 그에게 말해야 할 겁니다." 그는 으르렁거렸다. "왜
냐하면 당신이 그에게 영화를 자르게 하지 않으면 다시는 당신이 이 망
할 업계에서 일할 수 없을 테니까요! 내 말 알아듣겠어요? 절대! 나는
이 망할 필름을 자르고 싶어요!"

스즈키가 몸을 기울이며 왜 하비가 내게 소리를 지르는지 물었다.
나는 그때 내가 일본에서 일하고 있고 뉴욕이나 LA에서 일할 계획이
없다고 걸 상기시키려던 참이었다. 미야자키가 몸을 숙여 스즈키에게
무슨 일이냐고 물었다. 스즈키가 살짝 말을 건네자 미야자키는 "알겠
습니다. 좋아요, 호텔로 돌아가서 얘기합시다. 자, 이제 갑시다. 다른 사
람들은 모두 남고 우리 셋만 갑시다."라고 말했다.

* * *

스즈키는 체면상 잠시 파티에 머물렀다가 호텔로 돌아가는 게 좋
겠다고 말했으나 미야자키는 안 된다고 말했다. 하비가 영화를 자르고
싶다면 지금 돌아가서 논의해야 한다고 했다. 스즈키는 참석한 기자들
에게 어떻게 보일지 몰라 재차 설득하려 했지만, 미야자키는 이미 마음
을 굳힌 상태였다. 미야자키는 하비에게 아침에 답을 주겠다고 말하라

오쿠다 세이지, 스즈키
토시오, 모리요시 하루요,
필자 그리고 미야자키
하야오가 베를린 국제
영화제 여정 중 비엔나의
어느 동네를 걷고 있다.

비엔나에서 훈데르트바서가 설계한
발전소를 보고 있는 미야자키 하야오,
덴츠의 후쿠야마 씨, 그리고 필자.

토론토 영화제(2002년 9월)에서
미야자키 하야오와 로저 에버트.

미야자키 하야오 감독과 필자가 스튜디오 지브리 직원 자녀들을 위해 설계한 어린이집 내부를 둘러보고 있다.

지브리 박물관에 있는 미야자키 하야오의 '책상'은 그가 일주일에 한 번 실제 작업을 하려 했던 곳이다. 하지만 그를 보기 위해 모인 인파가 다른 박물관 관람객을 방해하는 바람에 이 계획은 포기할 수밖에 없었다.

미야자키 하야오가 스튜디오 지브리에서 은퇴한 후 필자를 위해 그린 그림. 이 그림에는 필자가 가장 좋아하는 지브리 캐릭터인 나우시카가 등장한다.

히가시 고가네이의 스튜디오 지브리 앞에서 만난 닐 게이먼과 필자.

〈바람이 분다〉에서 카스토프 역의 목소리 녹음(일본어)을 마친 후, 스즈키 토시오와 필자.

이 책의 일본어판이다. 제목은 번역이 어렵지만 대략 번역하면 이렇다. 《나는 외국인이로소이다: 지브리를 세계에 팔아넘긴 한 남자》. 제목의 앞부분은 나쓰메 소세키(Natsume Soseki)의 고전 소설을 인용했고, 뒷부분은 일본 출판사가 덧붙였다.

이바라키 소재 다이렉트TV
위성 업링크 방송국으로 가는
길에 회사 구내식당에서 점심을
함께하는 도쿠마 야스요시
(가운데).

다이렉트TV
일본 위성 업링크
방송국에서 도쿠마
부서장들의 단체
사진.

아오야마에 있는 도쿠마 사장의 묘에서
〈센과 치히로의 행방불명〉 오스카상을
전하는 스즈키 토시오.

고 시켰고, 호텔에서 그와 아침 식사를 함께 하기로 했다. 미야자키, 스즈키, 나는 레스토랑을 나와 대기 중인 미라맥스 리무진을 타고 호텔로 돌아왔다. 우리가 떠날 때 어떤 웅성거림이 우리의 뒤를 따라다녔다. 미라맥스 홍보 담당자 중 한 명이 "세상에, 하비가 지금 무슨 짓을 한 거야?"라고 떠들었다.

나중에 사람들과 이야기를 해 보니, 하나같이 하비가 미야자키를 모욕하자 미야자키가 기분이 상해 식당을 뛰쳐나간 것으로 믿는 듯했다. 이는 사실이 아니었다. 우리가 미야자키의 호텔 방으로 돌아왔을 때 그가 유쾌한 기분이어서 오히려 당황스러웠고 화를 내기는커녕 매우 편안해했다. 미야자키와 스즈키는 모두 넓고 편안한 스위트룸에 묵었다. 스즈키의 스위트룸에서는 허드슨강이 한눈에 들어왔고, 미야자키의 스위트룸에서는 센트럴 파크가 한눈에 들어왔다. 스즈키는 자신의 스위트룸을 우리 일행을 위한 모임 장소로 사용했고, 미야자키는 객실의 디럭스 기능은 대부분 무시한 채 자신의 스위트룸을 휴식처로 사용했다. 이 특정 상황을 위해 우리는 미야자키 스위트룸의 사용하지 않는 거실에 자리를 잡고 방의 미니바를 비운 다음, 커다란 가죽 소파 앞의 바닥에 웅크리고 앉아 하비가 〈원령공주〉에서 자르고 싶다고 말한 것에 대해 이야기를 나눴다.

미야자키는 말했다. "왜 그가 영화를 자르려고 하는지 정말 이해가 안 됩니다. 90분 길이여야 한다고 하는데, 그렇다면 도대체 어느 부분의 40분을 자르라는 건가요? 무조건 90분만 되면 아무 데나 40분을 잘라도 되는 건가요? 영화를 40분 짧게 만들 수는 없잖아요. 어디를 잘라 내야 할지 무슨 아이디어가 있나요? 특정 부분을 잘라 내야 할 이유가 있나요? 더 짧은 영화에 대한 토론은 할 수 있지만, 꼭 90분이어야 한다는 말은 말도 안 됩니다. 답답하네요. 정확히 어느 부분을 자르길 원하는지 듣고 싶어요."

나는 하비 역시 그걸 모르기 때문에 말할 수 없을 거라고 설명해 주었다. 내가 이해한 바로는, 영화감독이 '오케이'라고 하면 하비와 그의 주변 사람 몇몇이 영화를 보며 어디를 잘라 낼지 결정했다. 그다음 영화를 테스트 상영하여 영화가 재생되었을 때 그 자른 부분이 어떻게 작동하는지 확인하는 식이었다. 아마 시간이 많이 걸릴 수밖에 없는 과정일 것이다.

미야자키는 계속했다. "무슨 말을 해야 할지 모르겠어요. 앨퍼트 씨, 어떻게 생각하세요? 그가 우리 영화를 자르게 해야 할까요?"

일본 회의에서는 상급자가 의견을 내기 전에 다른 사람들의 의견을 충분히 생각해 볼 수 있도록 후배들이 먼저 발언하는 것이 일반적이다. 나는 또한 비즈니스 측면의 대표로서, 하비가 영화를 자르는 것을 허용해서 미국 개봉에서 더 많은 돈을 벌 수 있도록 옹호하는 게 나의 역할임을 깨달았다. 내가 비즈니스 측면을 위해 그런 주장을 펼치면, 미야자키와 스즈키는 이를 들은 뒤 거부할 것이다. 그들이 나의 진짜 생각을 알고 싶어 하지 않았다는 말이 아니다. 내가 해야 할 일이 무엇인지는 알았지만, 왠지 모르게 나는 그렇게 말할 수 없었다.

미야자키가 미국 배급을 위해 영화를 자르는 일을 실제로 절대 허락하지 않을 것임을 확신하는 나로서는, 그렇게 해도 괜찮다고 말하는 사람이 되고 싶지 않았다. 또한 미라맥스가 90분짜리 영화를 만들려면 많은 시간과 막대한 비용이 소요될 것이라는 점도 감안해야 했다. 결국 지브리가 거절하겠지만 그 비용은 우리가 지불해야 할 것이다. 게다가 그 영화의 컷 버전은 실제로 어딘가에 존재할 것이다.

"그 사람이 영화를 자르도록 두면 안 된다고 생각합니다."라고 나는 말했다.

미야자키와 스즈키는 내 대답에 실망한 표정이었다. 나는 나의 논리를 설명할 수 없다는 걸 알았다. 대신 나는 미야자키가 승낙한다고 하더라도 영화가 더 짧아졌을 때 더 많은 돈을 벌 수 있다는 보장은 그 누구도 해 주지 않을 것이라고 말했다. 90분짜리 영화가 얼마나 더 많은 수익을 올릴 수 있을지에 대한 수치는 아무도 제시하지 않았다.

영화를 줄였는데도 흥행이 잘 안 된다면 그때 우리는 어떤 기분이 들까? 나는 미라맥스가 영화를 어떻게 바꿀지는 모르겠지만, 영어 더빙 버전을 바꾸려고 시도하는 걸 본 적이 있기 때문에, 영화를 자르게 하면 우리가 후회할 것이란 확신이 들었다. 내가 미야자키와 스즈키가 듣고 싶어 하는 답을 주지 못하고 있다는 걸 분명히 알 수 있었다. 내가 (큰 소리로) 말할 수 없었던 것은, 어차피 미라맥스가 영화의 컷 버전을 개봉하게 하지 않을 것이고, 그들이 계속 시도하도록 내버려 두는 것은 누구에게도 좋을 리 없다는 것이었다.

특히 스즈키가 나의 말에 매우 실망하는 표정이 역력했다. 미야자키가 영화 삭제를 허락할 가능성은 전혀 없었다. 그와 스즈키는 미라맥스가 정확히 어떻게 제안할지 매우 궁금했을 뿐이었다. 그들은 최종 허가를 해 주지 않고도 알아낼 수 있는 방법을 찾고 있었을 것이다. 하비가 영화를 어떻게 편집할지 정확히 알지 못했지만, 일단 기회만 주어진다면 그는 시간과 에너지, 돈을 들여서라도 알아내려고 했을 것이다. 그리고 승인을 받지 않는 한, 어떻게 편집할지 알아낼 방법은 없었다. 나는 하비에게 승낙할지도 모른다는 암시조차 주고 싶지 않았다.

두 사람 모두 약간 중얼거리고 투덜거리며 나의 입장을 바꾸거나 추가할 기회를 주려는 듯했다. 하지만 내가 끝까지 그렇게 하지 않자, 그들이 만나서 무언가를 논의할 때마다 매번 그렇듯이, 미야자키와 스즈키의 대화는 일본으로 돌아가 그들이 알고 있고 함께 일했던 사람들에 대한 일화에 파묻히면서 하비가 영화를 자르게 하자는 생각은 점점 멀어져 갔다. 단 몇 분 만에 그들은 그 주제에서 완전히 벗어났다.

미라맥스는 해외의 예술 영화를 미국으로 가져와서 매우 높은 흥행 성적과 함께 존경과 비평적 찬사를 동시에 누리는 것으로 명성을 얻었다. 심지어 〈잉글리쉬 페이션트The English Patient〉와 같은 영화는 선을 넘어 할리우드 히트작의 경계로 진입하기도 했다. 성공의 비결은 예술과 상업 사이에서 균형을 잡는 하비의 능력과 미국 관객에게 적합한 길이로 영화를 만드는(자르는) 것이란 말이 무성했다.

하지만 헤드라인을 장식한 성공작들은 예외였다. 일반적으로 예술 영화는 예술 영화일 뿐이며, 결국 많은 돈을 벌기 위해 만들어진 게 아니다. 돈을 많이 벌면 좋겠지만, 돈을 쫓아 영화를 바꾸려고 노력하는 것은 오히려 장기적으로 보면 자신에게 이익일 수 없다.

나는 스즈키 토시오가 일본에서 지브리의 영화를 마케팅하는 방법을 보면서 영화 마케팅에 대한 매우 중요한 교훈을 얻었다. 그는 의심할 여지없이 마케팅 분야에서 가장 뛰어난 사람 중 한 명이었다. 그는 기존의 통념을 따르지 않는 방식으로 마케팅을 한다. 가장 안전한 것을 고수하라는 주변 사람들의 압박을 받을 때 스즈키처럼 하기란 말처럼 쉽지 않다. 스즈키가 자주 하는 일은 다른 사람들이 그에게 극복할 수 없는 문제가 있다고 말한 약점, 바로 그 약점으로 인식되는 부분부터 공략하는 것이다. 그런 다음 그 문제를 자신의 가장 강력한 판매 포인트로 삼는다.

세상 사람들은 머리와 팔이 잘려 나가는 애니메이션 영화를 아무도 보지 않을 거라고 말한다. 그런데 그는 대중에게 공개되는 예고편과 짧은 동영상에 바로 그런 흉측한 장면을 등장시킨다. 사무라이가 등장하는 옛날 일본을 배경으로 한 영화는 누구도 보고 싶어 하지 않는다고 말하는 세상이다. 그런데 그는 오히려 광고에서부터 이를 전면에 내세운다. 세상은 영화의 영웅이 일본에서 가장 멸시받는 계급 출신일 수 없다고 말하지만, 그는 그런 사실을 숨기지 않는다. 그는 약점에 굴복하거나 숨지 않는다. 자신에게 유리하게 작용하도록 약점을 뒤집는다. 그것은 직관에 반하고, 기꺼이 위험을 무릅쓰는 것이다. 이를 시도하는 사람은 많지 않다. 영화 제작에 돈을 투자한 사람들이 이 방식에 동의하도록 하는 것도 간단한 문제가 아니다. 그렇기에 파격적인 결정을 내리기란 더욱 어렵다.

미야자키와 스즈키 모두 하비가 영화를 자르게 할 생각은 추호도 없었다. 두 사람은 영화를 제작하는 동안 이미 일본에서 영화를 더 짧게 만들어야 한다는 보다 더 강력한 주장을 접한 적이 있었고, 더 열정적이고 긴급하게 이런 주장을 쏟아 내는 목소리도 들었다. 일본에서 영화가 흥행에 실패하면 스튜디오 지브리는 끝장날 수도 있었다. 하지만 모두의 예상이 틀렸음을 증명하듯, 〈원령공주〉는 일본에서 극장 개봉만으로도 그 누구도 상상하지 못한 엄청난 수익을 올렸다. 일본 외 지역에서의 흥행 성공과 실패는 스튜디오 지브리의 성패를 좌우하지 않았다. 그렇다면 미야자키나 스즈키가 일본에서 이미 싸워 이긴 것을 굳이 미국에서 동의할 이유가 있을까?

미국은 대부분의 일본인에게는 특별한 의미가 있는 나라다. 일본 야구팬들에게 일본 선수가 야구의 본고장인 미국 메이저리그에 진출하는 것은 성공의 정점이다. 할리우드는 영화 산업의 본고장이며, 영화 제작자에게는 성공의 정점은 아니더라도 그곳에서 영화가 잘되는 것은 엄청난 의미가 있다. 그 성공의 정의는 큰 흥행일 수도 있고, 아니면 평론가들로부터 긍정적으로 쏟아지는 평가일 수도 있다.

우리가 하비의 파티에서 일찍 퇴장한 후 미야자키와 스즈키는 아마도 〈원령공주〉 단축판의 장점에 대해 더 활발한 토론을 기대하고 있었을 것이다. 안타깝게도 그날 밤에는 그들이 기대했던 그런 수준의 토론은 없었다.

잠시 후 미야자키는 우리를 돌려보내며 내일 아침 식사 때 하비에게 자신의 결정을 알려 주겠다고 말했다.

다음 날 아침 호텔 레스토랑에서 아침 식사를 하면서 하비는 공개적으로 나를 협박한 것에 대해 사과했다. 그는 자신이 배급하는 영화에 대한 열정을 내가 이해해 줄 거라 믿으며 개인적인 감정은 없었다고 말했다. 나는 이해했다. 이어서 미야자키는 자신의 영화에 어떤 컷도 허용하지 않기로 결정했다고 말했다. 그는 하비에게 누군가 영화를 어디서 어떻게 잘라야 하는지 정확히 설명해 주면 좋겠지만, 이미 영화를 자르지 않기로 마음을 굳혔기 때문에 그건 중요하지 않다고도 말했다. 그것은 그의 개인적인 결정이자 최종 결정이었다.

하비는 그 결정을 이해하고 존중하며 다시는 이 문제를 거론하지 않겠다고 말했다. 우리는 아침 식사를 주문했고 그게 끝이었다. 그날 늦게 모두 밴을 타고 JFK 공항으로 가서 도쿄로 돌아왔다.

일곱

아시아

한국, 대만, 중국에서 사업하기

아시아 출신이 아닌 사람들은 아시아에서 처음 비즈니스를 시작할 때 많은 어려움을 겪는다. 아시아인은 문화적으로나 역사적으로나 서양인보다 훨씬 더 오랫동안 상거래를 해 왔고, 그 이유와 그 외 다른 여러 이유 때문에 비즈니스 거래에 대한 접근 방식이 더 정교하고 미묘하다. 서양에서의 비즈니스는 마치 난해한 〈뉴욕타임스〉 토요일판 십자말풀이를 푸는 것과 같아서 어렵지만 그래도 명확한 구조를 따르고 있다. 이에 반해 아시아에서의 비즈니스는 도표가 없는 십자말풀이를 푸는 것처럼 훨씬 더 까다로울 뿐 아니라 모호하고 복잡하다.

물론 상황도 변하고 앞으로도 계속 변하겠지만, 일반적으로 아시아에서의 비즈니스 규칙은 서양과 다르다. 예를 들어, 진실을 말하는 미덕만 해도, 당사자들이 항상 진실을 말할 것이라는 기대를 하기 어렵다. 모든 사람이 거짓말을 한다고 가정한다. 계약서는 대부분 무시되고, 약속을 지키지 않았다고 지적받아도 당황스럽게 느끼는 경우는 거의 없다. 모든 사람은 이전에 합의한 내용과는 상관없이 각자 최선의 이익에 부합하는 행동만 한다. 따라서 늘 인식하지 않으면 안 될 최선책이자 유일한 타협점은 모든 사람들의 진정한 이익이 무엇인지를 파악해야 한다는 가정이다.

그렇다고 해서 아무런 규칙이나 기능적인 비즈니스 규범이 없다는 게 아니다. 다만 경험이 없는 사람의 입장에서는 약간의 적응이 필요하다는 말이다. 아시아에서는 농담이나 아이러니가 아닌 이상 "내 변호사로부터 연락이 갈 겁니다."라는 말을 곧이들을 사람은 없다.

지브리가 디즈니와 맺은 원래 영화 배급 계약은 아시아를 제외한 전 세계를 대상으로 한 것이었다. 도쿠마 야스요시로서는 디즈니에 지브리의 영화를 아시아에서 배급해 달라고 요청하는 건 상상도 할 수 없었다. 이런 생각은 마치 일본 기업이 미국 기업에게 아시아 사업을 처리해 달라고 요청하는 것처럼 수치스러운 일이다.

도쿠마는 오히려 자신이 디즈니의 아시아 사업에 대해 디즈니에 자문을 제공해야 한다고 생각했다. 당시 지브리의 아시아 사업은 그다지 잘되고 있지 않았다. 그러나 한국, 대만, 홍콩은 지브리 영화로선 잠재적으로 큰 시장이었다. 〈이웃집 토토로〉는 대만에서 역대 가장 인기 있는 영화로 널리 알려졌지만, 대만에서의 지브리 라이선스 사업자는 오랫동안 매출이 0에 가까웠다고 보고했다. 한국에서는 일본 애니메이션 영화가 금지되었다. 모든 지브리 타이틀의 해적판은 홍콩과 중국에서 맥도날드에서 감자튀김을 주문하는 가격보다 저렴하게 널리 유통

되었다.

도쿠마 씨는 중국 영화 산업에 인맥이 있었고, 중국 감독의 영화를 제작하기도 했다. 그의 영화사 토코 도쿠마는 셰진Xie Jin, 1923~2008 감독의 중국 영화 〈아편 전쟁The Opium War〉에 많은 돈을 투자했다. 당시 중국 영화로서는 엄청난 제작비가 투입된 작품이었다. 도쿠마는 제작비를 지불하고 일본에서 후반 작업을 하는 등 많은 기여를 했다. 그 대가로 도쿠마는 완성된 중국 영화의 아시아 지역 배급권을 얻었다.

서사 사극인 이 영화는 아편 중독을 조장하는 등 중국에 대한 영국의 식민지적 태도와 활동에 대해 비판적이었다. 중국 정부가 이 영화의 개봉 시기가 1997년 홍콩이 영국에서 중국으로 반환되는 시기와 딱 맞아떨어진다는 사실을 깨닫기 전까지만 해도 이 프로젝트에 대한 태도는 냉담했다. 영화의 주제는 바로 이런 이벤트에 완벽했다. 그러나 일본 제작자가 제작하고 일본 배급사가 개봉하는 것이 영화에 얼마나 나쁜 영향을 미칠지를 뒤늦게 간파한 중국 정부는 이들 계약을 파기하고 도쿠마 씨에게 영화 제작에 도움을 준 것에 감사하면서도 투자금을 갚아주기는커녕 그를 손절했다.

대부분의 지브리 아시아 배급사들은 로열티 지급을 포함해 합의한 계약 사항을 지키지 않았다. 배급 계약을 협상했던 일본어와 영어에 능통한 각국의 유능한 직원들은 계약 체결 후 곧바로 회사를 떠나야 했다. 교체된 담당자는 중국어만 할 줄 알았다. 이와 대조적으로, 아시아 지역에서의 배급 확대를 위해 디즈니와 협력했다면 비교적 간단하고 스트레스 없이 일할 수 있었을 것이다. 디즈니는 지브리가 불법 복제 및 정부의 금지 조치에 맞서 싸우는 데 도움을 줄 좋은 위치였다. 나는 디즈니에서 사업을 운영하는 사람들을 알고 있었다. 아시아에 있는 디즈니 자회사들은 지브리의 사업을 적극적으로 모색 중이었다. 하지만 도쿠마 씨의 원칙 때문에 우리는 디즈니의 아시아 배급 제안을 거절했다. 대신, 나는 한국, 홍콩, 중국 본토, 대만을 돌아다니며 더 좋은 파트너를 찾았고 기존의 파트너를 정리하려고 노력했다.

한국

한국에서는 한국 내 배급사 문제가 아니었다. 한국 정부는 일본 영화에 대한 금지 조치를 고수했다. 한국에서 지브리 영화를 배급할 수 있는 권리를 가진 한국 회사는 특히 일본 애니메이션 영화에 적용되는 정부의 금지 조치를 뒤집기 위해 우리와 긴밀히 협력했다. 이 회사는 오랫동안 지브리와 협의해 왔지만, 법으로 인해 실제로 영화를 배급할 수는 없었기 때문에 지브리와의 신뢰 문제는 전혀 없었다. 그리고 〈원령공주〉의 흥행과 비평적 성공이 전 세계적으로 큰 화제가 되면서 우리는 한국에서도 이 영화만은 예외일 수 있기를 바랐다. 우리는 많은 한국 사람들이 이 영화를 보고 싶어 한다고 확신했고, 한국 정부의 입장도 다소 누그러질 수 있을 듯했다.

한국은 한때 일본군에 의해 점령당한 적이 있는 나라였다. 과거의 나쁜 감정은 여전히 나이 든 한국인(정부 관계자)의 마음속에 잔존했다. 젊은 한국인들은 이에 대해 별다른 문제의식을 느끼지 않고 일본 것을 열광적으로 받아들이기 시작했다. 프랑스 정부가 할리우드가 프랑스 젊은이들에게 지나친 영향을 미칠 것을 우려했던 것처럼, 한국 정부도 일본 엔터테인먼트가 한국 젊은이들의 정신을 지배하고 지나치게 영향을 미칠 것을 우려했다. 한국과 프랑스 역시 외국과의 경쟁으로부터 자국 애니메이션 산업을 보호해야 했다. 그런 까닭에 〈원령공주〉 개봉에 관한 한국 정부와 규제 당국의 입장은 변함이 없었다.

내가 스튜디오 지브리를 대표해 한국을 처음 방문했을 때 서울 시내의 모든 대형 전자제품 매장마다 TV 스크린에서 상영 중인 데모 영상이 〈원령공주〉의 해적판이란 사실을 알았다. 서울 시내 곳곳마다 자동차 트렁크에서 혹은 비디오를 파는 상인에게서 누구든 쉽게 불법 복제본을 구입할 수 있었다. 일부 비디오 가게에서는 공공연하게 불법 복제본을 판매하기도 했다. 그럼에도 불구하고 〈원령공주〉는 한국에서 상영 금지되어 있었고, 한국 정부는 영화관, TV, 상점에서 합법적으로 판매되지 못하도록 강력하게 통제했다. 한국 정부는 불법 복제에 대한 자체 규정을 시행하고 배급사가 가장 노골적인 위반 행위까지 근절할 수 있도록 돕는 데는 관심이 없었다.

불법 복제는 영화 시장에 대해 많은 걸 알려 준다. 물론 합법적으로 벌어들일 수 있는 수익을 빼앗는 것은 사실이지만, 이는 당신의 영화가 해적들에게 너무 매력적이라는 뜻이다. 영화를 복제해서 판매하려면 시간과 노력, 비용이 든다. 멋진 한글 삽화 표지를 디자인하고, 수십만 장의 복제본을 제작하는 데 드는 재정적 위험까지 감수해야 한다. 그런데도 이를 실행한다면, 당신은 확실히 히트작을 손에 쥐고 있는 것이다. 해적들이 대규모 배급에 관심이 없거나 투자할 의사가 없다면 당신 영화는 실패작일 수 있다. 한시바삐 정부가 나서서 불법 복제 방지법을 시행하면 좋을 것이다. 하지만 적어도 금지 조치가 해제되고 법이 시행되면 팬 층을 확보한 상태에서 비즈니스를 시작할 수 있을 게 분명했다.

서울을 여행할 때 눈에 잘 띄는 곳에 위치한 무단 지브리 매장을 모두 방문했더니 모두 가짜 또는 해적판 지브리 제품만 판매하고 있었다. 대형 전자제품 및 음반 매장에는 다양한 지브리 짝퉁 상품을 판매하는 지브리 코너가 따로 있었다. 도쿄에서 서울로 가는 비행기 안에서, 지브리의 모든 영화를 제작한 스즈키 토시오는 그를 알아본 한국 젊은이들로부터 지브리 아트북에 사인해 달라는 요청을 받기도 했다. 가짜 지브리 매장을 방문했을 때도 사람들이 스즈키를 알아봤고 그곳에서 구입한 책에 사인해 달라는 요청까지 받았다. 그런 경우, 나는 스즈키에게 제발 불법 복제본에 사인하지 말라며 간청했지만, 그는 마지못해 (기쁜 마음으로) 사인해 주었다. 하지만 지브리의 그 어떤 작품도 한국에서 상영이 허용되지 않았음에도 많은 사람들이 스즈키를 알아볼 정도로 지브리의 작품을 알고 있다는 사실을 확인할 수 있었는데, 이는 우리의 두 눈을 크게 뜨게 해 준 놀라운 사건이었다.

1999년 1월, 우리는 마침내 부산 국제애니메이션 페스티벌에서 〈폼포코 너구리 대작전〉과 〈붉은 돼지〉의 상영을 허가받았다. 지브리의 한국 시장 담당자인 다케다 미키코와 내가 부산에 초청받아 동행했다. 내가 지브리를 대표해 〈붉은 돼지〉 상영 전에 무대에 오르자 관객들은 영화를 소개해 달라고 요청했다. 우리는 이것이 큰 돌파구는 아니지만 적어도 더 큰 무언가를 위한 시작일 수 있는 작은 징후로 판단했다. 우리가 서로 협력하고 어떤 양보안을 제시받든 그것을 존중하는 게 중요했다.

지브리 영화는 한국의 영화제나 특별 행사에서 계속 상영되었고, 항상 매진 사례를 기록했다. 영화를 보려는 수요가 늘어나자 결국 한국 정부는 일본산 신작 애니메이션을 금지하는 규정을 일부 철회했다. 정상적인 시장 상황이 어느 정도 회복되면서 한국은 지브리 영화의 가장

232

큰 국제시장 중 하나가 되었다. 또한 한국에 합법적인 지브리 작품이 등장하자 해적판과 짝퉁의 존재는 (어느 정도) 줄어들었다. 지금도 계속 전진하고 있다.

대만

〈이웃집 토토로〉는 대만에서 역대 가장 인기 있는 애니메이션 영화였다. 백화점, 서점, 약국, 야시장, 노점상 등 거의 모든 곳에서 비디오로 제작된 이 영화를 구입할 수 있었다. 그럼에도 불구하고 지브리의 대만 라이선스 업체는 라이선스가 처음 부여된 시점부터 매출이 거의 영(0)에 가깝다는 보고를 했다. 나는 더 나은 배급사를 찾아야겠다고 결심했다.

나는 학생 시절 대만에 1년간 거주한 적이 있고, 늘 대만 방문을 즐겼다. 대만의 디즈니 친구들은 우리가 왜 지브리의 영화를 대만에 배급하지 못하게 했는지 이해했고, 현재 배급사에 대한 정보도 기꺼이 공유해 주었다. 뿐만 아니라 다른 현지 배급사도 아낌없이 소개해 주었다. 좀 더 평판이 좋은 배급사들 말이다.

나는 디즈니에서의 경험을 통해 많은 대만 현지 엔터테인먼트 회사들이 어느 정도 합법적인 사업을 하면서도 다양한 형태의 불법 복제에도 관여한다는 사실을 알고 있었다. 그들은 계약을 체결한 외국 회사들에 대한 합법적인 판매는 신고했지만, 중국, 홍콩, 태국에 있는 회사들에 대한 판매를 포함해 훨씬 더 많은 수의 무단 판매는 신고하지 않았다. 일부는 속임수를 썼다는 사실을 숨기는 데만 급급했다. 체결한 계약을 실제로 이행하는 평판 좋은 파트너를 원한다면 선택의 여지는 거의 없다. 선택의 여지가 거의 없다는 말은 파트너가 미국과 유럽의 다른 모든 주요 엔터테인먼트 회사의 파트너일 수 있으며, 이는 더 큰 예산의 (할리우드) 영화가 대부분의 주목을 받는다는 걸 의미했다.

가장 유망해 보이는 한 회사를 소개받았다. 빌Bill이라고 부르는 중국인이 대표였다. 빌은 젊은 시절부터 엔지니어로 일하면서 VHS 비디오 제작과 관련해 필수적인 과정을 개척했다. 그는 특허와 저작권이 무시되는 중국, 홍콩, 대만을 제외한 전 세계 어디서든 비디오카세트를 판매할 때마다 소정의 로열티를 받았다. 그는 상당한 재산을 토대로 영화를 제작했고 다른 사람의 영화를 배급하는 엔터테인먼트 회사를 설립했다. 그는 업계에서 몇 안 되는 정직한 사업가 중 한 명이었을 뿐 아니라 많은 메이저 스튜디오가 그의 회사를 이용하고 있었다.

빌은 두 군데의 배급사를 소유하고 있었다. 한 곳은 사람들이 보통 그의 내연녀로 알고 있는 여성이 운영했다. 다른 하나는 젊은 (남성) 제자가 운영했다. 빌은 두 회사 모두 소유했지만 이들 회사는 서로 경쟁 관계였다.

나는 타이베이의 스네이크 앨리Snake Alley 근처에 있는 작은 사원인 룽산제龍山寺 부근 식당에서 빌을 처음 만났다. 스네이크 앨리는 1990년대 매춘이 불법화되기 전까지 타이베이의 주요 홍등가였다. 사실 매춘은 지금도 여전히 불법이지만 그 시작은 1990년대로 거슬러 올라간다. 이는 법학자와 중국의 법 집행 방식에 대해 잘 아는 사람들만 명확히 구분할 수 있는 차이점이다.

빌이 나를 저녁 식사에 초대했던 레스토랑은 이전에는 매춘업소였다. 나는 실제로 매춘업소에 가 본 적이 없어서 그런 업소가 어떻게 생겼는지 알지 못했다. 아마 이 식당을 디자인한 사람도 마찬가지일 거라 생각한다. 나체 여성의 대리석 조각상, 벽에는 대부분 나체 여성의 유화, 레드 벨벳 벽지, 크리스탈 샹들리에로 치장되어 있었다. 가구는 18세기 프랑스풍을 따른 듯 누군가의 아이디어를 모델로 한 것이었다. 음식의 절반은 중식인데 꽤 맛이 있었고, 절반은 서양식이었지만 끔찍했다. 빌은 와인을 가져왔다. 그는 돈을 번 뒤 가장 먼저 한 일 중 하나가 고급 와인에 대해 배우는 일이었다고 했다. 싱글 몰트 스카치 위스키에 대한 열정이 그의 건강을 해친다는 의사의 말을 듣고서야 그는 와인을 마시는 게 더 낫다고 판단했다. 그는 마음에 드는 와인을 발견하면 대량으로 사서 저녁 식사 때 친구들에게 대접한다고 했다.

빌과의 첫 만남은 서로를 알아가는 자리였다. 빌과의 두 번째 저녁 식사 자리는 크롬, 유리, 검은색 가죽으로 장식된 레스토랑의 프라이빗 룸에서 가졌다. 커다란 원탁에 둘러앉은 탓에 우리는 서로 멀리 떨어져 있었고, 함께 식사하는 사람들을 볼 수는 있었지만 그들이 나누는 말을 들을 수는 없었다. 가끔씩 우리는 단음절로 인사를 나누면서 미소와 몸짓으로만 선의와 친밀감을 전할 수 있을 뿐이었다. 나는 저녁 식사 시 빌과 그의 내연녀 사이에 앉았다. 그는 그녀를 자신의 내연녀이자 자신의 회사 중 한 곳의 사장으로 소개했다. 나는 그녀가 공개적으로 자신의 신분을 밝히는 걸 좋아하지 않는다고 생각했지만, 별문제가 되지는 않아 보였다. 그녀는 빌과 함께 살며 휴가 때면 함께 여행을 다녔다. 그의 아내는 다른 곳에도 자신의 집이 있었다. 그것은 공공연한 비밀이었다.

지브리는 결국 내연녀가 운영하지 않는, 빌이 소유한 회사와 계약을 체결했다. 그것은 상식의 부름에 귀를 기울이는 것이 얼마나 중요한지를 일깨워 준 교훈이 되었다. 우리는 기본적인 직감이나 명백한 판단을 믿어야 했다. 이를 믿지 않았을 때 어떤 일이 벌어지는지를 뼈저리게 배웠다. 이상한 사업 구조, 비정상적인 관계, 안정성에 대한 우려 등 경고 신호가 있었지만 실질적인 의심을 행동으로 옮기지 않았다. 그로 인해 우리는 큰 고통을 겪었다. 6개월 후 우리가 계약한 회사는 내연녀가 운영하는 회사에 흡수되었고, 우리는 다시 새로운 배급사를 찾아 길거리로 나섰다. 하지만 그때는 이미 도쿠마 씨가 세상을 떠난 뒤였다. 우리는 디즈니 대만으로 사업을 이관했고, 그곳에서의 사업은 그 후 번창하고 번영했다.

중화인민공화국

디즈니가 지브리의 영화를 대만에서 배급하는 데에는 추가 보너스가 따랐다. 당시 디즈니의 대만 지사는 모회사의 중국 사업도 담당하고 있었는데, LA에 있는 디즈니의 고위 경영진은 중국 사업을 어떻게 시작해야 할지 고민 중이었다. 그들은 중국의 모든 사람이 단돈 1센트만 디즈니 상품에 지불할 수 있게 해도 무려 1,350만 달러를 벌 수 있다는 생각에 사로잡혀 있었다. 그들로선 놓치고 있던 기회였다. 그들은 그 답을 찾고 있었다.

1990년대 중국과 대만 사이에는 이상한 일이 벌어졌다. 대만 사업가들이 중국 본토에서 사업을 운영하기 위해 중국으로 이주해 온 것이다. 중화인민공화국(중국 본토)과 중화민국(대만) 간의 관계는 특히 좋지 않았다. 중국에서 대만으로 또는 대만에서 중국으로 오고 가는 비행기를 타려면 홍콩을 거쳐야 했다. 직항편은 없었다. 중국에서는 대만인이 중국에 사는 것이 불법이었다. 거꾸로 대만에서는 자국민이 중국을 방문하는 게 불법이었다. 그럼에도 불구하고 50만 명이 넘는 대만 인들이 상하이 외곽에서 공공연히 거주하며 일했다.

경제 성장에 주력하던 중국의 가장 큰 문제 중 하나는 사업을 운영할 줄 아는 인재 부족이었다. 기업을 실제로 운영하는 방법을 아는 훈련되고 경험 많은 정통한 중간 관리자가 없었다. 중국의 국부만 빨아먹는 데 젖어 있던 중국의 국영 기업들은 시장 중심 경제에 적응하지 못해 대규모로 빠르게 추락 중이었다.

반면, 대만의 가장 큰 문제는 증가하는 인구를 수용할 공간 부족 그리고 엄청난 재능과 고학력, 고도의 능력을 갖춘 사업가들이 넘쳐난다는 점이었다. 양국의 고유한 법률에도 불구하고 일부 대만 국민은 중국 기업을 관리하고 일하기 위해 상하이로의 이주를 시작했다. 갑자기 중국에는 서양인들이 들끓었고 실제로 함께 비즈니스를 할 수 있는 사람들이 등장했다. 호기심 많은 서양 사업가는 이 대만인들이 중국에서 체포되어 추방된 적 있는지를 물었다. 물론 그 대답은 언제든 '아니오'였다. 그들이 중국의 설을 맞아 대만으로 돌아갔을 때 그곳에서 체포된 적이 있는가? 그 대답 역시 '아니요'였다. 왜 체포되겠는가?

디즈니가 영화를 위해 중국에서 활용하던 라이선스 업체는 중국 회사와 싱가포르 회사 간의 합작 회사였다. 외국 기업은 중국 정부의 승인을 받은 중국 합작 파트너 없이는 사업을 할 수 없었다. 현실적으로 외국 기업은 잘 연결된 중국 파트너가 없다면, 서면으로든 구두로든 정부의 규제와 제한의 그물망을 뚫고 협상할 수 없었을 것이다.

싱가포르 파트너는 첨단 전자공학 박사 학위를 지닌, 터번을 쓴 시크교도들 소유였다. 이들의 주요 사업은 고급 TV 세트, 스테레오 시스템, DVD 플레이어 같은 오디오/비디오 제품을 제조하는 것이었다.

물론, 그들은 냉장고도 만들었다. VHS, DVD, VCD로 영화를 배포하는 것은 싱가포르 회사로선 부업에 불과했다. 중국 파트너는 직원 수도 적고 사업체도 유명무실한 작은 회사였다. 이 회사의 소유주는 당시 문화부 차관이었다. 문화부는 중국에서 어떤 영화를 상영할 수 있는지, 또 어떤 중국 회사가 VHS, DVD 또는 VCD(당시 중국에서 매우 인기가 있었던 값싸고 품질이 낮은 기술)로 영화를 복제할 수 있는지를 결정하는 정부 기관이었다.

1990년대와 2000년대 초반에는 중국의 경제 및 기술 발전이 너무 빠르게 진행되어 잠시만 자리를 비워도 변화하는 상황을 제대로 이해하기가 힘들었다. 지브리에서 함께 일한 미키코 다케다와 나는 중국 배급사를 딱 한 번 방문했다. C-T라고 부르는 이 회사는 상하이에 본사를 두고 있었고, 운영 부서도 그곳에 있었다. 베이징의 작은 사무실은 정부 규제 기관과의 관계를 돕기 위한 것이었다.

상하이 소재 C-T 본사에서 엔지니어들이 중국 제조 공장에 대해 설명해 주었다. 가장 인기 있는 제품은 HD를 포함한 모든 새로운 디스크 포맷 시 아주 고품질의 최신 오디오 및 비디오를 제공하는 것인데, 이것은 이전의 모든 디스크 기술 유형과 역호환이 가능한 DVD/VCD/오디오-CD 플레이어였다. 이 기계는 제조업체 도매가로 미화 약 50달러에 판매되고 있었다. 일본의 한 대형 전자제품 회사는 일본 내 자사 고가 기계와의 경쟁을 피하기 위해 C-T의 전체 생산량을 구매하기로 계약했다. 일본 회사는 일본 내에서 C-T 기계를 미화 약 500달러에 오프라벨 브랜드(프리미엄 브랜드의 명성이나 가격을 보호하기 위해 회사의 주요 브랜드 또는 유명 브랜드와 다르거나 잘 알려지지 않은 브랜드 이름으로 판매되는 제품)로 판매했다. C-T 관리자는 미키코와 나에게 기계 중 하나를 주면서 일본으로 가져가도 좋다고 제안했지만, 우리는 그것이 세관을 통과하지 못할 거라고 생각했다.

C-T 회사의 대만 영업 매니저 중 한 명이 우리를 데리고 상하이 대도시의 비디오 가게를 보여 줬다. 미국 블록버스터 매장의 서너 배 크기(또는 도쿄의 대형 츠타야 매장 크기 정도)의 대형 매장 몇 곳에는 매장 길이의 절반가량을 지브리 섹션이 차지하고 있었다. 각 지브리 타이틀의 중국어 더빙 버전과 자막 버전도 여럿 있었다. 표지의 삽화는 일본어 버전을 그대로 복사한 것부터 열정적인 연인들이 뜨거운 포옹을 하는 선정적인 장면(지브리 영화 어디에서도 찾아볼 수 없는 장면)까지 다양했다. 모든 매장에서 판매되는 버전 중 어느 것도 C-T에서 발행한 영화의 합법적 사본이 아니었다.

디즈니 대만에서 근무했던 C-T 영업 관리자는 불법 복제에 맞서 싸우는 유일한 방법은 해적들이 이미 해온 일을 기반으로 기술 곡선(새로운 기술이 발명되고 채택되는 과정 또는 일정)에서 앞서 나가는 노력밖에 없다고 설명했다. 영화가 새로운 포맷으로 출시될 때 새로운 포맷을 소유하도록 하는 것이 주된 목표였다. 백화점이나 유명 브랜드 전자 제품 매장과 같이 합법적인 상품을 취급하는 것으로 알려진 매장에서는 제품을 판매하는 고급 시장을 공략하는 것이 가능했다. 마케팅과 광고는 진품을 소유하는 것의 미덕을 강조했다.

점심을 먹기 위해 우리는 대만의 유명 레스토랑 딘타이펑의 해적판 버전으로 이동했다. 딘타이펑은 타이베이에 있는 다층 구조의 만두 전문점으로, 수년 동안 사람들 사이에서 입소문이 자자한 만두, 국수 및 기타 요리를 맛볼 수 있는 특권을 누리기 위해 줄을 길게 서야 하는 곳이다. 딘타이펑은 여러 나라에 공식 지점을 열고 있었지만, 상하이

지점은 그중 하나가 아니었다.

상하이에 이어 우리는 중국인이 직접 운영하는 C-T의 운영 방식을 보기 위해 베이징으로 이동했다. 베이징은 상하이보다 매연이 한층 심했고 활기는 다소 덜한 도시였다. 게다가 상하이보다 훨씬 더 추웠다. 대기오염의 심각성은 폐로 숨을 쉬는 사람이면 누구든 곧장 알 수 있을 정도였다.

우리는 베이징의 C-T 사무실로는 초대받지 못했지만 상하이에서 본 것과 매우 흡사한 비디오 가게 몇 곳을 둘러보았다. 또한 천안문 광장 근처의 넓은 중심가에 세워진 거대 규모의 국영 서점도 둘러볼 기회가 있었다. 베이징에 온 첫날, 우리는 매우 유명하고 비싼 레스토랑에서 점심으로 북경오리를 먹었다. 우리 외 다른 손님들은 모두 군복을 입은 고위급 군인들이었다. 그리고 저녁 식사를 위해 우리는 베이징 중심부 외곽에 있는 이화원으로 이동했다.

이화원은 한때 중국 황제의 소유였으나 지금은 조경된 정원과 호수로 이루어진 거대한 공원이었고, 잘 보존된 황실 건물 몇 채로 이루어진 곳이었다. 이곳은 1100년대 중반부터 황궁으로 사용되었지만, 지금의 정원과 건물은 1700년대 중반 건륭제 시대부터 지어졌다고 한다. 경내와 호수, 일부 건물은 일반인에게 개방되어 있었으나, 우리의 저녁 식사 장소는 일반인에게 공개되지 않는 개인 건물 중 한 곳이었다. 저녁 만찬의 호스트인 W 씨는 합작 유통 회사인 C-T의 중국 측 절반 지분을 소유한 사장이며 중국 문화부 차관도 역임한 분이었다.

밤이 깊어진 후 공원으로 이동한 탓에 호수나 정원을 많이 보지 못했다. 폐장 시간이 지난 공원은 조용하고 대체로 한산했다. 비밀스러운 뒷문을 통해 폐쇄된 황궁 안으로 들어서니 가장 가까운 호수의 광활한 어둠을 휩쓸고 지나가는 얼음 바람이 유령처럼 휘파람 소리를 냈다.

우리는 어둡고 좁은 통로를 지나 중국 황실의 개인 사원이던 작은 안뜰로 들어섰다. 우리가 서 있는 동안 붉은 비단 의상을 입고 얼굴에 분칠을 한 채 다양한 종류의 깃털 머리 장식을 한 무용수들이 청나라 무용과 음악 공연을 위해 마당으로 들어왔다. 그 후 우리는 중앙에 원탁이 있는 작은 방으로 안내되었다. 그날 저녁 베이징은 매우 추웠지만 방바닥은 쿠키를 구워 먹을 수 있을 정도로 난방이 잘 되어 있었다.

무표정한 W 씨가 테이블의 머리로 보이는 자리에 앉아 있었다. 그는 자리에서 앉은 채로 우리가 들어오는 것을 미소도 없이 맞이했다. W 씨가 영어를 전혀 하지 못한다는 것을 우리는 전해 들었다. 그가 디즈니 직원에게 무슨 말을 하면, 그 직원이 우리에게 통역을 해 주었다. 내가 중국어로 환대에 대한 감사 인사를 전하려 하자 그는 내 말을 무시하고 디즈니 가이드에게만 계속 말을 걸었다.

청나라 의상을 입은 웨이트리스가 들어와서 한 접시씩 요리를 서빙했다. 서빙을 하면서 각각의 요리에 대해 설명해 주었다. 우리는 저녁 메뉴가 적힌 인쇄본을 받았는데, 과거 이 방에서 건륭제에게 진상되었던 만찬 메뉴, 즉 황실 기록 보관소에 기록된 그 만찬과 똑같은 메뉴라고 했다. 거북이 수프, 소 힘줄과 해삼을 삶은 조림, 매콤한 낙타 혹, 죽순과 함께 볶은 사슴 간, 연근과 당근으로 조리한 토끼 고기 덩어리, 새우 머리를 새콤달콤한 소스에 볶은 것, 파를 곁들인 오리 모래주머니 튀김, 밤, 옥수수, 밀가루로 만든 찐빵이 차례로 나왔다.

상하이에서의 마지막 밤, 미키코는 도쿄 사무실에 있는 사람들에게 선물할 실크 스카프를 사고 싶어 했다. 그녀는 7장이 필요했지만, 호텔 선물 가게에는 5장밖에 없었다. 선물 가게의 여직원은 2장을 더 만들어 주겠다며, 어떤 색상을 원하는지 물었다. 스카프를 만드는 공장은 시내에서 차로 1시간 정도 떨어진 곳이었다. 미키코는 고마워하면서도 다음 날 아침 6시에 호텔을 떠나야 한다고 말했다. 그 여성은 아침에 체크아웃 할 때 프런트 데스크에서 누군가가 미키코에게 전해 줄 테니 걱정하지 말라고 했다. 실제로 누군가로부터 전달받았다. 스카프 가격은 개당 2달러 정도였다. 누군가가 4달러의 이윤을 남기려고 스카프 2개를 만들어 새벽부터 시내로 왕복 운전해서 왔다는 사실에 우리는 무척 놀랐고, 잊기 힘든 기억 중 하나다.

마침내 중국에서의 영화 불법 복제가 눈에 띄게 감소했다. 불법 복제를 종식시킨 것은 무엇보다 기술이었다. 홈 엔터테인먼트 기술이 물리적 미디어에서 디지털 스트리밍으로 옮겨 가면서 불법 복제는 중국 정부의 의무적인 감독과 통제 영역에 직면했다. 정부가 콘텐츠에 대한 통제를 강화하여 수익을 올릴 수 있다는 사실을 깨닫자, 엔터테인먼트 제품 불법 복제는 거의 하룻밤 사이에 사라졌던 것이다.

하지만 세계 최대 시장에서 수익을 올리려는 외국 엔터테인먼트 회사들에게는 별반 큰 차이 없었다. 내가 마지막으로 중국을 방문했을 때만 하더라도 콘텐츠 접근은 여전히 제한적이었다. 중국의 모든 소비자로부터 1센트를 모으려는 디즈니의 꿈은 지금도 요원한 일이다.

여덟

센과 치히로의 행방불명

/
자화자찬하지 마라

2001년 말, 미야자키 하야오는 한 기자로부터 다음과 같은 질문을 받았다. 〈센과 치히로의 행방불명〉은 일본 영화 산업 역사상 가장 큰 성공을 거둔 영화다. 또한 전 세계적으로 2억 달러 이상의 흥행 수익을 올린 유일한 비미국 영화이기도 하다. 자랑스럽지 않은가?

미야자키 하야오가 대답했다. "영화가 성공하든 실패하든 저는 항상 그 결과를 겸허히 받아들이려고 노력합니다. 수익이 제작비를 뛰어넘어 또 다른 영화를 만들 수 있다는 소식을 들으면 언제나 기분이 좋지요."

나는 일본 스모의 팬이다. 수년 동안 일본 국영 방송 NHK의 스포츠 기자들이 엄청난 일을 해낸 리키시(스모 선수), 방금 승수 신기록을 세운 요코즈나(그랜드 챔피언), 자기 몸집의 두 배나 되는 전설적인 요코즈나를 넘어뜨린 주니어 스모 선수 등을 인터뷰하는 걸 지켜봤다. 기록이 아무리 화려해도, 업적이 아무리 대단해도, 그는 잠시 심호흡을 한 뒤 좌우로 고개를 흔들며 자기 발끝을 내려다보면서 "나는 늘 최선을 다할 뿐이다."라고 중얼거린다. 늘 똑같고, 전혀 변함이 없다.

매번 나를 당혹시킨 것은 NHK 인터뷰 진행자들이 무슨 응답이 나올지 정확히 알았다는 점이다. 그들은 인터뷰 대상자가 예상되는 말과 우리가 알고 있는 말만 할 것임을 알면서도 다른 대답을 이끌어 내는 데 일종의 쾌감을 느끼는 듯했다. 일본인이 아닌 사람에게는 이런 겸손한 답변이 자칫 거짓으로 들릴 수도 있지만(또는 실제로 거짓일 수도 있다), 그게 중요한 게 아니다. 서구의 저널리즘 지평에서 기자는 새롭고 신선하고 특별하고 독특하며 개인적 통찰력을 전해 주길 희망한다. 일본에서의 인터뷰는 지금까지도 그래 왔고 앞으로도 그럴 거란 사실의 확인이다. 뻔한 질문을 반복하고, 여전히 뻔한 대답을 듣는다. 그런데도 모두 행복하다.

외국 기자들은 위와 같은 질문에 대한 미야자키의 답변이 하나밖에 없다는 걸 깨닫지 못할 수도 있다. 스모 선수나 야구 선수처럼 일본 영화감독은 겸손하게 대답해야 하고, 실제로도 그렇게 한다. 나는 해외에서 미야자키 감독을 대변할 때마다 항상 이 점을 염두에 뒀다.

미야자키 하야오는 직접 나가서 상을 받는 걸 싫어하는 것으로 유명하다. 그가 경력을 쌓아 가는 동안 적지 않은 상을 수상했는데, 〈센과 치히로의 행방불명〉으로 받은 상이 그중 많은 부분을 차지한다. 〈센과 치히로의 행방불명〉은 전 세계 50개 이상의 수상 후보에 올랐다. 이 영화로 제25회 일본 아카데미 시상식 최우수 작품상, 제52회 베를린 국제 영화제 황금곰상, 제75회 할리우드 아카데미 시상식 최우수 장편 애니메이션 작품상 등 주요 영화상 35개를 수상했다.

〈센과 치히로의 행방불명〉이 공전의 기록을 갈아치우고 모든 상을 휩쓸고 있을 때, 나는 미야자키 감독을 대신해 해외로 출장을 가서 수상 연설을 해야 했고, 때로는 언론의 질문에 답하는 일을 맡았다. 미야자키 감독이 일본 내 인터뷰에 응하는 건 스튜디오가 도맡을 수 있었지만 해외 인터뷰는 대부분 거절했다.

영화 제작자를 포함해 모든 예술가에게는 동업자나 동료, 즉 예술의 질을 평가하는 게 직업인 사람들의 칭찬보다 더 큰 칭찬은 없다. 미야자키 하야오 감독이 수상자로 선정되는 영광을 감사해하지 않는다는 말이 아니다. 다만 그가 직접 나서서 그런 칭찬을 받는 걸 좋아하지 않을 뿐이다. 그럴 만한 이유가 있거나 자신이 피할 수 없다고 생각하면 그가 참석하도록 설득할 수 있다. 또한, 자신이 하는 일을 아주 잘하는 많은 사람들이 그렇듯이 그 역시 지는 걸 정말(정말) 싫어한다. 초대받은 시상식에서 다른 후보자들과 함께 공개적으로 앉아서 누가 수상하는지를 지켜봐야 한다면 그는 참석하지 않으려고 한다.

2002년 이전까지 베를린 국제 영화제에서는 애니메이션 장편 영화가 경쟁 부문에 출품할 수 없었다. 지브리의 유럽 배급사 대표인 빈센트 마라블Vincent Maraval은 이제부터는 이런 제약을 바꿀 때가 되었다고 제안했다. 영화제 최고상인 황금곰상 경쟁 부문에 애니메이션 영화를 출품할 수 있도록 선정위원회를 설득한 영화가 바로 〈센과 치히로의 행방불명〉이었다. 이제 애니메이션 영화도 최고의 장편 영화상을 놓고 실사 영화와 경쟁할 수 있는 기회가 생긴 것이다. 몇 년 전 베를린 국제 영화제에서 미야자키 감독의 〈원령공주〉가 경쟁 부문에서 상영되었을 때도 매우 호평을 받은 적이 있다.

나는 이 영화의 제작자인 스즈키 토시오에게 마라블의 제안을 언급했고, 그는 미야자키에게 직접 물어보라고 말했다. 이것은 통상 '아니오'라는 대답을 그가 이미 알고 있다는 확실한 신호였다. 만약 그가 승인했다면 스즈키는 나와 함께 가서 직접 물어봤을 것이다. 스즈키는 영화를 출품했다가 떨어지면 나를 해고해야 한다는 점도 나를 혼자 보내 물어보게 한 또 다른 이유라고 말했다. 그때 나는 그것이 농담이 아니라는 걸 몰랐다.

〈센과 치히로의 행방불명〉이 베를린 국제 영화제 경쟁 부문에 진출하는 것만으로도 큰 영광일 것이다. 마라블의 회사 입장에서는 유럽에서의 영화 배급에 큰 도움이 될 것이다. 유럽인들은 주요 영화제 수상을 진지하게 받아들인다. 물론 특정 영화가 실제로 최고상을 수상할지는 아무도 예측할 수 없다. 주요 영화제에서는 항상 훌륭하고 흥미로운 영화들이 경쟁한다.

도쿄 미타카에 있는 지브리 박물관은 개관한 지 얼마 되지 않은 시기였다. 평소 영화 제작을 마친 후 산으로 떠나 휴식을 취하던 미야자키는 마땅히 누려야 할 휴가를 미루고 박물관 운영을 돕기 위해 이곳에 머무르던 중이었다. 미야자키는 전시물 중 하나로, 다음 영화에 대한 아이디어를 개발하기 위해 작업 중인 책상이 있는 방을 재현했다. 원래 미야자키의 생각은 일주일에 한 번씩 이 책상에 앉아 박물관 방문객들로 하여금 실제로 그가 작업하는 모습을 전시의 일부로 보게끔 하는 것이었다.

하지만 실제로는 그렇게 되지 않았다. 미야자키가 책상에 앉아 있을 때마다 관람객들 자체가 벽이 되었다. 사람들은 입을 벌린 채 꼼짝

하지 않고 서서 미야자키를 바라보기만 했다. 그는 그들을 밀어내고 더 많은 사람들이 들어올 수 있도록 계속 움직여 달라고 애원했지만 소용 없었다. 그러자 그는 복도 아래쪽에 유리 벽으로 된 회의실로 자기 자리를 옮겼다. 국제부에서 함께 일하던 미키코 다케다와 내가 베를린 국제 영화제에 대해 물어보기 위해 미야자키를 방문하던 날, 박물관을 찾은 방문객들은 이 유리로 된 회의실에서 미야자키를 발견하자 입을 벌리고 경탄하며 살아 있는 벽을 만들어 다시 교통 흐름을 방해하고 있었다.

미키코는 〈센과 치히로의 행방불명〉이 황금곰상 수상에 실패하면 정말로 내가 해고될 것임을 주지시켰다. 또한 미키코는 내가 미야자키 감독을 설득하는 걸 돕곤 있지만, 영화가 황금곰상을 수상하지 못하면 그 결과를 공유할 생각은 없다는 점을 이해해 달라고 했다. 미키코는 나의 말을 누군가에게 무언가를 설득하는 데 필요한 언어로 통역하는 데 천부적인 재능이 있었을 뿐 아니라, 내가 미키코 없이는 미야자키의 승인을 얻을 수 없다는 것을 알고 있었다.

우리가 미야자키에게 상황을 설명하는 동안 박물관 직원은 바깥의 군중이 회의실 안을 볼 수 없도록 가림막을 쳐서 사람들이 흩어지기를 바랐다. 하지만 별로 효과가 없었다. 미야자키는 짜증이 났고 기분이 좋지 않았다. 그는 우리의 요청을 듣고는 더 이상 논의하지 않고, "좋아요, 그렇게 하고 싶으면 영화제에는 출품하겠지만 나는 안 갈 테니 묻지도 마세요."라고 말했다.

마라블에게 확인했더니 감독의 참석은 당연한 일일 뿐 아니라 직접 오지 않으면 심사위원들이 무시당한 느낌을 받을 수 있고, 실제로 영화가 최고상을 받을 가능성도 크게 낮아진다고 했다.

"그럼 이 영화가 실제로 이길 수 있다고 생각하세요?" 내가 물었다.

"네, 그럴 수 있다고 봅니다. 미야자키가 가지 않는다면 최소한 제작자라도 가야죠." 그가 말했다.

나는 돌아가서 스즈키에게 이런 사실을 알렸고, 마침내 그는 이 영화를 대표해 베를린으로 가는 데 동의했다.

황금곰상

그해 2월, 베를린은 너무 추웠다. 눈이 내리고 있었다. 스즈키와 다케다, 그리고 내가 호텔에 체크인했을 때는 1층 전체가 베를린 국제 영화제 관계자로 가득 차 있었다. 호텔과 그 영화제는 베를린 장벽이 도시를 동베를린과 서베를린으로 나누던 곳과 매우 가까운 포츠담 광장에 위치했다. 포츠담 광장은 소니의 독일 본사를 포함해 반짝이는 유리와 강철 건물로 이루어져 있었고, 광장 주변에는 공터 외에는 아무것도 없었다. 광장과 경계를 이루는 큰 공원 건너편에는 독일 의회(독일 연방의회)가 자리했다. 다른 쪽에는 대형 콘서트홀이 있었다. 광장 인근에는 상점, 가게, 레스토랑 하나 없었다. 광장 바로 밖 모든 공간은 여전히 통일과 경제 부흥이 한창이었다. 소니 건물에 붙어 있는 반짝이는 유리와 강철로 된 쇼핑몰은 대부분 비어 있었다.

영화제와 관련된 모든 행사는 호텔 근처에서 열렸다. 호텔 로비는 마치 러시아워에 붐비는 기차역 같았다. 사람들은 이용 가능한 모든 곳에 앉거나 서 있었고, 대부분 음료수나 휴대전화를 손에 들고 있거나 둘 다 한꺼번에 들고 있기도 했다. 일본에서 출발해 암스테르담 공항에서 비행기를 갈아타고 경유하는 20시간의 여정을 마친 후 소음의 벽을 뚫고 체크인 절차를 진행하기란 쉽지 않은 일이었다.

내가 체크인을 하고 있을 때, 무료로 객실을 취소하려는 투숙객이 이를 거절하는 호텔 매니저와 옆에서 실랑이를 벌였다. 가죽 재킷을 입은 영국인 커플은 예약된 방이 '견딜 수 없다'며 다른 호텔로 옮기고 싶어 했다. 호텔에 투숙한 영국인들이 불평하는 걸로 봐서 무슨 문제가 있음을 직감했다. 위층에 올라갔을 때 나는 그 소란이 왜 일어났는지를 이해할 수 있었다.

객실의 디자인은 매우 세련되고 우아했다. 매우 각지고 날렵한 디자인이었으며, 실제로 사용해야 할 물건들은 모두 숨겨져 있거나 감춰져 있었다. 방 안의 거의 모든 것이 온통 검은색이었다. 전등 스위치나 플러그 같은 것을 벽의 나머지 부분과 구별하기가 쉽지 않았다. 스위치를 찾으면 무엇을 제어해야 하는지 알아내는 데도 시간이 걸렸다. 서랍이 전혀 없어 옷을 여행 가방에 그대로 보관해야 했다. 인터넷 연결, 전기 콘센트, 전화 플러그는 서랍이 없는 책상의 접이식 패널에 교묘하게 숨겨져 있어서 프런트에 전화해서 누군가가 와서 안내해 주길 요청해야 했다.

다음 날에는 〈센과 치히로의 행방불명〉 언론 상영회가 있었다. 스즈키는 언론의 질문을 받고 그다음 이틀 동안 인터뷰를 진행했다. 미키코가 통역했다. 우리는 영화 〈로얄 테넌바움The Royal Tenenbaums〉(2001)의 기자회견에 참석하여 웨스 앤더슨Wes Anderson, 1969~ 감독과 배우 오웬 윌슨Owen Wilson, 1968~이 기자들과 농담을 주고받는 걸 들었다. 〈로얄 테넌바움〉은 그해 경쟁작이었으며 디즈니가 배급을 맡았다. 우리는 디즈니가 지브리의 영화와 경쟁하는 걸 화내지 않을까 걱정했지만, 이는 근거 없는 기우였다. 디즈니의 해외 배급 책임자인 마크 조라디Mark Zoradi는 〈센과 치히로의 행방불명〉이 수상할 가능성은 전혀 없다고 내게 주지시켰다. 애니메이션 영화는 절대 수상할 수 없다는 걸 모르는 사람이 없었다.

조라디는 스즈키와 미키코, 그리고 나를 도시의 다른 곳에서 밤에 열리는 〈로얄 테넌바움〉 홍보 행사에 친절하게 초대해 주었다. 디즈니는 〈로얄 테넌바움〉을 홍보하기 위해 도시 주택 한 채를 통째로 빌려 영화 세트장처럼 개조했다. 우리가 도착했을 때 건물 전체가 파티 참석자들로 가득 차 있었다. 밝은 조명과 음악, 음식과 음료가 넘쳤다. 나는 이런 행사에 많은 돈을 쓰는 것이 어떻게 영화 티켓 판매를 촉진하는지 이해할 수 없었지만, 우리 영화는 (일본 외 지역에서) 큰 이벤트를 하는 영화만큼 돈을 많이 벌지 못했기 때문에 이런 부분은 내가 놓치고 있는 것인지 모른다.

조라디는 나를 앤더슨과 윌슨에게 소개해 줬는데, 그들은 두꺼운 보라색 벨벳 밧줄과 허스키한 모습의 경비원들이 파티 참석자들과 분리시킨 위층 구석에 앉아 있었다. 그들은 미니 치즈버거 한 접시를 먹으며 침울한 표정을 짓고 있었다. 내가 소개를 받고 있는 동안 한 40대 여성이 계단 벽을 타고 난간을 넘어 앤더슨에게 가려 했지만 경비원에게 가로막혀 제지당했다.

조라디는 '그녀는 아마 로스앤젤레스에서 열리는 아주 작은 영화제의 주최자'일 거라고 무미건조하게 말했다. "저런 사람이 항상 한두 명씩 있습니다. 그게 경비원들이 여기 있는 이유입니다."

〈센과 치히로의 행방불명〉 언론 인터뷰 마지막 날, 스즈키와 다케다, 나는 도쿄로 돌아갈 계획을 의논하며 휴게실에서 커피를 마시고 있었다. 그때 우리의 유럽 배급사인 와일드 번치Wild Bunch의 언론 담당자 필 심즈Phil Symes가 합류했다. 필은 우리 영화가 황금곰상을 수상하면 미야자키가 베를린으로 날아오는지, 그가 오지 않으면 누가 대신 무대에 올라가 상을 받을 것인지를 알고 싶어 했다. 그는 우리 영화가 상을 수상하면 누군가는 꼭 참석해야 한다고 단호하게 말했다. 그날은 화요일이었다. 우리는 다음 날 일본으로 돌아갈 예정이었다. 나는 우리 영화가 수상할지를 언제 알 수 있냐고 물었다. 그는 금요일이라고 했다. 적어도 금요일까지 우리 중 누군가는 남아 있어야 했다. 영화가 수상하면 그 시상식은 일요일일 것이다.

"그런데 수상자를 미리 발표하지는 않습니까?" 내가 물었다.

필은 말했다. "미리 발표하지 않습니다. 하지만 수상자 명단은 언론사에 흘려 영화 관계자가 시상식에 참석할 수 있도록 합니다. 그리고 수상자가 공식적으로 발표될 때까지 발표하지 않는다는 양해하에 언론에 공개합니다. 이렇게 하면 꼭 취재해야 하는 언론사는 취재할 수 있고, 다른 언론사는 기사를 미리 준비할 수 있습니다. 금요일까지 연락드리겠습니다. 영화제 측은 수상자의 노쇼로 인해 당황해하고 싶지 않을 겁니다."

"만약 우리가 수상하면 그냥 트로피를 우편으로 보내주면 안 될까요?" 내가 물었다.

"절대 안 됩니다." 필이 말했다. "누군가는 상을 받으러 와야 합니다. 영화와 관련된 사람이요."

스즈키와 다케다가 나를 쳐다보았다.

"스즈키 씨여야 해요." 내가 말했다. "영화 제작자잖아요."

스즈키는 고개를 가로저었다. "더 이상 일본을 떠나 있을 수 없어요." 그가 말했다. "할 일이 너무 많아요."

"그럼 미키코는요?" 내가 말했다. "적어도 그녀는 일본인이잖아
요."

"나는 충분히 연배가 있잖아요. 게다가 당신이 영어를 더 잘하죠."

마크 조라디로부터 우리 영화가 수상하지 못할 것이라는 확신에
찬 소리를 이미 들었던 터라, 나는 곰곰이 생각한 끝에 베를린에서 이
틀만 더 버텨 보자고 결정했다. 나머지 4일 동안 더 버틸 수 있을지는
확신할 수 없었다.

"우리 영화가 수상할 수 있을까요?" 나는 필에게 물었다.

"소문은 그럴 수도 있다는 겁니다." 그가 말했다.

우리는 유럽에 있었고, 유럽은 어느 곳에서든 유럽의 다른 곳으
로 비행기를 타고 비교적 빠르고 쉽게 갈 수 있다. 며칠 정도 다른 곳으
로 떠났다가 다시 올 수도 있겠다는 생각이 들었다. 스즈키에게 유럽에
머무는 동안 내가 했으면 하는 다른 일이 있는지 물었다. 그는 말했다.
"사실 한 가지 있습니다. 아드만 애니메이션Aardman Animation에 가서 닉
파크Nick Park를 도쿄에서 열리는 애니메이션 심포지엄에 직접 초대해
줬으면 좋겠어요."

스즈키는 〈월레스와 그로밋Wallace and Gromit〉의 열렬한 팬이고 나
역시 그렇다. 그러니 나에게 두 번 물어볼 필요는 없었다. 런던의 바비
칸 센터Barbican Center에서 지브리의 여러 영화가 회고전을 통해 상영 중
이었다. 나는 그 센터의 영화 부서 책임자를 알고 있었다. 그에게 전화
를 걸어 아드만 애니메이션에 아는 사람이 있는지 물어봤다. 금요일에
방문하고 싶다고 말했더니 당연히 그곳에 아는 사람이 있다며 전화로
일정을 잡을 수 있는지 알아보겠다고 했다. 필은 내가 다시 비행기를

타야 할 경우를 대비해 누군가에게 런던과 베를린의 항공편과 호텔 예약을 부탁했다.

나는 수요일에는 영화제 부대행사인 영화 마켓에서 시간을 보내고 목요일에는 런던으로 비행기로 날아갔다. 금요일에는 패딩턴 역에서 이른 기차를 타고 아드만 애니메이션의 본거지인 브리스톨로 향했다. 역에서 스튜디오로 데려다 준 택시 기사가 아드만이라는 이름을 들어본 적이 없다고 해서 놀랐다. 이는 지금은 불가능한 일이다. 하지만 20분 동안 이동하는 동안 이 지역의 역사를 조금 알게 되었다.

브리스톨의 에이번강은 오랫동안 화학 폐기물을 버리던 곳이었지만 최근 들어 깨끗이 정화되었다. 브리스톨은 2차 세계대전 당시 산업적 중요성 때문에 많은 폭격을 받은 탓에 새로운 건물을 지을 빈 공간이 많았다. 브리스톨 해협으로 흘러 들어가는 하구를 따라 부둣가 주변은 부흥기를 맞고 있었고, 폐허가 된 공장과 창고는 적은 돈으로도 많은 공간을 차지할 수 있는 기업들을 끌어들이고 있었다. 심지어 예술가들도 입주를 원했다. 마을 반대편에는 큰 대학이 있었고, 도시가 내려다보이는 언덕 위에는 아주 큰 성당이 있었다.

아드만 리셉션의 보안은 지금보다 훨씬 더 느슨했다. 안내원이 누구를 만나러 왔느냐고 물어서 대답했더니 직접 들어가서 그를 찾으라고 일러줬다. 입구 오른쪽에는 작은 화장실이 있었다. 문을 열면 벼룩시장에서 구한 골동품 거울과 램프, 멋진 오크 변기, 가짜 창문을 장식한 레이스 커튼이 보였다. 문을 가로지르는 감청색 벨벳 밧줄이 출입을 막고 있었다. 내가 왜 그런 것인지를 묻자 엘리자베스 여왕이 그 스튜디오를 방문할 예정이었는데, 스튜디오 감독들은 여왕이 화장실을 사용할 경우 직원들이 쓰는 화장실을 사용하지 않을 거라고 추측했다고 한다. 그래서 그들은 여왕을 위해 화장실을 지었다. 여왕의 방문은 마지막 순간 취소되었지만, 그들은 여왕의 화장실을 예정된 방문의 기념품으로 보관했다.

당시 아드만 애니메이션의 홍보 이벤트 책임자였던 키어란 아르고Kieran Argo가 스튜디오를 안내해 주었다. 아드만에서 하는 일을 클레이메이션claymation이다. 그것은 클레이 피규어clay figure를 이용한 스톱모션 애니메이션stop-motion animation(일련의 스틸 이미지로 영화를 제작하는 예술 형식. 애니메이터는 인형, 모델, 컷아웃을 사용하여 장면을 캡처하며, 각 스틸 이미지 간에 객체를 약간씩 조작하면서 이미지를 배열하여 동영상을 만든다-역주)이다. 다만 '클레이'라는 단어를 들먹이면 이야기가 아주 길어질 수 있다. 즉, 아드만의 사람들이 강력하게 이의를 제기하고 그 용어가 왜 잘못된 것인지 설명할 것이다. 아드만이 사용하는 재료는 플라스티신Plasticine(어린이 공작용 점토)이다. 아드만 캐릭터는 찰흙이 아닌 플라스티신으로 만들어지며, 찰흙이 아닌 플라스티신을 이용한 모델링이 많이 진행된다. 정말 훌륭하고 숙련된 플라스티신 모델링이다.

나는 아드만 영화의 장면에 들어가는 모든 것이 바로 이 스튜디오에서 제작된다는 사실에 놀랐다. 그 모든 것이 완벽하게 미니어처로 재현된 채로 만들어진 곳이 거기였다. 나는 촬영이 이루어지는 세트장을 둘러보고 〈월레스와 그로밋〉 에피소드의 일부가 제작되는 과정을 지켜봤다. 액션이 촬영되는 세트장은 경이로움 그 자체였다. 마치 북극에서 산타의 엘프들이 일하는 모습을 보는 듯했지만, 놀라운 점은 그 모든 것이 생생하다는 것이었다. 캐릭터를 조금씩 움직이고 그 움직임을 일일이 촬영하여 애니메이션 영화를 만드는 과정에는 강철 같은 신경과 용기의 인내심이 필요했다.

나는 스튜디오 설립자 중 한 명인 피터 로드Peter Lord, 1953~를 소개
받았다. 그 후 〈월레스와 그로밋〉 장편 영화의 기획 단계에서 완성한
닉 파크의 그림 몇 점을 구경했다. 당시 닉 파크는 개발팀과 함께 일하
느라 바빠서 함께하지 못했다. 그래서 그의 조수를 만나서 스즈키의 초
대 의사를 전했다. 키어란은 지브리 박물관을 알고 있었고 지브리가 일
본에서 아드만 세트 전시회를 여는 데 관심이 있는지를 물었다. 나는
그의 질문을 전하겠다고 답했다.

런던으로 돌아오자 호텔에서 필 심즈로부터 온 메시지가 있었
다. 〈센과 치히로의 행방불명〉이 황금곰상을 수상할 예정이라는 놀라
운 메시지였다. 런던 시각으로는 오후 5시쯤이었으니 도쿄에서는 새벽
2시쯤이었다. 스즈키가 잠을 잘 자지 않아 아직 깨어 있을 거라고 생각
해 곧바로 전화를 걸어 희소식을 전했다. 그는 기쁜 목소리로 아침에
미야자키 감독에게 알리겠다며 수락 연설을 위해 번역할 내용을 이메
일로 보내겠노라 했다.

나는 행사 관계로 런던으로 돌아간 필에게 전화를 걸었다. 그는
나와 함께 베를린으로 날아와 수락 연설을 도와주겠다고 했다. 나는 시
상식 때 옷을 차려입어야 하는지를 물었다. 그는 내가 할 수 있는 최선
을 다한다면 스마트하고 캐주얼 차림도 괜찮다고 했다. 다른 사람들은
정장을 입을 것이고 여성들은 드레스를 입을 것이다. 나는 스포츠 재킷
과 셔츠, 넥타이를 준비했다고 말했다. 다만 신발은 하이킹 부츠뿐이었
다. 베를린은 겨울에 춥고, 눈도 많이 내린다. 나는 쉴 때면 걷는 걸 좋
아한다. 독일 TV에 출연해 상을 받게 될 줄은 몰랐다.

"절대 용납할 수 없어요." 필이 말했다. "베를린에 돌아가면 필요
한 신발과 옷부터 사세요. 상을 받을 때 멋지게 보여야 하니까요. 일요

일에 거기서 다른 할 일이 뭐가 있겠어요? 하루 종일 시간이 있을 겁니다."

필은 다음 날 히드로 공항에서 나를 만나 내 옷차림부터 살펴봤다. 그는 신발을 제외한 모든 것이 최소한 괜찮다고 판단했다. 다만, 신발은 꼭 사야 한다고 말했다. 그러다가 갑자기 무언가를 떠올랐다.

"세상에나, 우리는 독일로 가잖아요. 독일은 일요일에 매장을 열지 않아요. 신발을 사러 갈 시간 안에 도착하지 못할 겁니다. 여기 공항에서 사야 해요. 지금 당장!"

오후 3시 30분에 출발하는 영국항공 항공편은 오후 6시가 조금 지난 후 베를린 테겔 공항에 도착할 것이다. 히드로 공항은 규모가 큰 공항이고, 유럽을 전역을 운항하는 터미널에는 클락스 슈즈 같은 신발 가게를 비롯한 많은 매장이 있었다.

공항 지도에서 클락스 슈즈 매장을 발견하고 서둘러 그곳을 찾았다. 탑승까지 20분 남짓 남은 상황에서 나는 공항 터미널 쇼핑몰로 달려가 신발 매장으로 갔다. 필은 짐을 들고 나를 뒤따라 왔다. 나는 내 발에 맞을 것 같은 검은색 로퍼(끈으로 묶지 않고 편하게 신을 수 있는 낮은 가죽신) 한 켤레를 집어 들고 계산대 쪽으로 달려갔다. 내 앞에는 열 명 정도의 사람이 줄을 서 있었다.

자랑스럽지는 않지만 난생처음으로 팔꿈치를 내밀며 줄 맨 앞까지 밀고 나갔다. 맨 앞에 있던 중국인 부부가 계산기를 들고 운동화 가격을 흥정 중이었다. 영국인 점원은 클락스 슈즈와 같은 문명 국가의 매장에서는 흥정을 하지 않는다며 인내심을 갖고 설명하기 위해 애쓰고 있었다. 그녀는 표시된 가격이 해당 상품의 판매 정가라고 거듭 말했다. 나는 약 30초 동안 그의 말을 듣고 중국인 부부를 밀쳐 냈다(그것은 중국 사람들이 쇼핑몰에서 행동하는 방식이니 그들도 그것에 익숙했을 것이다). 나는 점원에게 신발값을 바로 계산해 달라고 했다.

판매 직원은 내게 단호한 불만의 표정을 지었다. "고객님, 맨 끝으로 가서 차례를 기다려 주세요." 그녀가 말했다.

"저기요, 전 지금 비행기를 타야 해요. 지금 당장 이걸 해 주셔야 합니다." 내가 말했다.

"고객님, 여기 계신 분들도 모두 비행기를 타야 합니다. 여긴 공항이에요."

"제발 이 빌어먹을 신발을 신고 여기서 나가게 해 주세요!" 나는 큰 목소리로 외쳤다.

아무 일도 일어나지 않을 것 같았지만, 그때 필이 나를 따라잡고 다가와 여성에게 영국식으로 뭐라고 말했다. 그녀는 마지못해 신발값을 금전 등록기에 기록하고 계산해 주었다. 그리고 마침내 우리는 탑승 게이트로 향했다.

탑승구에서 필은 미키코로부터 전화를 받았다. 필은 내게 휴대폰을 건네주었다. 스즈키가 미키코한테서 전화를 건네받으며 "미야자키 씨가 통화하고 싶대요."라고 말했다. 이번엔 미야자키가 전화를 건네받으며 말했다. "황금곰상 … 좋아요 … 그건 좋아요 … 좋은 것 같아요." 그가 행복해 했지만 우리는 비행기 탑승 중이었다. BA 게이트 직원이 "선생님, 선생님… 선생님, 탑승권을 보여 주세요!"라고 소리쳐서 더 이상 말하기 어려웠다. 그러면서 전화 연결이 끊어졌다. 미야자키가 무슨 말을 했는지 전혀 몰랐다. 도쿄는 자정이 조금 지난 시간이었다. 그들은 일본에서 행복했을 것이다.

시상식은 세심하게 연출되었다. 각 수상자에게는 영화제 측의 공식 보좌관이 따로 있었다. 보좌관이 와서 시상식의 순서와 수상자가 해야 할 사항을 일러줬다. 나는 호텔까지 나를 마중 나온 보좌관과 함께 영화제 측에서 제공한 리무진을 타고 시상식장으로 이동했다. 필도 나를 안내하기 위해 그곳에 있었지만, 시상식이 열리는 대형 극장의 수상자 구역에 함께 앉지는 못하게 했다. 대신 필은 줄 맨 끝 통로에 쭈그리고 앉아 가까이서 듣기엔 크지만 주변에 방해가 되지 않을 정도의 조용한 목소리로 나에게 조언과 격려를 해 주었다. 잠시 후 안내원이 와서 그를 자리로 돌려보냈다.

이것은 아카데미 시상식처럼 거물급 영화배우들이 출연하고 광고 휴식 시간도 있는 대규모의 방송 시상식이었다. 전적으로 독일어로만 진행되었기 때문에 나는 대부분의 시간 동안 무슨 일이 벌어지고 있는지 전혀 알 수 없었다. 내 옆에 앉은 이탈리아 남성이 가끔씩 통역을 해 주었다. 페스티벌의 감독이 그날 저녁의 MC를 맡았다. 다행히 인쇄된 프로그램이 있어서 때때로 영화 영상이나 인물을 알아보고, 진행 상황을 어느 정도 따라잡을 수 있었다.

첫 번째 수상자가 발표될 때 그 수상자는 참석하지 않았다. 이브닝 가운을 입은 두 명의 매력적인 여성 진행자가 무대에서 몇 분 동안 웃으며 서 있었고(독일 TV로 생중계), MC는 노트를 더듬으며 눈에 띄게 화를 냈다. 마침내 턱시도를 입은 한 남성이 다가와 귀에 대고 무언가를 속삭였다. MC는 무슨 말을 하면서 계속 진행했다. 내 옆에 있던 남자의 말에 따르면, MC는 초대장 우편물이 분실되거나 엄청나게 느릴 때에는 그 사람이 나타나기를 기대하는 것은 꿈꿀 수 없는 일이니 모두들 당사자가 나타나리라곤 기대하지 말라는 말도 안 되는 농담을 던졌다고 한다.

다음 수상자가 발표되자 이름이 거론된 사람이 객석 한가운데서 일어서서 무언가를 외쳤다. 나의 좌석 동료가 말하길, 그 사람은 언급된 영화와는 관련이 없고 상을 받기 위해 앞으로 나오기를 거부하고 있다고 했다. 그 남성과 MC 사이에 짧은 대화가 이어졌고(지옥이 다시 언급된 것 같았다) MC는 계속 진행했다. 다음 발표는 이번 영화제의 경쟁작인 영화 〈여덟 명의 여인들Eight Women〉(2002)에서 여배우들 전체를 대표해 수상 예정인 까뜨린느 드뇌브Catherine Deneuve, 1943~가 파리에서 연착하는 바람에 결국 불참하게 되었다는 사과였다. MC는 그녀가 받을 상을 들고 이브닝드레스를 입은 미소 짓는 여성에게 건넨 뒤 자리를 옮겼다. 독일인은 정확성과 신뢰성으로 정평이 나 있다. 청중석의 다른 유럽인들, 특히 프랑스인들은 끊이지 않는 결함의 연속에 기뻐하는 듯했다.

그다음으로 일어난 일은 시상식 순서가 프로그램에 인쇄된 것과 달라졌다는 것이다. 원래는 〈센과 치히로의 행방불명〉이 마지막 순서였어야 했다. 그런데 무슨 이유에서인지 주요 시상식 중 첫 번째 순서로 앞당겨졌다. 나는 독일어를 할 줄 몰라 내가 거론된 줄도 알지 못했다. 나는 아직 시간이 많이 남았다고 생각했다. 스즈키가 이메일로 보내준 미야자키의 수락 연설을 한참 외우고 있는데 필이 주변 사람들이 다 들을 수 있는 목소리로 외치는 소리가 들렸다.

나는 일어서서 가운데 통로 쪽으로 밀고 나갔다. 사람들의 발을 밟고 지나가는데 스포트라이트가 나를 따라잡았다. 새로 산 로퍼는 너무 커서 걷는 데 불편했다. 내가 무대에 올라갈 때도 스포트라이트는 계속 나를 따라다녔다.

그해 시상식 위원장인 인도 영화감독 미라 네어Mira Nair, 1957~가 상을 시상했다. 내가 가까이 다가가자 그녀는 다소 노출된 반짝이는 이브닝드레스를 입고 오른손에 황금곰상을 쥔 채 우아함과 아름다움을 발산하며 무대에 서 있었다. 유럽인이 아닌 경우, 유럽의 공식적인 상황에서 어떻게 인사해야 할지 명확히 알기가 힘들다. 대체로 미국인은 악수(또는 포옹)를 한다. 영국인은 한쪽 뺨 옆에 대고 얼굴에 닿지 않게 허공에 키스한다. 프랑스인은 두 뺨 옆에 대고 얼굴에 닿지 않게 마찬가지로 허공에 키스한다. 일부 유럽인의 경우는 실제 양쪽 뺨에 키스하고 다시 첫 번째 뺨으로 돌아가 또 한 번 키스한다.

본능적으로 나는 악수를 청했다. 하지만 네어 씨는 오른손에 황금곰상을 든 상태였다. 에어 키스를 하려던 그녀는 악수를 피하기 위해 몸을 살짝 움직이지 않으면 안 되었다. 그러자 독일 TV 생방송에서는 귀가 먹먹할 정도의 축하 박수 소리가 울려 퍼지는 가운데 나는 그녀의 왼쪽 가슴을 만지게 되었다. 불편한 순간이었지만 그녀는 이해심 많은 여성인 것 같았다. 다행히 나는 뺨을 맞지 않고 황금곰상을 안을 수 있었다.

(언제나처럼 짧은) 미야자키의 수락 연설을 하려고 돌아섰을 때 눈부시게 밝은 무대 조명 때문에 관객석이 보이지 않았다. 무대의 끝이 어디인지조차 알 수 없었고 아래로 떨어질까 봐 걱정되었다. 내가 연설하는 동안 뒤에서 누군가가 독일어로 통역했고 박수 소리가 더 많이 터져 나왔다. 어찌된 일인지 모르겠지만, 몇 분 후 나는 무거운 황금곰상을 들고 다시 내 자리로 돌아와 나머지 기념식을 지켜보고 있었다.

미야자키 하야오 감독을 대신해 상을 받은 것은 이번이 처음이었다. 수상자 대접을 받으니 기분이 묘했다. 미야자키 감독과 스튜디오 지브리를 대표해 자랑스럽고 영광스럽기도 했지만, 내가 수상자가 아니라 그의 대역을 맡은 것 같아 사기꾼이 된 듯한 기분도 들었다. 나는 질문을 받고 미야자키 하야오 감독이 어떻게 대답할지 생각했다. 미야자키 하야오를 대신해 황금곰상을 받게 되어 매우 영광스러웠지만 흥분을 억누르려고 내심 노력했다. 우리 영화가 인정받는 건 행복하지만, 그런 성공을 차분하게 받아들이려고 노력했다. 아, 내가 누구를 속이겠는가? 가식 좀 떨어봤다. 사실 나는 주요 영화제에서 최고상인 황금곰상을 손에 쥔 것이 죽도록 기뻤다.

스즈키 토시오로부터 받은 메시지는 귀국 즉시 나리타 공항에서 히비야의 임페리얼 호텔로 가라는 지시였다. 그곳에서 황금곰상 수상의 기자회견이 열릴 예정이라고 했다. 샤워나 옷을 갈아입기 위해 먼저 집에 갈 수는 없었다. 누군가가 공항에서 나를 마중 나와 호텔까지 바로 에스코트해 주었다. 기자회견은 내가 호텔에 도착하자마자 바로 시작될 듯했다.

나는 공항에 일찍 도착하는 걸 좋아해서 월요일 오전 9시 비행기가 출발하기 3시간 전에 베를린의 테겔 공항에 도착했다. KLM1822편을 타고 암스테르담으로 가서 4시간 동안 대기한 후 도쿄행 KLM861편을 탈 계획이었다. 그렇게 하면 다음 날인 화요일 아침 9시 30분에 나리타에 도착했다. 약 18시간의 여정이었다.

오전 6시 베를린 공항에 도착했을 때 공항은 고요했다. 그렇게 이른 시간에 출발하는 항공편은 몇 편에 불과하다 보니 한산하고 조용했다. 나는 내 탑승구를 찾아 체크인을 진행했다. 게이트마다 보안 검색대가 따로 있었다. 탑승권을 받고 코트, 신발, 벨트, 시계를 벗고 주머니에서 잔돈도 꺼냈다. 환영 만찬에서 나는 황금곰상을 위해 특별히 제작된 수공예 상자를 받았다. 황금곰상은 보라색 벨벳 광택 천으로 포근하게 감싸져 나무 여행용 상자 안에 편안하게 모셔져 있었다. 나는 모든 위험을 감수하며 끝까지 직접 들고 다녔다.

베를린과 암스테르담의 보안 검색대와 도쿄의 세관에서는 황금곰상을 상자에서 꺼내 보여 줘야 할 것 같았다. 하지만 수하물 담당자에게 맡길 수 있는 방법은 없었다. 일본은 자국민에 대한 상을 매우 중시한다. 일본인이 노벨상을 받거나 오스카상이나 올림픽 메달과 같은 국제적인 영예를 얻으면 일본 국민 전체가 이를 마치 모든 일본인의 영광인 것처럼 받아들인다. 나는 사실상 일본의 국보를 운반하고 있었기에 무엇보다 안전에 대한 책임감을 절감하지 않을 수 없었다.

황금곰상의 상자 위쪽에는 작은 여닫이가 있어서 편리하게 젖히고 감싼 천을 들추어 황금곰의 형상을 볼 수 있었다. 테겔 공항의 보안 검색 요원들은 이런 황금곰상을 전에도 본 적이 있어서 상자를 열어 굳이 황금곰상을 꺼낼 필요는 없었다. 하지만 금속 탐지기를 통과하자 경고음이 울리고 보안 요원이 나를 검사하러 왔다. 나는 수년 동안 바지 주머니에 열쇠고리 2개, 즉 교토의 불교 사원에서 가져온 안전 여행 부적과 매우 유용하고 아주 작은 미니어처 스위스 군용칼을 지니고 다녔다. 나는 항상 이 두 가지를 지닌 채 보안 검색대를 통과했다. 하지만 한 달 전쯤 미국행 비행기에서 신발에 폭탄을 설치하려던 사람 때문에 유럽 공항의 보안이 강화된 상태였다.

보안 요원이 나를 옆으로 불러 두 가지 선택지가 있다고 했다. 지금 당장 작은 군용칼을 쓰레기통에 버리든지 아니면 밖으로 나가 도쿄로 우편으로 보내라는 것이었다. 공항에는 우체국이 있었고 필요한 모든 게 갖춰져 있었다. 보안 요원은 황금곰상이 들어 있는 상자를 포함해 나의 물건을 대신 보관해 주겠다고 했다. 그는 곧 비행기가 출발할 테니 서두르는 게 좋겠다는 말도 덧붙였다.

나는 서둘러 보안 검색대를 지나 게이트 구역을 빠져나와 공항 반대편 우체국까지 찾아갔다. 봉투와 우표를 사서 작은 스위스 군용칼을 도쿄의 나에게로 보냈다. 전에도 본 적 없고 그 이후에도 본 적이 없는 초박형 실버 메탈릭 버전의 한정판 칼이었다. 나는 이 칼을 잃어버리고 싶지 않았다.

나는 더 이상 아무것도 소지하지 않았기 때문에 서둘러 KLM 게이트로 돌아와 보안 검색대를 통과 후 보안 요원에게도 갔다. 짐을 돌려달라고 했더니 그는 멍한 표정으로 나를 쳐다봤다. 그가 우체국과 우편물에 대해 나에게 어떻게 이야기했는지 서너 번 반복해서 말하고, 그가 내 물건을 맡아주겠다고 했다고 말했더니 그는 고개를 가로저으며 나를 평생 처음 봤다고 말했다. 그는 내 물건을 갖고 있지 않았다. 그는 내 것이라고는 아무것도 보관하고 있지 않았다. 내가 그를 믿지 않는다면 내가 직접 찾을 수밖에 없었다.

내가 겪은 유체이탈 경험은 말로 다 설명할 수 없다. 나는 충격에 빠졌다. 머릿속에서 트와일라잇 존Twilight Zone(트와일라잇 존은 공상과학, 공포, 심리적 반전이 있는 단편 소설을 다룬 유명한 미국 텔레비전 시리즈였다. 각 에피소드는 평범한 사람들을 기괴하거나 설명할 수 없는 상황에 빠뜨려 현실이 불안한 방식으로 구부러지거나 깨지는 상황을 연출했다-역주)의 음악이 흘러나왔다. 이건 도저히 있을 수 없는 일이었다. 나는 졸지에 일본의 국보급 보물을 잃어버렸다. 실제로 황금곰상을 잃어버린 것이었다. 보물을 잃어버렸다. 나는 멍한 상태로 게이트 구역 밖을 헤매고 다

넀다. 이게 정말 일어날 수 있는 일인가? 어떻게 이런 일이 일어날 수 있는가? 어떻게 해야 할까? 미야자키와 스즈키에게 황금곰상을 잃어버렸다는 사실을 어떻게 설명할 수 있을까? 나는 일본인의 적이 될지도 몰랐다.

나는 진정하고 나의 발자취를 되짚어보기로 했다. KLM 게이트에 도착했을 때 뭔가 이상한 느낌이 들었다. 딱히 설명할 수는 없지만 무엇인가가 있었다. 공항의 모든 게이트가 다 똑같았다. 유일한 차이점은 항공사의 이름과 로고뿐이었다. KLM 게이트는 내가 보안 검색대를 통과했던 게이트와 비슷해 보였다. 여기가 맞나? 내가 다른 게이트에 있었던 건 아닐까? 하지만 어떻게? 어떻게 그럴 수 있었을까? 체크인을 하고 탑승권도 받았다. 나는 탑승권을 가지고 있었다. 탑승권을 다시 꺼내 보았다. 시카고행 루프트한자 항공편의 탑승권이었다.

나는 루프트한자 게이트를 발견하고 보안 검색대를 다시 통과했다. 마침내 보안 요원을 찾아 나의 짐을 모두 되돌려받았다. 마지막 승객들이 막 비행기에 탑승 중이었다. 스위스 군용칼을 들고 있지 않았다면 나는 황금곰상과 함께 시카고로 가는 중이었을지도 모른다. 테겔 공항의 보안은 아직 좀 더 세밀하게 조정할 필요가 있어 보였다.

암스테르담을 경유해 도쿄로 가는 항공편의 탑승권을 다시 받으려니 약간의 설명이 필요했다. 도쿄로 가는 내내 나는 황금곰상을 내 시야에서 놓치지 않았다. 단 한 번도. 베를린 공항에서 우편으로 보낸 봉투는 며칠 후 도쿄의 내 집으로 도착했다. 그런데 그 속에는 나의 칼이 들어 있지 않았다. 나는 그 작은 칼을 정말로 좋아했는데….

나리타 공항에 도착했을 때는 출입국 심사와 세관을 아무런 문제 없이 통과했다. 스즈키의 조수이자 프로듀서 연수 중인 지브리의 이시

이 군이 입국장 문 앞에 나를 마중 나와 임페리얼 호텔로 곧장 데려다 주었다. 그는 미야자키 하야오가 상을 받을 때 그를 태워 줬던 것처럼 낡은 도요타 세단을 몰고 있었고, 스즈키는 그가 라디오나 TV 근처에 접근하는 걸 원하지 않았다.

임페리얼 호텔에서 NTV의 누군가가 나를 VIP 대기실로 안내했다. 그곳에서 일본의 매우 유명한 비즈니스 아이콘인 덴츠, 하쿠호도, NTV의 회장과 도쿄 도지사의 소개를 받았다. 터지는 플래시와 TV 카메라, 수많은 기자들 앞에서 미야자키 하야오에게 황금곰상을 넘겨주기까지 정신없었다. 그렇게 지나간 시간에 대해 나의 기억은, 다음 날 아침 전국 방송에 나오고 일본의 모든 신문에 내 사진이 실리기 전에 샤워하고 옷을 갈아입을 수 있었으면 좋았을 텐데 하는 아쉬움뿐이었다.

생방송 기자회견에서 황금곰상을 받은 소감을 묻는 질문을 받았을 때, 생각한 것보다 훨씬 더 무겁다는 말밖에 할 말이 없었다. 질문을 던진 사람은 내 대답에 실망과 경멸을 숨기지 않았다. 그는 "소수의 사람만이 받을 수 있는 신성한 상을 손에 쥐고 있는데, 무겁다는 말밖에 떠오르지 않나요?"라고 말하는 듯한 표정이었다.

내가 좀 더 완벽하게 표현할 수 있었다면, 가까이서 보고 손에 든 상이 정교하게 만들어졌고 예술적으로 제작되었으며 매우 견고한 느낌을 준다고 말했을지도 모른다. 온갖 종류의 상이 난무하고, 상이 만들어지는 과정에서 그 개성이 사라지고 장인의 솜씨도 추락하는 시대에, 이 사랑스러운 상은 그것이 무엇인지 전혀 모르는 사람이 보더라도 우수성을 인정받고 보상을 받았다는 느낌을 전할 수 있을 것 같았다. 그것은 경이로운 일이었고, 독특하고 특별한 성취로서 훌륭한 영화에 대한 특별한 찬사를 부르는 일과 완전하게 일치하는 것처럼 보였다.

　내가 이렇게 말할 수 있었으면 좋았을 텐데, 나는 그렇게 하지 못했다.

제75회 아카데미 시상식

황금곰상은 놀라운 영화 〈센과 치히로의 행방불명〉이 전 세계에서 수상한 36개의 상 중 첫 번째 상에 불과했다. 이런 상을 받기 위해 직접 시상식에 참석하지 않겠다는 미야자키 하야오의 입장은 확고했다. 그는 영화는 예술 작품이며 예술가는 상을 받기 위해 예술 작품을 만들지 않는다고, 적어도 그렇게 느껴야 한다고 말했다. 클로드 모네Claude Monet, 1840~1926도 최고의 건초 더미나 최고의 수련으로 상을 받을 것이라고는 생각하지 못했을 것이다. 미야자키는 무대에 서서 상을 받는다는 것이 자신의 경력이 한편으론 끝났으나 다른 한편으론 아직 끝나지 않은 거라고 느꼈다.

　결국 상을 받으러 나를 보내는 것은 부분적으로는 미신의 문제가 되었다. 미야자키는 가지 않았고 스튜디오의 누군가가 가야만 했다. 미야자키가 수상에 관심이 있든 없든 스튜디오의 다른 사람들 모두가 신경 썼다. 그 순간 나는 영어로 수락 연설을 할 수 있는 최고의 자격을 갖춘 행운의 부적과도 같았다.

　이것은 큰 영광인 동시에 큰 부담이기도 하다. 특별한 곳에서 박수갈채를 받으며 훌륭한 영화를 만든 스튜디오와 감독과 연결된다는 사실은 감격할 만한 일이다. 반면에 내가 미야자키 하야오가 아니라는 사실에 매우 실망한 관객을 마주할 수밖에 없다. 몇 달 동안 매진된 연극 티켓을 최고 가격을 지불하고 예매한 관객이 주연을 맡은 세계적인 배우가 오늘 밤 공연에 참여하지 않는다는 소식을 듣고 실망하는 것처럼 말이다. 나는 그 배우가 아닌 대역에 불과했다.

시상식에서는 앞의 세 줄에 앉는 사람들이 유명하다. 맨 앞줄 조지 클루니George Clooney, 1961~는 맑고 투명한 갈색 눈동자로 나를 뚫어지게 쳐다보았다. 드레스나 칵테일 드레스를 입은 멋진 모습의 클레어 데인즈Claire Danes, 1979~나 카메론 디아즈Cameron Diaz, 1972~는 스탠드 위에서 상패나 트로피를 건네주려고 기다리고 있다. 나는 나 자신의 위치나 능력을 벗어나 있다. 나는 거기 있을 자격이 없다. 나는 걸어 다니는 그림자, 무대 위에서 2분 동안 뽐내다가 더 이상 들리지도 않는 불쌍한 연주자다. 나는 바보처럼 보이거나 사인을 요청받지 않으려고 최선을 다했다.

내가 〈센과 치히로의 행방불명〉을 대표해 마지막으로 참석한 시상식은 수상 결과를 미리 알 수 없는 유일한 시상식이었다. 그것은 로스앤젤레스에서 열린 제75회 아카데미 시상식이었는데, 후보작은 2003년 2월 11일에 발표되었다.

픽사의 크리에이티브 책임자인 존 래시터는 친구인 미야자키 하야오에게 전화를 걸어 후보에 오른 걸 축하했다. 약 일주일 후 존은 나에게 전화를 걸어 미야자키가 참석할 수 있는지를 물었다. 나는 그럴 것 같지 않지만 다시 물어보겠다고 했다. 미야자키는 시상식에는 참석하지 않으니 다시 묻지 말라고 했다. 스즈키 토시오는 미야자키 씨가 이미 마음을 굳혔으니 굳이 가자고 하지 말라고 했다.

나는 이 정보를 존에게 전했고, 그 후 한 달 동안 존은 미야자키의 마음을 바꾸기 위한 새로운 아이디어를 가지고 일주일에도 여러 차례

나에게 전화했다. 그때마다 나는 미야자키가 지브리 박물관의 전시물을 디자인하고 있던 아틀리에로 찾아가 새로운 아이디어를 제시했다. 예상대로 그의 대답은 항상 '아니오'였다.

존은 그 이유를 알고 싶어 했다. 시차 때문인가? 그렇다면 미야자키가 도쿄에서 비행기에 탑승하고, 그 비행기에서 바로 잠을 자고, 공항에서 픽업해 오스카 시상식장으로 곧장 이동하여 상을 받을 수 있도록 항공편을 예약할 수도 있다(존은 〈센과 치히로의 행방불명〉이 수상할 것이라고 확신했다). 그 후 미야자키는 바로 공항으로 다시 차를 타고 돌아와 도쿄행 비행기를 타고 비행기에서 잠을 자고 아침이면 집에 도착할 수 있다. 그렇게 하면 그는 자신이 일본을 떠났다는 사실조차 느끼지 못할 것이다.

존이 함께 간다면 그도 함께 갈까? 미야자키는 샌프란시스코로 날아가 소노마에 있는 존의 집에 머물 수 있다. 그러면 존이 시상식에 따라 갈 것이다. 그는 존과 계속 함께 있을 수 있다. 다른 사람들도 데려올 수 있다. 그는 이 모든 걸 정말로 즐길 것이다.

비행 때문이었나? 아니면, 비행기 여행의 번거로움과 불편함 때문이었나? 존은 로이 디즈니Roy Disney, 1930~2009와 의논하면, 로이는 미야자키에게 기꺼이 자신의 비행기를 빌려줄 거라고 했다. 보잉 737 기종이었다. 120명 이상의 승객을 태울 수 있도록 제작된 비행기다. 매우 편안하고 미야자키가 원하는 만큼 많은 사람을 태울 수 있다. 미야자키도 좋아할 것이다.

아니면, 형식적인 행사 때문이었나? 홍보 때문인가? 정말 안 온다고? 정말? 미야자키는 적어도 후보자들의 점심 식사에는 참가해야 한다. 언론 보도도 없고 다른 후보들과 만나서 이야기할 수 있다. 정말

가장 상업적 성공을 거둔 일본 영화에 등장한 뛰어난 출연진.

환상적이다. 그는 정말 이런 기회를 놓쳐서는 안 된다.

나는 매번 존의 이런 새로운 아이디어를 스즈키에게 가져갔다. 미야자키의 마음을 바꿀 수 있는 사람이 있다면 스즈키뿐이었다. 하지만 새로운 아이디어가 아무리 매력적이라 하더라도(로이 디즈니의 737!), 스즈키 자신이 아무리 미야자키가 승낙하기를 원하더라도, 그 대답은 항상 '아니오'였다. 미야자키는 절대로 가지 않을 것이고, 그게 다였다. 하지만 스즈키는 영화의 제작자로서 자신이 상을 대신 수상할 수 있는지 알고 싶어 했다.

1973년 새신 리틀페더Sacheen Littlefeather, 1946~2022가 〈대부The Godfather〉(1972)의 말론 브란도Marlon Brando, 1924~2004를 대신해 오스카상을 받고 나서, 할리우드와 텔레비전이 아메리카 원주민을 대우하는 방식에 항의하는 연설을 한 이후, 아카데미는 실제 오스카 수상자 외에는 누구도 무대에 올라와 상을 받는 걸 허용하지 않았다. 유일한 예외가 있다면 그 수상자가 사망한 경우다. 나는 아카데미에 전화를 걸었고,

디즈니 홍보 부서의 누구인가도 아카데미에 전화를 걸었다. 우리는 미야자키가 참석하지 않고 계속 살아 있다면 그가 수상하더라도 절대로 다른 누군가가 그 무대에 올라가 상을 받을 수 없다는 답변을 들었다.

존은 미야자키를 설득하는 걸 포기하지 않았다. 하지만 미야자키가 여전히 참석을 거부한다면 적어도 영화 제작자이자 미야자키의 창작 파트너인 스즈키가 올라가서 상을 받을 수 있어야 한다고 생각했다. 월트 디즈니 컴퍼니는 스즈키가 상을 받을 수 있도록 아카데미에 청원했다. 존도 아카데미에 청원했다. 지브리도 아카데미에 청원했다. 처음에 디즈니 홍보 담당자는 우리에게 예외가 주어질 것이라고 낙관했다. 그러나 결국 아카데미 회장이 전화를 걸어 매우 유감스럽지만 규정을 바꿀 수는 없다고 말했다. 스즈키와 게스트 한 명을 시상식에 초대할 수는 있지만, 그가 무대에 올라가 상을 받을 수는 없었다.

그런 중에 미국이 이라크를 침공했다. 일본의 반전 정서는 매우 강했다. 갑자기 지브리의 누군가가 아카데미 시상식에 참석해야 하는지 의문을 품었다. 스즈키는 이 질문을 매우 심각하게 받아들였다. 이 문제를 논의하기 위해, 그는 수많은 회의를 소집했다. 대부분의 회의는 밤 10시에 열렸다.

미야자키 하야오는 이미 아카데미 시상식의 참석을 단호하게 거부한 상태였다. 일본 언론에도 보도되었기 때문에 미야자키로선 그보다 더 단호하게 거절할 수조차 없었다. 하지만 지브리의 다른 모든 사람들에게는 매우 미묘한 문제였다.

군인들이 이라크에서 싸우고 있는 동안, 화려한 이브닝 가운을 입고 신체의 일부를 드러낸 여성과 디자이너 턱시도를 한 남성들에게 둘러싸인 채, 샴페인을 마시고 볼프강 퍽이 만든 미니어처 핫도그와 초콜릿 오스카 동상 디저트를 즐기며 과잉의 덫에 빠진 모습을 대중에게 보여 주고 싶은 사람은 누구도 없었다. 사람들은 특히 미국인이 아닌 사람들은 정당한 이유가 없어 보이는 것을 위해 목숨을 잃을 뻔했다. 일본 정부는 자국민에게 미국 여행에 대한 경고를 발령했다. 일본 언론은 로스앤젤레스 여행이 이라크 여행만큼이나 위험한 것처럼 보도하고 있었다.

물론 아카데미 시상식에 참석해야 하는 상업적인 이유는 있었다. 스튜디오 지브리는 자사 영화가 미국에서 성공하길 원했다. 디즈니는 장편 애니메이션 작품상을 수상하는 것이 지브리 영화가 흥행에 성공하는 데 중요한 요소라고 확신했다. 〈센과 치히로의 행방불명〉은 미국에서의 극장 개봉이 제한적이었다. 만약 이 영화가 최우수 장편 애니메이션 오스카상을 수상한다면, 새로운 개봉관을 확보할 수 있을 것이다. 만약 수상하지 못한다면 이 영화는 미국 박스 오피스에서 겨우 5백만 달러를 벌어들이는 데 그치고 상영도 종료하게 될 것이다. 아카데미 시상식을 거부하더라도 마찬가지다. 이 영화는 오스카상 수상 가능성이 매우 높았다.

어려운 문제를 해결하는 스튜디오 지브리의 방식은 선禪과 비슷할 수 있다. 깨달음을 추구하는 선승들은 선문답이라는 난해한 질문을 숙고한다. 가장 유명한 선문답은 "한 손 박수 소리는 무엇일까?"다. 선승들은 깨어 있는 대부분의 시간을 선문답에 대해 생각하고, 선 사원의 영적 수장인 노사老師를 기쁘게 할 대답을 내놓는 데 보내야 한다. 노사는 대답을 거부하고 스님에게 그 질문에 대해 더 깊이 생각하길 촉구한다. 몇 년 후 스님은 깨달음을 향한 탐구의 다음 단계로 나아가는 데 요구되는 마음의 깨우침을 발견한다.

미국인으로서 나는 이 과정을 존중하지만 회의적인 생각이 든다. 선 사원과 선 예술은 훌륭하기 때문에 선문답이 선 사상의 표현이라면 거기에 무언가가 있을 수 있다. 하지만 나에게 박수를 친다는 것은 일반적으로 박수를 치기 위해(또는 잉어 연못에서 잉어를 소환하기 위해) 손바닥을 반복해서 부딪치는 걸 의미한다. 그러나 한 손만으로는 박수를 칠 수 없다. 한 손으로 박수를 치면 소리가 나지 않는다. 왜 그런 생각을 하느라 시간을 낭비하는 것일까?

마찬가지로 지브리의 외국인으로서 나는 아카데미 시상식에 참석하는 것이 문제라고 생각하지 않았다. 그것은 단지 아카데미 시상식이다. 초대를 받았고 상을 받을 자격이 있다면 참석해야 한다. 축구 선수들이 국가를 부르는 동안 무릎을 꿇는 것(미국 국가가 연주되는 동안 선수들은 국가에 대한 경의를 표하기 위해 기립해야 한다. 그런데 국가 제창 중 무릎을 꿇는 것은 미국 스포츠에서 시작된 평화적 시위의 한 형태다-역주)은 경기 취소를 요청하는 게 아니다.

늦은 밤까지 여러 차례 회의하고 고민한 끝에 내가 스튜디오 지브리를 대표해 시상식에 참석하기로 결정되었다. 나는 이미 스튜디오의 비즈니스 얼굴이자 미국인이라는 오명을 안고 있어서 더 이상 지브리의 명성에 위협될 일이 없었다. 누군가는 해야만 했다. 가져올 상이 또 있을지도 모를 일도 대비해서 말이다.

NTV의 오쿠다 세이지와 디즈니 재팬의 호시노 코지가 나와 동행했다. 오쿠다는 일본 최고의 TV 방송국인 자신의 회사가 상업주의와 전쟁 전반에 대해 다른 시각을 가졌다는 사실을 행운이라고 생각했고, 나는 매우 기뻤다. 일본에서 지브리와의 관계는 디즈니에게 중요했고, 호시노는 지브리에서 오스카에 가는 사람은 누구든 잘 살피라는 지시를 받았다. 따라서 우리 세 사람은 정말 오스카에 참석하고 싶지는 않았지만 회사에서 강제로 참석하라는 지시 때문에 참석하게 된 것이라고 주장할 수 있었다.

대부분의 북반구는 2월이 가장 춥지만 LA는 그때가 여름이다. LA의 모든 것은 다른 곳보다 온화해 보인다. 교통 체증은 극심하지만 도착을 예상하고 가면 어떻게든 감당할 수 있는 수준이다. 도시가 갈색 스모그로 온통 뒤덮였던 시기는 지났다. 렌터카에 앉아 꽉 막힌 도로를 달리다 보면 저 멀리 웅장한 보라색 산들이 보인다. 밤이 되면 기온은 떨어지고 하늘에는 건조한 사막의 공기 속에 밝게 반짝이는 별들로 가득하다. 일몰이 장엄하다.

디즈니에서 호텔 예약을 해 줬다. 오쿠다와 호시노, 그리고 나는 주말 동안 통상 오스카 본사로 불리는 비벌리힐스의 포시즌스 호텔에 묵었다. 시기상 이때는 호텔 예약이 거의 불가능하다. 그러나 디즈니는 이미 몇 년 전에 객실을 미리 예약해 둔다. 때문에 후보작이 발표되면 디즈니 관련 영화 후보로 지명된 사람 중에 LA에 거처를 잡지 못한 사람에게 객실을 할애할 수 있었다.

영화 시즌 주말의 호텔은 오스카 후보자들과 참석자들로 가득 했다. 유명인과 마주치지 않고는 거의 호텔을 나갈 수 없을 정도였다. 실제 후보자(또는 나처럼 후보자 대리인)였다면 도착 시 방마다 서너 개의 선물 보따리가 넘쳐흐르며 기다리고 있을 것이다. 샴페인, 오스카상 모양의 초콜릿, '축하합니다'라고 적힌 쿠키 등이 그런 선물이다. 초콜릿에 담근 딸기, 헤어크림, 값비싼 향수와 화장품, 디자이너 선글라스, 고급 가죽 가방, 스웨트셔츠, 티셔츠 등이 준비되어 있다. 꽃병도 있었다. 나는 내가 먹지 않은 걸 LA에 사는 지인들에게 나눠 줬다.

/
오스카

오스카 시상식을 위한 출발 시간이 가까워지자 호텔에 유숙하던 유명 인사들이 한꺼번에 몰려나와 앞다투며 엘리베이터를 호출하느라 출근 시간대처럼 엄청난 교통 체증이 발생했다. 리무진들이 블록 주변과 그 너머까지 겹겹이 쌓였고, 경적을 울려 댔다. 사람들의 비명 소리도 있었다. 검은색 리무진, 제복을 입은 운전기사, 턱시도와 무도회용 가운을 입은 승객, 그리고 더 좋은 사진을 찍기 위해 경찰의 가이드라인을 뚫고 몰려든 프로와 아마추어 사진가들로 아수라장이었다.

디즈니는 우리 세 사람만을 위해 큼직한 스트레치 리무진을 제공했다(디즈니는 마지막까지 미야자키와 스즈키, 일본의 측근들이 도착할지 모른다고 생각했다. 누가 오스카를 거절하겠는가?). 30여 분 기다린 후 턱시도를 입은 오쿠다, 호시노, 그리고 나는 리무진에 올라 코닥 극장Kodak Theater으로 향했다. LA에서는 누구든 지각하지만 일본에서 온 우리는 시간을 잘 지키도록 교육받아서 다른 사람들보다 훨씬 빨리 호텔을 벗어났다.

시상식장으로 가는 길과 코닥 극장 근처에서는 이라크 전쟁에 반대하고 군인들이 싸우다 죽어 가는 중에 이런 축하 행사를 하는 게 맞느냐며 반대하는 조직적인 시위가 있었다. 그해는 전쟁으로 인해 행사가 취소되고, 대부분의 여성들도 군인들에 대한 존경심에서 차분한 드레스를 차려 입었다. 드레스는 다소 어두운색으로 바뀌었고 여성들의 노출도 줄었다. 오쿠다, 호시노와 나는 이러한 점이 조금은 실망스러웠다. 과거 뉴욕에서 열린 한 시상식에서 노출이 심한 이브닝드레스를 입은 셀마 헤이엑Salma Hayek, 1966~을 직접 본 적이 있어서인지, 이라크에 파병된 군인들을 위해 어떤 희생이 치러지고 있는지 실감할 수 있었다.

유명 스타들이 타는 리무진조차 레드카펫 구역에는 들어갈 수 없다. 모두 시상식장으로부터 한 블록 정도 떨어진 곳에 주차하고 나머지 구역은 도보로 이동해야 한다. 우리는 윌 스미스Will Smith, 1968~와 제이다 핀켓 스미스Jada Pinkett Smith, 1971~, 장쯔이Zhang Ziyi, 1979~와 그녀의 어머니와 함께 식장으로 들어갔다. 행사 참석자에게는 시상식 입장권이 컬러 티켓으로 발급된다. 레드카펫 입구에서 빨간색 티켓을 소지한 사람들은 카펫의 한 구역으로, 그 외의 사람들은 다른 구역으로 이동해야 한다. 빨간색 티켓 소지자는 프레스 라인을 통과하여 식장으로 입장한다. 그들은 인터뷰와 사진 촬영을 위해 도중에 잠시 멈춰 선다.

내가 레드카펫 위를 걷는 동안 NTV 제작진이 인터뷰를 위해 프레스 관람석에서 나를 기다리고 있었다. 오쿠다 씨는 내가 일본어로 자연스럽게 대답할 수 있도록 가는 길에 질문 내용을 미리 숙지시켰다. 하지만 막상 레드카펫에 도착했을 때 나는 인터뷰 쪽에 들어갈 수 없었다. 실제 후보가 아니었고 빨간색 티켓도 없었기 때문이다. 내겐 파란색 티켓이 주어졌다. 나는 보안 요원에게 일본 TV 제작진이 나를 인터뷰하기 위해 아침 6시부터 레드카펫 프레스 관람석에 진을 치고 있었다고 설명하려 했다. 그러나 그는 허용하지 않았다. 윌 스미스는 우리를 도와주지 않았고, 장쯔이의 어머니는 우리가 문제라는 걸 알고 딸과 함께 재빨리 거리를 두었다.

레드카펫 뒤쪽은 프레스 관람석에서 볼 수 있어서 NTV 기자들이 나를 향해 질문을 외쳤지만, 나는 거의 들을 수 없었다. 그냥 연습한 대답을 외쳤지만 그들도 듣지 못했을 것이다. NTV 제작진은 하루 종일 레드카펫 관람석에 있었다. 그들의 유일한 임무는 레드카펫에 등장한 나의 모습을 촬영하고 몇 가지 질문을 하는 것이었다. 나는 그들이

12시간 그곳에 앉아 기다리면서 왜 일이 진행되는 방식을 자세히 확인하지 못했는지 궁금했다. 이 사람들은 하루 종일 거기서 뭘 하고 있었던 것일까?

우리는 두 번의 보안 검색대를 통과했다. 우리의 자격 증명도 면밀히 조사되고 공식 목록과 대조되었다. 소지하고 있던 모든 전자기기는 압수당했고, 행사가 끝나면 돌려받을 수 있도록 보관소에 맡겨졌다. 그런 다음 턱시도를 착용한 웨이터들이 쟁반을 들고 돌아다니면서 샴페인 잔을 건네고 볼프강 퍽 카나페를 제공했다. 누군가가 우리에게 공식 프로그램을 제공했다. 프로그램을 내려놓으면 사람들이 훔쳐 갈 수 있기 때문에 잘 간직해야 했다. 오쿠다는 남자 화장실 세면대에서 프로그램 하나를 발견해 일본에 있는 누군가에게 선물하기 위해 따로 보관했다.

극장의 1층 입구 로비는 유명 인사들로 붐볐다. 검은색 턱시도와 고급 패션 디자이너가 제작하지 않은 드레스를 입은, 유명인이 아닌 사람들이 더 많았지만, 어디를 둘러보나 유명 인사들이 눈에 띄었다. 킬트(스코틀랜드 고지 지방에서 입는 남자의 짧은 스커트)를 입은 숀 코너리Sean Connery, 1930~2020, 잭 니콜슨Jack Nicholson, 1937~, 메릴 스트립Meryl Streep, 1949~, 줄리안 무어Julianne Moore, 1960~, 니콜 키드먼Nicole Kidman, 1967~, 마이클 케인Michael Caine, 1933~, 다니엘 데이 루이스Daniel Day-Lewis, 1957~, 줄리아 로버츠Julia Roberts, 1967~ 등 수많은 배우들이 있었다. 모두 둘러서서 샴페인을 마시고 작은 핫도그를 먹으며 담소를 나누었다.

티켓 색깔은 식장의 층층마다 달랐다. 빨간색 티켓을 소지한 사람은 모든 유명인과 대부분의 후보자가 있는 1층으로 입장할 수 있었다. 2층은 후보작과 관련 있으되 직접 후보에 오르지 않은 사람들과 비방송 부문의 고위 스튜디오 임원 및 후보자를 위한 자리였다. 상위 층은 아카데미 회원, 스튜디오 직원 및 기타 게스트 중 운 좋게 티켓을 구해 드레스나 턱시도를 입을 의향이 있는 사람들을 위한 자리였다. 아카데미 시상식 티켓은 구하기 쉽지 않다.

다음 층으로 올라간 후에는 더 낮은 단계의 티켓이 없으면 행사가 끝날 때까지 다시 내려올 수 없다는 사실을 알았다. 나는 2층, 호시노는 3층, 오쿠다는 4층에 자리했다. 유명 영화배우들을 구경하느라 완전히 지친 우리는 한 층 위로 올라가서 그곳의 분위기를 보기로 했는데, 그때 우리는 행사가 끝날 때까지 아래층으로 내려갈 수 없다는 사실을 알게 되었다.

각각의 층마다 무료 음료를 주문할 수 있는 바가 있었다. 1층에 있는 영화배우들과 같은 전채요리도 무료로 먹을 수 있었다. 바는 시상식 내내 열렸다. (수많은) TV 광고 시간에 공연장 밖으로 나와 음료를 마시고 다음 광고 시간에 다시 자리로 돌아올 수 있었다. 아래층에 앉아 있던 존 래시터가 나를 찾아 올라와 시상식을 즐기는 방법에 대한 팁을 알려 줬다. 그는 〈센과 치히로의 행방불명〉의 수상을 확신하여 휴대전화를 몰래 갖고 들어왔다. "영화가 수상하면 내가 올라와서 미야자키 감독에게 전화할게요." 그가 말했다.

내가 입장하여 자리를 찾았을 때 나는 애니메이션 관계자들과 디즈니 임원들에게 둘러싸였다. 디즈니의 영화 중 두 편이 최우수 장편 애니메이션 후보에 올랐다. 바로 〈릴로 & 스티치Lilo & Stitch〉와 〈보물성 Treasure Planet〉이었다. 디즈니의 모든 사람들이 〈센과 치히로의 행방불명〉이 후보에 오른 것을 반기는 것은 아니었다.

최우수 장편 애니메이션상은 가장 먼저 수여되는 상이었다. 카메론 디아즈가 오스카와 봉투를 들고 앞으로 나오자, 나는 두 번째 줄 안에 앉은 모든 사람들이 후보작 중 한 편과 연관되어 긴장하는 걸 알았고, 그중에는 기도하는 광경도 볼 수 있었다. 최대한 침착하려고 애썼지만 "그리고 오스카는…"이라는 말이 나오자 왠지 모르게 멍해져 아무것도 들리지 않았다. 뒤에서 내 등을 두드리는 손과 앞과 옆에서 악수를 청하는 손들이 다가와서야 〈센과 치히로의 행방불명〉이 수상했다는 사실을 알았다. 와우! 〈센과 치히로의 행방불명〉이 방금 오스카상을 수상했다! 나는 차분하게 이를 받아들이려고 무지 노력했다.

그러나 안타깝게도 아무도 상을 받으러 올라가지 않았고 카메론 디아즈는 그 상을 들고 무대 뒤로 사라졌다. 다음 광고 휴식 시간에 바에 갔더니 존 래시터가 기다리고 있었다. 그는 스즈키에게 전화를 걸어 축하 인사를 건넸고, 미야자키 감독에게도 물론 축하 인사를 건넸다. 도쿄는 그때가 아침 9시나 10시쯤이었을 것이다. 스즈키는 자신의 조수인 이시이 군을 보내 미야자키를 집에서 태우고 스튜디오로 데려다주도록 지시했다. 이시이는 미야자키가 수상하지 못할 경우를 대비해 제대로 준비되기 전까지는 결과를 듣지 못하게 하라는 엄격한 명령을 받았다. 스튜디오의 하루는 오전 10시에 시작된다. 이시이 군은 도착 시간을 최대한 늦춰야 했다.

하지만 이시이는 전날 밤 차에 기름을 넣는 걸 깜빡해서 가는 도중에 주유해야 했다. 주유소의 확성기 시스템은 당시 뉴스를 틀고 있던 라디오 방송국에 맞춰져 있었다. 미야자키의 오스카상 수상은 그날의 탑 뉴스였다. 이시이에 따르면 미야자키에게 뉴스에 동요하지 않은 것처럼 보이기 위해 아주 열심히 노력해야 했다고 한다.

시상식 홀을 나설 때 나는 더 많은 기념품을 건네받았고, 볼프강

픽이 만든 작은 금박으로 덮인 초콜릿 오스카상 동상 바구니에 담으라는 권유도 받았다. 나는 똑같은 리무진들 사이에서 내 검은색 리무진을 찾을 방법부터 모색했다. 리무진 기사들은 같은 목적을 위해 한꺼번에 내려오는 모든 주요 인사들의 혼란을 헤쳐 나가야 했다. 저녁의 마법은 갑작스러운 차가운 물살과 함께 현실 세계로 돌아오는 순간 사라지기 쉬웠다. 하지만 방금 오스카상을 수상한 영화와 함께라면 그렇지 않았다.

다음 날 호시노와 오쿠다, 그리고 나는 호텔에서 몇 블록 떨어진 아카데미로 가서 황금 조각상을 받아왔다. 디즈니 측에서 미리 방문 권한을 주었다. 아카데미 측의 설명에 따르면 실제 오스카상은 미야자키 하야오의 이름이 새겨질 수 있도록 당일 일정이 끝날 때까지는 반납해야 한다고 했다.

아카데미 직원들도 미야자키 감독이 오스카상을 완전히 소유하는 건 아니라는 점을 지적했다. 디즈니가 1달러를 지불하고 그에게 임대해 준 것이고, 영화예술아카데미Academy of Motion Picture Arts의 재산으로 남게 될 것이다. 그 어떤 상황에서도 팔거나 다른 방식으로 처분할 수 없다. 우리는 유명 배우가 사망한 후 그의 유족이 오스카상을 팔려고 시도한 사례에 대해 들은 바 있다. 우리는 아카데미에는 이런 일이 일어나지 않도록 막아 줄 변호사가 있다는 확신이 들었다. 또한 미야자키 씨는 언제든 오스카를 돌려보내 전문적으로 세척하고 광택을 낼 수 있다고도 귀띔해 주었다. 우리는 미야자키 씨에게 이런 사실을 알리겠다고 하면서 감사를 표했다.

그런 다음 오스카 트로피를 꺼내서 한참 즐겼다. 주변 사람들에게도 보여 줬다. 우리끼리 사진도 찍었다. NTV 영화 제작진이 호텔 밖

길거리에서 내가 들고 있는 모습을 촬영했다. "수상이 발표될 때 관객석에 앉아서 기분이 어땠나요?" 나는 TV 카메라 앞에서 이렇게 질문을 받았다.

"우리 영화가 성공하든 실패하든 우리는 차분히 받아들이려고 노력했습니다. 우리 영화가 인정받아 기쁘고 다음 영화를 만들 수 있기를 기대할 뿐입니다." 나는 말했다.

그때서야 나는 환한 얼굴로 이런 말을 할 수 있었다. 누구도 믿지 않을 것이고 믿어서도 안 된다. 이 말은 일본 TV를 위한 인터뷰용이었다. 겸손한 태도는 시청자를 속이기 위한 것이 아니다. 그런 인터뷰는 자신이 얼마나 운이 좋았는지, 그리고 우리가 아는 세상은 조금도 변하지 않았음을 상기시키는 일이다.

아홉

흥, 말도 안 되는 소리!

나머지 세계

〈센과 치히로의 행방불명〉은 일본 역사상 예술적으로로든 상업적으로로든 가장 성공한 영화다. 이 영화는 누구도 따라올 수 없는 놀라운 흥행 기록과 수상 기록을 한꺼번에 세웠다. 이 영화의 일본 외 지역의 개봉에 대한 기대도 높았다. 디즈니와의 유명한 계약도 체결되었다. 하지만 앞서 〈원령공주〉가 일본 외 지역에서 개봉되었을 때 디즈니는 대부분의 국가에는 미온적인 지원만 했다. 그래서 지브리는 이번 디즈니 개봉작인 〈센과 치히로의 행방불명〉도 그와 같은 운명을 겪지 않을지 염려했다.

〈센과 치히로의 행방불명〉은 2001년 가을 일본 이외의 지역에서 이루어지는 첫 상영을 위해 픽사로 옮겨졌다. 영화를 본 픽사의 모든 직원마다 걸작으로 칭송했다. 당시 미국에서 가장 성공한 일본 영화는 구로사와 아키라 감독의 〈란Ran〉(2004)이었다. 그러나 우리는 〈센과 치히로의 행방불명〉이 그보다 훨씬 성공할 것으로 예상했다.

지금은 믿기지 않지만, 픽사의 초기 영화들도 미국에서 어떻게 개봉할지를 두고 결정할 때 지브리와 같은 경로를 밟았다. 일단 디즈니 경영진을 대상으로 완성된 영화를 상영한 다음, 경영진이 모여 마케팅 인력(및 자금)을 어느 정도 투입할지를 결정했다. 디즈니의 주요 경영진 중의 다수는 픽사의 첫 장편 영화 〈토이 스토리〉가 흥행에 성공하리라 예상했다.

존 래시터는 디즈니 경영진에게 가장 잘 접근할 수 있는 방법에 대한 통찰력을 나에게 일러 줬다. 래시터는 경영진이 영화를 평가하는 데 있어서 관객의 반응이 가장 큰 역할을 할 것이라고 조언했다. 그러면서 그는 우리에게 두 가지를 확실히 해야 한다고 말했다. 첫째, 디즈니의 대형 상영관에서 상영해야 한다. 둘째, 상영관을 디즈니 피처 애니메이션의 애니메이터들로 채워야 한다.

래시터에 따르면, 작은 상영관에서는 경영진의 주의가 산만해지고 영화에 집중을 덜 하는 경향이 있다고 했다. 심지어 다른 작품을 그 상영관에 가져와서 상영하는 경우도 없지 않았다. 관객이 많을수록 그들은 영화에 한층 더 집중할 것이다. 상영관이 더 크면 상영되는 영화의 중요성도 보다 더 느껴질 것이다. 애니메이터들의 경우라면 영화를 완전히 이해하고 좋아하게 될 것이라고 그는 말했다. 그들이라면 영화에 더 열광하며 자신들의 열정을 보여 줄 것이고, 경영진은 이를 통해 관객이 그 영화를 좋아한다는 걸 느낄 것이다.

디즈니에서 함께 일한 사람들 덕분에 존 래시터의 제안을 실현할 수 있었다. 원래 예약되었던 가장 작은 상영관에서 가장 큰 상영관으로 상영관을 옮겼다. 디즈니의 애니메이터와 애니메이션 감독들에게도 초대장을 보냈다. 그들도 영화를 볼 수 있게 되어 매우 기뻐했다. 의전상 마이클 아이스너 회장을 비롯한 디즈니의 최고 경영진을 상영회에 초대했지만 예상대로 그들 모두는 거절했다. 실제 의사 결정권자만 참석했다. 나머지 좌석은 가장 이상적인 관객인 디즈니 애니메이터와 애니메이션 감독들로 채워야 할 판이었다.

하지만 그 당시 예상치 않은 일이 생겼다. 일본에서의 엄청난 흥행 기록을 이뤘다는 각종 홍보가 미국으로 전해진 것이다. 그러자 아이스너 자신도 이를 주목했을 뿐 아니라 모두가 호들갑을 떠는 이 영화를 보겠다고 했다. 다른 고위 임원들은 아이스너가 상영회에 참석한다는 사실을 알자 회장이 중요하게 여기는 걸 무시하여 나쁘게 보이고 싶지 않아 했다. 그들도 마음을 바꿔 상영회 초대를 수락했다. 이들 고위 임원들을 위해 일하는 임원들도 자기 상사에게 나쁜 인상을 줄까 봐 참석하기로 했다.

일종의 연쇄 반응이 일어나면서 〈센과 치히로의 행방불명〉 상영회는 졸지에 디즈니의 모든 고위, 중견, 하급 임원이 반드시 참석하지 않으면 안 될 행사가 되었다. 애니메이터들은 상영관에 자신들을 위한 자리가 없다는 통보를 받았다. 모든 좌석은 스튜디오 임원들 차지였는데, 이들 대부분은 영화 배급에 관심이 없거나 전혀 관련되지 않은 사람들이었다.

나는 이런 상영회의 단골손님이었다. 비록 나는 안으로는 들어가지 못했지만 그들의 판결문 초안을 보기 위해 밖에서 기다렸다. 상영이 끝났을 때, 나는 디즈니의 국제 영화 배급 책임자인 마크 조라디와의 만남을 애타게 기다렸다.

마크는 나에게 말했다. "스티브, 우리 모두 영화를 잘 봤고 정말 마음에 들었습니다. 하지만 솔직히 말해 너무 일본적이고 난해해서 다들 미국에서는 아무도 이해하지 못할 거라고들 생각하더군요. 유럽도 마찬가지고요. 작은 아트하우스 영화라면 모를까, 그것조차도 말이죠. 미안하지만 그게 현실입니다."

일본에서 가장 상업적으로 성공한 영화의 전 세계 배급을 담당한 디즈니 경영진은 북미와 주요 유럽 영화 시장에서의 상업적 잠재력이 거의 제로에 가까울 것으로 판단했다. 지브리 영화의 오랜 팬이자 지브리 최고의 해외 배급사인 프랑스의 디즈니 팀은 모기업의 평가에 유일하게 반대 목소리를 냈다. 프랑스 디즈니 배급 책임자인 장 프랑수아 카밀레리Jean-François Camilleri와 그의 팀은 이 영화를 좋아했고, 프랑스에서 개봉할 수 있도록 해 달라며 간곡히 요청했다. 그러나 존 래시터와의 관계 때문에 우리는 어쩔 수 없이 북미에서 디즈니와 함께 협의 후 결정해야 했다.

협의 결과, 디즈니는 프랑스와 북미를 제외한 다른 지역에서 영화 배급을 하지 않기로 결정했다. 지브리로서는 오히려 좋은 소식이었다. 이제 우리는 다른 배급사를 찾을 수 있었다. 도쿠마 야스요시 회장이 품고 있는 대동아 공영권Greater East Asia Co-Prosperity Sphere에 대한 좋은 추억을 근간으로, 우리는 아시아 지역의 배급을 꾸준히 관리해 왔다. 그 결과 우리는 '세계의 나머지The Rest of the World'라고 부르는 그곳의 영화 배급사를 찾아야 했다.

다 큰 여자는 울지 않아

일반 대중은 칸 영화제Cannes Film Festival가 두 부분으로 나뉜다는 사실을 잘 모른다. 칸 영화제에는 화려하게 차려입은 영화 스타들이 특별 영화 개봉을 위해 레드카펫을 밟는다. 해변에서 상반신을 드러낸 채 일광욕을 즐기는 누드 스타들, 해안가에 정박한 억만장자들의 요트, 새벽까지 이어지는 술 파티 등 축제 그 자체가 있다. 하지만 칸 영화제에는 대중의 시선 바깥에서 동시에 열리는 쌍둥이 이벤트, 즉 칸 영화 마켓Cannes Film Market이 있다.

칸 영화 마켓은 전 세계 극장과 TV 및 비디오로 개봉할 영화를 사고파는 가장 크고 중요한 국제적인 장소다. 전 세계의 영화 구매자와 영화 판매자가 판권을 사고팔기 위해 이곳에 모인다. 칸에는 영화제보다 영화 마켓을 위해 훨씬 더 많은 사람들이 모여든다. 전 세계 어딘가에서 영화를 개봉할 배급사가 없다면 이곳이 바로 당신이 있어야 할 곳이다.

칸 영화제는 지금도 거대하다. 유명 영화배우와 유명 영화감독들이 매년 찾는 것이 칸 영화제다. 유명 인사들은 최고의 영화상인 황금종려상Palme d'Or을 비롯해 수상작 선정의 심사위원단으로 활동하기 위해 참석한다. 또한 그들은 (유럽) 영화 시사회에서 레드카펫을 밟기 위해 찾아온다. 그들은 언론 인터뷰와 홍보 행사를 위해서도 달려오고, 새벽까지 계속되어 정장 차림이 필수인 유명한 초대 전용 파티에 참석하기 위해서도 온다. 턱시도나 이브닝드레스를 착용하지 않은 사람은 화려한 사람들과 어울리기 힘든 곳이다.

칸은 해변을 따라 나 있는, 하나의 큰 거리를 지닌 아주 작은 마을인데, 거의 모든 일이 이곳에서 일어난다. 영화제 기간 동안에는 영화

관람객, 영화 기자, 파파라치, 영화배우를 구경하는 사람들, 무작위로 홍보를 원하는 사람들, 동물보호단체인 PETA 시위대, 우연하게 찾은 관광객, 영화 산업 비즈니스 전문가들이 가득해서 어디를 가든 어딘가로 가려는 사람들로 붐비는 모습을 시시각각 볼 수 있다. 한 장소에서 다른 장소로 이동하는 것만으로도 힘들 정도다. 깔끔한 파란색 제복을 입은 경찰관들의 인내심 넘치는 노력에도 불구하고 차량 통행은 끝도 없이 요란하다.

칸의 프랑스 시민들은 자신들의 축제에 자부심을 가지지만, 축제에 참석하는 외국인에 대한 경멸을 숨기려 하지 않는다. 축제 기간 동안 모든 물건 가격이 약 400% 인상된다. 칸의 호텔과 레스토랑은 끊임없이 몰려드는 인파를 감당할 수 없다. 1년 전에 미리 침대나 테이블을 예약하지 않았다면 운이 없는 곳이다.

보통 영화 홍보를 위해 열리는 수많은 해변가에서 벌어지는 언론인 오찬에 초대받으면, 반짝이는 백사장과 에메랄드빛 바다, 해안 가까이 정박된 거대한 흰색 요트, 대형 유람선을 바라보며 무료로 호화로운 식사를 즐길 수 있다(이곳 바다는 해안 아주 가까이부터 수심이 깊어진다). 쌀쌀한 햇살에 용감하게 가슴을 드러낸 여성들이 태닝 라인이 가슴과 등이 깊게 파인 이브닝드레스의 모습을 방해하는 걸 원치 않다고 하거나, 프렌치 리비에라French Riviera에서는 당연히 이런 식으로 해야 한다고 착각하는 사람은 주로 미국인이다. 5월은 따뜻하지 않다. 해가 떴어도 말이다.

주요 도로 곳곳에 설치된 대형 비디오 스크린에는 그날의 주요 이벤트인 레드카펫 시사회나 영화배우와의 인터뷰가 상영된다. 브래드 피트와 안젤리나 졸리가 여러분과 5피트도 떨어지지 않은 곳에 서서 기자와 대화를 나누고 있을지도 모른다. 그들을 둘러싼 인파가 너무 빽빽해서 누가 거기 있는지, 거기서 무슨 일이 일어나고 있는지를 알 수 없다. 하지만 어깨 너머로 고개를 들면 대형 야외 스크린을 통해 풀 디지털 HD로 볼 수 있다. 즉, 몇 피트 떨어진 곳에 서 있는 당신은 오사카나 필라델피아, 리버풀에 앉아 TV를 통해 경기를 보는 사람과 똑같은 시야를 확보할 수 있다. 다만 그들은 편안하고 집에 있는 반면, 당신은 A에서 B로 이동하기 위해 붐비는 군중 한가운데 있다는 점만 다를 뿐이다.

프랑스에 온 걸 알면

'세계의 나머지'의 배급사를 찾기 위해 칸 영화제를 처음 방문했을 때, 나는 칸을 지나 서쪽으로 차로 약 30분 거리에 있는 호텔로 갔다. 알고 보니 그곳은 호텔이 아니었다. 칸 비치 레지던스Cannes Beach Residence라 는 거대한 아파트 블록이었다. 1년 전에 미리 예약하면 이런 숙소를 미리 확보할 수 있다. 파리에 있는 한 친구로부터 이제 칸과 코트다쥐르 Côte d'Azur는 앞바다에 정박한 거대한 요트와 값비싼 호텔에도 불구하고 더 이상 예전처럼 유행하는 해변 휴양지가 아니라는 설명을 들을 적이 있다.

내 친구는 프랑스인들은 예나 지금이나 계급의식이 강하다고 설명했다. 프랑스 기업 임원을 비롯한 부유하거나 패션에 관심 많은 사람들은 제빵사, 정육점 주인, 세탁소 직원, 우체부와 해변을 공유하지 않으려 한다. 칸과 그 서쪽 지역은 이제 노동 계급이 해변에서 휴가를 즐기려고 찾는 목적지가 되었다. 그리고 칸 비치 레지던스는 그들이 머무는 장소 중 하나다.

칸 비치 레지던스는 값싸게 지어진 10층짜리 아파트 건물 12채로 최소한의 직원들만 사는 단지였다. 전체적인 인상은 최소한의 보안만 갖춘 감옥 같았다. 건물 뒤편의 외부 통로와 연결된 작은 엘리베이터를 타면 아파트에 도착할 수 있다. 건물의 앞면에는 아메바 모양의 공용 안뜰을 사이에 두고 서로 마주 보는 발코니가 있었다.

내 숙소는 다소 위층에 속하는 6층이었다. 무척 느린 엘리베이터가 도착할 때까지 기다리는 게 바람직하지 않은 선택으로 보여 나는 주로 계단을 오르내렸다. 아파트 현관문까지의 복도에는 전기를 낭비하지 않게끔 타이머가 부착된 전구가 켜져 있었다. 우리 층의 전구는 30초 정도만 켜졌다가 꺼졌다. 엘리베이터에서 내리자마자 스위치를 켠 다음, 다시 어둠이 찾아오기 전에 열쇠를 재빨리 찾아야 한다는 것을 상기시키는 똑딱거리는 소리를 들어야 했다. 보통 두세 번 정도 시도하면 찾을 수는 있었다.

부엌과 거실이 분리된 작은 원룸에 들어서자 실내에 있는 모든 게 플라스틱으로 만들어져 있다는 걸 알았다. 플라스틱 침대와 가구는 물론이고 접시, 유리잔, 칼, 포크 등 주방의 모든 것이 플라스틱으로 만들어져 있었다. 다행히 플라스틱 침대는 매우 가벼웠고, 싱글침대가 꽤 많이 있어 4개를 합치면 일반 성인용 침대 하나를 만들 수 있었다. (선불로 지불한) 청구서에는 스위트룸에 가구가 완비되어 있다고 명시되어 있었다. 하지만 그 '완비'에는 시트와 베갯잇은 포함되지만 수건이나 담요는 포함되지 않았던 것 같다. 해변 근처 지역은 밤이 되면 쌀쌀했으나 옷을 모두 걸치고 자면 그런 대로 참을 만했다.

주변을 둘러보기 위해 발코니로 나갔을 때 10층 높이의 발코니

벽이 나를 가로막았다. 여기저기서 웃통을 벗은 남자가 여과되지 않은 담배를 빨아들이며 프랑스의 밤 연기를 뿜어 대고 있었다. 일부 아파트 난간에는 빨래가 걸려 있었고, 다른 아파트의 창문 너머로는 속옷 차림의 남자들이 플라스틱 용기에 담긴 저녁을 혼자서 먹는 모습도 볼 수 있었다. 아파트 안에서는 대부분 소리가 크게 들렸고, 보이지 않는 사람들이 다양한 외국어로 소리치거나 휴대폰에 대고 중얼거렸다.

한밤중에 갑자기 침대 배열이 흐트러지는 바람에 잠에서 깨어났다. 새벽 3시였다. 바람을 쐬러 발코니로 나갔다. 눈에 들어오는 유일한 다른 사람은 나의 맞은편 발코니에서 흰 테리 가운을 입고 담배를 피우며 달을 쳐다보는 매력적인 여성이었다. 그림자 속에서 흰옷을 입은 남자가 나타났다. 그는 우아한 몸짓으로 여성을 품에 안고 가운을 벗겼다. 여성의 몸은 파리 버스 정류장 포스터에서 광고하는 멋진 속옷만 걸친 나체 상태였다.

사랑스러운 여성의 속옷이 달빛에 희미하게 반짝였다. 남자는 속옷을 벗고 있었다. 그때 갑자기 뒤쪽 방에서 강렬한 노란 불빛이 들어왔다. 순식간에 그들은 관계를 멈추고 다시 가운을 입은 채 발코니 난간에 기대어 달을 주시했다. 두 번째 남자가 발코니로 걸어 나와 담배에 불을 붙였고 그 역시 달을 올려다봤다. 첫 번째 남자와 여자도 담배에 불을 붙였다. 나는 흰색 테리 가운을 입은 세 사람을 한참 동안 지켜봤다. 누가 먼저 방으로 들어가는지 궁금했지만 졸음이 몰려와서 알아보지 않고 다시 잠자리에 들었다. 내가 확실히 프랑스에 와 있다는 사실에 만족감을 느꼈다. 물론 모두가 담배를 피우고 있어서는 아니었다.

다음 날 아침, 칸 영화 마켓에 참석하기 위해 칸 시내로 향했다. 그 마켓은 외관상 일반 산업 시장과 거대한 벼룩시장 사이 어딘가에 위치했다. 부스는 노련한 전문 구매자들에게 제품을 판매하기 위해 조직화되어 있다. 대부분은 무질서하고 즉흥적이지만 열정적인 아마추어들이 운영하는 것처럼 보였다. 일부 판매자는 대형 부스에 광택이 나는 인쇄된 소책자를 비치했고, 영화 영상을 반복 재생하거나 DVD를 나눠 주기도 했다. 포스터와 한 장짜리 유인물만 갖춘 작은 부스를 운영하는 판매자도 있었다.

구매자들은 통로를 거닐며 놓칠지 모를 관심 있는 영화를 찾거나, 회의나 상영회를 오가는 길에 잠깐 들러 메모를 했다. 각 부스에는 판매자와 약속을 잡아 주는 공간이 있었다. 큰 부스에는 뒤쪽에 따로 작은 회의실이 있었다. 작은 부스에는 여분의 접이식 의자를 남은 유인물 더미 사이에 끼워 두기도 했다.

나는 예술 영화 전문 부서가 있는 유럽의 대형 영화 배급사들과 예술 영화만 취급하는 미국 독립 영화사 몇 곳과 약속을 잡았다. 이들 모두 스튜디오 지브리의 영화에 대해 잘 알고 있어 약속을 쉽게 잡을 수 있었다.

칸 영화 마켓에서 큰 회사들은 작은 사무실처럼 차린 부스의 별도의 구역이 있었다. 이곳은 접수 담당자와 사방을 둘러싼 벽, 테이블, 서로 조화되는 의자를 갖춘 여러 개의 회의실, 그리고 여닫을 수 있는 문이 있었다. 약속 시간에 맞춰 도착하면, 파리 패션쇼에서나 볼 법한 옷을 입은 기생오라비처럼 생긴 접수 담당자가 경멸적인 태도로 고객을 대하면서 약속한 사람이 나타나려면 30분 동안 앉아서 기다려야 한다고 무례하게 지시했다. 30분은 정시에 도착한 약속에 대한 최소한의 대기 시간이었다.

한편으로는 가장 유명 배급사들이 지브리의 영화에 관심을 보인다는 사실이 고무적이었다. 반면, 각 회사의 구매자들이 영화와 영화 제작자의 전설적인 위대함에 대해 찬사를 쏟아 내는 사치스러운 방식에 대해서는 뭔가 불쾌감이 들었다. 그들은 내게 사상 최고의 재정적 거래를 제안하는 거라고 강조하면서도 구체적인 세부 사항은 공유하지 않으려 했다. 나는 여러 회사의 많은 사람들로부터 이것이 너무 좋은 거래라서 "스티븐 스필버그도 이해하지 못할 거예요. 우리가 당신에게 제안한 사실을 알게 되면 그는 매우 화를 낼 겁니다."라는 말을 반복적으로 들었다. 나는 이 말을 너무 많이 들었고 항상 스티븐 스필버그와 관련하여 들었기 때문에 마침내 그를 만났을 때는 영화업계의 모든 사람들이 당신보다 더 좋은 거래 제안을 받고 있다는 사실을 알고 있는지 물어보고 싶다는 충동을 느꼈다.

나는 지브리의 영화에 대한 관심에 고무된 동시에 그들과 나눈 대화의 허구성에 실망한 채 모든 미팅 자리를 떠났다. 비싼 가격과 세련된 분위기와 매끄러운 말투는 서로 뭔가 맞지 않은 듯했다. 대화는 은유와 과장의 영역을 벗어나지 못했다. 제안은 있었지만 그 제안에 대한 실질적인 의미는 없었다. 상업 영화 배급의 실제 현실과 내가 알고 있는 것 사이에는 일종의 단절이 있었다.

이러한 회의를 하는 동안 내 머릿속을 맴도는 특별한 프랑스어 문구가 하나 있었다. 중학교 시절 가장 절친인 도니Donnie는 프랑스 교환 학생으로 우리 가족과 함께 살았다. 연대기적으로는 우리보다 한 살 많았지만 파리 출신이고 여자라서 한 살 이상으로 보였다. 종종 그녀에게 뭔가를 말하면 그녀는 다소 회의적인 반응을 보였다. 그녀는 다른 사람이 말하는 모든 걸 의심하는 듯했다. 그녀가 사용한 문구는 "Oui et mon cul c'est du poulet(그래, 그리고 내 엉덩이는 닭이다; 흥, 말도 안 되는 소리!)"였다. 이것이 대형 영화 배급사들이 제안을 할 때마다 내 머릿속을 스쳐 지나간 문구였다.

첫 번째 영화 마켓의 마지막 미팅은 프랑스 대형 스튜디오캐널StudioCanal의 한 사업부인 와일드 번치Wild Bunch의 책임자와의 만남이었다. 와일드 번치는 독립 영화를 취급하는 회사였다. 내가 도쿠마/지브리에서 일하기 훨씬 전에 있었던 도쿠마와 스튜디오캐널 간의 법적 문제 때문에 나쁜 감정이 남아 있어서 나는 이 미팅에 대한 기대가 낮았다. 도쿠마는 지브리 영화에 대한 프랑스 판권을 프랑스에 거주하는 한 일본인 여성에게 허가했다. 이 여성은 도쿠마 씨와는 개인적으로 아는 친구이자 일본의 유명 정치인의 딸이었다. 이 여성은 미야자키 영화 〈붉은 돼지〉의 판권을 두 곳의 다른 프랑스 배급사에 재라이선스했다. 그중 한 곳이 스튜디오캐널이었다. 그런데 공교롭게도 이 여성은 이 영화를 개봉한 후 다른 배급사로부터 200만 달러의 소송을 당했다.

와일드 번치와의 만남은 부서 책임자인 빈센트 마라블과 함께였다. 이 만남은 영화제 관람객들이 잘 찾지 않는 칸의 허름하고 낡은 구석진 영화 마켓 바깥에서 이루어졌다.

마라블은 아직 영업 시작 전이었지만 의자가 펼쳐진 몇 개의 테이블을 두고 커피를 제공하는 야외 해산물 레스토랑에서 나와 만났다. 마라블은 꼬질꼬질한 축구 클럽 티셔츠와 심하게 헤진 청바지를 입고 있었다. 그는 며칠 동안 면도를 하지 않은 상태였다. 오후 2시가 넘었는데도 방금 침대에서 일어나 곧장 나를 만나러 온 것 같았다. 와일드 번치 사람들은 새벽 4시 이전에는 잠자리에 드는 일이 거의 없을 정도로 파티를 즐기기로 유명한데, 그는 영화 애호가이자 빈틈없는 (그리고 더 중요한 것은 공정하고 정직한) 사업가이기도 했다.

나는 와일드 번치가 영화를 배급하는 방식, 그들이 누구인지, 그들의 배급 철학이 무엇인지에 관해 마라블의 산뜻하면서도 매우 구체적이며 상세한 설명을 들었다. 그는 디즈니가 실제로 사용할 계획이 없던 판권을 포기하게 만드는 것이 얼마나 어려웠는지에 대한 나의 설명을 경청했다. 마라블은 지브리의 각 영화에 대해 언제 어디서 어떻게 개봉할지 알려 주었다. 그는 각 영화의 상업적 잠재력과 한계에 대해 잘 아는 것 같았다. 나는 과거 지브리 영화 〈붉은 돼지〉를 두고 지브리의 모회사와 와일드 번치의 모회사 간에 있었던 어려움에 대해 말했다. 그러자 마라블은 그것이 문제가 될 수 있다는 점을 인정했다.

우리는 커피를 마시고 악수를 나눈 뒤 나중에 파리에서 지브리의 영화 라이선스에 대한 논의를 진행하기로 합의했다. 1년 후 와일드 번치는 세계의 나머지 지역에서 지브리의 모든 영화에 대한 라이선스를 갖게 되었고, 지금까지도 이런 관계를 유지하고 있다.

우리에겐 언제나 파리가 있을 거야

〈센과 치히로의 행방불명〉이 일본을 벗어나 처음 상업적으로 개봉한 곳은 2002년 1월 프랑스였다. 미야자키는 파리에서 영화를 홍보하기 위해 여행하는 걸 동의했다. 체류 기간을 짧게 하고 알자스로의 여행을 포함하면 좋겠다고 했다. 그가 왜 알자스를 선택했는지는 설명하지 않았지만, 우리는 나중에야 그가 알자스 지역 특유의 건물을 보고 싶었다는 걸 알았다. 프랑스 디즈니 마케팅 매니저 중 한 명이 마침 알자스 출신이어서 여행 일정이 쉽게 잡혔다.

우리는 크리스마스 일주일 전 다섯 명의 비교적 소규모 그룹으로 파리에 도착했다. 지브리의 미야자키, 스즈키, 다케다, 그리고 나와 NTV의 오쿠다 세이지가 합류했다. 오쿠다의 딸은 〈센과 치히로의 행방불명〉의 주인공 치히로의 실제 모델이었다. 나는 도착한 지 며칠 뒤에 아내와 아들을 여기에 합류시키는 바람에 일본 비즈니스 에티켓의 기본 지침을 위반했다. 미국인 가족에게 크리스마스 휴가는 매우 신성시된다. 따라서 내가 12월 말에 아내와 아들을 두고 파리로 떠나면 (일본인) 아내와 아들이 정서적으로 분리되어 마음 아파할 거라고 스즈키를 설득해야 했다.

디즈니는 파리의 최고급 호텔을 포함해 파리의 어느 곳이든 지브리 그룹을 묵게 해 주겠다고 제안했다. 우리는 센강 좌안의 생제르맹데 프레 근처 라틴 지구 중심부에 위치한 작은 호텔 '를레 크리스틴Relais Christine'을 선택했다. 6구 거리에 있는 이 작고 전통적인 호텔은 지금은 인기가 높아져 가격이 엄청 비싸지만(그리고 어느 정도 개조되었다), 당시에는 그저 매력적이고 독특한 고풍스러움을 간직한 호텔이었다.

를레 크리스틴의 객실은 작았고 옷장 공간이나 침대 외에 따로 앉을 수 있는 공간 같은 편의시설이 없었다. 작은 엘리베이터는 한 번에 두 사람 또는 짐을 든 한 사람만 탈 수 있었다. 하지만 그곳은 고전적인 분위기와 매력이 가득했다. 직원들은 매우 친절하고 많은 도움을 주었다. 안락한 의자와 따뜻한 커피, 차가운 샴페인과 페리에Perrier, 탄산음료, 좋은 프랑스 와인이 비치된 셀프 서비스 바가 제공되고, 아래층 거실의 벽난로에서는 장작불이 따뜻하게 타올랐다. 고대 지하실(지하 감옥)에서의 아침 식사도 훌륭했다. 길 건너편에는 미국 검열관의 섬세한 (청교도적인) 감성을 풍기며 미국에서는 거의 찾아볼 수 없는 흑백영화나 미국과 영국의 고전 영화만 상영하는 작은 영화관이 있었다.

크리스틴 거리는 정확히 한 블록 길이밖에 안 되는 좁은 거리였다. 거리에는 여러 레스토랑이 있었다. 한쪽 끝에는 오래된 미슐랭 3스타 레스토랑도 있었다. 그곳에서는 와인 리스트의 가격이 와인 병의 빈티지와 같은 숫자로 표시되었다. 비교적 저렴하고 격식을 차리지 않은 작은 레스토랑도 세 군데나 있었다.

짐을 풀자마자 미야자키와 스즈키는 먹을 것부터 찾았다. 솔직히 고백하면 나는 늘 두려웠다. 미야자키와 스즈키가 정말로 먹고 싶어 하는 건 일본 음식뿐이었기 때문이다. 하지만 미야자키는 일본인들이 일본 음식만 먹는다고 외국인들이 생각하는 것, 특히 미야자키 자신이 비일본식을 싫어한다고 생각하는 부분에 민감했다. 그는 그들이 틀렸음을 증명하기 위해 최선을 다했다. 반면 스즈키는 다른 사람의 생각은 별로 신경 쓰지 않지만 선택지가 세 가지 이상 되는 메뉴를 싫어했다. 오쿠다는 나와 마찬가지로 무엇이든 먹을 수 있고 고급 요리를 좋아했다. 다케다는 출장은 비즈니스에 관한 것이므로 식사 장소를 결정할 때에도 사적인 호불호를 고려해선 안 된다는 입장이었다.

무엇을 먹을지, 어디에서 먹을지 결정되지 않았다. 단지 가깝고 간단해야 한다는 조건만 있을 뿐이다. 미야자키와 스즈키 모두 정교한 코스나 화려한 음식을 요구하지 않는다. 나는 길모퉁이에 있는 세 곳의 패스트푸드 스시집 중 한 곳을 추천했다. 미야자키가 반대했다. 일본 음식은 안 된다. 그래서 저명한 프랑스 셰프가 최근에 오픈한 길 건너편 중간 가격대의 로티세리(고기를 쇠꼬챙이에 끼워 돌려 가면서 굽는 기구) 치킨집을 추천했다. 이번엔 스즈키가 반대했다. 너무 화려하다. 결국 길 끝에 위치한, 가족이 운영하는 아늑한 작은 식당으로 정했다. 우리는 들어가서 자리에 앉았다. 메뉴를 살펴봤다.

미야자키는 수프만 먹기로 했다. 스즈키는 먹고 싶은 음식을 찾지 못해 소고기 스튜(메뉴에 있는 뵈프 부르기뇽)를 먹기로 결정했다. 오쿠다와 나는 풀코스를 먹고 싶었지만 미야자키와 스즈키가 식사를 마쳤는데도 우리가 계속 먹고 있으면 화를 낼 것 같아 메인 요리만 주문했다. 다케다는 스즈키가 다 먹지 않을 걸 알고 자신이 대신 먹겠다며 아무것도 주문하지 않았다.

이제 가장 어려운 부분이 기다렸다. 나는 그룹을 대표해 웨이터와 소통하며 주문을 해야 했다. 저녁 시간이었다. 우리는 다섯 명이어서 작은 식당의 테이블 2개를 서로 밀착시켰다. 내가 미야자키의 수프만 주문하자 웨이터는 불만을 표시했다. 한 여성은 아무것도 먹지 않았다. 세 명의 남성은 메인 요리만 시켰고, 아무도 술을 마시지 않았다. 주문이 계속될 때마다 나는 웨이터의 거침없는 프랑스식 경멸을 받았다. 그 경멸은 오로지 그룹의 대변인인 나에게로만 향했다. 좋아, 해보자는 거지! 웨이터도 나름 생각했을 법하다. 내가 서빙을 거부하는 건 불법이다. 게다가 나는 프랑스인이기 때문에 당신의 주문을 존중한다. 만약 내가 중국인이었다면 요리사에게 요리할 때 침을 뱉으라고 말했을 게다. 하지만 우리는 음식을 존중하는 프랑스인이고 문명인이다. 적어도 우리는 그렇게는 하지 않는다. 그러니 다신 여기 오지 마, 이 개자식아. 알겠어?

프랑스인들은 이런 마음을 말없이 상대방에게 전달하는 데 정말로 능숙하다.

설상가상으로 나는 신용카드로 결제했다. 내가 이 일을 하는 동안 나머지 그룹은 식당을 나갔다. 혼자서 모든 수모를 감당해야 할 뿐만 아니라 배고픈 채로 식당을 나와야 했다. 그 작은 식당은 전혀 나쁘지 않았지만 이제 두 번 다시 갈 수 없었다.

냉정하게 말하면, 알고 보니 프랑스의 멋진 요리는 특별하고 훌륭한 대접을 받은 것에 감사를 표하는 미야자키 하야오의 능력을 심각하게 시험한 셈이다.

미야자키가 프랑스에 머무는 시간을 최대한 짧게 가져야 한다고 고집했기 때문에 우리가 예약한 일정은 무척 빡빡했다. 하루 종일 언론이나 TV 매체와 인터뷰해야 했다. 어느 날 저녁에는 프랑스의 국립 시네마테크Cinémathèque인 포럼 데 이마주Forum des Images에서 패널로 초청받아 연설하기도 했다. 우리가 머무는 동안 매일 밤 여러 다른 그룹이 미야자키를 위한 만찬을 주최하는 영광을 차지하려고 경쟁을 벌였다. 프랑스에서의 화려한 만찬은 존경받는 손님에게 베풀 수 있는 최고의 영예다. 미야자키 하야오 감독은 오랫동안 그의 작품을 높이 평가해 온 프랑스에 거의 모습을 드러내지 않은 탓에 그와 함께 저녁 식사를 하며 그를 기리고자 하는 사람들이 많았다.

정말 훌륭한 미슐랭 2스타 레스토랑에서의 첫날 밤 만찬은 프랑스 디즈니의 대표인 장 프랑수아 카밀리에가 주최했다. 장 프랑수아는 오랫동안 지브리 영화의 팬이었으며 초기 지브리 영화의 프랑스 극장 개봉을 주선해 주었다. 그가 우리를 위해 선택한 레스토랑은 우리에게 그 계절에 완전히 어울리는 최고급 식재료로 만든 아주 특별한 식사를 우리가 하고 있다는 걸 깨닫도록 큰 공을 들였다.

샴페인과 식당에서 주는 무료 애피타이저로 만찬을 시작했다. 신선한 푸아그라 도이(거위)로 만든 첫 번째 코스에 이어 송어 알로 만든 소스를 곁들인 데친 송어 생선 코스가 나왔다. 메인 코스는 야생 사슴 고기와 겨울 채소를 곁들인 요리였고, 디저트는 그랑 마니에 향의 크렘 프레쉬가 곁들여진 사과 타르트가 제공되었다. 푸아그라는 희귀한 알자스 게뷔르츠트라미너Alsatian Gewürztraminer 와인, 생선은 훌륭한 화이트 보르도Bordeaux 와인, 사슴고기는 존경받는 부르고뉴Burgundy 와인, 타르트는 빈티지 소테른Sauternes 와인과 함께 제공되었다. 사슴의 성별은 암컷이었고 사과는 노르망디에서 직접 수입한 사과였다는 것을 알았다. 거위의 성별은 따로 언급되지 않았다.

장 프랑수아는 미야자키와 스즈키 모두 밤 10시에 시작하여 새벽 1시까지 이어지는 만찬의 개념을 납득할 수 없고, 정식 프랑스 식사의 여유로운 속도를 좋아하지 않는다는 사실을 미리 알고 있었다. 패널 토론 때문에 만찬이 늦게 시작되자 장 프랑수아는 레스토랑 측에 서비스 속도를 높여 달라고 요청했다. 그럼에도 불구하고 커피와 함께 나오는 디저트가 전달될 무렵에는 일본에서 온 신사들이 잠자리에 들 준비 시각이었다. 다행히 도움이 된 것은 레스토랑 내에서의 흡연이 여전히 허용된 점이다.

바로 다음 날 밤에는 예술 영화를 보관하고 상영하는 프랑스 문화 기관이자 전날 미야자키 감독이 패널 토론으로 참여했던 포럼 데 이마주의 주최로 만찬이 열렸다. 식사는 센강을 바로 마주 보고 있는 고풍스럽고 고급스러운 클래식 프랑스 레스토랑에서 진행되었다. 우리는 위층에 위치한 18세기 분위기의 프라이빗 다이닝룸으로 안내되었다. 이 만찬의 주최자 역시 늦은 시작과 느린 서비스를 싫어하는 손님들의 의견을 잘 알고 있었다. 하지만 미국 회사에서 일하고 LA에서 살았던 장 프랑수아보다 더 진정한 프랑스인이었던 그들은 이를 무시했다.

그래서 우리는 밤 10시에 시작된 식사가 250년 전과 똑같은 속도로 진행되는, 정통 프랑스 파인 다이닝(고급 식사)을 제대로 경험했다. 각 코스 사이에는 최소 1시간이 흘러 영화와 철학에 관한 대화를 나눌 충분한 시간이 주어졌다. 식사 속도가 너무 느려서 통역가들도 식사할 시간이 있었다. 미야자키와 스즈키 모두 잇달아 담배를 피울 수 있게 된 것을 기뻐하며 두 번째 메인 코스까지 우아하고 열정적인 자세로 그 영광을 누렸다.

그날 밤 우리가 다시 즐긴 식사는 최고급 계절 재료로 만든 특별한 제철 음식으로 구성되었다. 시작을 알리는 샴페인과 무료 애피타이저부터 시작했다. 신선한 푸아그라 도이의 첫 번째 코스에 이어 생선 코스, 겨울 야채를 곁들인 사슴고기 메인 코스, 쿠앵트로 향이 나는 크림 프레쉬를 곁들인 사과 타르트가 이어져 나왔다. 푸아그라는 희귀한 알자스 게뷔르츠트라미너 와인, 생선은 훌륭한 화이트 보르도 와인, 사슴고기는 존경받는 부르고뉴 와인, 타르트는 희귀한 빈티지 샤토 디켐 소테른 와인이 곁들여졌다. 사슴의 성별은 암컷, 생선의 성별은 알을 품은 암컷, 사과는 노르망디에서 직접 수입한 사과임을 알았다. 이번에도 거위의 성별은 언급되지 않았다.

다음 날 우리는 프랑스 북동쪽에 있는 알자스로 향했다. 현대사에 '신발 폭탄 테러범'으로 기록된 리처드 리드Richard Reid가 바로 위쪽에 위치한 훨씬 더 큰 샤를 드골 공항에서 비행기에 탑승한 날과 정확히 같은 날, 우리는 파리의 오를리 공항에서 비행기를 탔다. 알자스로 향하던 리드는 (비행기의 원래 목적지가 아닌) 보스턴으로 향하는 비행기를 폭파하는 데 실패했다. 우리의 목적지는 콜마르Colmar 마을이었다.

미야자키는 게르만/프랑스 스타일의 유명 건물들을 많이 보존한 콜마르의 구시가지를 보고 싶어 했다. 역사적으로 알자스는 럭비 스크럼에서 럭비공을 밀고 당기고 싸우는 것처럼 이 지역에서의 권력을 공고히 하려는 정치 또는 군사 집단에 의해 강제로 점령당한 경합 지역이었다. 그로 인해 이곳 민간인들은 독일과 프랑스 양측의 언어와 문화적 관습에 모두 능통해졌다. 이는 아마도 그들이 누구의 관할권에 속하게 될지 확신할 수 없었기 때문일 것이다. 좋은 소식은 이곳이 땅이 비옥하고 기후가 꽤 좋다는 점이다. 그렇지 않았다면 싸울 가치가 없었을 것이다. 이중 문화권 덕분에 멋진 건물과 훌륭한 음식, 훌륭한 와인이 생산될 수 있었다. 또 다른 보너스는, 우리가 이 마을의 연례 크리스마스 박람회에 맞춰 그곳에 도착했다는 점이다.

그해 알자스는 유난히 추운 12월을 보내고 있었다. 우리는 꽁꽁 얼어붙은 겨울 풍경에 도착했다. 미야자키의 책은 프랑스어로도 번역되어 있었는데, 그의 책 번역가가 알자스에서 우리 가이드를 자청했다. 그는 비행기가 착륙하자마자 콜마르의 작은 공항에서 우리를 마중했다. 우리는 미니밴에 몸을 싣고 마을 중심가로 향했다. 오후에는 구시가지를 둘러보았는데, 그곳에서 프랑스 혁명 때 살아남은 사암과 세월의 흔적을 간직한 목재 건물들을 볼 수 있었다. 이 건물들은 미야자키가 보고 싶어 했던 것들로, 그중 일부는 미야자키 감독의 2004년 영화 〈하울의 움직이는 성〉의 배경에 사랑스럽게 재현되어 있다.

우리 호텔은 루트 뒤 뱅Route du Vin을 따라 북쪽으로 차로 40분 정도 올라가면 나오는 작은 마을 리퀘위르Riquewihr에 있었다. 리퀘위르에 도착하자마자 우리는 짐을 풀고 저녁 식사를 위해 반 블록 정도에 있는 라 테이블 뒤 구르메La Table du Gourmet로 향했다. 레스토랑에는 미슐랭 스타가 하나 달려 있을 뿐만 아니라 3개의 교차된 숟가락과 포크도 있었다. 이는 분위기도 매우 좋다는 신호였다. 호스트는 그날 저녁 식사로 우리가 당연히 지금 가장 맛있는 제철 음식을 먹어야 한다고 고 집했다.

식사는 살구와 흑마늘을 곁들여 데친 알자스 푸아그라로 시작하여 오이 젤, 양 고추냉이, 파슬리 주스를 곁들여 살짝 볶은 오르베이 송어, 메인 코스인 구운 사슴고기 스테이크, 디저트로 알자스 사과 타르트 순으로 나왔다. 미야자키는 푸아그라를 한 번만 더 먹으면 푸아그라가 될 것이라며 푸아그라에 반대했다(이 농담을 일본어로 하면 더 재미있고 표현력이 풍부해진다). 하지만 디즈니가 비용을 지불하고 이곳을 운영하고 있다 보니, 우리 가이드는 감히 이 엄격한 지시를 어길 엄두를 내지 못했다. 가이드는 농담으로 단두대 흉내를 내며 손으로 칼을 자르는 포즈를 취했다. 이는 명령을 무시하면 심각한(과장된 경우) 결과를 초래할 수 있음을 암시했다. 농담이 통했는지 다들 불만은 사라지고 식사를 계속할 수 있었다. 각 코스의 성별과 관련된 적절한 정보가 정식으로 제공되었다.

다음 날 우리는 리퀘위르 주변을 산책하고 현지 공예품 가게에서 쇼핑을 했다. 미야자키는 빗자루에 달린 수제 마녀를 여러 개 샀는데, 그중 일부는 도쿄에 있는 사람들에게 선물로 주었고 일부는 현재 지브리 박물관에 전시되어 있다. 호텔에서는 이별의 선물로 공항으로 돌아가는 길에 기력을 보충할 수 있도록 따뜻하게 데운, 향신료가 추가된 레드 와인을 준비해 주었다.

파리로 돌아온 날은 크리스마스이브였다. 우리는 최근 포럼 데 이마주의 대표에서 은퇴한, 지브리의 오랜 팬인 동시에 영화감독이자 영화 제작자인 미셸 레일락Michel Reilhac의 집에 초대받았다.

파리의 집은 손님이 집에 초대받기 전까지는 그 집이 어떤 집인지 알 수 없다. 오래된 건물들은 길에서 보이지 않는 내부 안뜰을 중심으로 구성되어 있다. 바깥 대문 안으로 들어서자, 마당을 지나 안쪽 건물로 향하는 넓은 계단이 미셸의 아파트 6층 입구를 향해 나선형으로 나 있었다. 목적지까지 가는 길에는 수십 개의 촛불이 켜져 있었다. 미셸과 그의 아내가 아이들과 함께 우리를 환영해 주었다. 그의 형제와 아내, 그리고 그들의 자녀와 부모님도 손님으로 참석했다. 대형 복층 아파트는 전통적인 크리스마스 장식으로 꾸며져 있었다. 커다란 자연석 벽난로에서는 불이 활활 타올랐고, 전통적인 크리스마스이브 저녁 식사를 위한 식탁이 차려져 있었다.

우리가 샴페인을 마시는 동안 미셸 부모님은 크리스마스이브에는 아이들이 불이 꺼질 때까지 깨어 있다가 산타가 오는 시각에 맞춰 잠자리에 든다고 설명했다. 불이 꺼지지 않고 계속 타고 있으면 산타가 굴뚝으로 내려올 수 없다고 했다. 우리 모두는 아이들과 함께 크리스마스이브 선물을 받았다. 나는 그날 밤에 받은 양모 펠트 실내화를 지금도 신고 있다. 우리가 앉아서 불을 지켜보는 동안 미야자키 하야오는 아이들의 요청을 받아 각자 좋아하는 지브리 캐릭터 그림을 그려 주었다. 이는 미야자키 하야오 감독이 즐겨 하는 일인데, 그가 그린 그림의 수가 방에 있는 아이들의 수를 초과할 정도였다. 스즈키 씨는 어른들을 위해 일본 전통 서예를 써 줬다.

조부모, 삼촌, 이모, 사촌 등이 모여 식탁에서 나눈 대화는 거의 전적으로 음식에 관한 것이었다. 몽생미셸Mont Saint-Michel 근처의 특별한 곳에서 생산되는 굴을 파리에서 단 두 곳만 판매하기 때문에 우리가 먹었던 완벽한 굴을 구하기가 얼마나 힘들었는지, 미셸 어머니가 멧돼지 고기로 만든 소시지에는 한 종류의 트뤼프송로버섯만 넣는다는 사실, 소시지에 감자가 얼마나 어울리는지, 미셸의 아내의 어머니가 만든 푸아그라에 들어가는 거위의 출처, 그리고 메인 코스인 놀랍도록 맛있는 방목한 중성화된 수탉 조림과 구이의 성별에 대해 이야기했다. 스펀지케이크, 초콜릿 버터크림, 통나무 모양의 순수 초콜릿을 섞어서 만든 정말 맛있는 부쉬 드 노엘Bûche de Noël을 비롯한 갖가지 홈메이드 디저트로 저녁 식사를 마무리했다. 놀랍도록 훌륭한 식사였다. 너무 맛있어서 미야자키는 푸아그라를 다시 먹어야 한다는 불평을 늘어놓을 생각조차 하지 못했다.

커피를 마신 후 우리는 자정 미사에 참석하기 위해 10분 거리에 있는 노트르담 대성당까지 걸었다. 노트르담 대성당의 자정 크리스마스 미사는 인기가 많아서 성당에는 사람들이 붐볐다. 대성당에 들어서자 나가는 사람들이 우리에게 촛불을 하나씩 건네주었고, 우리도 차례로 다른 사람에게 촛불을 건네주면서 떠났다. 음악이 흘러나왔다. 성당은 밝은 빛으로 가득 찼다. 부드럽게 내리는 눈송이들이 고출력 광선 속에서 춤을 추며 땅을 향해 부드럽게 내려앉았다. 주변 도로에는 차가 거의 다니지 않았고, 우리는 라틴 지구의 한적한 뒷골목을 지나 를레 크리스틴 호텔로 돌아갔다.

그게 다였다. 파리는 크리스마스와 새해 사이에 모두 문을 닫았다. 일본에서 온 일행은 하루 더 머물렀지만 문을 연 곳은 거의 없었고, 도시는 아주 한산해 보였다. NTV의 오쿠다 세이지가 기차에 매료되어 생 라자르 역까지 걸어가 기차를 구경했다. 오페라 지구 근처에서 우리는 일식 레스토랑이 몰려 있는 거리를 발견했다. 그곳은 모두 영업 중이었다. 미야자키와 스즈키는 드디어 일본 소바, 우동, 라면 등 정말 먹고 싶었던 음식을 즐길 수 있었다.

그다음 날, 아내와 아들과 나는 프랑스를 떠났다. 1월 1일에 새로운 유럽 화폐가 도입되었다. 12월에 은행에 가면 유로 스타터 키트와 다양한 동전 및 지폐를 구입해 실제 화폐가 되기 직전에 미리 익숙해질 수 있었다. 나는 공항에서 나중에 사용하기 위해 유로 동전 한 봉지를 샀지만, 지금까지 한 번도 사용한 적이 없다. 그 동전들은 내 책상 위의 병에 담겨 다른 통화로 바뀐 동전들과 함께 놓여 있다.

한 장소를 다른 장소와 차별화하는 작은 것들이 점점 더 많이 사라지고 있는 세상에서, 과거의 몇 가지를 간직하고 있다는 것은 왠지 모르게 내겐 위안이 된다.

프린세스 다이어리

번역에서 길을 잃다

일본인은 번역에 서툴 수 있다. 가장 큰 실수들을 말해 주는 책도 나왔다. 영화 산업의 가장 큰 문제는 아무도 번역을 확인하지 않는다는 점이다. 또 다른 문제는 일본인들이 영어를 좋아하고 영어 버전에 너무 익숙하다는 점이다. 일본인은 영어 원어민보다 언어적 오류에 훨씬 더 관대하다. 괜찮게 들린다. 그런데 뭐가 문제일까?

나는 스튜디오 지브리의 영화 번역을 제대로 해야겠다고 결심했다. 학문적 배경을 중시하는 (시와 소설의) 번역가가 되고 싶었다. 내겐 제대로 번역하는 것이 개인적인 자존심의 문제였다. 또한 지브리 영화 대본의 언어는 제대로 번역할 가치가 있는 심오한 의미와 예술적 아름다움을 함께 지닌다. 그렇다면 '제대로 된 번역이란 정확히 무엇인가'

라는 질문이 생길 수밖에 없다.

누구든 노골적인 실수는 최소한 피하고 싶을 것이다. 그 외에도 번역된 대화 내용이 일본어를 모르는 원어민에게도 자연스럽게 들리길 원할 것이다. 원어민이라고 해서 모두 자연스러운 소리에 동의하는 건 아니지만, 이는 불가능하진 않다. 하지만 일본인들이 거의 사용하지 않는 일본어나 번역할 언어에 직접적인 대응 단어가 없는 경우는 어떻게 해야 할까? 아니면 미야자키 하야오 감독이 영화 제목에 즐겨 사용하는, 일본인들조차 정의하기 난감한 일본어 단어는 어떻게 될까?

디즈니는 미국 내 우리 배급사였다. 우리가 예상하지 못한 한 가지 문제는 디즈니가 영화 자체의 문제점을 '수정'하기 위해 번역에 의존한다는 것이었다. 디즈니에게 번역은 미국의 관객에게 상업적으로 어필할 수 없다고 생각한 모든 걸 바꿀 수 있는 기회를 의미했다. 그들은 원본 대본에 없는 대사로 침묵을 채웠다. 불분명한 스토리 라인을 채우기 위해 원본에는 없는 대사나 장면을 삽입했다. 좀 더 미국적으로 들리도록 원본의 이름을 바꾸기도 했다. 뿐만 아니라 원어민이 검토했다면 바로잡을 수 있는 번역의 실수까지 저질렀다.

지브리 영화의 번역을 어떻게 할 것인지에 대한 열띤 토론이 있었다. 이 토론에는 변호사도 참여했다. 디즈니와 지브리는 하나의 과정에 합의했다. 가이드라인이 정해지고 계약이 체결되었다. 새로운 가이드라인에 따라 제작된 지브리 영화의 첫 번째 영어 버전은 〈원령공주〉였다.

〈원령공주〉의 영어 더빙 버전 과정은 뉴욕에서 미라맥스와의 미팅으로 시작되었다. 나는 미라맥스가 외국 영화를 영어로 더빙하는 방법을 배우는 데 관심이 많다고 들었다. 당시 미라맥스는 최고의 외국어 영화를 미국으로 수입하는 주요 수입사였다. 그들은 극장 관객들이 선호하는 자막 버전뿐 아니라 잘 만들어진 더빙 버전이 있다면 자신들의 영화가 더 널리 배포되고 더 많이 볼 수 있을 것임을 확신했다.

디즈니의 몇몇 직원들은 미라맥스의 최초이자 유일한 영어 더빙 시도인 1994년 이탈리아 영화 〈일 포스티노Il Postino〉를 본 적이 있다고 말했다. 수상 경력이 있고 아카데미상 후보에도 오른 이 영화는 칠레의 시인 파블로 네루다Pablo Neruda, 1904~1973와 이탈리아 망명 시절 현지 우체부와의 관계를 다룬 가상의 이야기다. 나는 이 영어 더빙 버전이 〈미스터 에드Mr. Ed〉와 우디 앨런Woody Allen, 1935~의 〈타이거 릴리What's Up Tiger Lily?〉(1966)의 에피소드 사이 어디쯤 놓일 듯하다는 말을 들었다. 〈원령공주〉는 미라맥스의 보다 나은 시도가 될 것이다. 인간 배우가 등장하는 실사 영화의 더빙은 특히나 어렵다. 애니메이션 캐릭터가 등장하는 애니메이션 영화의 더빙의 경우는 이보다는 덜 어려워야 한다. 이론적으로는 말이다.

〈원령공주〉 더빙판 제작을 위해 모인 제작팀이 뉴욕에서 첫 대본 회의를 가졌다. 팀원 중 영어 더빙 버전의 영화를 실제로 제작한 경험이 있는 사람은 아무도 없었다. 영어 시나리오를 쓰기 위해 작가 닐 게이먼이 고용되었다. 그는 미네소타에 있는 자택에서 비행기로 날아 왔다. 미라맥스는 그를 위해 영화를 상영해 주었고, 그에게 대략적인 작업용 비디오를 만들어 주었다. 그래서 그는 우리 영화를 잘 알고 있었을 뿐 아니라 회의 참석에 앞서 그 비디오를 여러 차례 보고 공부한 상태였다. 영화에 배정된 미라맥스 직원들도 영화를 여러 번 봐서 게이먼이 자기 대본에서 다루려는 문제를 파악하고 있었다.

미야자키 하야오는 더빙 버전을 제작할 때 주의해야 할 사항, 즉

해야 할 일과 하지 말아야 할 일에 관한 짧은 목록을 알려 주었다. 나는 이를 회의 참석자들에게 전했다. 미야자키의 의견은 캐스팅에 대한 조언부터 아무도 신경 쓰지 않거나 눈치 채지 못할 세부 사항에 대한 우려까지 세세했다. 미야자키가 나에게 말한 내용 중 일부를 소개하면 다음과 같다.

- 제목을 번역하려고 애쓰지 말라. 제목은 번역할 수 없다.
- 현대어 또는 현대 속어를 사용하지 말라.
- 좋은 목소리를 선택하라. 목소리가 중요하다.
- 아시타카는 왕자다. 그는 말을 잘하고 격식을 차린다. 지금 시대와는 다른 구식이다.
- 에미시족은 현대 일본에 전해진 적이 없는, 전멸하고 사라진 민족이다.
- 에보시 부인이 이끄는 사람들은 매우 하층민이고 버림받은 자들이며, 전직 매춘부, 노름꾼, 사기꾼, 포주, 나병 환자들이다. 하지만 그녀는 이들과는 다른 계급 출신이다.
- 지고보는 자신이 천황을 위해 일한다고 말한다. 천황은 지금 우리가 생각하는 그 천황이 아니다. 지고보는 가난하게 살면서 문서, 허가증 또는 법령을 승인함으로써 수입을 창출했다. 즉 자신의 권한을 문서로 판매하며 생계를 유지했을 것이다. 지고보는 진짜 누구를 위해 일하는 것일까? 우리도 모른다. 그는 천황의 서명이 담긴 문서를 지니고 있지만 아무런 의미도 없다.
- 소총처럼 보이는 건 소총이 아니다. 영화에 나오는 소총은 우

리가 아는 것과는 다른 것이다. 휴대용 대포에 가깝다. 소총으로 번역하지 말라. 절대로 소총이 아니다. '라이플'이라는 단어를 사용하지 말라.

그러자 미라맥스 측의 질문이 쏟아졌다.

"아사노 경, 그는 대체 누군가요? 좋은 사람인가요, 나쁜 사람인가요? 사무라이들은 누구를 위해 일하는 걸까요? 왜 마을을 공격했을까요? 왜 에보시 부인을 공격한 것인가요? 그녀는 나쁜 사람인가요? 지고보는 누구고 누구 밑에서 일하는 사람인가요? 왜 그는 사슴 신의 목을 원하는 거죠? 그는 좋은 사람인가요, 나쁜 사람인가요? 사슴 신은 왜 신인가요? 그것은 일본식 신인가요? 좋은 신인가요, 나쁜 신인가요?"

나는 미야자키가 자기 영화에는 선한 사람과 악한 사람은 없고, 인간 본성에 대한 미묘한 관점을 취하려고 노력한다는 걸 설명했다. 나는 미라맥스의 질문에 대한 명확한 답을 나 역시 정확히 알지 못하며, 미야자키의 의도 중 하나가 우리가 그것에 대해 생각하거나 확실하지 않은 불확실성에 만족하도록 하려는 것이라고 들려줬다.

브루클린 억양이 뚜렷한 한 여성은 "그럼 왜 아시타카라는 사람을 왕자라고 부르나요?"라고 물었다.

닐 게이먼은 "그는 왕자니까요."라고 대답했다.

"네, 하지만 그가 왕자라는 걸 어떻게 알 수 있죠? 그는 이 허름한 흙 마을에 살잖아요. 그의 옷도 누더기예요. 그의 작은 마을도 완전히 외딴 곳에 있고요. 그런데 어떻게 왕자가 될 수 있죠?" 그녀가 연거푸 말했다.

이번엔 게이먼이 말했다. "모두가 그를 아시타카 왕자라고 부르기 때문에 그가 왕자라는 걸 알 수 있는 겁니다. 그는 아버지가 왕이었기 때문에 왕자이고, 아버지가 죽으면 왕이 될 예정이죠. 영화 제작자들도 그가 왕자라고 말했고요. 그는 왕자입니다. 그냥 왕자 말입니다."

게이먼은 영국인이라서 그런지 디즈니 〈잠자는 숲속의 공주〉 버전에 얽매이지 않는, 진짜 왕자나 공주라는 개념 자체에 더 익숙한 듯했다. 나는 미국인이라도 영화를 통해 아나스타샤(혁명으로 쫓겨난 러시아 왕족)와 같은 이야기에 익숙하거나, 이 나라나 저 나라에서 왕족 출신이었던 세탁소 주인, 식당 주인, 어학 교사를 자주 접하는 뉴요커라면, 운이 나빠 불우한 환경으로 전락한 왕족의 개념을 더 잘 받아들였을 것이라고 생각했다.

환경이 열악해졌다고 해도 왕자는 왕자로 살아남을 수 있다고 주장하는 게이먼과 마을 왕국에 남루한 옷을 입은 왕자라는 존재를 관객이 받아들이지 않을 것이라고 주장하는 미라맥스 여성 사이에 토론이 계속되었다.

게이먼: 그가 왕자라는 점은 이야기의 주된 요소지만 그것은 그의 캐릭터가 가진 일부입니다. 미야자키 감독이 그렇게 설정한 거예요. 우리는 미국 관객을 위해 이 영화를 각색하는 것이지 원작 자체를 바꾸려는 게 아닙니다.

미라맥스: 하지만 관객들은 그가 왕자라는 사실 자체를 이해하지 못할 거예요.

게이먼: 당연히 이해할 겁니다. 관객도 바보는 아니니까요. 만약 관객이 이를 구분하지 못하는 바보라면 영화의 나머지 부분도 아마

이해하지 못할 겁니다.

우리의 토론은 계속 파생되었다.

게이먼이나 미라맥스 제작팀 모두 ADR_{automated dialogue replacement,} _{후시녹음} 대본을 작성한 적이 없었을 뿐 아니라 대본 제작 과정에 대해서도 논의한 적이 없었다. 게이먼의 입장은 먼저 영어 자막 버전의 영화를 토대로 가장 좋은 버전의 대본부터 작성하자는 것이었다. 첫 단계에서 타이밍이나 대사가 화면 속 캐릭터와 어떻게 맞는지에 대한 걱정은 없었다. 게이먼의 글쓰기는 아무런 제약이 없는 이상적인 세계에서 최고의 대사 버전을 내놓았다.

다음 단계는 게이먼이 자신이 쓴 대본과 비교하여 영화를 한 줄 한 줄 보면서 화면의 타이밍에 맞춰 인물들의 대사를 대략적으로 편집하는 것이었다. 마지막 단계에서는 임시 배우를 고용해 대사를 연기하게 함으로써 캐릭터의 얼굴과 입 모양을 더 정확히 대사와 맞추려고 애썼다. 배우가 대사를 말하는 방식에 따라 그 대사가 영화에 어울리는 방식은 얼마든지 달라질 수 있다. 딱 한 가지 방식으로만 읽는다면 맞지 않더라도, 같은 대사를 다른 방식으로 읽으면 완벽하게 들어맞을 수 있다. 혹은 같은 대사를 읽더라도 작가에게 그 대사를 더 좋게 바꿀 수 있는 방법이나 소리 내어 읽었을 때 맞지 않는 대사를 수정하는 방법을 제시할 수도 있다.

이것은 나쁘지 않은 계획이었다. 하지만 한 번도 논의된 적 없고, 팀원들 중 어느 누구도 실제 ADR 대본을 본 적도 없다. 때문에 게이먼이 미네소타에 있는 자택에서 의견을 받기 위해 보낸 첫 번째 대본은 최종 버전은 아니었음에도, 우리는 그것이 그가 최종적으로 사용하려고 염두에 둔 것이라 잘못 생각했다. 그 대본이 영화에 맞추기에는 길이가 너무 길다는 데는 의견이 일치했다.

1998년 5월, 우리는 게이먼의 대본 초안을 받았다. 표준 시나리오 형식으로 작성된 안이었다(소프트웨어 프로그램이 있다). 대사와 화자, 무대 연출(아시타카가 노인의 망루에 오르는 장면), 연기 노트(힘겨워 신음하는 장면)가 명확히 설정되어 있었다. 이 대본에는 부족한 점이 있었다. 당시 제작팀 누구도 몰랐던 것은 바로 각각의 대사에 번호를 매기고 영화의 타임코드와 정확히 일치시켜야 한다는 ADR 대본의 요구 사항이었다. 영화 속 캐릭터가 내는 모든 소리(단어, 문장, 투덜거림, 한숨, 웃음, 울음, 흐느낌, 심호흡, 신음, 헛, 기침, 재채기 등)는 영화 속 해당 위치와 정확히 일치하지 않으면 안 된다.

이러한 작업은 숙련된 전문가가 수행하더라도 시간이 많이 걸리고 까다로운 과정이다. 녹음 기술자가 배우가 녹음할 영화의 해당 부분을 정확하게 표시하려면 이런 정보가 반드시 필요하다. 사운드 믹서는 이 정보가 없으면 녹음된 대사를 영화의 최종 믹스 버전에 배치할 수 없다. 매칭에 오류가 있으면 녹음 시간이 느려지고, 녹음 스튜디오에서 시간을 잡아먹는다. 그리고 배우의 대사 연기를 방해하며 더빙 비용도 커질 수밖에 없다.

게이먼의 원작 대본은 정말 훌륭했다. 각각의 대사는 매끄럽게 흘렀다. 일본어 직역에서는 어색했던 부분들이 미야자키 하야오의 오리지널 버전에서는 공감의 흐름을 되찾았다. 일본어에서는 잘 통하지만 영어에서는 통하지 않던 대사를 수정함으로써 직역이 빼앗아 간 생동감을 되찾았다. 예를 들어, 어디선가 지고보가 방금 사온 죽이 뜨거운 물맛이 난다며 투덜거리는 장면이 나온다. 이 불평 장면이 일본어로는 강렬하게 들리지만 영어로는 약하게 들린다. 게이먼은 바로 이 부분을 "이 수프는 말 오줌 맛이 나네요. 약한 말 오줌 맛!"으로 바꿨다.

게이먼은 또한 미라맥스의 대표 하비 와인스타인을 만족시키기 위해 변화를 주었다. 미라맥스 제작진은 이러한 변화가 미야자키 원작에서는 불명확한 부분이라서 미국 관객이 이해하는 데 도움이 될 것으로 생각했다. 영화에서 명시되지 않았던 지고보의 미스터리한 동기 부분은 영어 더빙 버전에서 "천황이 사슴 신의 머리로 궁전과 황금 언덕을 약속했습니다."라는 대사를 추가하여 명확히 설명했다. 지고보와 에보시 부인과의 관계도 "천황께서 사슴 신을 당장 죽이라고 명하셨습니다. 더 이상 기다릴 수 없다고 하셨습니다. 천황이 당신의 한심한 철공소를 신경이나 쓸 것 같은가요?"라는 대사를 덧붙여 좀 더 명확하게 표현했다. 미야자키 하야오의 원작 영화에는 이런 대사나 이 대사가 암시하는 바에 가까운 내용이 전혀 없다.

게이먼의 대본은 또한 지브리 직원들에게도 검토되었다. 이는 영어를 하나하나 숙지해야 했기 때문에 더디게 진행되었다. 하지만 게이먼과 미라맥스가 번역을 어떻게 바꿀지에 대한 호기심은 갈수록 고조되었다. 지브리는 영어 버전의 영화가 훌륭히 완성되어 미국인들에게 어떻게든 어필할 수 있길 바랐다. 그럼에도 불구하고 중요한 부분이 바뀌는 것은 원하지 않았다.

추가 내용 중 일부는 미야자키와 지브리의 영화 제작 의도와 분명히 충돌되었다. 지브리는 캐릭터의 동기가 필요 이상으로 단순화되거나 일부 캐릭터가 좋은 사람이거나 나쁜 사람으로 만들어지는 걸 원하지 않았다. 주어진 상황에서 모든 사실을 전달하지 않고 던져두는 것은 영화 제작자의 예술적 선택이다. 그리고 일본에서 천황의 개념도 대부분의 미국인이 그 단어를 듣거나 읽을 때 떠올리는 것과 다를 수 있다. 사람들에게 나서서 숲의 신(심지어 가상의 숲의 신)을 죽이라고 명령하는 것은 일본 천황이 관여할 수 있는 일이 아니다(그럴 경우 이런 명령은 일본 우익 극단주의 단체로부터 살해 협박을 받을 수 있는 제안이다).

게이먼이 이런 사실을 전혀 이해하지 못했거나 미야자키 하야오의 작품 세계관에 충실히 동조하지 않았다는 말은 아니다. 그는 미라맥스로부터 지시를 받았는데, 하비 와인스타인의 주된 관심사 중 하나는 이 영화를 더 많은 미국 대중이 관람할 수 있도록 하는 것이었다. 게이먼의 문제는 하비가 원하는 것과 미야자키 하야오가 믿는 영화를 망치는 것 사이에서 균형을 잡는 것이었다.

게이먼 대본의 첫 번째 버전에서 미라맥스는 자신들이 원하는 예술적 측면을 확보할 수 있었다. 게이먼은 미라맥스가 원하는 나머지 부분의 동의를 얻기 위해 자신과 상의 없이 대본을 수정할 것이라는 걸 알지 못했다. 게이먼과 미라맥스는 서로 아무런 소통 없이 독자적으로 대본을 수정했다. 완성된 대본에 대한 최종 결정권은 지브리에 있었다. 때문에 두 버전이 수정되는 동안 우리는 두 가지 버전을 다 같이 받아볼 수 있었다.

별은 정렬한다

〈원령공주〉 더빙을 위한 녹음 세션은 6월로 잡혀 있었지만 미니 드라이버, 클레어 데인즈, 빌리 크루덥 같은 참여 배우들의 스케줄이 모두 겹쳐 일정을 변경해야 했다. 결국 잭 플레처라는 성우 감독만 고용했다. 잭은 고전적인 훈련을 받은 연극 감독으로 ADR 경험이 풍부했다.

미라맥스 팀은 게이먼의 대본에 더 많은 변화를 투영시켜 영화 내용을 명확히 하고 미국 관객에게 어필하려고 노력했다. 영화에 맞게 대본을 줄여야 한다는 데는 모두 동의했지만, 그 방법에 대해서는 아무도 동의하지 않았다. 잭 플레처는 이런 종류의 작업이 가능한 사람을 추천했고, 그에게 영화의 영어 자막을 주고 기술적인 ADR 대본을 만들자고 제안했다. 그 결과 모든 대사와 발화마다 영화와 정확히 일치하는 타임코드가 표시된 대본이 완성되었다. 성우들은 할당된 시간 내에 각 대사를 말해야 했다. 대본의 단어는 적어도 화면의 '입 모양'(전문 용어)과 거의 일치하지 않으면 안 되었다.

기술적으로 정확한 대본을 기본으로 시작하되 가능한 한 게이먼이 작성한 좀 더 우아한 대사를 넣는 것이 주된 아이디어였다. 미라맥스는 이 아이디어가 마음에 들자 게이먼이 만든 대본과는 별개로 두 번째 대본 제작에 들어갔다.

그러던 중 거대한 늑대 신 모로 역을 맡기로 한 질리언 앤더슨Gillian Anderson, 1968~이 스케줄을 변경하는 바람에 ADR 대본이 채 완성되기도 전에 예정보다 일찍 녹음해야 하는 상황이 벌어졌다. 그녀의 목소리가 영화의 영어 버전에 가장 먼저 추가되었다. 녹음은 LA에서 진행되었다.

성우 감독과 녹음 스태프들은 모두 실제 녹음 세션보다 훨씬 앞서 스튜디오에 집결했다. 한 세션에서 녹음되는 대사 부분의 영화 장면을 컴퓨터에 미리 프로그래밍하여 녹음된 목소리와 동기화를 유지해야 한다. 세션에 참여한 모든 사람이 장면과 영화 속 배치에 익숙해지도록 장면을 반복해서 검토한다. 배우가 스튜디오에서 녹음할 수 있는 시간은 통상 제한되어 있는 관계로 모든 게 순조롭게 진행되어야 할당된 시간 내에 녹음을 끝낼 수 있다. 몇 주 또는 몇 달 후에나 가능한 추가 세션을 미리 준비하면, 수요가 많은 배우를 다시 불러야 하는 상황을 피할 수 있다.

잭 플레처가 스튜디오에 들어왔을 때, 앤더슨이 읽을 ADR 대본이 준비되지 않았다는 사실을 알게 되자 일종의 패닉 상태에 빠졌다. 다행히 그 대사는 비교적 적었다. 더 좋은 소식은 그녀가 4시간 정도 늦어 예정된 오전 세션이 오후 세션으로 변경된 점이었다. 우리는 그 자리에서 곧바로 수기로 ADR 대본을 작성했다.

녹음 세션에 대해 알고 있던 디즈니의 비즈니스 쪽 사람들이 이런저런 이유를 대며 방문했다. 모두 유명 영화배우를 가까이서 보고 싶었던 것 같다. 다행히 촬영이 지연되고 일정이 변경되었다는 사실을 발설하지 않아 이른 오후가 되자 방문객들의 발길이 끊겼다.

스튜디오에서는 질리언 앤더슨과 함께 일한 사람이 아무도 없어서 누구도 무엇을 기대해야 할지 알지 못했다. 어떤 배우들은 에이전트와 함께 도착하고, 혼자 오는 배우도 있다. 수행원과 함께 온 배우도 있었다. 로렌 바콜Lauren Bacall, 1924~2014의 경우는 반려견과 함께 왔다. 숀 콤스Sean Combs, 1969~는 수행원과 제니퍼 로페즈Jennifer Lopez, 1969~와 함께 왔다. 제이다 핀켓 스미스는 갓난아이와 에이전트를 동행했다. 또 어떤 배우들은 캐릭터에 대해 논의하며 영화에 대해 알고 싶어 했다. 반대로 그냥 마이크 옆에 서서 촬영에 임하고 싶은 배우들도 있었다.

질리언 앤더슨이 도착했을 때 우리는 정신없이 대본을 완성하고, 타이핑하고, 인쇄하기 위해 절박한 심정으로 모여 있었다. 그녀는 색바랜 청바지와 탱크톱 차림으로 혼자 왔고, 화장도 하지 않은 상태였다. 그녀는 "안녕하세요, 질리언이에요. 어디로 가면 될까요?"라고 물었다. 잭은 그녀의 얼굴을 쳐다보지 않고 영화배우를 가까이서 보려는 또 다른 디즈니 직원이라고 짐작하고 그녀에게 대뜸 벽 옆에 앉으라고 했다. 몇 분 후, 그는 자신의 실수를 깨달았다.

"저기…? 그건… 맙소사! 스티브, 가서 영화에 대해 말씀드려 줘요."

앤더슨은 녹음 세션에 대한 준비가 잘 되어 있었다. 영화에서 자신이 맡은 부분도 연구하고 왔다. 그녀는 자신의 목소리가 일본어 버전에 나오는 목소리처럼 들려야 하는지 알고 싶어 했다. 나는 아니라고 말하며, 오리지널 버전에서 그 역할을 맡은 일본 배우는 중년의 남성이었고 성전환자였다는 점을 알려 줬다.

"아니, 중년의 일본인 성전환자 역을 맡을 사람이 필요했는데 저를 떠올렸다고요?"라고 그녀가 소리쳤다.

그 후 잭이 나서서 배역에 대한 설명을 했다.

다른 모든 목소리가 일본어로 들리는 상황에서 가장 먼저 녹음하는 건 어려울 수 있다. 대본에는 배우가 반응하는 대사의 영어 번역본은 있지만, 사운드트랙에서 들리는 일본어의 어조와 의미의 뉘앙스는 상상해야 한다. 캐릭터의 원래 일본어 대사가 전달되는 방식에 단서가 있을 수는 있다. 하지만 50세 일본 남성의 목소리에 내재된 여성스러움은 포착하지 못할 수도 있다.

성난 900파운드 무게, 키 12피트의 늑대 신의 목소리를 연기해 달라는 요청을 받은 질리언 앤더슨은 녹음 세션을 상당히 우아하게 잘 소화해 냈다. 미야자키는 이 캐릭터의 목소리를 여성적인 면모를 지닌 나이 든 남성으로 구상했지만, 그는 항상 자신이 선택한 배우와 다른 해석을 기꺼이 받아들였고 때로는 마음을 바꾸기도 한다. 앤더슨은 뛰어난 성우 감독인 잭 플레처와 함께 이 역할에 대해 여러 가지 방향을 모색했다. 그러다가 마침내 일본 원작보다 더 여성스럽고 따뜻한 느낌의 캐릭터를 만들어 냈다.

더 많은 녹화 세션이 예정되어 있었다. 그와 동시에 ADR 대본이 작성되었다가 재작성되기도 했다. 미라맥스가 작가에게 돈을 지불했기 때문에 이 과정은 미라맥스가 통제했다. 미라맥스 마케팅 및 배급 담당 임원이 '노트'를 제출하고, 필요하다고 판단되는 모든 수정이 끝날 때까지는 최신 버전의 대본을 미라맥스 외부로 절대 공개하지 않았다.

우리가 마침내 완성된 대본을 봤을 때 일본 원작에는 없는 새로운 소재가 대거 추가되어 있었다. 게이먼의 작업 흔적은 거의 찾아볼 수 없다는 사실에 우리는 놀랐다. 닐에게 전화로 물어보니 미라맥스가 요청한 수정본을 제출했지만 아직 답변을 받지 못했다고 했다. 그는 새 버전의 대본이 유통되고 있다는 사실조차 알지 못했다.

몇 달 동안 배우들이 대사를 녹음하는 동안에도 대본을 둘러싼 온갖 전쟁이 벌어졌다. 미라맥스는 미야자키 하야오가 상상하지 못한 새로운 줄거리를 추가 중이었다. 게이먼은 자신이 쓴 대본의 아름다움은 유지하며 대본을 줄이려고 했다. 지브리는 영화에서 변경된 부분을 삭제하려고 노력했고, ADR 담당자는 모든 것을 맞추려고 노력했다.

미니 드라이버는 대사를 녹음하러 LA에서 왔다. 그녀는 자기가 맡은 캐릭터가 무슨 말을 어떻게 해야 할지 아이디어를 갖고 있었다. 다양한 버전의 대사가 어떻게 하면 더 잘 어울릴지 직접 보여 주었다. 게이먼은 샌프란시스코에 있는 잭 플레처와 만나 주요 배역의 녹음 세션을 위해 대본을 다시 수정하려고 LA로 날아갔다. 클레어 데인즈는 산 역을, 빌리 크루덥은 아시타카 역을 맡았고, 녹음은 뉴욕에서 진행하기로 했다. 제작 비용은 점점 더 늘어났다.

최종 대본에 어떤 내용을 담을지에 대한 논쟁 때문에 배우들이 사용한 대본에는 여러 버전의 대사가 제시되었다. 미라맥스는 대사를 녹음한 뒤 최종 버전에 어떤 대사를 사용할지에 대해서는 나중에 결정하자고 했다. 그렇지 않으면 배우들이 녹음 스튜디오에 머무는 시간이 두 배로 늘고, 녹음 기술자가 영화 믹싱에 투입해야 할 시간도 두 배로 늘어 결국 프로젝트 비용이 크게 증가한다는 것이다.

잭 플레처는 모든 걸 녹음한 뒤 최종 믹싱 작업을 할 때 논란을 해결하는 게 더 낫다며 모두를 설득했다. 배우들에게 대부분의 주요 대사를 다른 버전으로 녹음해 달라고 요청하는 것은 일을 더 어렵게 만들었지만, 플레처, 게이먼, 지브리, 미라맥스가 대본에 대한 이견을 해결하는 동안 배우들을 녹음 부스에서 기다리게 하는 것보다는 차라리 낫다고 여겼다. 그래서 모든 논쟁은 최종 믹싱까지 연기될 수밖에 없었다.

클레어 데인즈와 빌리 크루덥은 뉴욕에서 맡은 배역을 완성하기 위해 일주일 내내 진종일 세션을 진행했다. 빌리 밥 손튼Billy Bob Thornton, 1955~과 다른 배우들은 LA에서 다시 각자의 배역을 녹음했다.

(돈이 아니라) 사랑을 위하여

마침내 우리가 〈원령공주〉 영어 버전의 음성 녹음을 음악 및 효과음과 믹싱하여 영화에 넣을 준비를 하고 있을 때, 미라맥스는 음향 효과는 어떻게 처리할 것인가라는 새로운 문제를 들고 나왔다. 나는 미라맥스가 영화에 추가하려는 총 9페이지 분량의 음향 효과 목록을 봤다. 주변 사운드가 거의 없거나 전혀 없는 경우, 또는 효과가 거의 사용되지 않은 경우는 미라맥스 팀이 더 많은 사운드를 추가하길 원했다. 미라맥스 목록은 무거운 발자국 소리, 동물의 쿵쿵거리는 소리, 새가 나는 소리, 새가 노래하는 소리, 불이 딱딱거리며 타는 소리, 닭이 우는 소리, 북소리, 심벌즈가 부딪히는 소리, 종의 땡그랑 소리, 곤충 지저귀는 소리, 바람이 우는 소리, 물이 흐르는 소리, 큰 동물 신의 발자국 소리 등 다양한 소리의 향연이었다. 제안된 효과음 중에는 구름이 지나가는 소리처럼 도저히 상상하기 어려운 소리들도 있었다.

나는 미라맥스의 수석 음향 효과 전문가와 '커팅룸Cutting Room'으로 불리는 뉴욕 시내 사무실 중 한 곳으로 초대받았다. 그 사무실은 미라맥스와 다른 세입자들이 공유하는 오래된 건물에 있었다. 건물 엘리베이터는 내가 지금까지 본 것 중 가장 작은 승객용 엘리베이터였고 무척 낡은 상태였다. 어쩔 수 없이 미라맥스 직원 두 명과 함께 엘리베이터 안으로 밀치고 들어갔다. 우리 셋이 서로를 부둥켜안고 허리를 굽혀야 겨우 들어갈 수 있었다.

나는 엘리베이터에 대한 공포증이 있다. 무엇보다 엘리베이터와 관련된 꿈을 반복해서 꾼다. 6층까지만 올라갈 줄 알았다면 그냥 걸어서 올라갔을 것이다.

엘리베이터 문은 느려 터졌고 경직된 동작으로 여닫혔다. 안에서도 엘리베이터가 얼마나 천천히 움직이는지 볼 수 있을 정도로 작은 주먹 크기의 창문이 있었다. 엘리베이터는 불안정하고 주저주저하며 올라갔다. 천천히 위로 올라가는데 미라맥스 직원들 중 한 명이 좁고 밀폐된 실내 공간이 괜찮은지를 물었다. 나는 괜찮다고 답했다.

"다행입니다, 이 엘리베이터는 층과 층 사이가 자주 끼어서 막힙니다. 어제만 하더라도 사람들이 45분이나 갇혀 있었어요."라고 일러

줬다.

　엘리베이터가 한참 길게 느껴지는 10분 정도 뒤 우리는 겨우 6층에서 풀려났다. 나는 극심하게 낡은 복도의 오크 바닥에 키스하고 싶은 충동을 억눌렀다. 음향 효과에 대한 논의가 계속되고 있었고, 이후 방문에서 나는 건물에서 일하는 사람들이 주로 사용하는 화물용 엘리베이터를 건물 뒤쪽에서 발견했다. 이 엘리베이터에는 벽도 없는 평평한 승강장이 있었고, 엘리베이터 운전자가 근무 중이었다. 그는 의자에 앉아서 커다란 시가를 피웠는데, 재떨이 옆의 컵에서는 위스키가 섞인 커피 향내가 났다. 그는 승객이 요청한 층으로 곧장 데려다주려고 놀라운 속도로 이동했다. 엘리베이터가 멎지 않은 층에서는 바닥으로 뛰어 내리거나 뛰어올라야 했다.

　"이 레버를 아주 조심스럽게 다뤄야 합니다." 운전자가 나에게 말했다. "이 기계에는 안전 브레이크 같은 게 없거든요."

　건물 6층은 미라맥스의 기술 스태프들이 일하는 곳이었다. 그들은 여기서 배급하는 영화를 관객 친화적으로 편집하거나 영화의 오리지널 사운드트랙을 보강하며 미국 관객을 위해 영화에 양념을 더했다. 미라맥스는 〈원령공주〉를 더 나은 영화로 만들기 위해 사운드트랙을 어떻게 사용할지 나에게 보여 주고 싶어 했다. 그런 다음 그들은 미라맥스가 음향 효과와 더 많은 음악을 추가할 수 있도록 내가 지브리를 설득하길 바랐다. 미라맥스 제작팀은 사운드트랙이 너무 조용하다고 판단했다. 음향 효과 기술자들은 영화의 여러 장면을 재생하여 자신들이 염두에 둔 걸 보여 줬다.

　아시타카가 울창한 숲속 사슴 신의 연못에 처음 다가가는 장면에서 오리지널 버전은 으스스한 정적에 휩싸여 있다. 같은 장면의 미라맥스 버전에서는 나비의 움직임 소리까지 들렸다. 작은 하얀 상상의 숲 정령이 나타날 때마다 팅커벨 같은 마법의 소리도 났다. 사슴 신에는 사슴의 신 테마 음악과 함께 '아쿠아쿨Aquacool'과 '미지의 영역Unknown Territory'이라는 두 가지 음향 효과가 있었다. SF나 우주 외계인 영화에 서나 들을 수 있는 으스스한 소리들이었다.

새와 곤충도 추가되었다. 나무가 바스락거리는 소리는 한층 더 더해졌다. 아시타카가 카우보이처럼 말을 타고 다니는 고라니 같이 생긴 야쿨은 원작에서는 침묵했지만 여기서는 목소리를 갖고 있었다. 음향 효과 담당자는 그것이 말, 당나귀, 낙타, 타조, 라마의 조합이란 걸 자랑스럽게 알려 줬다. 흐르는 공기의 기본 트랙을 전체적으로 배치함으로써 최소한 모든 장면마다 바람 소리가 들리도록 했다.

나는 그 변화에 놀랐다. 하지만 한편 안심도 되었다. 만약 이런 변화를 괜찮다고 생각하거나 적어도 침묵을 절대 용납하지 않는 미국인들을 위해 이런 식으로 하면 문제가 풀릴 것이라는 이론을 지지한다면, 지브리로 돌아가서 효과를 추가한 미국식 미라맥스 사운드트랙을 받아들여야 한다고 설득에 나서게 될까 봐 두려웠다. 그런데 추가된 사운드는 가슴이 찡할 정도로 아름다운 장면을 코믹하게 만들었고, 추가된 효과음은 너무도 끔찍했다.

미라맥스 팀이 고치는 바람에 실제로 영화 장면이 개선되었다고 믿는 것은 그렇다고 치자. 거기에 그들은 이렇게 바꾸지 않으면 영화를 보는 관객들이 자리에서 일어나 영사 기사에게 "사운드!!"라고 소리칠 거라고 주장했다. 분명 사람들은 좌석에서 안절부절하지 못하며 불편해할 것이고, 심지어 일부 관객은 자리를 박차고 나갈지도 모른다고 강조했다.

나는 계약서에 적힌 노컷 조항을 거론했다. 미라맥스의 제작자 중한 명은 하비 와인스타인을 언급했다. 미라맥스의 사운드 매니저는 미야자키 하야오 감독에 대한 존경심을 표명했다. 미라맥스 제작자는 미라맥스가 영화의 성공을 위해 최선이라고 생각하는 것을 계속 밀어붙이는 것이 자신의 일임을 설명했다. 나는 미라맥스에 대한 존경심과 영화 제작자에 대한 책임감을 동시에 얘기했다. 미라맥스 제작자는 자신이 뉴욕대학교 영화학교에서 학위를 받았다고 말했다. 그들이 하나같이 〈원령공주〉를 얼마나 사랑하는지, 영어판 영화를 최고의 작품으로 만들기 위해 얼마나 많은 노력을 기울였는지를 상기했다. 결국 아무런 결정도 내려지지 않은 채 나는 6층 계단을 걸어 내려와 호텔로 돌아갔다.

믹스마스터

〈원령공주〉의 최종 믹싱은 뉴욕 브로드웨이 바로 옆 맨해튼 미드타운의 2차 세계대전 이전의 화려한 건물 안의 사운드 스튜디오에서 이루어졌다. 건물 로비에는 오랜 세월을 이기며 깨끗하게 보존되고 관리 중인 화려한 보석 케이스가 있었다. 관광객들은 가끔 들어와 사진을 찍곤했다. 위층은 덜 화려하지만 더 기능적이었다. 아직 일반에는 공개되지않은 대작 영화가 작업 중인 관계로 보안이 삼엄했다. 로비는 복고풍이었지만 위층은 모든 것이 최첨단이었다.

　미라맥스의 제작을 맡은 젊은 제작자는 Z(실제 이름은 아니다)였다. Z는 멀티태스킹에 능했다. 녹음 세션과 최종 믹스 시 그는 묵묵히 일만 했다.

모든 녹음 스튜디오와 믹싱 스튜디오는 정확히 하나의 계획에 따라 일률적으로 배치된 듯했다. 믹서, 사서, 감독, 때로는 제작자가 스타쉽 엔터프라이즈호의 함교를 닮은 수천 개의 깜빡이는 조명과 모조 다이아몬드로 장식된 대형 콘솔 앞 의자에 앉았다. 대형 스크린에는 작업 중인 영화 표시가 있었다. 콘솔 바로 뒤, 그리고 콘솔과 스크린 사이 약간 움푹 들어간 공간에는 크고 낡은 소파가 놓여 있었다. Z는 항상 혼자서 이 소파에 앉아 수평 자세를 취했다. 그는 일반적으로 1시간에 한 문장씩 발언을 제안했는데, 특히 집중하지 않고 소파에 엎드린 듯한 자세에서 내뱉는 발언은 놀라운 통찰력의 분출이었다.

2인자는 Y(이 역시 실제 이름은 아님)였다. 그녀는 거의 모든 일을 처리하는 그날그날의 라인 프로듀서(영화 제작에서 예산과 현장 진행을 담당하는 사람)였다. 영화 학교를 졸업한 그녀는 영화의 모든 측면에 대해 세세히 메모하고, 여러 페이지에 걸쳐 메모를 정교하게 정리하는 경향이 있었다. 대사에 대한 그녀의 메모는 방대하고 엄청 까다로웠다. 어떤 배우가 아카데미상 수준의 대사를 연기한다고 하더라도 그녀는 'but'의 마지막 't'에 붙은 거의 감지할 수 없는 대기음(뱉음) 때문에 그 대사를 거부했다. 때문에 Y를 좋아하는 사람이 거의 없었다. 잭 플레처는 배우들의 분노를 막고자 그녀가 작성한 메모를 배우들에게 직접 전달하는 걸 허락하지 않았기 때문에 그녀는 종종 좌절감을 느꼈다.

믹싱 작업을 하는 동안 기술자 중 한 사람 혹은 다른 기술자가 가끔 워크스테이션에서 일어나 미야자키 하야오의 작품을 대부분 알고 있으며, 그를 얼마나 존경하고 감사해하는지 말했다. 나는 이런 말을 자주 들었고 사실이라고 믿지만, 그 당시에는 일본 외 다른 지역에서는 그의 영화를 (합법적으로) 구할 수 없었기 때문에 이런 말을 들으면 늘 순간적으로 멈칫했다.

일반적으로 최종 믹스는 주 5일 정도의 시간이 걸린다. 하지만 〈원령공주〉 믹스는 최종적으로 어떤 대사를 사용할지 결정하는 데 많은 논의가 필요했던 탓에 9~10일이 소요될 예정이었다.

나는 믹싱 작업을 하는 동안 믹싱 기술자에게 말을 걸었는데, 그가 질문을 해도 괜찮다고 하는 말에 사실 놀랐다. 그들은 작업하는 내내 (시간이 많이 걸리는 테이프가 되감기는 동안) 계속 농담을 주고받았다. 일주일 동안 하루 종일 세션을 진행하며 그들의 이야기를 듣다 보니 어느새 나도 그들에 대해 조금씩 알게 되었다. 나는 일찍 일어나는 편이고 뉴욕에 있다는 이점을 살려 매일 아침 8시까지 스튜디오에 도착하곤 했다. 나는 매일 아침 구운 베이글에 훈제연어 쉬미어를 얹은 베이글과 레귤러 커피(뉴욕에서는 설탕 대신 우유를 넣은 커피를 뜻한다)를 들고 출근했다. 그리곤 다른 사람이 출근하기 전에 먼저 〈뉴욕타임스〉를 읽는 걸 원했지만, 내가 도착했을 때에는 이미 모든 기술자들이 퀸즈나 브롱크스, 롱아일랜드 등의 거주지에서 먼저 출근해 일하고 있었다.

수석 믹서인 돔Dom이 영어 왈라walla(배경 군중 소음)를 넣은 다음 믹싱을 해서 불명료한 배경 잡음에 지나지 않는 소음을 만들었을 때, 나는 그 모든 배우들('루프 그룹'이라 불림)을 데려와서 원래의 불명료한 일본어 잡음을 사용하면 될 텐데 왜 굳이 영어로 다시 군중 소음을 녹음하는지를 물었다. 그는 개별 사운드를 확보하고 오디오 공간의 정확한 위치에 배치하면 관객들이 마치 현장에 있는 것처럼 느낄 수 있다고 설명했다. 훈련되지 않은 귀에는 하나의 '웅얼거리는 소리'로 들릴 수 있지만, 각 대사는 약간 다른 위치에 배치되어 있다. 그리고 영어 버전은 일본어와 약간 달라서 대사 하나하나를 제대로 파악하는 게 중요하다. 미라맥스는 제대로 하고 싶었던 것이다.

믹싱 중에 가벼운 대화는 가능했지만 전화는 받을 수 없었다. 전화가 오면 누군가가 들어와서 그를 데리고 나갔고, 누구든 전화를 받으려면 리셉션 공간에서 나가야 했다. Y에게 전화가 많이 걸려와 믹싱 룸을 비우면 Z가 소파에 앉아서 일을 처리하곤 했다. 이렇게 하면 믹싱 세션은 더 빨리 진행되었다. Y가 책임자였을 때는 일이 아주 느리게 진행되었다. 그녀는 완성된 각 라인을 매우 신중하게 검토하는 걸 원했다. 보통 미야자키 하야오와 다른 일본 애니메이션 감독들은 중요하게 생각하지 않지만 발음하기 힘든 단어의 T가 제대로 발음되었는지, 립싱크가 완벽하게 일치하는지를 확인하고자 했다. Y가 반 프레임 앞서 일찍 들어왔다고 느끼는 대사를 발견할 때마다 두 번째 믹서인 댄Dan은 신음소리를 내곤 했다. 이틀째가 되자 그는 그녀의 말에 불쾌감을 숨기지 않았다.

5일째 되던 날, 믹싱에 합류한 잭 플레처는 분노했다. 그는 처음 4일 동안 음악과 효과음만 녹음했다는 말을 들었다. 그것은 Y가 자신의 의견에 동조하지 않기 위해 일부러 그렇게 한 것이라고 확신했다.

잭은 이미 완성된 모든 걸 다시 듣기를 고집하며 원본에 없는 음향 효과를 찾아냈다. 그가 발견한 효과음은 훈련되지 않은 내 귀에는 들어오지 않았다. 미라맥스는 이전에 거부되었던 음향 효과를 추가했고, 잭은 이를 꼼꼼하게 살펴보고 확인한 다음 모두 제거했다. 또한 그는 이미 선택된 일부 장면에만 만족하지 않고 대부분 다시 돌아가 바꿔야 한다고 주장했다. 잭은 자신의 이름이 영화에 들어갈 거라면 영화에 나오는 대사가 논의되어야 하며, 합의된 대사인지 아닌지를 확인하고 싶어 했다.

나는 Z와 Y로부터 마지막 며칠간의 믹싱이 순전히 기술적인 작업이며, 내가 더 이상 머물 이유가 없다는 말을 함께 들었다. 잭은 내가 끝까지 참석할 수 있도록 도쿄로 돌아가는 항공편을 변경하고 호텔 숙박 기간을 5일 더 연장해 주었다. 믹스에 대한 최종 결정권은 지브리에 있었고, 잭은 미라맥스를 신뢰하지 않았다.

끝이 좋으면 다 좋다…(정말?)

나는 1시간도 채 되지 않아 믹스에 복귀했다. 잭 플레처가 매우 만족한 모습으로 나를 맞이했다. 프로듀서 Y는 매우 불행해 보였다. 잭도 이미 알고 있었듯이 미라맥스가 상황을 설명하거나 명확히 하기 위해 추가하고 싶은 대사 중 많은 부분을 버리지 않으면 안 되었기 때문이다. 미라맥스 작가들은 영화에서 캐릭터의 입이 보이지 않거나 액션에 공백이 있는 부분을 활용하여 설명적인 대사를 추가하려 했다. 하지만 그들은 음악과 효과음을 고려하지 않았다. 거의 모든 경우 대사는 음악이나 효과음과 충돌하면 생략해야 했다. Y조차도 그런 대사가 효과가 없음을 인정했다.

한번은 Y가 전화를 받기 위해 회의실을 나갔을 때 믹서와 음향 효과 전문가가 영화에 무언가를 추가하려 했던 것에 대해 자발적으로 사과한 적이 있다. 그들은 그것이 필요하거나 영화를 더 좋게 만들 것이라는 데 동의한 적도 없이 그냥 시키는 대로 했을 뿐이라고 말했다. 바로 그때 타타라바 요새의 남자들이 파티를 하는 장면이 스크린에 나왔다. 젖소의 울음소리와 닭 울음소리가 사운드트랙에 더해지자 회의실 안은 졸지에 사람들의 웃음바다가 되었다.

영화를 계속 진행하면서 우리는 추가된 음향 효과의 층을 계속 찾아냈다. 아시타카가 지붕에서 뛰어내릴 때 (슈퍼맨처럼) '우-우-우-우' 소리가 나는 음향 효과가 추가되었다. Y는 이 효과음을 그대로 두고 전체 장면이 믹싱되었을 때 어떻게 들리는지 봐야 한다고 주장했다. 그러나 그녀의 말에 아무도 동의하지 않았다. 모두가 앞쪽 소파에 기대어 앉은 Z에게로 향했다. 그는 집게손가락으로 목을 쓸어내렸다. 이제 그만 잊고 넘어가자는 것이다. 분위기가 바뀌었고, 추가된 모든 항목은 결국 거의 또는 전혀 논의되지도 않은 채 자연스럽게 삭제되었다. 지금 와서 생각하니 이 모든 추가 대사와 음향 효과를 영화에 넣었다가 다시 잘라 내는 데 얼마나 많은 비용이 들었을지를 생각하면 무섭기 그지없다.

그때까지만 해도 믹싱 스튜디오의 분위기는 암울했다. 잭은 효과음과 대체 대사에 대해 너무 많은 시간 동안 다투었고, 대사의 흐름을 다듬는 데 충분한 시간을 할애하지 않은 것에 불만을 품었다. Y는 모두가 자신의 메모를 무시해서 불만이었다. 효과음 담당자는 모든 (좋은) 작업을 마쳤는데도 그중 일부만 사용된 것 때문에 불만이었다. 믹서들은 Y가 모든 걸 너무 많이 보라고 요구하고, 지나치게 기음화aspiration, 氣音化 되는 마지막 자음에만 집착하는 것 같아 불만이었다.

Z는 다음 날 아침 크리스피 크림Krispy Kreme이라는 (당시) 새로운 도넛 가게에서 도넛 두 상자를 사들고 와서 분위기를 띄웠다. 그는 도넛을 전자레인지에 정확히 10초간 돌리기 전까지는 아무도 못 먹게 했다. 그의 설명에 따르면, 그 10초는 크리스피 크림 매장의 튀김기에서 따뜻하게 데워 먹었을 때의 맛을 재현하는 데 필요한 완벽한 시간이었다. 허니 글레이즈 도넛은 순식간에 동이 났다. 초콜릿 도넛은 손도 대

지 않고 그대로 남았다.

영화 믹싱 작업으로 돌아갔을 때, 그날의 세션 중간에 여전히 소파에 기대고 있던 Z가 갑자기 영화 주제에 대한 설명을 하기 시작했다.

"이 영화의 이데올로기는 거대한 순환과도 같지 않나요?"라고 그는 말했다. "사슴 신의 땅에서 채취한 철이 땅에서 이탈하면 악이 되고, 멧돼지 신 나고에게 쏘면 그를 죽이는 저주로 변합니다. 이 저주는 아시타카에게 이어져 그의 팔에 디다라보치의 형태로 있을 때 사슴 신의 몸에 새겨진 자국과 같은 모양의 흉터를 남기죠. 아시타카의 팔에 생긴 흉터가 사슴 신을 만나면 사슴 신은 사슴 신의 어두운 면인 몸의 나머지 부분과 다시 결합하고 싶은 것처럼 반응합니다. 사슴 신은 삶과 죽음의 신이고 흉터는 죽음 면의 일부예요. 사슴 신의 어두운 면은 사슴 신의 머리에 의해 견제되는데, 몸에서 잘린 사슴 신의 머리는 영생을 줄 수 있지만 몸에서 잘리면 더 이상 어두운 면을 견제하지 못하죠. 그 어두운 면은 탈출해 혼란과 파괴를 일으키다가 균형이 다시 회복되고 아시타카가 머리를 다시 붙일 때까지 계속 그렇게 합니다. 아시타카는 나고로부터 저주를 받았기 때문에 그곳으로 소환되었죠. 즉, 그는 그 몸에서 제거된 사슴 신의 숲의 모래 속 철로부터 저주를 받았던 것입니다."

모두 입이 쩍 벌어져서 닫히지 않았다. 잠시 침묵의 시간이 흘렀다. 모두가 그의 아이디어를 흡수하고 있었다. Z의 말은 매우 흥미롭고 통찰력 있고 사실에 근거한 것이었다. 잭은 담배에 불을 붙이며 커피와 설탕이 공복에 미치는 영향에 대해 주절거렸다. 그리고 우리는 다시 일하기 시작했다.

하루가 끝날 무렵 Y는 검토 중인 영화 일부분의 음악만 들어 달라고 요청했다.

Y: 저거 들리나요? 트럼펫이 고음을 제대로 내지 못합니다. 다시 재생해 보세요. 볼륨을 높여 보세요.

돔: 당신 말이 맞을지 모릅니다. 사운드 시스템이 좋은 극장에서 영화를 크게 틀면 누군가 저 소리를 들을 수 있을 겁니다.

나: 저 소리가 음악에 있다면 일본어 버전의 영화에 나오는 오리지널 일본어 음악입니다. 즉, 감독이 믹스와 극장에서 최종 확인할 때 듣고는 괜찮다고 한 거죠. 걱정할 필요는 없을 것 같습니다.

Y: 음표가 잘못됐어요. 음악에 잘못된 음이 있는 영화를 개봉하면 안 됩니다. 원곡을 구해 들어 보고 일본어 버전에 잘못된 음이 있는지 확인해 봅시다. 틀렸다면 수정하면 될 거예요.

나: 장담하건대 음원을 보내주지 않을 겁니다. 원하신다면 타임코드를 알려 주고 일본에서 확인해 달라고 요청할 수는 있어요.

Y: 그 빌어먹을 스튜디오 지브리 헛소리는 더 이상 하지 마세요. 지금 당장 일본에 전화해서 망할 음악 대본을 보내라고 하세요! 지금 당장! 내 말 안 들려요? 지금 당장요!!

Z: 잠깐 쉬는 게 어때요?

다음 날 Y는 미라맥스의 LA 지사로 발령받아 캘리포니아로 떠난다는 소식을 전하기 위해 찾아왔다. 그녀는 우리 모두의 안녕을 기원했고 그때부터 잭 플레처가 믹싱을 맡았다.

Y가 없자 믹싱 과정이 훨씬 원활하게 진행되거나 적어도 더 빨리 진행되기 시작했다. 믹서들은 우리가 일찍 끝낼 수도 있다고 생각했다.

어느 순간 영화에서 타타라바족이 사용하는 총에 대해 언급하는 대사가 나왔다. 돔은 그 대사가 이상하게 들린다고 여겼다. 그는 '소총

rifle'이라는 단어가 더 어울릴 것 같다고 말하며, 왜 총을 그냥 소총이라고 부르지 않았는지 의문을 제기했다. 돔은 확인해 보니 '소총'이라는 단어가 훨씬 더 잘 어울리는 다른 장면이 있었다고도 말했다.

나는 미야자키 하야오 감독이 이 무기를 소총으로 오해하거나 번역해서는 안 된다는 특별한 주의를 준 적이 있다고 설명했다. 엄밀히 말해 그것은 소총이 아니다. 모두들 내가 아까 Y를 바라보던 시선으로 나를 다시 쳐다봤다.

돔: 네, 하지만 스티브, 소총처럼 생겼잖아요. 소총처럼 생긴 것 같습니다. 영화를 보는 사람이라면 누구나 소총이라고 생각할 거예요. 관객을 당황시키는 게 더 나쁘지 않을까요?

잭: 나도 돔의 의견에 동의합니다. 나에게도 소총처럼 보여요. 그런데 대사가 맞지 않습니다.

댄: 그 대사를 소총으로 바꿔야 합니다. 그게 더 잘 어울리잖아요.

나: 하지만 미야자키 하야오 감독이 구체적으로 지시한 부분이에요.

댄: 스티브, 이성적으로 생각해 보세요.

잭: 이게 더 좋은 대사예요. 스티브, 미야자키는 절대 모를 겁니다. 설사 보더라도 절대 눈치 채지 못할 겁니다. 절대 모를 겁니다.

나: 하지만… 그건 소총이 아니잖아요.

잭: 미야자키 하야오 감독이 이 시점에서 관객이 영화를 따라가지 않고 무기의 정확한 정의에 대해 걱정하길 원했을까요?

나: 그럴지도 모릅니다.

잭: 스티브… 이건 미국 버전입니다.

나: 좋아요. 소총. 다른 대사에 넣읍시다.

믹스의 마지막 날에는 기술적인 문제만 남은 상태였다. 변경에 대한 논란은 마침내 끝났다. 이전 릴을 다시 검토하던 중 잭은 산의 대사 중 하나에서 무언가를 발견했다. 돔은 화면과 대본에서 산이 "으, 사람 냄새가 나."라고 말해야 하는데, 혼합 버전에는 '으'가 없다는 사실을 확인했다. 대체 파일의 대사를 확인한 결과 모든 대사에 '으'가 없었다.

돔은 클레어 데인즈가 녹음 세션에서 실제로 '으'라고 말했는지 물었다. 잭은 자신의 노트를 확인한 결과 클레어 데인즈가 실제로 그렇게 말했다는 걸 확인했다. 잭은 '으'가 어떻게 된 건지 알고 싶었다. 잭은 LA의 대화 녹음 담당자인 어니Ernie에게 전화를 걸었다. 어니는 자신이 녹음한 트랙이 있는지 파일을 확인했다. 그렇다, '으'가 있었다. 어떻게 된 일인지 미라맥스로 전송된 트랙에서 빠진 것이다. 어니는 자신의 '아카이브'에서 '으'를 녹음한 후 페덱스FedEx를 통해 밤새 뉴욕으로 보내 주기로 약속했다.

다음 날 토요일이 되었지만 LA에서 보낸 테이프는 도착하지 않았다. 돔은 집에 있는 댄에게 전화를 걸어 테이프가 도착하지 않았다고 말했다. 댄은 샌프란시스코의 집에 있는 잭에게 전화를 걸었다(잭은 주말마다 가족과 함께하기 위해 집으로 비행기를 타고 날아간다). 댄은 잭에게 테이프가 도착하지 않았다고 거듭 말했다. 잭은 LA에 있는 어니에게 전화를 걸어 '으'가 전송되었는지 확인했다. 어니는 녹음 스튜디오에 전화를 걸어 페덱스 직원이 소포를 놓쳐 수거되지 못했다는 사실을 알았다. 어니는 LA의 사운드 스튜디오에서 뉴욕의 사운드 스튜디오로 ISDNIntegrated Services Digital Network, 통합 서비스 디지털 네트워크 회선을 통해 '으'를 보내도록 준비했다. 이를 위해 미라맥스는 두 스튜디오에서 시간을 대여했다. 주말이었기 때문에 기술자에게 두 배로 비용을 지불하는 데 동의해야 했다. 댄은 집에 있는 Z에게 전화를 걸어 승인을 요청했고 Z는 그렇게 하라고 말했다. 그 후 '으'가 정식으로 도착하여 사운드트랙에 추가될 수 있었다.

월요일에 이 이야기를 들었을 때 나는 그 모든 작업을 하는 데 얼마나 많은 비용이 들었는지 궁금했다. 그러다가 알고 싶지 않다는 쪽으로 마음을 굳혔지만, 몇 달 뒤에는 알아야 할 것 같다는 생각이 다시 들었다.

알고 보니 이 모든 과정은 이후 지브리의 모든 영어판 영화가 제작되는 방식과는 전혀 달랐다. 〈원령공주〉 이후 지브리의 영화는 디즈니가 더빙을 담당하고 픽사의 존 래시터가 감독을 맡았다. 번역과 대본에 넣어야 할 것과 넣지 말아야 할 것에 대한 의견 차이가 있었지만 비교적 사소한 것이었다. 디즈니와 픽사가 섭외한 훌륭한 배우들이 목소리를 녹음하기 훨씬 전에 모두 해결되었다. 〈원령공주〉 더빙 경험은 정말로 귀중한 배움의 시간이었다. 왜냐하면 우리가 한 작업의 대부분이 잘못되었기 때문이다. 이론적으로는 실수를 하지 않는 것보다 실수를 통해 더 많은 것을 배울 수 있다. 그럼에도 불구하고 〈원령공주〉 영어판을 만든 재능 있는 출연진과 기술진은 우리 모두가 자랑스러워할 만한 작품을 만들어 냈다. 에보시 레이디 역의 미니 드라이버는 자신의 캐릭터를 완벽히 소화하며 뛰어난 연기를 선보였다. 뉴욕에서 진행된 클레어 데인즈와 빌리 크루덥의 녹음은 환상적이었다. 밤 11시에 시작된 LA 녹음 세션에서 빌리 밥 손튼은 지고보를 훌륭하게 연기했다. 닐 게이먼이 돌아와서 대본을 최종적으로 수정했다. 모든 것을 합친 결과는 좋았지만, 필요 이상으로 고통스럽고 비용이 많이 들었다. 경험이 최고의 스승이라지만, 모두가 그 수업료를 감당할 수는 없다

열하나

생명의 순환

구름으로

志雲より高く

당신이 열망하는 것이 구름보다 더 높은 곳에 있도록 하라.

도쿠마 쇼텐의 설립자 도쿠마 야스요시가 2000년 9월 20일 사망하면서 회사 경영은 급격히 기울어졌다. 도쿠마 쇼텐은 1990년대까지 가장 큰 엔터테인먼트 출판사 중 하나였다. 음악, 컴퓨터 및 게임 소프트웨어, 영화, 잡지, 만화, 서적 등 다양한 제품을 생산했다. 가장 유명한 자회사 중 하나가 스튜디오 지브리였다. 회사는 다이에이 모션 픽처스, 도쿠마 재팬 커뮤니케이션, 시오도메에 있는 본사를 매각했다. 스튜디오 지브리도 그룹에서 분리되어 독립 기업이 되었다. 도쿠마 재팬 커뮤니케이션은 다이이치코쇼Daiichikosho가 인수했고, 다이에이 모션 픽처스는 카도가와 쇼텐Kadokawa Shoten이 인수했다. 도쿠마 쇼텐은 2005년에 부채 정리를 완료한 후 현재는 출판사업만 하고 있다.

〈출처: 위키피디아〉

도쿠마 야스요시가 삶에 대한 감각이 탁월했다는 사실은 누구도 부인할 수 없다. 그 재능은 그의 죽음과 그에 따른 장례식 준비로까지 이어졌다. 그의 두 장례식 모두에 있어서 말이다.

나는 도쿠마 씨가 연설이나 사석에서 전 계열사를 이끌며 왕성하게 경영하다가 75세 이후 은퇴하겠다고 하는 말을 자주 들었다. 마침내 75세가 되자 그는 했던 말을 수정하여 이번엔 80세까지 모든 회사의 경영권을 유지하며 활발하게 사업을 운영할 것이라고 했다. 하지만 그는 결국 그 목표를 이루지 못했다.

도쿠마 회장의 건강은 악화되고 있었다. 2000년 9월, 일흔아홉 번째 생일을 앞두고 맞이한 그의 죽음은 엔터테인먼트 관련 기업들이 비즈니스 모델을 심각하게 재고해야 하는 시점에 일어났다. 도쿠마 계열사(스튜디오 지브리 제외)의 경영자들 사이에서는 카리스마 넘치는 리더가 없으면 살아남지 못할지도 모른다는 우려가 커지고 있었다. 물론 생전에 도쿠마 회장이 실제 회사 경영에 직접 관여한 것은 아니었다. 그러나 그는 자신의 성격, 카리스마, 자신감, 존재감으로 회사를 하나로 묶는 일을 계속 감행했다. 게다가 은행 대출을 받아 내는 능력도 탁월했다. 영어가 모국어가 아닌 사람이 쓴 것으로 보이는 도쿠마 비즈니스에 관한 짧은 위키피디아 항목은 그때와 비교해 경영 방향이 바뀌긴 했지만 사건의 분위기를 잘 포착하고 있다.

도쿠마 씨가 뿌려 놓은 기업의 부채 때문에 은행가들은 그가 사망하기 전부터 이미 도쿠마 회사를 인수하기 위한 절차를 밟고 있었다. 사태를 정리하거나 적어도 현금과 자산 출혈을 막기 위해 영입된 전직 은행 임원은 이제 막 자리를 잡아 가던 도중에 자신이 졸지에 실제 책임자가 된 것을 알았다.

일반적인 엔터테인먼트 회사의 사업은 집중력이 점점 줄어드는 변덕스러운 대중들의 현재와 미래의 취향을 어떻게 읽어 내느냐에 달려 있다. 2000년 9월 도쿠마 야스요시가 사망하자 도쿠마 그룹에 닥칠 것이라 모두가 예상했던 일이 실제로 일어났다. 도쿠마의 모든 회사는 역사상 매 시점마다 성공을 거두었다. 하지만 기술의 발전과 인터넷의 성장, 그리고 일본 소비자 취향의 일반적인 변화로 인해 출판과 음악 산업이 혼란을 겪으면서 많은 도쿠마 회사들이 쇠퇴하기 시작했다.

도쿠마 씨가 사망할 당시에는 스튜디오 지브리와 잡지 〈아사히 게이노Asahi Geino〉 분야만 수익을 내고 있었다. 〈아사히 게이노〉는 독자들이 정치 스캔들에 관한 선정적인 이야기, 옷을 거의 입지 않은 (또는 나체인) 매혹적인 포즈의 여성 사진과 수록된 기사들 때문에 잡지를 구입했다고 할 정도로, 합법적인 정치 논평을 섞은 일본의 오랜 전통을 따랐다. 잡지의 편집자로선 어떤 스캔들과 어떤 여성이 잡지를 팔아 줄지를 알기만 하면 지속적으로 재정적 이익을 창출할 수 있는 성공적인 전략이었다.

하지만 〈아사히 게이노〉는 일본 국회에서 사회적으로 용인될 수 없을 정도로 모욕적인 음담패설을 일삼는 비도덕성과 무분별하게 이익만 추구하는 최악의 매체 중 하나로 지목되면서 과속 방지턱에 부딪혔다. 일본 정치인들은 〈아사히 게이노〉가 사람들의 원초적인 약점을 냉소적으로 이용한다며 공개적으로 비난했다.

도쿠마 씨는 즉각적으로 자신의 잡지가 정당한 공익을 위한 것이라고 강력히 주장하며 자체 방어에 나섰다. 그는 부패한 정치인들을 폭로한 것이 바로 이 잡지였음을 강조했다(단, 자신과 친분이 있는 정치인들은 제외). 그는 이 잡지를 시민 저널리즘의 최고 기준을 고수하는 잡지라며 자랑스러워했다.

하지만 도쿠마 씨도 (몇 년 전에 읽기를 중단했던) 〈아사히 게이노〉가 영국 엘리자베스 여왕이 연단에 앉아서 청중 연설을 기다리는 모습 등 역대 최고의 '업스커트(여성 치마 속 촬영)' 사진 10장을 게재했다는 사실을 알고 충격을 받았다. 성적 선정성이 담긴 사진, 특히 여성의 은밀한 부분에 초점을 맞추거나 이를 암시하는 사진의 분량이나 노골성을 줄이려는 시도가 잠깐 있었지만 결국 실패하고 말았다. 분명 이 잡지는 독자들이 요구하는 수준의 여성 가랑이 관련 보도를 하지 않으면 독자를 확보할 수 없을 것이다. 〈아사히 게이노〉는 여성의 나체 사진을 게재하는 데 최고의 실력을 가졌다고 자부했지만, 결국 도쿠마 씨는 잡지 매각을 고려할 때가 왔다는 사실을 인정해야 했다.

도쿠마 회장이 사망하자 적자를 내고 있는 사업부를 어떻게 처리할지에 대한 논의가 진행되었다. 그의 죽음은 예상치 못한 것은 아니었지만 무너지는 회사의 혼란기에 한숨을 돌릴 수 있는 계기가 되었다. 망해 가는 회사를 어떻게 바로잡을 것인지에 대한 갖가지 논의는 일단 보류되었다. 도쿠마 씨에 대한 애정이 쏟아지면서 그의 죽음을 공개적으로 제대로 예의를 갖춰 추모해야 할 필요성이 절실해 보였다. 실질적인 재정적 논의는 회사 설립자의 삶을 기념하는 방법에 대한 논의를 위해 잠시 미뤄졌다. 냉정하게 생각하면 도쿠마 씨가 한 일이나 회사의 운영 방식에 대한 폐색 짙은 불안감일 수 있다. 그러나 분명 그에겐 존경과 애정을 불러일으키는 무언가가 있었다. 그것은 마치 캐리비안의 해적 신드롬Pirates of the Caribbean Syndrome(이 영화에 등장하는 잭 스패로우 선장은 예측 불가능하고, 도덕적으로 모호하거나 심지어 노골적으로 부정직하며, 기존 질서에 혼란을 야기한다. 하지만 동시에 매력적이고 재미있고 이상하게 존경할 만하다. 도쿠마가 해적처럼 의심스러운 결정을 내리거나 무모하게 사업을 운영했음에도 불구하고 사람들은 여전히 그를 존경하고 심지어 사랑했다. 관객이 순수한 개성으로 관객을 사로잡는 악당 해적에게 끌리듯 말이다. 즉, 이 문구는 사람들이 결점에도 불구하고, 특히 대담하거나 카리스마가 넘치거나 실제보다 더 큰 정신을 구현하는 것처럼 보이는 사람에 대해 호감과 충성심을 느낄 수 있다는 역설을 포착한다-역주) 같은 것이었다.

캐리비안의 해적은 디즈니랜드의 어린이 놀이기구다. 가족들로 꽉 찬 보트에 앉아 떠다니며, 실물 크기의 기계식 의상을 입은 로봇 해적이 마을을 유린하는 모습을 지켜본다. 해적들이 마을의 여성들을 훔치고 약탈하고 강간하고, 남편을 살해하는 동안 기계식 에일 머그잔을 들이키며 '요호요호 나를 위한 해적의 삶Yo ho yo ho a pirate's life for me!'을 노래한다! 이렇게 종횡무진하는 걸 보는 관객들은 감탄사를 연발한다. 하지만 잠시 멈춰 생각하면 강간과 살인을 과도한 음주와 흥겨운 노래와 함께 보여 주고 박수를 치는 것이 과연 아이들의 오락거리로 제공되는 것이 옳은 것인가? 뭔가 잘못되었다고 생각해야 하지 않을까?

처음 이 놀이기구(디즈니에서는 인기 거리라고 부른다)를 경험했을 때, 나는 배를 타고 떠다니면서 왜 아무도 신경을 쓰거나 걱정하는 사람이 없는지 의아했다. 모두들 저마다의 시간을 즐겁게 보내는데, 굳이 이런 도덕적인 시비를 걸어서 문제를 일으킬 필요가 있을까?

도쿠마 경영진은 가부장의 장례식 준비에 모든 관심을 쏟았다. 장례식과 함께 고별식이라는 특별한 기념식이 열릴 예정이었다. 도쿠마 씨의 기념식을 관리하기 위한 임시 위원회가 구성되었다. 위원회의 위원장은 미야자키 하야오였다.

미야자키 하야오는 누가 뭐래도 예술가이자 영화 제작자다. 미야자키는 도쿠마 씨 자신과 도쿠마 제국의 2인자로 촉망받았던 제작자 스즈키 토시오를 제외하곤, 도쿠마 사업가들과는 전혀 접촉한 적이 없다. 도쿠마 사업가들은 미야자키가 자신의 역할을 명예직으로 여기고 언론에 발언을 자제하기를 바랐다. 하지만 스튜디오로 돌아온 미야자키는 "좋아, 이제 회장이 숨졌으니 이 사람들과 함께 일하는 것을 끝낼 겁니다. 나는 그분을 존중했지만 그의 회사는 존중하지 않았습니다."라고 말했다.

장례위원회의 운영 책임자는 도쿠마 씨의 아내, 스미토모 은행 출신의 도쿠마 쇼텐의 신임 사장인 오o 씨, 도쿠마 쇼텐의 중간 관리자로서 실제로 제반 업무를 담당한 타도코로Tadokoro 씨였다. 고별식 자체는 엄격히 말해 장례식이 아닌 기념식이었고, 그 규모도 엄청났다. 초대된 수천 명의 손님(약 3,500명) 중엔 일본 정계와 연예계의 유명인사들이 모두 포함되었다. 타도코로 씨와 그의 직원들은 수많은 논의와 세부 회의를 통해 고별식에서 예상되거나 일어날 수 있는 모든 행동을 세심하게 메모하여 문서화했다. 모든 도쿠마 직원들은 고별식에서 세세한 부분까지 각자의 임무를 부여받았다. 모든 VIP 참석자에게는 도쿠마 직원들의 에스코트가 배정되었다.

고별식은 실질적인 장례식이 아니었다. 매우 형식적이고 너무 성대해서 초대받은 손님들조차 장례식으로 생각하지 않았다. 따라서 전통적인 돈이 든 부의금 봉투를 건네 와 거절하거나 거절할 수 없을 경우, 도쿠마 씨의 부인에게 직접 전달하게 하는 지침이 내려졌다. 고별식을 주최하는 것은 회사였기 때문에 부의금 때문에 회사의 세무 처리가 복잡해졌을 수도 있다. 화환도 거절해야 했다. 꽃은 타도코로 씨의 직원이 철저히 관리하고 있었다. 과도한 꽃은 혼란만 가중시킬 뿐이었다. 행사의 모든 부분들이 세심하게 계획되고 시간이 정해져 있었다. 때문에 혹시라도 담당 VIP가 일찍 도착하거나 늦게 도착할 경우 어떻게 해야 할지에 대한 특별 지침도 내려졌다. 시간을 엄수하지 않는 것은 일본에서는 심각한 문제다.

행사 전에 열린 많은 회의 중 하나에서 당시 도쿠마 쇼텐의 상무이사이자 스튜디오 지브리의 대표였던 스즈키 토시오는 도쿠마 씨가 사망하기 며칠 전의 사건에 대해 고위 경영진에 보고했다. 도쿠마 사장은 예상대로 마지막까지 밝고 긍정적인 모습이었다고 했다. 그는 병실에서 회사의 정기적인 이사회와 고위 관리자 회의에 대해 이야기했다. 그의 아내가 아닌 다른 여성들이 병문안을 왔다가 눈물을 흘리며 돌아간 이야기도 보고했다.

스즈키는 고별식에서 우리가 직면한 의전 문제와 관련해 최신 정보를 알려 주었다. 적어도 한 명 이상의 일본 총리와 여러 명의 현존 국보급 인사가 참석할 것이고, 일본 주요 기업 그룹의 회장과 사장들도 다수 참석한다는 사실이었다. 그 외에도 유명하고 중요한 인사들이 초청된다고 했다. 그래서 세심한 주의가 필요하다는 이슈가 제기되었다. 누가 먼저 도착할 것인가? 누가 먼저 퇴장할 것인가? 누가 무대에 가장 가까이 앉을 것인가? 누가 왼쪽에 앉고 누가 오른쪽에 앉을 것인가? 총리가 참석한다면 경호원은 어디에 앉을 것인가(서 있을 것인가)?

예상치 못한 고위 인사가 방문했다면, 그는 어디에 앉아야 할까? 일반 VIP가 특별 VIP로 재분류되기를 고집한다면 어떻게 처리해야 하는가? 이런 종류의 결정을 현장에서 내려야 한다면 그런 결정을 누가 내릴 수 있을까?

공식적인 일본식 만찬에 참석해 본 사람이면 누구나 이 문제를 이해할 것이다. 하지만 이 행사는 그보다 수백 배나 더 큰 행사였다. 회의 중 한 번은 내 옆에 앉아 있던 스즈키가 나를 향해 "이것이 바로 일본이 태평양 전쟁에서 패한 이유입니다."라고 말하기도 했다.

도쿠마 사장의 사망 직후는 스즈키에게 있어서 특히나 힘든 시기였다. 도쿠마 씨는 그의 멘토이기도 했지만 스튜디오 지브리의 이익을 대변하는 것과 관련해서는 종종 적대적이기도 했다. 스즈키는 도쿠마 회사가 빚을 지지 않도록 유지하는 데 큰 역할을 했다. 도쿠마 씨가 사망한 후 스즈키는 장례식 준비를 위한 회의에 부담을 느꼈다. 도쿠마 씨의 업무 중 일부를 맡았던 그는 선출직 공무원들이 있는 자리에서 자신에게 할당된 것보다 더 많은 시간을 보내야 했다. 그러던 어느 날, 스즈키의 핵심 직원 중 한 명이 곧 결혼한다는 기쁜 소식을 전하며 그에게 다가왔다. 스즈키는 그에게 곧바로 말했다. "지금은 안 돼요. 당신은 지금까지 결혼하지 않고도 잘 지내왔잖아요. 조금만 더 버텨 보세요."

도쿠마 씨가 가장 좋아하는 가수인 연가演歌 아티스트 이츠키 히로시Itsuki Hiroshi, 1948~는 고별식에서 도쿠마 씨가 가장 좋아하는 '치기리Chigiri, 약속'라는 곡을 연주해 달라는 요청을 받았다. 선곡이 발표되자마자 급하게 소집된 긴급회의에서 거부권을 행사했다. 이 곡은 공인이 연관되길 꺼리는 극우 민족주의자들과 관련이 있었기 때문이다. 두 번째 곡으로 제안된 '상가Sanga, 산천'가 채택되어 다행히 안도의 한숨을 쉬었지만, 누군가는 연주곡이 채워야 할 시간보다 훨씬 짧다는 지적을 했다. 그 후 7분으로 (교묘하게) 연장하는 방안이 제안되었고 회의는 휴회되었다.

일본 의전 관행에 익숙하지 않은 관찰자에게는 준비의 정교함이 극히 과하게 느껴졌을지 모른다. 하지만 일본에서는 통상 피할 수 없는 일이다. 쇼와Showa 천황이 사망하고 그의 아들인 현 천황이 아버지의 장례식에 참석한 외국 정상들을 맞이하는 리셉션 라인의 맨 앞에 섰을 때, 새 천황이 악수할 상대가 누구인지 정확히 알려 주는 임무가 당시 도쿄 주재원이자 궁내청 의전 책임자에게 맡겨졌다. 궁내청 의전 책임자가 천황 옆에 서서 각 조문객이 앞으로 나오기 직전에 귀에 대고 속삭이는 모습을 생방송으로 중계하는 TV에서 볼 수 있었다. 물론 일본 천황이 리히텐슈타인Lichtenstein 대통령을 눈으로 알아보거나 그의 아내의 이름을 알 것이라고 기대하는 사람은 아무도 없다. 그럼에도 불구하고 궁내청 의전 책임자는 천황의 귀에 대고 "이 분은 영국에서 온 찰스 왕세자이고, 그와 함께 있는 키 큰 여성은 다이애나 비입니다."라고 속삭였다. 이런 상황에서는 그 어느 것도 당연하게 여겨지지 않는다.

고별식은 시나가와 근처의 타카나와 프린스 호텔 단지 소재 특별 건물에서 열렸다. 정확히 오후 1시에 홀의 문이 열리면서 하객들이 도착했다. 고별식에서 내가 맡은 일은 고별식을 위해 로스앤젤레스에서 날아온 월트 디즈니의 국제 부문 사장인 마이클 O. 존슨을 챙기는 것이었다. 사무실의 미키코 다케다와 나는 문 앞에서 그를 맞이했고, 그를 리셉션 테이블로 안내하여 서명을 받은 뒤 레벨2 VIP임을 표시하는 대형 흰색 꽃장식을 달아 줬다.

회사는 검은색 무도회 드레스를 입은 30대 후반의 빼어난 미모의 전문 이벤트 여성들을 고용하여 다소 침울한 행사지만 품위 있는 우아함을 더했다. 그중 한 명이 MOJ의 옷깃에 꽃장식을 달아 주었고, 우리는 위층으로 올라가 VIP 대기실로 향했다. 일본에서 VIP는 VIP가 아닌 사람들과 함께 행사장에서 기다리지 않고 개인 대기실을 배정받는다. 맞은편에서 나카소네 야스히로Yasuhiro Nakasone, 1918~2019 전 일본 총리와 이시하라 신타로Jshihara Shintaro, 1932~2022 도쿄 도지사가 막 도착하고 있었다. 위층으로 올라가서 지정된 테이블에 있는 MOJ의 지정석을 찾았을 때, 우리는 자리에 앉아 그에게 고별식에서의 임무와 대략 어떤 일이 일어날지 간략히 설명했다.

특정 시간이 되면 모든 사람들이 거대한 회의실로 소환될 것이다. VIP들은 강당 앞쪽의 지정된 좌석으로 안내될 것이다. 짧고 정중한 묵념 후 미야자키 하야오 감독이 몇 마디를 할 것이다. 그런 다음 대형 스크린에서 도쿠마 씨의 생애 하이라이트를 보여 주는 비디오가 재생될 것이다. 그다음으로 세 명의 신사가 연달아 연설할 것이다. 일본 방송 텔레비전 협회장이자 NTV 방송국 회장인 우지이에 세이이치로Seiichiro Ujiie, 일본 영화 협회장이자 도에이 필름 회장인 오카다 유스케Yusuke Okada, 일본 출판사 협회장이자 출판사 고단샤 회장인 핫토리 토시유키 Toshiyuki Hattori.

이츠키 히로시가 '상가'를 부르면 앉아 있던 VIP들이 일어서서 각자 흰 꽃 한 송이씩 건네받을 것이다. VIP들은 도쿠마 씨의 대형 사진을 향해 정해진 순서대로 한 줄로 서서 절을 하고 꽃을 사진 아래에 내려놓은 뒤, 다시 절을 하고 자리를 떠날 것이다. 행렬 자체에서 무엇을 해야 하는지에 대해 내가 MOJ에게 해 줄 수 있는 유일한 조언은 앞에 있는 사람이 하는 대로 하라는 것이었다. 나는 일본에서 거의 30년 살았지만, 공식 행사에서는 이것이 내가 한 전부였다.

미야자키 하야오가 혼자 앉아 담배를 피우고 있는 것을 본 MOJ가 함께 조의를 표하러 가자고 요청했다. 그는 미야자키에게 도쿠마 씨와의 거래 시 있었던 몇 가지 개인적인 일화를 이야기한 다음 미야자키의 가족에 대한 안부를 물었다. MOJ는 미야자키 씨의 가족이 참석하지 않은 것에 당황한 듯했고, 미야자키 씨도 MOJ가 가족이 참석할 것으로 예상했다는 말에 당황한 듯했다.

MOJ가 도쿠마 씨를 만나면 보통 가장 먼저 하는 것이 가족에 관한 안부였다. "아내와 딸은 잘 지내나요?" MOJ가 묻곤 했다. 그러면 도쿠마 씨는 항상 당황했고, 나를 한쪽으로 불러 "이 존슨이라는 사람이 무슨 일을 하려는 건가요? 왜 내 가족에 대해 묻는 겁니까? 무슨 뜻이 있는 건가요? 뭔가를 해보겠다는 거냐고요?" 가끔 도쿠마 사장은 그의 질문에 화를 냈다. 그는 예측할 수 없는 성격의 소유자였다. 나는 항상 미국인들은 친절하기를 좋아하고, 다른 사람의 가족에 대해 관심을 갖거나 관심을 갖는 것처럼 보이는 것을 긍정적인 일로 여긴다고 설명하려 노력했다. 하지만 도쿠마 씨는 이런 개념 자체를 제대로 이해하지 못했다.

스즈키가 참석해서 도쿠마 쇼텐을 운영하던 스미토모 출신의 오 씨를 MOJ에게 소개해 줬다. 오 씨는 전적으로 영어로만 대화를 하겠다고 고집했고, MOJ는 그의 말을 이해하는 데 곤란을 겪었다. 오 씨는 자기 은행의 뉴욕 지점에서 근무하며 영어를 익혔는데, 아무도 그의 영어가 유창하지 않다는 말을 한 적이 없는 듯했다. MOJ는 계속 나를 쳐다보며 통역을 부탁했지만, 오 씨가 이미 영어로 말하고 있어서 통역하는 게 실례가 될 것 같았다. 오 씨가 MOJ와 악수를 하자 스즈키 씨는

"오 씨, 영어가 아주 유창하시네요."라고 말했다. 나는 MOJ를 그의 테이블로 돌려보냈다.

다이에이 필름의 한 젊은 여성이 찾아와서 일본 TV 및 영화배우 미타 요시코Yoshiko Mita, 1941~를 데려와도 되는지를 물었다. 미타 씨는 배정된 테이블에 불만이 있었던 모양이다. 그 방에 있던 VIP 중 70세 미만은 거의 없었다. 나는 그녀의 불만이 순전히 나이 때문이라고 여겼다. 미타 요시코의 실물은 정말로 아름답다. TV에서는 마흔다섯 살 정도로 보였는데 실제로 보니 그보다 열 살은 더 어려 보였다. 진짜 나이는 쉰이 넘었다. 그런데 그녀의 얼굴을 보면 영구적으로 화난 표정을 짓고 있었다. 많은 아시아 남성들은 이런 점을 매력적으로 여긴다.

미타 씨는 우리 테이블에서 소개를 받았을 때 웃지 않았다. 그녀는 외국인과 직접 대화하는 걸 꺼리는 듯했고, MOJ의 수행원인 미키코와만 대화했다. 그래도 이 정도면 괜찮았을 듯 싶었다. 왜냐하면 내가 할 수 있는 말은 "헤이! 하야메노 파빌론! 당신 맞죠?" 정도였기 때문이다. 그건 그녀가 TV에서 광고하는 감기약의 슬로건이었다. MOJ는 영화배우가 아닌 대기업 총수를 소개받고 싶어 했다.

스즈키가 도쿠마 부인을 소개시키기 위해 MOJ를 데려갔다. 미키코와 나는 함께 가지 않았다. 우리는 그의 지정 수행원이자 통역이었기 때문에 다소 이상하게 들리겠지만, 도쿠마 부인에 대한 이야기를 미리 들었다. 나는 그녀와 접촉하는 걸 두려워했던 것 같다. 스즈키가 통역을 맡았거나 영어를(어느 정도) 하는 그녀와 그녀의 딸이 직접 대화를 나누었을 것이다. 5분 후 MOJ가 그녀의 개인 방에서 나오자 그는 나를 옆으로 데려갔다.

"너무 이상합니다." MOJ가 말했다. "도쿠마 부인은 남편에 대해 이야기하는 것보다 자신의 사업적 이익을 홍보하는 데 더 관심이 있어 보였어요. 그녀는 미국에서 자신의 사업을 도와줄 수 있는지를 내게 물었습니다. 그러더니 남편이 자신을 나쁘게 대하고 돈도 남겨 두지 않았다는 말을 하더군요. 장례식에서 처음 만난 사람에게 그런 얘기를 한다는 게 정상인가요?”

나도 정상이 아닐 것으로 생각한다고 말했다.

테이블로 돌아온 미키코는 MOJ에게 미타 요시코가 어떤 영화에 출연했는지 말하며 대화를 이어 가려 했다. 하지만 미타 씨는 우리가 도쿠마 쇼텐이 아니라 스튜디오 지브리 소속이라는 사실을 마침내 깨닫고는, 미야자키 하야오로부터 한 번도 그의 영화에 목소리 출연을 요청받은 적이 없다는 사실을 알려 주고 싶다고 말했다. 그녀는 자신이 요청받았어야 했다고 강하게 어필했다. 만약 요청을 받았다면 훌륭하게 해냈을 것이고, 앞으로 요청을 받는다면 반드시 고려할 것이라고 말했다. 내게 직접 물어봤다면 미야자키 하야오가 방 어딘가에 있다고 말했을 텐데, 그녀는 왠지 외국인인 나에게는 말을 걸지 않았다.

VIP들이 메인 홀에 입장하라는 신호가 나오자 우리는 모두 일어서서 문 쪽으로 갔다. 미타 씨는 MOJ와 우아하게 팔짱을 끼고 입장하려고 조금 기다렸지만, MOJ가 그 모습을 놓쳐버려 그녀는 이를 포기하고 혼자 입장했다. 하지만 문을 통과해 공공장소로 들어갔을 때 우리는 그녀가 매우 아름다운 미소를 짓는 걸 보았다.

메인 홀로 들어가는 길의 첫 번째 위치에는 똑같은 검은색 이브닝드레스를 입은 맞춤형 전문 이벤트 여성들이 있었다. 흰색 꽃장식을 단 사람이 그들 앞에 나타나면 여성들은 환하게 웃으며 정중하게 인사했다. 지정된 VIP가 흰색 꽃장식 없이 나타나면 그를 옆으로 데려가서 꽃장식을 찾아서 달아 준 다음, 입장하는 VIP의 행렬로 되돌려 보내는 등 약간의 소동도 벌어졌다. 도우미 여성들의 행렬을 지나 검은색 정장을 입은 중년 남성들의 행렬이 이어졌다. 이들은 도쿠마 회사 간부, 전문 보안 요원, 일본 경호국 요원들로서, 입장하는 손님들을 일일이 검사했고 각각의 손님이 검사를 통과하면 진지하게 고개를 끄덕였다.

NTV의 우지이에 씨가 늦게 도착하는 바람에 막판 소동이 벌어졌다. 리셉션 직원들은 우지이에 씨의 꽃장식을 VIP 대기실로 보내라는 지시를 받았다. 무전기를 든 도우미 중 한 명이 VIP 대기실로 전화를 걸어 꽃장식을 내려 달라고 요청했지만, VIP 대기실 사람이 이를 거절했다. 위층에서 전달하라는 지시가 있어서 그 지시를 따라야 한다는 것이었다.

우지이에 씨는 기념식 연사 네 명 중 한 명으로, 일본에서 가장 영향력 있는 기업 임원 중 한 명이자 고 도쿠마 씨의 실제 절친이자 측근이었다. 그럼에도 불구하고 리셉션 직원들은 꽃장식 없이는 그를 들여보내지 않겠다는 것이었다. 정문 경비원과 VIP의 수행원 사이에 실랑이가 벌어질 것 같던 그 순간, 우지이에 씨의 지정 수행원인 모리요시 하루요가 창의적인 즉흥 연기로 30분 이상 지체되어 도착하지 않는 모리 일본 총리를 위한 꽃장식을 슬쩍 훔쳐서 이를 자신이 모시는 사람에게 달아 줌으로써, 마침내 우지이에 씨는 입장할 수 있었다.

초대된 손님만 행사장에 입장 가능했다. VIP와 수행원은 따로 분리되었다. 수행원들은 건물 뒤편 운영실에서 폐쇄회로 TV 모니터를 통해 식을 지켜보는 도쿠마 직원 및 보안 요원들과 합류했다.

동굴 같은 메인 행사장 앞쪽에는 하얀 꽃으로 장식된 벽면 전체에 도쿠마 씨의 대형 사진이 걸려 있었고 양옆에는 대형 비디오 스크린이 갖춰져 있었다. 도쿠마 씨의 자애로운 할아버지 같은 미소 짓는 얼굴이 2개의 스크린과 홀 전체에 간격을 두고 배치된 여러 개의 작은 스크린을 장식했다. 크리스탈 샹들리에가 반짝이며 춤을 추듯 빛의 화려한 반짝임을 발산했다. 한쪽에 스크린이 설치된 공간에서는 클래식 실내악의 감미로운 음색이 흘러나와 홀 안으로 스며들었다. 그곳에는 열두 명의 보이지 않는 음악가들이 연주를 하고 있었다.

홀 앞쪽의 연단에서 전문 MC가 참석자들을 환영하고 행사를 안내했다. 연설과 도쿠마 씨의 생애가 담긴 비디오 몽타주가 상영되었다. 이츠키 히로시가 대형 스크린에 비친 도쿠마 씨의 영상에 시선을 고정하고 눈물을 흘리며 '상가'를 열창했다. 카메라가 VIP의 맨 앞줄을 비추자 미키코와 나는 MOJ가 아직까지 정신이 멀쩡한 것을 보고 안도했다.

이어서 도쿠마 부인이 연설하기 위해 일어났다. 그녀의 목소리는 단호하고 자신감 넘쳤다. 심플한 검은색 정장을 입은 그녀는 보석을 달지 않았고 아주 평범했다. 그녀의 말에는 멜로 드라마의 어조가 있었고, 청중의 규모와 구성에도 전혀 주눅 들지 않았다. 그녀는 도쿠마 씨가 10년 전에 암 진단을 받은 이후 계속 투병 중이었다고 말했다. 일반적으로 일본에서는 공공장소에서 '암'이라는 단어를 말하거나 암을 사망 원인으로 인식하지 않기 때문에, 청중은 갑자기 경건해지면서 집중했고 감정적으로 몰입하면서 집단적 탄식을 내뱉었다.

도쿠마 부인은 불과 2주 전만 하더라도 의사들이 그에게 2주도 채 살지 못할 거라고 진단했지만, 마지막까지 그는 자신이 이렇게 빨리 세상을 떠날 거라고는 생각하지 못한 것처럼 이런저런 계획을 세웠다고 말을 이었다. 그녀는 방금 전 로스앤젤레스에서 이곳까지 날아온 월트 디즈니 컴퍼니의 친절한 신사에게 설명했듯이, 남편은 자신이 미국인 아내답게 독립적이고 강인하며 사업에 관심을 갖기를 바랐다고 말했다. 갑자기 청중들은 그녀가 남편의 사업을 운영할 의향이 있다고 말하는 것인지 의문을 품었다.

또한 도쿠마 부인은 이 힘든 시기에 자신과 가족을 지원해 준 한 남자에게 특별히 감사하고 싶다고도 했다. 그는 스미토모 은행에서 임시로 남편의 회사 운영을 돕기 위해 파견된 사람이었다. 자신과 딸의 이익을 보호해 주고 남편의 사업을 계속 운영하며 자신의 이익을 돌봐 주기를 바랐던 사람, 다름 아닌 오 씨였다. "오 씨, 일어나서 단상으로 나와 주시겠어요? 이쪽으로 올라오시면 제가 소개해 드리겠습니다."

이는 대본에 없던 순간이었다. 오 씨는 올라가는 것을 꺼려 하는 듯했다. 회사 내에 도쿠마 부인의 사람이라는 인상을 주고 싶지 않았지만, 그런 자리에서 공개적으로 그런 식으로 소환을 받자 단상으로 올라가지 않을 수 없었다. 그에겐 선택의 여지가 없었다. 올라가면 안 되지만 올라가야만 했다. 도쿠마 부인의 팔이 그의 어깨를 감싸고 그녀의 가느다란 손가락이 양복 깃의 주름을 매만지는 가운데 일본에서 가장 중요한 사람들 앞에 서자, 그는 어떻게 이런 일이 일어났는지 알다가도 모르겠다는 얼굴이었다.

도쿠마 부인이 청중에게 그의 미덕을 설명하는 내내, 그녀는 오 씨에게 캐주얼하고 격의 없이 지나치게 친숙한 방식으로 신체적인 접촉을 했다. 그녀가 회사 사장 대행에게 일반적으로 기대할 수 있는 종류의 발언을 끝내고 오 씨를 제자리로 돌아가게 했을 때, 그는 그녀의 지원에 감사하다는 말 외에는 할 수 있는 말이 없었다. 그녀는 정말로 남편의 뒤를 이어 은행이 정한 지침을 고의적으로 무시할 계획이었을까? 아무도 알지 못했다.

　연설이 끝나자 지정된 마흔아홉 명의 VVIP가 도쿠마 씨의 사진 앞 단상에 꽃을 놓기 위해 자리에서 일어났다. 한 사람씩 이름이 호명되면 그 사람은 앞으로 나와 흰 장갑을 낀 여성 수행원으로부터 흰 꽃 한 송이를 받았다. 그런 다음 각자 가서 도쿠마 사장의 초상화에 꽃을 바쳤다. 그들은 잠시 멈춰 묵념을 하거나 개인적인 추억을 되새기며 절을 한 다음 강당을 나가기 위해 돌아섰다. 그 후 VVIP가 아닌 나머지 사람들이 정해진 순서대로 검은색 정장을 입은 남성 수행원이 든 쟁반에서 꽃을 한 송이씩 들고 헌화를 했다. 먼저 일반 VIP, 그다음 회사 이사, 회사 직원, 마지막으로 자리에 함께 있던 사람 순서로 꽃을 바쳤다.

　미키코와 나는 모리 총리를 대기하고 있는 리무진으로 에스코트했고, 행사장으로 돌아오는 길에 에스컬레이터를 내려서 떠나려는 모리 현 일본 총리와 그의 경호원과 마주쳤다. 바로 그때 고가의 옷을 입은 한 노파가 손을 흔들며 총리의 주의를 끌기 시작했다. 경호원은 총리를 바라보았고, 총리는 '절대 안 된다'는 표정을 지었다. 그러자 그 여성은 격분하여 에스컬레이터에 올라 총리를 향해 돌진했다. 경호원들은 그녀를 격퇴하려 했지만, 그녀는 경호원들의 팔 아래로 몸을 숨긴 다음 한쪽 팔로 총리의 어깨를 감싸며 귀에 대고 말을 걸었다. 총리는 그녀가 계속 말을 이어 가는 동안 경호원들을 무력하게 바라만 보았다. 경호원들은 계속 경계를 늦추지 않고 주변을 샅샅이 살폈고, 심지어 가이드라인을 그 여성까지 확장했다. 모리 총리는 그녀가 어깨에 착 달라붙어 자기 귀에 대고 말을 하게 하면서 건물을 빠져나갔다.

　마침내 내가 자비로운 미소를 짓고 있는 도쿠마 사장의 대형 초상화 아래 잠시 멈춰 향기로운 흰 백합 한 송이를 바칠 차례가 되었다.

비록 꽃이 가장 밑바닥에 놓여 있어 조금 상한 상태였지만 그곳에 서서 헌화하는 순간은 내게 특별하게 다가왔다. 향 한 꼬집이나 꽃 한 송이를 바치면서 혼자 생각에 잠기는 그 순간 나도 모르는 무언가가 느껴졌다. 나는 고인에 대해, 죽음 자체에 대해, 그리고 인생의 더 큰 순간에 대해 생각하지 않을 수 없었다.

국가 원수나 위대한 예술가, 과학자, 철학자가 세상을 떠났을 때 그들의 죽음은 내가 방금 목격한 것에 비하면 덜 화려하고 의례적으로 치러졌다. 큰 틀에서 보면, 그를 아는 사람들에게 비범하고 존경과 애정의 대상인 사람의 경우, 그는 무엇을 했기에 이렇게 성대한 추모와 저승으로의 배웅을 받을 자격이 있는 것일까? 누군가가 비용을 대고 그렇게 하려는 의지만 있으면, 얼마든지 이런 일이 일어날 수 있을 것 같았다. 클린트 이스트우드Clint Eastwood, 1930~의 영화 〈용서받지 못한 자 Unforgiven〉(1992)에서 윌리엄 머니William Munny라는 캐릭터가 "자격은 전혀 상관없어."라고 말했듯이 말이다.

하지만 그 순간, 자비롭게 웃고 있는 초상화 아래 산더미처럼 쌓인 꽃과 헌화물 앞에 서 있던 나는 또 다른 무언가를 느꼈다. 작은 테이블 위에는 도쿠마 씨의 황실 훈장 2개가 액자로 전시되어 있었다. 커다란 빨간색과 파란색 보석은 마치 카우보이나 카우걸 복장의 유리 모조 다이아몬드처럼 반짝였다. 이 행사는 도쿠마 씨 자신이 누구보다 좋아했을 고별식이었다. 나는 그 남자의 특별함에 대한 진심 어린 애정을 부끄러움 없이 느꼈다. 또한 스즈키를 통해 직접 또는 간접적으로 그에게서 배운 것들도 생각하게 되었다. 인생의 대본을 다른 사람이 쓰게 두지 말라. 야망을 높이 세워라. 진짜 남자는 사과하지 않는다. 그리고 돈이 필요하면 은행에 돈이 많다는 사실을 항상 기억하라.

과연 우리들 중 누가 실제로 그렇게 살 수 있을까?

다시 지구로

도쿠마 씨의 진짜 장례식은 비교적 사적인 의식인 선종 사원 조코쿠지 Chokokuji에서 거행되었다. 한 달이 조금 지나자, 같은 절에서 도쿠마 씨의 유골을 무덤에 안치하기 위한 유골 안치식이 있었다.

조코쿠지는 도쿄의 고급 아오야마 지역의 작은 골목길 언덕에 자리 잡고 있다. 이 지역의 중심가는 골동품 상인들의 거리다. 이곳은 유명한 일본 및 아시아 예술품과 골동품 딜러들이 부동산 가격이 치솟는 바람에 다른 곳으로 이전하기 전까지 각종 상점을 운영하던 곳이다. 몇몇은 이곳에 남아 가게 위에 고급 콘도미니엄 아파트를 지었다.

조코쿠지의 거대한 정문을 통과하면 덜 현대적인 또 다른 세계가 펼쳐진다. 목조 본관은 도쿄 대부분을 황폐화시킨 2차 세계대전 폭격 중에도 (그 후 60년간의 재건 과정을 통해) 살아남은 몇 안 되는 건물 중 하나다. 입구 오른쪽에는 1970년대에 나무 한 덩어리로 조각한 30피트 높이의 웅장한 관음(자비의 여신) 목조 조각상과 그보다 더 작은 신축 건물이 있다. 특이한 아르데코Art Deco 양식(아르데코 양식은 직선과 곡선의 규칙적이고 대칭적인 형태와 원색을 통해 강렬한 느낌을 주는 간결미가 특징으로, 1910년대부터 1930년대까지 유행하고 발전한 예술 양식이다-역주)으로 만들어진 건물이었다. 사원의 수행 중인 선불교 신도들은 입구 왼쪽 오래된 건물에서 생활하면서 명상한다. 관음이 있는 건물 오른쪽 뒤에는 장례식에 따르는 활동을 주관하는 보다 현대적인 건물이 있다. 장례식은 선불교 신도들이 지금도 생계를 유지하는 방식이다.

장례식에 모인 하객들은 대부분 도쿠마 회사 경영진과 고위 직원들로, 거의 정확한 일정에 따라 신축 건물로 이동했다. 언제 어디에 도착해야 하는지, 얼마를 기부해야 하는지(일본 장례식에서는 접수처에서 전용 봉투에 현금을 넣어 기부금을 전달한다) 등 장례식에서 흔히 일어나는 일들이지만, 이 장례식에서는 일어나지 않는 일(현금은 접수처에서 전용 봉투 대신 미리 회사로 전달되었다)을 정확히 알 수 있도록 행사 전에 일련의 메모를 작성해 두었다. 정시에 도착한 사람들은 그 후 30분 동안 이리저리 돌아다니며 서로 이야기를 나눴다. 늦게 도착하는 사람들을 위해 추가 시간을 뒀지만, 일본이고 도쿠마 교육을 받은 직원들이 모인 행사였기에 늦게 도착한 사람은 없었다. 이런 종류의 행사에서 복장은 격식을 차려야 하지만 더 큰 규모의 고별식보다는 약간 덜한 편이다. 어두운 비즈니스 정장, 검은색이 아닌 차분한 패턴의 넥타이. 미키나 토토로는 안 된다.

정해진 시간이 되자 모두 큰 다다미방(짚 매트가 깔린 방)으로 안내되어 낮은 테이블 바닥에 앉아 차와 비둘기 모양의 커다란 버터 쿠키를 제공받았다. 이 쿠키는 장례식에 들어가기 위해 앉아서 기다리는 사람들에게 늘상 제공되는데, 나는 왜 하필이면 버터 쿠키인지, 왜 비둘기 모양인지 알 수 없었다.

내 오른쪽에는 지브리의 영화감독인 다카하타 이사오가 앉았고, 왼쪽에는 지브리의 출판 부문 책임자인 타이 유카리가 앉았다. 두 사람 모두 전통적인 정좌 자세로 앉았다. 그들은 나의 자세나 행동이 마음에 들지 않는 듯 약간 불쾌한 표정으로 나를 바라봤다. 정좌는 공식적인 행사(다도나 장례식)에서 다다미 위에 방석을 깔고 앉을 때 취하는 자세다. 무릎을 구부리고 발목을 밑으로 집어넣어 발바닥이 허리를 지탱할 수 있도록 똑바로 앉아야 한다. 대부분의 일본인은 이 자세를 취할 수 있지만 보통 외국인은 그렇게 하기 힘들다. 일본인은 이 자세로 앉는 것이 적당히 편안해 보이고, 심지어 이 자세로 차를 마시거나 쿠키를 먹거나 대화를 나눌 수도 있다. 그러나 내가 아는 것은 고통스럽고 많이 아프고 넘어질 위험이 있다는 것뿐이다.

다른 사람들은 모두 정좌 자세로 앉아 있었다. 때문에 나는 최선을 다해 같은 모양이 되도록 억지로 자세를 취했다. 처음에는 주변을 둘러볼 수 있고, 팔을 자유롭게 사용하여 찻잔에 손을 뻗거나 과자를 집을 수 있는, 멋지고 편안하며 공간적으로 효율적이고 높은 자리에 앉은 듯해서 기분이 좋아진다. 그러다 다리에 저린 감각이 느껴지자 곧 그 감각은 저리는 감각에서 고통스러운 감각으로 뒤바뀌었다. 마치 작은 금속성 개미가 발목을 갉아먹는 듯했고, 성난 벌들이 종아리를 쏘아 대는 것 같았다. 정체불명의 공격자가 발가락을 잘라 내고 있었다. 통증이 극에 달해 비명을 지를 뻔했지만, 갑자기 둔한 욱신거림으로 줄어들었다가 아무런 감각도 없이 멈춰 버린다. 이 시점에 이르자 나는 허리 아래로 더 이상 아무것도 느낄 수 없다는 걸 알았다.

이때부터 최악의 상황이 시작되었다. 다리를 움직이거나 자세를 바꿔야 할 경우 다리가 풀리면서 극심한 전기 통증이 느껴졌다. 그리고 다리가 무감각 상태가 되었다. 그래서 이런 다리로 걷는 것쯤은 잘 해 낼 수 있겠거니 생각했지만, 넘어지거나 비틀거려 걷기도 어렵고 잠재적으로 위험할 수도 있었다. 하반신의 감각이 살아나기 시작할 때의 통증을 제외하면, 발이나 다리에는 딛고 있는 지면에 대한 그 어떤 정보도 전달되지 않았다.

장인의 장례식 때, 나는 몇 시간처럼 느껴지는 시간 동안 정좌 자세로 앉아 있었다. 나의 분향 차례가 되자 밑에 있던 다리가 풀렸다. 나는 분향해야 할 준비가 되었다고 생각했는데, 일어서려고 몸을 움직이다가 곤두박질치며 쓰러지고 말았다. 이런 상황에서도 일본인들은 대체로 친절했다. 매형과 그의 10대 아들은 내가 다시 다리를 움직일 수 있을 때까지 나를 일으켜 앞으로 끌고 나갔고, 다른 사람들은 마치 아무 일도 없던 것처럼 행동했다.

어느 순간 나는 옆에 앉아 비교적 평온한 표정을 짓고 있는 타이 씨에게 일본인은 어떻게 이런 일을 할 수 있는지 물어보았다.

"아프지 않아요?" 내가 물었다.

"당연히 아프죠. 하지만 아픈 것을 신경 쓰지 않는 것이 요령입니다." 그녀가 대답했다.

나는 이것이 정말 사실인지, 아니면 그녀가 피터 오툴Peter O'Toole, 1932~2013의 영화 〈아라비아의 로렌스Lawrence of Arabia〉(1998)에 나오는 유명한 대사를 떠올린 것인지 궁금했다. 나는 다카하타에게도 다리가 아프냐고 물었고, 그는 아팠다고 마지못해 인정했다.

약 30분 후 우리는 식이 열릴 사원의 본당으로 이동하라는 지시를 받았다. 나는 본당에 들어가서 바닥이 아닌 접이식 의자에 앉는다는 사실을 알고 크게 안도했다. 예식을 진행하는 선승들이 들어오자, 그들의 앉는 자세는 완전히 새로운 차원이었다. 그들은 다다미 위의 짚 매트에 앉아서 정좌 자세를 취했다. 그런 다음 그들은 팔을 경직된 L자 모양으로 펴고, 팔꿈치를 구부린 뒤, 팔뚝을 위로 들어 손바닥을 안으로 향하게 하여, 팔을 경전 책(예배 중에 낭송할 경문이 담긴 책)을 위한 살아 있는 (그러나 움직이지 않는) 책꽂이로 만들었다. 45분 동안 경전을 외우는 중에도 스님들의 몸은 전혀 꼼짝도 하지 않았다.

낭송은 훌륭했고 마음을 편안하게 만들었다. 한 고승이 그들을 이끌며 가끔 작은 금속 망치로 커다란 금속 그릇을 두드렸다. 금속 종은 웅장하게 혹은 경쾌하게 울렸다. 나무 막대기로 나무 블록을 두드리자 빠른 스타카토(끊음음) 소리가 났다. 염불 소리와 향 내음이 법당을 가득 채웠다.

아문다비… 공그그그그그… 딩딩딩… 봉그그그그 … 아문아무다비아무다비… 딩그그그… 아문아무다비아무다비… 딩.

30분 정도 이런 식으로 진행된 후 연설과 분향이 있었다. 누군가는 경전을 읽는 동안 코를 골았다. 또 누군가는 연설하는 동안 코를 골았다. 분향은 두 줄로 서서 한 사람씩 올라가 작은 향로에 향 몇 꼬집을 뿌리고 고인에게 간단한 기도를 올린 다음, 고인의 가족에게 간단한 형식적 절을 하는 순서였다. 그때쯤이면 모두가 깨어 있는 상태가 된다.

사원에서 의식을 마친 후 우리 그룹은 묘지로 이동했다. 조코쿠지의 묘지는 네즈 박물관Nezu Museum의 넓고 때 묻지 않은 정원을 내려다보고 있었다. 묘지를 에워싸고 넓은 언덕을 가로질러 미로처럼 이어진 산책로가 펼쳐져 있으며, 직선을 이루는 곳은 하나도 없었다. 여기저기 고목의 울퉁불퉁한 벚나무와 몇 그루의 거대한 은행나무가 물결치는 묘비 바다를 굽어보고 있었다. 어떤 무덤은 수백 년 된 것도 있었다.

도쿠마 씨는 묘지 가장자리 대나무 숲 바로 앞의 아주 아름다운 묘지를 직접 택했다고 한다. 그림처럼 완벽한 가을이었다. 쐐기 모양의 노란 은행잎이 나뭇가지마다 가득했다. 새들이 지저귀었다. 옅은 푸른 하늘에는 뭉게구름이 떠다녔다. 검은 옷을 입은 작은 조문객 군단이 묘비 사이를 비집고 구불구불 걸으며 군중을 위해 설계되지 않은 공간으로 몰려들었다. 그룹의 중앙에는 절의 주지 스님과 직계 가족, 도쿠마 쇼텐 이사회가 '도쿠마'라고 새로 새겨진 묘비 주위에 모여 있었다. 바로 이곳이 도쿠마 씨의 유골이 묻힐 곳이었다.

안장식에서는 스님이 고인의 유골이 담긴 유골함을 개봉한다. 가까운 가족이 그 유골의 신원을 공식적으로 확인한 다음 화강암 묘비 아래에 묻는다. 그러나 도쿠마 부인은 "25년 동안 남편과 함께 살았습니다. 그 정도면 충분합니다. 그의 유골을 볼 필요는 없습니다."고 말하면서 남편 유골의 신원 확인을 거부했다.

도쿠마 쇼텐의 임시 대표이사인 오 씨가 앞으로 나와 유골을 확인했다. 유골은 묘비 아래에 놓여졌다.

그런 다음 우리는 모두 한 줄로 뱀처럼 묘지를 빠져나가서 새 건물의 넓은 모임 공간으로 돌아왔다. 여기서 정교한 가이세키 도시락을 제공받았다. 이번에도 모두 정좌 자세를 취했지만 나는 그렇게 할 수 없었다. 겉모습도 중요하다. 하지만 200달러짜리 도시락을 먹을 거면 맛있게 먹고 싶었다.

열둘

다이렉트 TV

스튜디오 지브리의 전 모회사 도쿠마 쇼텐에서 나의 상사이자 멘토였던 스즈키 토시오는 좋아하는 레스토랑에서 나랑 1:1로 점심을 먹거나 교통 상황에 따라 한두 시간씩 운전해야 하는 신바시와 히가시 고가네이 사이를 오갈 때면 옆 좌석에 앉아 자신이 쌓은 지혜를 전수해 주곤 했다. 스즈키가 점심 장소로 택한 레스토랑은 죄다 수십 년간 영업해 온 소규모 식당이었다. 모두 JR(일본 철도)역 남쪽의 미로 같은 골목을 거쳐야 하는 신바시의 구시가지에 있거나 다이이치 게이힌도리역 부근의 허름한 사무실 건물의 지하에 있었다.

스즈키가 안내해 준 레스토랑은 밤에는 술집이지만 점심시간에는 임대료를 내기 위해 고정된 스페셜 메뉴를 제공하는 낮 영업을 했다. 재료는 아주 신선하고 최고급 수준이었는데, 대부분 인근 츠키지

시장에서 구입한 생선을 활용했다. 점심 특선 메뉴의 가격은 무척 저렴했다. 특정 사람들만 아는 곳임에도 많은 사람들이 찾았다. 정오 전에 가지 않으면 음식이 다 떨어질 정도였다. 일본 직장인의 99.9%가 정오에서 오후 1시 30분 사이에 점심을 먹는다. 이는 정오 전에 이 식당에서 식사한 사람들이 어떤 이들인지 알 수 있게 해 준다.

1997년 그해는 내가 도쿠마 쇼텐에 입사한 지 얼마 되지 않은 해였다. 스즈키가 매월 열리는 부서장 회의에 참석하기 위해 신바시를 정기적으로 방문하던 날, 그는 내 사무실에 들러 점심을 같이 먹자고 했다. 도쿠마 씨는 회사가 일본에서 위성 TV 방송 서비스를 운영할 컨소시엄에 가입할 예정이라고 발표하려던 참이었다. 도쿠마 쇼텐의 회의는 정확히 오전 10시에 열렸다. 월례 회의는 항상 11시 30분 이전에 끝났다. 도쿠마 씨는 매우 정확한 습관을 지닌 사람이었다. 그래서 스즈키는 우리가 11시 31분까지 도쿠마 빌딩을 확실히 빠져나갈 수 있다는 걸 이미 알고 있었다.

스즈키와 나는 도쿠마 쇼텐 빌딩을 나와 넓은 다이이치 게이힌 도리를 건너 길 반대편에 있는 낡고 지저분한 특징 없는 사무실 건물로 들어가서는 지하 2층으로 내려갔다. 우리는 광이 나는 U자형 목재 카운터에 아홉 명이 앉을 수 있는 작은 식당에 들어갔다. 그 식당은 이제 막 영업을 시작했고, 카운터에는 이미 이곳을 잘 아는 듯 다소 초라해 보이는 여섯 명의 손님이 있었다. 스즈키와 나는 이 식당의 명물인 900엔짜리 우니-네기토로-이쿠라 덮밥을 주문했다. 가장 신선하고 품질 좋은 카라멜색 성게, 다진 파를 섞은 기름진 다진 참치 조각, 오통통한 오렌지색 연어알을 흰밥에 푸짐하게 얹은 요리였다.

점심 메뉴는 그게 전부였다. 같은 가격에 세 가지 주재료 중 하나만 넣거나 두 가지만 넣은 밥도 있었다. 진지한 식도락가는 세 가지를 모두 한꺼번에 얹어 먹었다. 정오가 되면 식당은 매진되어 저녁 식사 시간까지 문을 닫았다. 그때가 되면 카운터 뒤 줄곧 혼자 있던 셰프가 조수와 함께 일한다. 저녁 메뉴로는 작은 식당에서는 보기 힘든 지역 사케와 함께 풀 스시를 제공했다. 밤에는 가격이 훨씬 더 비쌌다.

그날 점심은 스즈키가 좋아하는 레스토랑에서 식사하기 위한 하나의 핑곗거리였다. 그러나 한편으로 그는 도쿠마 쇼텐이 어떻게 그리고 왜 위성 방송 사업에 뛰어들게 되었는지를 보다 자세히 알려 주고 싶어 했다.

도쿠마는 엔터테인먼트 및 통신 분야 대기업인 소프트뱅크, 프리미엄 비디오 대여점을 운영하는 대기업이자 비디오 대여 회사 츠타야의 모기업인 CCC, 그리고 휴즈 일렉트로닉스와 제휴하여, 당시 미국 다이렉트TV의 일본 버전인 다이렉트TV 재팬DirecTV Japan을 설립했다. 일본 정부는 2003년 12월까지 일본 내 모든 텔레비전 방송을 디지털로 전환하겠다고 발표했다. 당시 일본에는 전국 방송국이 6개뿐이었는데, 주요 방송망은 NTV, TV아사히, 후지TV, NHK였다. 도쿄와 같은 대도시치고는 의외로 TV 채널 수가 적었다. 하지만 모든 것이 디지털화되면 상황이 달라질 듯했다. 디지털 방송은 아날로그 방송보다 훨씬 적은 대역폭을 차지해서 더 많은 채널을 만들 수 있다. 또한 일본의 거대 가전업체들은 고해상도 가전제품의 판매량을 크게 높일 수 있었다.

잠재적인 방송사들은 새로운 채널을 누가 어떻게 확보할 것인가에 대해 고민했다. 일반적으로 일본 정부는 이미 채널을 보유한 방송사에 그 권리를 할당했다. 말하자면 현재 TV를 방송하고 있으면 새로운 디지털 TV 채널 중 하나 이상을 제공받게 되는 셈이다. 이 제안은 지상파TV를 방송하는 6개 방송망뿐만 아니라 위성이나 케이블을 통해 방송하는 방송망에도 적용되었다. 이론적으로 도쿠마 쇼텐은 위성 방송 컨소시엄의 일원으로서 새로 이용 가능한 TV 방송 주파수 중 하나를 획득할 기회를 얻게 될 것이다.

당시 일본의 케이블 TV는 극히 제한적이었다. 기존의 몇 안 되는 케이블 방송망은 도쿄 중심부의 특정 지역만 커버했다. 위성 방송은 이보다 훨씬 더 제한적이었다. 일본의 준공영 방송망인 NHK는 이미 위성을 통해 일부 프로그램을 방영 중이었다. 영화와 스포츠 경기를 방송하는 와우와우wowow라는 위성 TV 플랫폼이 있었지만, 가입자를 유치하는 데는 어려움이 많았다. 디지털 TV 채널이 새롭게 등장한다는 전망이 나오자 일본에서는 갑자기 위성 방송에 대한 관심이 고조되었다. 휴즈는 '콘텐츠'를 제공할 수 있는 다이렉트TV 파트너를 찾기 위해 일본으로 날아왔다. 루퍼트 머독Rupert Murdoch, 1931~의 스카이TVSkyTV는 아시아 방송 제국을 확장할 기회를 찾는 중이었다. 그리고 이제 막 콘텐츠 사업에 뛰어든 소니는 퍼펙트TVPerfecTV라는 새로운 회사를 설립하여 방송 사업에 진출하기로 결정했다.

스즈키는 새로운 벤처에 대한 정보를 공유하되 새로운 위성 TV 사업과 관련된 그 어떤 일에도 관여하지 말라고 조언하기 위해 나를 점심 식사에 초대했다. 그는 어떤 상황에서도 그들을 돕겠다고 자원해서는 안 되며 지원 요청에도 응해서는 안 된다고 말했다.

다이렉트TV 재팬은 미국 회사인 휴즈와 파트너십을 맺고 있었고, 도쿠마에서의 나의 주된 업무는 외국 비즈니스 파트너와 교류하는 것이었지만, 그가 나에게 도움을 요청하는 건 아니었다. 도쿠마 그룹 전체에서 유일한 영어 원어민이자 엔터테인먼트 업계에서 외국인 인맥을 가진 유일한 사람이던 나는 아무도 나의 도움을 원하지 않는다는 것이 오히려 더 이상했다.

도쿠마 쇼텐은 다이렉트TV 재팬 그룹에서 가장 규모가 작은 회사 중 하나가 될 듯했다. 새로운 방송망의 거의 100개에 달하는 방송 채널 중 도쿠마 쇼텐이 담당하는 채널은 고작 4개에 불과했다. 도쿠마의 주요 업무는 벤처 자금 조달을 위한 은행 대출을 주선하고 정부 측 업무를 처리하는 것이었다. 일본의 텔레비전 방송은 규제가 심한 산업이었기 때문에 일본 정부의 기술 및 정치적 측면에서 민감한 접촉이 필요했다. 도쿠마의 전문성은 전적으로 그런 정치적 측면과 연계되어 있었다. 또한 은행 대출을 받는 데도 그러했다.

도쿠마 사장은 스즈키에게 전화를 걸어 다이렉트TV 재팬의 4개 채널이 지브리 채널, 다이에이 채널, 엔카(음악) 채널, 골프나 경마 같은 스포츠 채널이 될 것이라고 말했다. 스즈키는 이 정보에 놀라움을 표했다. 스즈키는 자신의 상사이자 멘토에게 지브리가 당시 정확히 8편의 영화를 제작했다는 사실을 상기시켰다. 그는 지브리 채널이 8편의 영화만 방영하면서 얼마나 오래 살아남을 수 있을지 의아해했다. 8편의 영화가 모두 소진되면 지브리 채널은 무엇을 방송할 수 있을까? 도쿠마 사장은 놀라면서도 별로 걱정하지 않는 듯했다.

스즈키가 다이에이 필름의 대표에게 확인한 결과, 모든 영화가 최소 향후 10년 이내에 라이선스가 끝난다는 사실도 알게 됐다. 다이렉트TV 재팬에서 방송할 수 있는 다이에이 영화가 없다는 얘기였다. 일본에서 알려진 모든 스포츠는 이미 독점 방송 계약을 맺은 상태다. 연가 아티스트가 뮤직비디오를 제작한 경우는 거의 없었다. 다이렉트TV 재팬의 도쿠마 사업부가 성공할 것 같지 않아 보였다.

도쿠마 씨는 그다음 달 도쿠마 그룹 부서장 회의에서 다이렉트 TV 재팬을 발표했다. 그는 현재 포트폴리오가 없는 매니저인 오 씨가 새로 설립되는 도쿠마 자회사의 사장으로 다이렉트TV 재팬 사업을 관리하게 될 것임을 알려 주었다. 내가 아는 샐러리맨 중 가장 유능하지 않다고 여겼던 오 씨는 이런 발표가 나오자 환하게 웃었다. 그는 새로운 직책에서 자신을 기다리는 것이 무엇인지 전혀 알지 못한 듯했다.

회의에서 우연히 내 옆에 앉은 문학적 소양이 뛰어난 출판부 여성 편집장 중 한 명이 종이쪽지 한 장을 건네주었다. 거기에는 마쓰오 바쇼Matsuo Basho, 1644~1694의 유명한 하이쿠가 적혀 있었다.

문어가 문어 덫에 집을 짓다
사라지는 꿈
흐릿한 여름 달 아래

몇 주 후, 호기심을 주체할 수 없던 나는 일본 전통에 따라 새로 임명된 임원이나 새로 개업한 회사에 불필요한 대면 요청 전화를 걸었고, 메구로 시내 건너편에 있는 다이렉트TV 재팬의 새 사무실을 방문했다. 나는 다이렉트TV 재팬이 입주해 있는 건물의 소박한 사무실에서 오 씨를 발견했다. 오 씨와 함께 일하는 직원은 단 두 명뿐이었다. 그는 이제 새로운 직책에 크게 기뻐하지 않는 것처럼 보였지만, 하루 24시간, 주 7일, 1년 365일(윤년은 366일) 방영할 4개 TV 채널의 프로그램을 찾아내는 업무의 주요 요건을 설명하면서도 당황하거나 걱정하는 기색은 전혀 보이지 않았다.

나는 다이렉트TV 재팬의 책임자를 소개받았다. 그는 맡은 직책에 비해 매우 젊어 보였다. 그는 우연히도 도쿠마 쇼텐에 창업 자금을 빌려준 은행 이사의 아들이었고, 다이렉트TV 재팬에 합류하는 데 필요한 자금을 빌려주던 사람이었다. 그는 TV나 엔터테인먼트 사업 경험이 전무했다.

다이렉트TV 재팬 벤처의 다른 파트너들은 모두 도쿠마보다 더 큰 사무실과 더 많은 직원을 보유하고 있었을 뿐 아니라 프로그램을 찾을 수 있는 채널도 훨씬 더 많았다. 작은 사무실에 앉아 있던 오 씨는 나에게 진행 상황을 알려 주었다.

다이렉트TV 재팬의 일본 파트너들은 휴즈가 미국에서 방송하는 것과 동일한 프로그램을 공급할 것이라고 했다. 휴즈는 자신들의 역할이 위성을 제공하고, 위성 업링크 스테이션을 구축하며, 시스템 작동 방법에 대한 지침을 제공하고, 필요에 따라 기술 지원을 제공하는 것뿐이라고 말했다. 휴즈는 원래 미국 시장만을 염두에 두고 미국 다이렉트 TV 사업에 착수했다. 방송망에 필요한 방송권을 획득할 때 그들은 북미 지역에 대한 권리만 획득한 것이다. 그들은 미국 프로그램에 대한 해외 판권을 확보하려고 시도한 적도 없었고 현재도 보유하고 있지 않다. 대부분의 경우 이러한 권리는 더 이상 사용할 수 없었다. 따라서 해외 진출은 콘텐츠에 접근할 수 있는 파트너를 찾기 위한 일환이었다.

나는 오 씨와 그의 직원들에게 프로그램을 어떻게 찾는지를 물었다. 그의 대답은 모호했다. 나는 내가 할 수 있는 모든 방법으로 도와주겠다고 제안했고, 그는 고맙지만 아마 나의 도움이 필요하지 않을 것이라고 말했다.

며칠 후 나는 소니SONY에서 근무하며 퍼펙트TV 위성 방송망에 배정된 지인과 함께 웨스틴 호텔에서 아침 식사를 했다. 그는 소니가 위성 서비스 개시를 위해 몇 년 전부터 방송권을 찾고 획득하는 걸 준비해 왔다고 말했다. 그는 벤처가 수익을 내기 위해서 필요한 가입자 수를 유치할 수 있을 만큼 양질의 프로그램을 확보하는 것이 얼마나 어려웠는지를 들려줬다.

다이렉트TV 재팬의 출범 발표가 불과 몇 달밖에 남지 않았고, 다이렉트TV 재팬 파트너들도 이제 막 방송권을 획득하기 시작한 상황이었다. 나의 지인은 일본의 유일한 상업 위성 방송사인 와우와우wowow가 엄청난 실패를 겪었고 사업을 유지하는 데 필요한 가입자 기반을 간신히 유지하고 있다는 점을 지적했다. 그는 다이렉트TV 재팬 파트너들이 운영하기 위해 충분한 프로그램을 어떻게 확보할 계획인지 궁금하게 여겼다. 나도 같은 생각이었다.

개국일이 다가왔지만, 다이렉트TV 재팬 컨소시엄 파트너 중 아무도 프로그램 확보에 어려움을 겪는 것 같지 않았다. 스카이TV와 퍼펙트TV는 거의 같은 날짜에 방송을 시작한다고 발표했다. 일본 소비자들은 3개의 새로운 위성 서비스 모두에 대한 광고 폭격을 받았다. 매달 열리는 도쿠마 경영진 회의에서 오 씨의 사업 업데이트는 낙관적이었으며, 모든 것이 계획대로 순조롭게 진행되고 있다고 발표했다. 나는 이것이 어떻게 사실일 수 있는지 상상조차 되지 않았다.

나는 스즈키에게 다이렉트TV 재팬의 상태를 거대한 빙산과 충돌하기 직전에 있는 거대한 여객선으로 비유해서 물었다. 그는 나에게 제발 나의 일이나 신경 쓰고 이 일에 끼어들지 말라고 말했다. 나는 그에게 우리 둘 다 이사회 멤버로 있는 회사가 위성 방송 사업을 운영하기 위해 막대한 돈을 빌렸고, 내가 알기로는 그 벤처가 성공할 가능성이 전혀 없다고 말했다. 그런데도 나에게 걱정하지 말라고? 그러자 그는 은행에서 돈을 갚을 수 없다고 생각했다면 돈을 빌려주지 않았을 것이고 결국에는 모든 게 잘될 것이라고 말했다. 나는 그의 말에 대해 다이렉트TV 재팬 파트너들이 모두 일본 정부로부터 디지털 방송 채널을 받을 것이고, 지상파 디지털 방송권을 통해 어떻게든 손실을 만회할 것이라는 뜻으로 이해했다.

다이렉트TV 재팬의 방송이 시작되기 직전 화창한 초가을 어느 날, 도쿠마 쇼텐 그룹의 모든 부서장들은 나리타 공항 바로 북쪽에 위치한 이바라키현의 미토로행 전세 버스에 탑승했다. 우리는 새로 완공된 다이렉트TV 재팬의 최첨단 위성 업링크 시설 견학에 초대받았다. 도쿠마 씨도 직접 이 투어에 참여했지만, 운전기사가 딸린 자가용 승용차를 타고 버스 뒤를 따라 이동했다.

장거리 열차나 전세 버스를 탈 때 일본인의 DNA에는 뭔가 솟구치는 것이 있다. 여행이 시작되고 차가 출발한다는 미묘한 신호와 함께 말린 오징어와 견과류 봉지부터 찢는다. 통로 위아래로 아사히 수퍼 드라이 캔의 뚜껑이 터지는 소리와 오제키 원컵 사케의 뚜껑이 비틀리며 내는 부드러운 스냅 소리가 들린다. 신발을 벗고 넥타이를 느슨하게 한다. 좌석 등받이를 뒤로 젖힌다. 술과 안주가 준비되는 시각은 미토로 가는 버스가 아직 도쿠마 주차장도 벗어나지 않은 때였다.

도쿠마 쇼텐과 스튜디오 지브리는 당당한 흡연자들의 마지막 보루였다. 전 세계가 공공장소에 금연 환경을 조성하고 흡연자들을 점점 더 좁은 흡연 지정구역으로 내몰고 있을 때, 흡연하지 않는 도쿠마와 지브리 직원들은 담배 연기가 없는 휴식을 위해 건물을 떠나 외부로 나가야 했다. 미토행 버스가 슈토 고속도로에 도착했을 때는 이미 잭 더 리퍼Jack the Ripper 시절의 런던 안개만큼이나 짙고 짙은 연기구름이 가득했다. 목적지인 미토에 도착하기 직전, 버스는 이바라키의 고속도로 바로 옆에 매우 크고 전통적인 일식 레스토랑의 주차장에 차를 세웠다. 모두가 점심을 먹기 위해 도쿠마 사장과 합류하려고 버스에서 내렸다. 개인 식당에서 아주 갖은 정성을 쏟아서 만든 여러 코스로 구성된 식사였다. 참석한 서른 남짓 임원들을 수용하기 위해 다다미 위에 두 줄의 낮은 테이블이 길게 배치되어 있었다. 나는 도쿠마 사장 옆에 앉았다. 부분적으로는 외국인 임원이 옆에 앉으면 국제적인 인물처럼 느껴져서 더 중요해 보인다고 생각했기 때문이고, 부분적으로는 대부분의 도쿠마 임원이 그의 옆에 앉기를 두려워했기 때문이다. 훌륭한 식사를 하는 동안 많은 양의 맥주와 사케가 소비되었다. 도쿠마 씨는 평소와 마찬가지로 일본의 주요 비즈니스 리더와 정치인들에게 자신이 조언해 온 이야기를 들려주며 사람들을 즐겁게 해 주었다. 물론 일부 이야기는 사실이었다.

버스가 마침내 휴즈 위성 업링크 시설에 도착하자, 우리는 모두 내려 건물을 둘러보고 미국인 기술 직원으로부터 장비에 대한 설명을 들었다. 이 행사를 위해 전문 통역사가 고용되었다. 청중 대부분은 버스 이동, 맥주와 사케, 안주, 격식 있는 점심 식사로 인해 이미 졸린 상태여서, 기술적인 문제를 설명하는 그녀의 노력은 대부분 허사였다.

이 시설은 우주 외계인 침공 영화나 지구 최후의 인류가 군용 벙커에 숨어 지구를 구하기 위해 몸을 숨긴다는 세계 종말과 관련된 재난 영화의 완벽한 배경이 될 것 같았다. 우리가 들어왔을 때 그런 영화를 제작한 다이에이 필름의 임원들만 목을 꼿꼿하게 세웠다. 바깥에는 거대한 흰색 무기급 마이크로파 위성 접시들이 하늘을 향하고 있었다. 내부에는 복잡해 보이는 온갖 기술 장비들이 조용히 윙윙거렸고, 조명이 낮고 냉방이 잘 되는 인상적인 제어판의 LED 조명이 빨강, 초록, 파랑, 호박색으로 깜빡였다. 컴퓨터는 조명이 더 낮고 냉방이 잘 되는 유리창 벙커에 조용히 배치되어 있었다. 휴즈 기술자가 알려 주는 이해하기 어려운 기술 정보가 처음에는 영어로, 다음에는 일본어로 우리 머리 위를 스쳤고, 우리는 그 기술을 바라보며 멍하니 서 있었다.

방송용 데이터를 업로드하는 과정에 대한 설명은 시설의 장비에 대한 강의에 비해 우스꽝스러울 정도로 단조로웠다. 콘텐츠 제공업체의 누군가가 고화질 디지털 비디오테이프를 들고서 밴을 타고 업링크 시설에 금방이라도 도착할 것 같았다. 그런 다음 기술자가 비디오테이프를 VCR에 삽입했다. 위성 접시가 하늘을 향하고 위성이 제자리에 있을 때 그 데이터가 매일 위성으로 전송된다는 것이다. 내가 점심을 너무 많이 먹고 마신 탓인지 설명 중에 뭔가를 놓쳤거나, 아니면 그게 전부였던 것 같다.

통역사가 능숙하게 통역했지만 아무도 알아듣지 못한 자세한 기술 설명이 끝난 후 질문 시간이 다가왔다. 나의 질문이 유일했다. 기술자 중 한 명은 마이크로파 전송이 상업용 여객기가 사용하는 공역을 통과하지 않도록 시설의 위치를 신중하게 선택했다고 언급했다. 전송 빔의 강도는 머리 위를 비행하는 비행기에 잠재적 위험일 수 있었다. 만약 송신할 때 새가 송신 접시 위를 낮게 날아간다면 어떻게 될까?

"그 새는 구워질 겁니다. 완전히 익는 거죠. 송신 접시에 얼마나 가까이 있었는지에 따라서 아예 소각될 수도 있어요."가 정답이었다.

모두 밖으로 나가 거대한 마이크로웨이브 업링크 접시 앞에서 단체 사진을 찍기 위한 포즈를 취했다. 그런 후 우리는 버스에 탑승하여 도쿄로 돌아왔고, 하루 일정을 모두 끝냈다. 버스가 움직이기 시작하자마자 다시 시작된 맥주와 안주 먹기는 신바시로 돌아오는 내내 멈추지 않았다.

다이렉트TV 재팬의 출범은 극도로 기괴했다. 표면적으로는 방송을 모니터링하고 피드백을 제공하기 위한 목적으로, 모든 도쿠마 그룹 임원에게 다이렉트TV 재팬 무료 구독권이 제공되었다. 어느 날 아자부 주반Azabu Juban에 있는 내 아파트로 기술자들이 찾아와 장비를 설치해 주었다.

다이렉트TV 재팬은 시각 프로그램을 재생하는 채널이 거의 없는 상태에서 출범했다. 도쿠마 채널은 몇 달, 심지어 몇 년 전에 열린 경마, 골프 토너먼트, 스모 경기의 오디오 전용 테이프와 연가 및 일본 10대 소녀 팝을 중심의 음악을 재생했다. 다른 다이렉트TV 채널도 별로 다르지 않았다. 아내가 시스템을 켜고 채널을 서핑하다가 직장에 있는 나에게 전화를 걸어 고장 여부를 묻곤 했다.

"아무것도 재생되지 않아요." 그녀가 말했다. "대부분의 채널이 어둡고 오디오만 나오네요. 우리가 이미 수신하고 있는 일반 TV 채널 외에 하드코어 일본 애니메이션, 몇 개의 오래된 TV 프로그램, 오래된 스포츠 경기 오디오 테이프밖에 없어요. 경마나 복싱, 또는 음악이 흘러나와요. 다이렉트TV에는 다른 콘텐츠가 없나요? 누가 왜 이것에 돈을 내겠어요?"

나도 궁금했다. 이 서비스는 40만 명 가까운 가입자를 확보했지만, 나는 그중 상당수가 계열사 직원과 그 가족, 그리고 파트너 회사와 관련된 사람들이라고 봤다. 또한 케이블을 이용할 수 없는 사람들도 덴츠나 하쿠호도 광고 회사가 제공하는 매끄러운 광고 캠페인에 넘어갔을 것이다. 손익분기점에 도달할 수 있는 가입자 수는 약 120만 명인 것으로 판명되었지만, 다이렉트TV 재팬의 가입자 수는 초기 출범 이후 한 번도 늘지 않았다. 분명 아무것도 없는 150개 채널을 방송했기 때문일 것이다.

출범 직후 어느 날 나는 스즈키와 함께 신바시의 히가시 고가네이에 자리한 스튜디오 지브리로 차로 가고 있었다. 나는 다이렉트TV 재팬에 대해, 그리고 회사의 이사로서 우리가 어떻게 이런 실패를 방치할 수 있었는지에 대해 열변을 토하기 시작했다. 나는 어떻게 누군가가 그렇게 어리석어 일이 이 지경까지 오도록 방치해 버리고 말았는지 알고 싶었다. 내가 관여하지 않았어야 할 일에 대해 계속 떠드는 걸 듣는 데 지친 스즈키가 마침내 차를 도로 갓길에 세운 뒤 시동을 꺼 버렸다.

그가 말했다. "이봐요, 당신이 알고 있는 것보다 더 많은 일이 있어요. 그 얘기를 하지 않겠다고 약속하면 내가 말해 줄게요. 일본군은 항상 자체 통신 위성을 원했어요. 하지만 미국 정부는 일본군이 위성을 구입하는 걸 허락한 적이 없습니다. 다이렉트TV 재팬이 실패하면 일본 정부는 조용히 위성과 업링크 시설을 사들일 거예요."

실제 프로그램을 서비스하며 각각 100만 명에 가까운 가입자를 보유한 퍼펙트TV와 스카이TV 재팬은 다이렉트TV 재팬보다 훨씬 더 좋은 성과를 거두었다. 하지만 두 회사 모두 사업을 지속하기 위한 충분한 구독자 기반을 확보하지 못했고, 결국 합병을 통해 스카이퍼펙TVSkyPerfecTV가 되었다. 그 후 얼마 지나지 않아 다이렉트TV 재팬도 실패했다. 거의 30개에 달하는 독점 채널과 구독 기반은 스카이퍼펙TV에 인수되었다. 업링크 스테이션은 현재 일본 자위대 기지로 사용되고 있고, 상업용 항공 교통은 영공 주변을 조심스럽게 경유하고 있다.

내가 일한 회사 사람들이 보기만큼 멍청하지 않다는 사실을 알게 된 뒤 나는 큰 안도감을 느꼈다. 적어도 보이지 않는 손이 뒤에서 움직이는 걸 볼 수 있는 사람들은 아니었다. 누군가가 일부러 말해 주지 않는 한 절대 알 수 없는 일이었다고 생각한다. 그것은 드문 일이다.

이것이 내가 지금까지 겪은 일본에서 외국인이 된다는 것이 무엇인지를 요약한 것이다. 외로울 때도 있다. 그때는 다른 사람의 친절에 의존한다. 그리고 항상 일본의 독특하면서도 특별한 역사, 문화, 사람들에 매료된다.

위대한 하이쿠 시인 마쓰오 바쇼의 표현을 빌려 적는다.

새로운 것을 시작하는

외국인도

가능한 모든 도움이 필요하다.

감사의 말

책의 저자로서 나는 스튜디오 지브리의 모든 분들께 그들이 보여 준 인내심, 친절, 지도, 특히 무지한 외국인을 기꺼이 감내하려는 의지에 감사드린다.

미야자키 하야오   스즈키 토시오

호시노 코지   다케다 미키코

모리요시 하루요   노나카 신스케

유카리 타이   에반 마

아미사키 나오   세이지 오쿠다

지금은 우리 곁에 없지만 두 분의 업적은 영원히 기리 남을 다카하타 이사오와 도쿠마 야스요시

아울러 30년 넘게 이런 나를 참고 견뎌 준 아내 요코에게 감사드린다.

지은이 **스티브 앨퍼트**(Steve Alpert)

컬럼비아대학교에서 일본어문학을 전공했으며, 일본어와 중국어에 매우 유창하다. 그는 도쿄, 교토, 타이베이에서 35년간 거주하는 동안 도쿄 메이저 은행의 부사장, 미국 TV 애니메이션 회사의 사장 등을 지냈다. 특히 미야자키 하야오와 다카하타 이사오가 공동 설립한 스튜디오 지브리에서는 국제 영업 책임자로 일했다. 또한 10여 편의 일본 영화와 여러 권의 일본 단편 소설을 번역했다.

옮긴이 **최영호**

고려대학교에서 박사학위를 받고 해군사관학교 인문학과 교수를 거쳐 현재 명예교수로 재직 중이다. 대통령자문 지속가능발전위원회 연구위원을 지냈으며, 현재 한국해양과학기술원 자문위원장 역임 후, 고려대학교 민족문화연구원 연구교수, 경북문화재단 해양콘텐츠산업 육성 포럼 위원장과 해양수산부장관 정책자문위원을 맡고 있다. 문학평론가로도 활동 중이며 인문학과 문학비평, 과학을 아우르는 융합학문 시각으로 바다와 인간의 시공간적 삶을 살피며, 바다를 통해 사유의 모험을 감행하는 작품에 주목한다. 또한 인공지능 시대와 관련해서는 인지과학과 인문학의 융합지식을 토대로 체화된 인지능력, 사유, 공동체의 변화 가능성을 주시하면서, 복잡성과 불확실성이 지배하는 예측 불허 상황 속 인간 주체의 시각적 주관성과 가치판단의 객관성에 대해 연구하고 있다. 저서로는 『해양문학을 찾아서』, 『잠수정, 바다 비밀의 문을 열다』, 『해상실크로드사전』, 『상상력의 보물상자, 섬』, 『바다의 눈, 소리의 비밀』 등 다수의 공저가 있다. 역서로는 『자유인을 위한 책읽기』, 『20세기 최고의 해저탐험가: 자크이브 쿠스토』, 『우리는 어떻게 생각하는가』, 『과학과 인문학: 몸과 문화의 통합』, 『애니메이션, 신체화, 디지털 미디어의 융합』, 『휴먼 알고리즘』 등 인문학과 과학을 넘나드는 광범위한 분야의 도서를 번역했으며, 『미세먼지 X 파일』 등을 감수했으며, 2025년 문무대왕 해양대상과 장보고대상을 연달아 수상했다.

옮긴이 **김동환**

경북대학교에서 박사학위를 받았으며, 해군사관학교 영어과 교수로 재직 중이다. 인문학과 과학을 아우르는 융합 학문의 시각으로 오늘날의 복잡다단한 사회 현상을 보다 심층적으로 이해하고 분석하기 위해 연구 중이다. 특히 인문학 내에서의 통섭을 구축하고 있는 해외 저서들을 발굴하여, 인지과학과 인문학의 융합 지식을 대중화하려고 애쓰고 있다. 주요 저서로는 『인지언어학과 개념적 혼성 이론』, 『인지인문학을 향하여』, 『술과 인간의 확장』, 『AI와 신체 확장』 등이 있다. 대표적인 역서로는 『우리는 어떻게 생각하는가』, 『취함의 미학』, 『생각을 기계가 하면, 인간은 무엇을 하나?』 등이 있다.

네버엔딩 맨-미야자키 하야오
The Never-Ending Man: Hayao Miyazaki

초판 1쇄 인쇄 2026년 3월 20일
초판 1쇄 발행 2026년 3월 25일

지은이 스티브 앨퍼트
옮긴이 최영호 | 김동환
펴낸이 조승식
펴낸곳 도서출판 북스힐
등록 1998년 7월 28일 제22-457호
주소 서울시 강북구 한천로 153길 17
전화 02-994-0071
홈페이지 www.bookshill.com
인스타그램 @bookshill_official
블로그 blog.naver.com/booksgogo
이메일 bookshill@bookshill.com

정가 18,000원
ISBN 979-11-5971-718-5

* 잘못된 책은 구입하신 서점에서 교환해 드립니다.